J. G. Ballard · Das große Herz der Frauen

J. G. Ballard

Das große Herz der Frauen

Roman

Aus dem Englischen
von Joachim Körber

Piper
München · Zürich

Die Originalausgabe erschien 1991 unter dem Titel »The Kindness of Women« bei Harper Collins in London.

ISBN 3-492-03577-9

Gesetzt aus der Baskerville-Antiqua
Gesamtherstellung: Offizin Andersen Nexö, Leipzig
Printed in Germany

Teil I
Eine Zeit für Attentäter

Blutiger Samstag

Im Sommer des Jahres 1937 fuhr ich jeden Nachmittag in Schanghai zum Bund hinunter, um festzustellen, ob der Krieg schon angefangen hatte. Sobald das Essen vorbei war, wartete ich darauf, daß meine Mutter und mein Vater zum Country Club aufbrachen. Wenn sie Tenniskleidung anzogen und unbekümmert durch ihr Schlafzimmer schlenderten, erstaunte mich immer wieder, daß der bevorstehende Krieg sie so wenig bekümmerte und sie nicht zu wissen schienen, daß er ausbrechen könnte, während mein Vater gerade den ersten Ball vorlegte. Ich weiß noch, wie ich mit der ganzen napoleonischen Ungeduld eines Siebenjährigen auf und ab ging und meine Spielzeugsoldaten entsprechend den japanischen und chinesischen Armeen rund um Schanghai auf dem Teppich postiert hatte. Manchmal kam es mir vor, als würde ich den Krieg im Alleingang am Leben erhalten.

Ich achtete nicht auf das Lachen meiner Mutter, wenn sie mit meinem Vater flirtete, und beobachtete den Himmel über der Amherst Avenue. Jeden Moment konnte eine Schwadron japanischer Bomber über den Kaufhäusern der Innenstadt von Schanghai auftauchen und mit dem Bombardement der Cathedral School beginnen. Mein kindlicher Verstand hatte keine Vorstellung davon, wie lange ein Krieg dauern würde, ob ein paar Minuten oder, vorstellbar, einen ganzen Nachmittag. Meine einzige Sorge war, der Krieg könnte, wie so viele Ereignisse, die ich andauernd verpaßte, wieder vorbei sein, bevor ich überhaupt merkte, daß er angefangen hatte.

Den ganzen Sommer über sprach jeder in Schanghai

von dem bevorstehenden Krieg zwischen China und Japan. Bei den Bridgeparties meiner Mutter, wo ich mich an den Platten mit Häppchen schadlos hielt, hörte ich mit, wie ihre Freundinnen von dem Schußwechsel an der Marco-Polo-Brücke in Peking am 7. Juli erzählten, der die japanische Invasion im Norden Chinas signalisierte. Ein Monat war verstrichen ohne daß Tschiang Kai-scheck einen Gegenangriff befohlen hatte, und es kursierten Gerüchte, wonach die deutschen Berater des Generalissimus ihn drängten, die nördlichen Provinzen aufzugeben und die Japaner näher bei seiner Festung in Nanking, der Hauptstadt Chinas, zu bekämpfen. Tschiang hatte jedoch listig beschlossen, die Japaner bei Schanghai herauszufordern, zweihundert Meilen entfernt an der Mündung des Jangtse, wo die amerikanischen und europäischen Streitkräfte intervenieren konnten, um ihn zu retten.

Wann immer ich zum Bund hinunterradelte, sah ich mit eigenen Augen, wie sich gewaltige chinesische Armeen rings um das Internationale Viertel zusammenzogen. Am Freitag, dem 13. August, schob ich das Fahrrad aus der Garage, kaum daß meine Mutter und mein Vater auf der Rückbank des Packard Platz genommen hatten, pumpte die Reifen auf und begann die lange Fahrt zum Bund. Olga, meine weißrussische Gouvernante, ging davon aus, daß ich David Hunter besuchte, einen Freund, der am westlichen Ende der Amherst Avenue wohnte. Olga war eine launische junge Frau mit seltsamem Blick und nur daran interessiert, die Garderobe meiner Mutter anzuprobieren und daher froh, wenn ich weg war.

Ich erreichte den Bund eine Stunde später, aber auf dem Promenadenplatz drängten sich so viele hektische Büroangestellte, daß ich kaum in die Nähe der Landungsstege am Wasser kam. Den Daumen an der Klingel meines Fahrrades strampelte ich an den rasselnden Straßenbahnen, den mit Schlössern gesicherten Rikschas und ihren erschöpften Kulis und den Banden aggressiver Bettler und

Taschendiebe vorbei. Flüchtlinge aus Chapei und Nantau strömten ins Internationale Viertel und schrien zu den gleichgültigen Fassaden der großen Banken und Handelshäuser am Bund hinauf. Tausende chinesische Soldaten steckten in den nördlichen Vororten von Schanghai und stellten sich der japanischen Garnison in ihrem Lehnsgebiet bei Jangtsepu. Ich stand auf der Treppe des Hotel Cathay, und während der Türsteher mein Fahrrad hielt, konnte ich die zahlreichen Kriegsschiffe auf dem Fluß Whangpu sehen. Da waren britische Zerstörer, Korvetten und Schlachtschiffe, die USS Augusta sowie ein französischer Kreuzer und der japanische Kreuzerveteran Idzumo, der, wie mein Vater mir erzählte, schon 1905 mitgeholfen hatte, die russische Kaiserliche Flotte zu versenken.

Trotz dieser Massierung von Streitkräften weigerte sich der Krieg halsstarrig, sich an diesem Nachmittag zu erklären. Enttäuscht und müde strampelte ich mit zerschlissenem und fleckigem Schulblazer zur Amherst Avenue zurück und kam gerade noch rechtzeitig zum Tee und meiner Lieblingssendung im Radio. Ich umklammerte die aufgeschürften Knie, betrachtete meine Armee Zinnsoldaten und rückte die Fronten entsprechend den jüngsten Truppenbewegungen zurecht, die ich während der Heimfahrt gesehen hatte. Ich achtete nicht auf Olgas Rufe, sondern versuchte, einen Plan auszuarbeiten, der das Patt beenden würde, und hoffte, mein Vater, der einen der chinesischen Bankiers kannte, welche Tschiang Kai-scheck unterstützten, würde meinen wirren Geistesblitz dem Generalissimus weiterleiten.

Überfordert von diesen Problemen, die noch komplizierter als meine Französischhausaufgaben waren, wanderte ich ins Schlafzimmer meiner Eltern. Olga stand vor dem Wandspiegel meiner Mutter und trug eine Pelzstola um die Schultern. Ich nahm am Toilettentisch Platz, und rückte Haarbürsten und Parfümflakons herum, während Olga mich im Spiegel stirnrunzelnd betrachtete, als wäre ich ein ungebetener Besucher, der von irgendeinem der anderen Häuser in der Amherst Avenue hereingeschneit war. Ich hatte meiner Mutter gesagt, daß Olga mit ihrer Garderobe spielte, aber sie hatte mich lediglich angelächelt und nichts zu Olga gesagt.

Später wurde mir klar, daß diese siebzehnjährige Tochter einer einstmals wohlhabenden Familie aus Minsk selbst kaum mehr als ein Kind war. Bei meinen Fahrradausflügen hatte mich die Armut der weißrussischen und jüdischen Flüchtlinge, die im Wohnbezirk Hongkew lebten, erschreckt. Daß die Chinesen arm waren, stand auf einem anderen Blatt, aber es beunruhigte mich, Europäer in einem derart erbärmlichen Zustand zu sehen. Auf ihren Gesichtern lag eine gaffende Verzweiflung, welche die Chinesen niemals zur Schau stellten. Als ich einmal an der dunklen Tür eines Mietshauses vorbeifuhr, sagte mir eine alte russische Frau, ich solle mich fortscheren und brüllte mir nach, meine Mutter und mein Vater seien Diebe. Ein paar Tage lang habe ich ihr geglaubt.

Die Flüchtlinge standen in ihren geflickten Pelzmänteln auf der Treppe des Park Hotels und hofften, sie könnten ihren altmodischen Schmuck verkaufen. Die jüngeren Frauen hatten sich Mund und Augen geschminkt, und ich denke, sie bemühten sich tapfer, fröhlich zu wirken. Sie sprachen die amerikanischen und britischen Offiziere an, die in das Hotel hineingingen, aber was sie verkauften, hat meine Mutter mir nie sagen können – sie geben Französisch- und Russischunterricht, erklärte sie mir schlußendlich.

Da mir meine Hausaufgaben stets Kummer machten und ich feststellte, daß viele Weißrussen ausgezeichnet Französisch sprachen, fragte ich Olga, ob sie mir nicht Französischunterricht geben könne wie die jungen Frauen im Park Hotel. Sie saß auf dem Bett, während ich in meinem Taschenwörterbuch blätterte, und schüttelte den Kopf als wäre ich ein seltsames Tier im Zoo. Ich fürchtete, durch die Anspielung auf die Armut ihrer Familie ihre Gefühle verletzt zu haben und schenkte ihr eines meiner Seidenhemden mit der Bitte, es ihrem invaliden Vater zu geben. Sie hatte es geschlagene fünf Minuten in den Händen gehalten, wie die Meßkleidung, welche in der Kathedrale von Schanghai verwendet wurde, bevor sie es wortlos in meinen Schrank zurücklegte. Mir war bereits aufgefallen, daß die weißrussischen Gouvernanten etwas zutiefst geheimnisvolles Weibliches an sich hatten, das den Müttern meiner Freunde nicht einmal annähernd eigen war.

»Ja, James?« Olga hängte die Pelzstola über den Haken und streifte den Morgenmantel meiner Mutter über die Schultern. »Bist du mit deinem Ferienbuch fertig? Du bist heute sehr unruhig.«

»Ich denke über den Krieg nach, Olga.«

»Darüber denkst du jeden Tag nach, James. Du und General Tschiang, ihr denkt ununterbrochen daran. Ich bin sicher, er würde dich gern einmal kennenlernen.«

»Nun, ich könnte ihn kennenlernen...« Tatsächlich hatte ich manchmal den Eindruck, daß der Generalissimus dem Krieg nicht seine ungeteilte Aufmerksamkeit widmete. »Olga, weißt du, wann der Krieg anfangen wird?«

»Hat er denn nicht schon angefangen? Das sagen doch alle.«

»Nicht der wirkliche Krieg, Olga. Der Krieg in Schanghai.«

»Ist das der wirkliche Krieg? Nichts in Schanghai ist wirklich, James. Warum fragst du nicht deinen Vater?«

»Er weiß es nicht. Ich habe ihn gleich nach dem Frühstück gefragt.«

»Schade. Gibt es vieles, was er nicht weiß?«

Olga, die immer noch den Morgenmantel trug, setzte sich auf das Bett meines Vaters, streichelte mit der Hand über die Satindecke und glättete die Falten. Sie liebkoste den Abdruck der Schultern meines Vaters, und ich fragte mich einen Moment, ob sie zwischen die Laken schlüpfen würde.

»Er weiß vieles, aber…«

»Darf ich dich daran erinnern, James, daß heute Freitag, der 13. ist? Ist das ein guter Tag, um einen Krieg anzufangen?«

»He, Olga…!« Diese Neuigkeit machte alles strahlend. Ich lief ans Fenster – Aberglaube, das war mir schon häufig aufgefallen, hatte manchmal die Angewohnheit, Wirklichkeit zu werden. »Ich sage dir, wenn ich etwas sehe.«

Olga trat hinter mich und beruhigte mich, indem sie eine Hand auf mein Ohr legte. Sosehr ihr die Intimität der Kleidung meiner Mutter und der satte Geruch von meines Vaters Reitjacke gefielen, mich berührte sie nur selten. Sie sah zur fernen Häusersilhouette am Bund hinüber. Rauch stieg von den Kohleöfen der Kriegsschiffe auf. Die schwarzen Säulen strebten himmelwärts, während die Schiffe die Liegeplätze wechselten und einander mit heulenden Sirenen kreuzten. Das dunklere Licht verlieh Olgas Gesicht und Profil die herbe Strenge, die mir an den Grabsteinstatuen auf dem Friedhof von Schanghai aufgefallen war. Sie hob den Morgenmantel und blickte durch den Schleier des Gazestoffes, als sähe sie einen Traum des verschwundenen kaiserlichen Rußland.

»Ja, James, ich glaube, sie werden den Krieg heute für dich anfangen…«

»Nein sag bloß, Olga.«

Aber bevor der Krieg anfangen konnte, kehrten meine Mutter und mein Vater unerwartet aus dem Country Club zurück. Bei ihnen waren zwei britische Offiziere der Freiwilligentruppe von Schanghai in ihren leichten Kriegsuniformen. Ich versuchte, mich zu ihnen ins Arbeitszimmer meines Vaters zu schleichen, aber meine Mutter nahm mich mit in den Garten und deutete mit nervösem Gebaren auf die goldfarbenen Pirole, die am Rand des Swimmingpools tranken.

Es tat mir leid, sie so besorgt zu sehen, da ich wußte, daß meine Mutter im Gegensatz zu Olga zu den Menschen gehörte, die niemals wegen irgend etwas besorgt sein sollten. Ich versuchte, sie nicht zu erzürnen, und verbrachte den Rest des Nachmittags in meinem Spielzimmer. Ich hörte die Sirenen der Schlachtschiffe und rückte meine Spielzeugsoldaten hin und her. Am nächsten Tag, dem blutigen Samstag, wie er genannt werden sollte, erwachte meine Miniaturarmee endlich zum Leben.

Ich erinnere mich an den nassen Monsun, der in der letzten Nacht des Friedens durch Schanghai wehte und die Feuersalven chinesischer Heckenschützen sowie das ferne Dröhnen der japanischen Marinekanonen übertönte, die die chinesischen Bodentruppen bei Wusung unter Beschuß nahmen. Als ich erwachte, war es warm und stickig und der Sturm vorbei. Die gewaschenen Neonschilder der Stadt leuchteten jetzt um so greller.

Beim Frühstück trugen meine Mutter und mein Vater bereits ihre Golfsachen, aber als sie ein paar Minuten später mit dem Packard aufbrachen, saß mein Vater am Steuer, der Chauffeur saß neben ihm, und sie hatten ihre Golfschläger nicht mitgenommen.

»Jamie, du mußt heute zu Hause bleiben«, verkündete mein Vater und sah durch meine Augen hindurch, wie immer, wenn er eigene unerfindliche Gründe hatte. »Du kannst deinen *Robinson Crusoe* zu Ende lesen.«

»Du wirst Freitag und den Kannibalen begegnen.« Meine Mutter lächelte über diesen Leckerbissen in petto, aber ihre Augen waren so ausdruckslos wie damals, als der deutsche Arzt auf der Columbia Road unseren Spaniel überfahren hatte. Ich fragte mich, ob Olga in der Nacht gestorben war, aber sie sah von der Tür aus zu und drückte die Revers ihres Morgenmantels an den Hals.

»Bei den Kannibalen war ich schon.« So aufregend Crusoes Schiffsuntergang auch war, er verblaßte im Vergleich zu der echten Seekatastrophe, die auf dem Whangpu stattfinden würde. »Können wir zur Ausstellung gehen? David Hunter geht nächste Woche hin...«

Die von Soldaten der britischen Garnison eingerichtete Militärausstellung war voll von dröhnenden Kanonen, Donnerhall und Bajonettangriffen und stellte die tapfersten Gefechte des Großen Krieges nach, die Schlachten von Mons, Ypern und die Landung bei Gallipoli. In gewisser Weise würde ich vielleicht einem wirklichen Krieg niemals näher kommen als in der Scheinwelt dieser Ausstellung.

»Jamie, wir werden sehen – sie müssen die Ausstellung vielleicht abblasen. Die Soldaten sind sehr beschäftigt.«

»Ich weiß. – Können wir dann zu den Hell Drivers gehen?« Das war eine Gruppe tollkühner amerikanischer Teufelsfahrer, die mit ihren zerbeulten Fords und Chevrolets durch mit Benzin übergossene brennende Holzbarrikaden rasten. Der Anblick dieser nervenkitzelnd einstudierten Unfälle löschte die langweiligen Unfälle auf den Straßen Schanghais für alle Zeiten aus. »Du hast mir versprochen...«

»Die Hell Drivers sind nicht mehr da. Sie sind nach Manila zurückgekehrt.«

»Sie bereiten sich auf den Krieg vor.« In Gedanken konnte ich diese lakonischen Amerikaner mit ihren Schutzbrillen und Fliegeranzügen sehen, wie sie durch Flammenwände rasten und eine Salve der Idzumo erwiderten. »Kann ich mit zum Golfklub kommen?«

»Nein! Bleib hier bei Olga! Ich sag es dir nicht noch einmal...« In der Stimme meines Vaters schwang ein gereizter Unterton mit, der mir aufgefallen war, seit es Ärger mit den Arbeitern seiner Baumwollfabrik in Putung, am Ostufer des Flusses, gab. Ich fragte mich, weshalb Olga ihn so eingehend betrachtete, wenn er wütend war. Ihre gleichgültigen Augen ließen eine seltene und fast begierige Aufmerksamkeit erkennen, die etwa meinem Gesichtsausdruck entsprach, den ich spürte, wenn ich mich über einen Eiscremebecher hermachte. Ein Organisator der kommunistischen Gewerkschaft, der angedroht hatte, er würde meinen Vater umbringen, hatte ihn genau so angestarrt, als wir vor seinem Büro in der Szechuan Road im Packard saßen. Ich fürchtete, Olga könnte meinen Vater umbringen und aufessen wollen.

»Muß ich? Olga hört sich andauernd französische Tanzmusik an.«

»Dann mußt du sie eben mit ihr zusammen anhören«, stimmte meine Mutter ein. »Olga kann dir beibringen, wie man tanzt.«

Das war eine Aussicht, vor der mir graute, eine größere Qual als die Möglichkeit eines endlosen Friedens. Wenn Olga mich berührte, geschah es auf eine distanzierte, aber seltsam intime Weise. Wenn ich nachts in meinem Bett lag, zog sie sich manchmal bei angelehnter Tür in meinem Bad aus. Später vermutete ich, das war ihre Art sich selbst zu beweisen, daß ich nicht mehr existierte. Ich hatte die Absicht, ihr zu entschlüpfen, sobald meine Eltern in den Golfklub aufgebrochen waren.

»David hat gesagt, daß Olga…«

»Also gut!« Mein Vater, den das läutende Telefon erboste, das die Diener vor Nervosität nicht abnahmen, gab nach. »Du kannst David Hunter besuchen. Aber geh sonst nirgends hin.«

Warum hatte er Angst vor Schanghai? Mein Vater gab trotz seines cholerischen Temperaments schnell nach, als wären die Ereignisse in der Welt so unsicher, daß man selbst meinem kindlichen Quengeln Gewicht beimessen mußte. Er war so geistesabwesend, daß er nicht mit meinen Spielzeugsoldaten spielen wollte, und er sah mich häufig auf dieselbe strenge aber niedergeschlagene Art und Weise an wie der Rektor der katholischen Schule die zum Morgengebet versammelten Knaben. Als er zum Auto ging, trat er mit seinen spikebesohlten Golfschuhen heftig auf und hinterließ tiefe Spuren im Kies, gleich Schritten, die den Weg zu Robinsons Ufer kennzeichneten.

Noch ehe der Packard die Einfahrt hinter sich gelassen hatte, lehnte sich Olga mit den Ausgaben von *Vogue* und der *Saturday Evening Post* meiner Mutter auf der Veranda zurück. In Abständen rief sie nach mir, aber ihre Stimme klang so fern wie die Sirenen der Flußbojen bei Wusung. Ich vermute, sie wußte von meinen nachmittäglichen Fahrradfahrten durch Schanghai. Ihr war durchaus bewußt, daß ich entführt oder in einer der Seitengassen der Bubbling Well Road meiner Kleidung beraubt werden könnte. Vielleicht hatten die Schrecken des russischen Bürgerkriegs und die lange Reise mit ihren Eltern durch die Türkei und den Irak zu dieser entwurzelten Stadt an der Mündung des Jangtse sie derart verwirrt, daß es ihr einerlei war, ob das ihrer Obhut anvertraute Kind getötet wurde.

»Wen läßt dein Vater dich besuchen, James?«

»David Hunter. Er ist mein bester Freund. Ich gehe jetzt, Olga.«

»Du hast so viele beste Freunde. Sag mir, ob der Krieg anfängt, James.«

Sie winkte, und ich war auf und davon. Tatsächlich wollte ich aber David als allerletzten in Schanghai sehen. In den Sommerferien spielten meine Schulfreunde und ich homerische Versteckspiele, die wochenlang dauerten und sich über ganz Schanghai erstreckten. Wenn ich mit meiner Mutter zum Country Club fuhr oder Eistee im Chocolate Shop trank, hielt ich unablässig nach David Ausschau, der sich von seinem Kindermädchen losreißen und durch die Menge preschen konnte, um mir auf die Schulter zu klopfen. Diese Spiele fügten einer ohnedies schon seltsamen Stadt noch eine weitere Schicht des Seltsamen und Überraschenden hinzu.

Ich schob das Fahrrad aus der Garage, knöpfte den Blazer zu und machte mich auf, die Einfahrt entlang. Mit Beinen, die wie die Klingen eines Handmixers strampelten, bog ich in die Amherst Avenue ein und überholte eine Gruppe Bauern, die durch die westlichen Vororte der Stadt stapften. Sie waren Flüchtlinge aus jenen Landstrichen, die von den chinesischen und japanischen Armeen besetzt wurden, und trotteten nun mit ihren wenigen Habseligkeiten auf dem Rücken an den großen Villen der Avenue vorbei. Sie mühten sich zu den fernen Türmen der Innenstadt von Schanghai, und nur den harten Asphalt unter sich vor Augen, achteten sie nicht auf die Chromstoßstangen und plärrenden Hupen der Buicks und Chryslers, deren chinesische Chauffeure versuchten, sie von der Straße abzudrängen.

Auf meinen Pedalen stehend, fuhr ich an einer mit Ballen von Strohmatten beladenen Rikscha vorbei, auf denen zwei alte Frauen hockten und Wände und Dach einer zerlegten Hütte festhielten. Ich konnte ihre von jahrelanger körperlicher Schwerstarbeit verkrüppelten Leiber riechen sowie den ranzigen Schweiß und hungrigen Atem, der allen verarmten Bauern eigen war. Aber ihre schwarzen Baumwollgewänder waren noch vom Regen der vergangenen Nacht durchweicht, sie glänzten im Sonnenschein wie die seltensten Seidengewebe auf den Stofftresen des Warenhauses Sun Sun, als hätte der Zauber von Schanghai schon angefangen, diese verarmten Menschen zu verwandeln.

Was würde aus ihnen werden? Meine Mutter war beharrlich vage, was die Flüchtlinge betraf, aber Olga erzählte mir nüchtern, daß die meisten schon bald in den Gassen von Tschapei an Hunger oder Typhus sterben würden. Auf dem Weg zur Schule kam ich jeden Morgen an den Lastwagen der städtischen Behörden von Schanghai vorbei, die durch die Stadt fuhren und die Hunderte Chinesen einsammelten, die im Lauf der Nacht gestorben waren. Ich wiegte mich gerne in dem Glauben, daß nur alte Leute starben, obwohl ich schon einen Jungen in meinem Alter gesehen hatte, der tot ans Stahlgitter neben dem Eingang zum Bürohaus meines Vaters gelehnt saß. Er hielt ein leeres Zigarettenetui in den weißen Händen, wahrscheinlich das Abschiedsgeschenk seiner Familie, bevor sie ihn zurückgelassen hatte. Ich hoffte, die anderen würden Barkeeper und Kellner und Nummer-3-Mädchen im Freizeitpark Great World, und meine Mutter sagte, das hoffe sie auch.

Ich verdrängte derlei Gedanken, da mich die Aussicht auf den vor mir liegenden Tag fröhlich stimmte, und kam zur Avenue Joffre und den langen von Bäumen gesäumten Boulevards des Franzosenviertels, die mich zum Bund führen würden. Gereizte französische Soldaten bewachten den mit Sandsäcken verbarrikadierten Kontrollpunkt an der Straßenbahnhaltestelle. Sie blickten argwöhnisch in den einsamen Himmel hinauf und spuckten den chinesischen Passanten vor die Füße, weil sie diese häßliche Stadt haßten, in die sie um die halbe Welt herum verbannt worden waren. Ich hingegen hatte eine Woge der Aufregung verspürt, als ich nach Schanghai kam. Für meine Kinderaugen, die sonst noch nichts gesehen hatten, war Schanghai ein Gestalt gewordener Traum, in dem alles, was ich mir vorstellen konnte, schon ins Extreme übersteigert war. Die grellen Werbetafeln und Neonreklamen der Nachtklubs, die jungen chinesischen Gangster und die gewalttätigen Bettler, die mich im Vorbeifahren durchdringend betrachteten, waren Teil eines überbelichteten Traumreiches, das aufregender war als die amerikanischen Comics und Rundfunkserien, die ich so vergötterte.

Schanghai würde alles absorbieren, selbst den bevorstehenden Krieg, wie dicht der Rauch auch aus den Kriegsschiffen auf dem Whangpu quellen mochte. Mein Vater nannte Schanghai die fortschrittlichste Stadt der Welt, und ich wußte, eines Tages würden alle Städte auf der Welt voll von Rundfunksendern, Hell Drivers und Kasinos sein. Vor dem Canidrome drängten sich Chinesen und Europäer zur Hunderennbahn und machten sich keine Gedanken wegen den Kuomintang-Armeen rings um die Stadt, die nur darauf warteten, den japanischen Stützpunkt anzugreifen. Spieler schubsten einander vor den Wettannahmeschaltern des Jai-Alai-Stadions, und das morgendliche Publikum stand vor dem Eingang des Grand Theatre in der Nanking Road Schlange und brannte darauf, das neueste Hollywoodmusical, *Gold Diggers of 1937*, zu sehen.

Doch von all diesen Wundern setzte mich der Freizeitpark Great World in der Avenue Edward VII am meisten in Erstaunen; er barg auf seinen sechs Etagen das magische Herz Schanghais. Der Chauffeur brachte mich ohne Wissen meiner Eltern häufig in diese schmutzigen und fiebrigen Höhlen. Wenn er mich von der Schule abgeholt hatte, parkte Yang für gewöhnlich das Auto vor dem Freizeitpark und erledigte den einen oder anderen der geheimnisvollen Botengänge, die einen Großteil seines täglichen Arbeitspensums ausmachten.

Der Freizeitpark, ein geräumiges Warenhaus voll Licht und Lärm, war vollgestopft mit Zeitschriften und Feuerwerkskörpern, Spielautomaten und Tingeltangelmädchen. Dunst von Frittierfett schimmerte in der Luft, bildete einen Fettfilm auf meinem Gesicht und vermischte sich mit dem Geruch von Räucherstäbchen und Weihrauch. Ich folgte Yang fassungslos vor Staunen, während dieser sich zwischen Akrobaten und chinesischen Schauspielern, die ihre Gongs schlugen, hindurchdrängte. Quacksalber schnitten riesengroßen weißen Gänsen die Hälse durch und verkauften das dampfende Blut an Passanten, während die tückischen Tiere mit den Füßen aufstampften und nach mir schnappten, sobald ich ihnen zu nahe kam. Wenn Yang den Mahjong-Händlern und Ehevermittlern ins Ohr flüsterte, sah ich zwischen seinen Beinen durch und betrachtete die offenen Toiletten in den Kabinen der Waschräume, die furchteinflößenden Götzen über dem Tempeleingang, die geheimnisvollen Peep-Shows und die Massagesalons mit den eleganten chinesischen Mädchen, die in ihren bestickten, hochgeschlossenen, aber die

Schenkel entblößenden geschlitzten Kleidern unendlich erschreckender aussahen als Olga.

Diesen Samstag allerdings war Great World geschlossen. Die Tanzböden, Trockenfischtresen und Liebesbriefkabinen waren abgebaut worden, und die städtischen Behörden hatten aus dem uralten Gebäude ein Flüchtlingslager gemacht. Hunderte hektischer Chinesen zwängten sich in das baufällige Haus und wurden lediglich von einem Kordon Polizisten der Sikh mit verschwitzten Khakiturbanen in Schach gehalten. Wie eine Truppe Teppichklopfer droschen die Sikhs mit Bambusstangen auf die Bauern mit ihren schlechten Zähnen ein. Ein vierschrötiger britischer Polizeisergeant fuchtelte mit dem Dienstrevolver vor affengleichen alten Frauen mit verbundenen Füßen, die sich an ihm vorbeidrängen wollten und mit schwieligen Fäusten nach seiner Brust schlugen.

Ich stand auf dem Gehweg gegenüber und hörte die Sirenen, die vom Fluß herauf klangen, ein lautes Heulen blinder Tiere, die einander herausforderten. Zum ersten Mal vermutete ich, daß schon eine Art Krieg über Schanghai gekommen war. Als mich chinesische Büroangestellte wegscheuchten, lenkte ich das Fahrrad am Rinnstein entlang und drängte mich an bewaffneten Panzerwagen der Polizei von Schanghai vorbei, deren Thompson-Maschinengewehre mit jeweils zwei Griffen über den Fahrerkabinen montiert waren.

Dann ruhte ich mich außer Atem im Eingang eines Bestattungsinstituts aus. Der ältere Bestattungsunternehmer saß im hinteren Teil des Geschäfts zwischen seinen Särgen und verschob mit weißen Fingern die Perlen eines Abakus. Das Klicken hallte zwischen den leeren Särgen, was mich an den Aberglauben erinnerte, den Yang mir anschaulich beschrieben hatte, indem er mit den Fingern vor meiner Nase schnippte. »Wenn ein Sarg knackt, weiß der chinesische Bestattungsunternehmer, daß er ihn bald verkaufen wird...«

Ich lauschte dem Abakus und versuchte zu erkennen, ob die Särge zuckten, wenn sie knackten. Bald sollte eine Menge Särge in Schanghai knacken. Die Finger des alten Mannes bewegten sich schneller, während er mich mit leeren, verträumten Augen ansah. Zählte er alle zusammen, die in Schanghai sterben würden, und versuchte er, irgendwo zwischen knackenden Särgen und klickenden Perlen, auf meine eigene Zahl zu kommen?

Hinter mir ertönte eine Autohupe in der Menge. Ein weißer Lincoln Zephyr schob sich durch den Verkehr, wurde aber von den Rickschakulis und Flüchtlingen behindert, die zum Eingang des Freizeitparks strömten. David Hunter kniete neben seinem australischen Kindermädchen auf dem Rücksitz, das blonde Haar fiel ihm ins Gesicht, als er blinzelnd auf den Gehweg sah. Ich vergaß die Särge und den klickenden Abakus und schob mein Rad im Rinnstein entlang, weil ich wußte, daß David mich sehen würde, sobald der Verkehr flüssiger geworden war.

Von einem Bürogebäude aus ertönte eine Luftschutzsirene, die von einem schweren, getragenen Grollen untermalt wurde, als würde der Himmel einstürzen. Ein brüllender Kuli mit Brennholzbündeln auf einem Bambusstab über den Schultern, auf denen die Adern wie aufgedunsene Würmer vorstanden, kam auf mich zugelaufen. Er kickte mir ohne innezuhalten das Fahrrad aus den Händen. Ich bückte mich, um meine aufgeschürften Knie zu reiben, und versuchte, die Lenkstange zu packen, aber trampelnde Füße stießen mich zu Boden. Ich lag gekrümmt zwischen alten Lotterielosen, zerrissenen Zeitungen und Strohsandalen, während der weiße Lincoln vorbeifuhr. David, der hinter dem Beifahrerfenster mit seiner blonden Stirnlocke spielte, betrachtete mich stirnrunzelnd auf seine vielsagende Art. Er konnte mich nicht erkennen, fragte sich aber verwirrt, weshalb ein englischer Junge in einem Blazer der Cathedral School sich ausgerechnet diesen Augenblick ausgesucht hatte, um sich in einem schmutzigen Rinnstein zu wälzen.

Die Sirene heulte klagend und schrill zum Himmel. Chinesische Büroangestellte, Empfangsdamen der Hotels und Kellner liefen vom Bund die Nanking Road entlang. Hinter ihnen stieg eine gewaltige weiße Dampfwolke vom Whangpu empor, ihre Unterseite beschienen vom Mündungsfeuer der Gewehre. Drei zweimotorige Bomber umkreisten sie und gingen in Schräglage, als sie die Ascheschwaden durchflogen.

Eine Schwadron chinesischer Flugzeuge bombardierten die Idzumo und die japanischen Baumwollfabriken am Jangtsepu, kaum mehr als eine Meile vom Bund entfernt, auf der anderen Seite der Garden Bridge. Das Rattern schwerer Geschütze ließ die Fenster der Bürogebäude in der Thibet Road klirren. Eine Straßenbahn fuhr Richtung Bund an mir vorbei, Fahrgäste sprangen auf die Straße. Hoch über ihnen, auf dem Dach des Socony-Vacuum-Gebäudes, stand eine Gruppe unbeteiligter Europäer in weißer Tenniskleidung, die Ferngläser in den Händen hielt und einander Einzelheiten des Spektakels mitteilte.

Hatte der Krieg wirklich angefangen? Ich erwartete etwas Organisiertes und Diszipliniertes wie die Militärausstellung. Die Flugzeuge rumpelten durch die Luft, als wären die Piloten ihrer Ziele überdrüssig und umkreisten die Idzumo nur, um sich die Zeit zu vertreiben, bis sie zu ihrem Stützpunkt zurückkehrten. Die französischen und britischen Kriegsschiffe lagen in der Nähe des Ufers von Putung vor Anker, und ihre Signalleuchten blinkten verhalten von den Brücken, ein vage neugieriger Kommentar zum Schauspiel der Bombardierung flußabwärts.

Ich stieg auf mein Fahrrad, rückte die Lenkstange gerade und klopfte den Staub von meinem Blazer – die übereifrigen Junioraufseher der Schule streiften gerne in ihrer Freizeit durch die Stadt und meldeten alle, die unordentlich gekleidet waren. Zwischen den blanken Schienen fuhr ich der leeren Straßenbahn nach. Als sie sich dem Bund näherte, sprang der Schaffner ab, verwünschte den Fahrer und winkte mit dem ledernen Geldsack. Die Klingel der Bahn hallte über die verlassene Straße, und chinesische Angestellte, die sich in die Torbögen der Bürogebäude drückten, beobachteten sie.

Ein Wasserstrahl hob sich aus den kabbeligen Wellen neben dem Bug der Idzumo, verharrte einen Augenblick und schoß dann als heftige Kaskade empor. Fangarme spritzender Gischt durchbohrten die Luft und schnellten hoch über die Funkantennen und Masten des uralten Kreuzers. Eine zweite Staffel chinesischer Bomber sauste in Formation genau zwischen Bund und dem Ufer von Putung, wo die Baumwollfabrik meines Vaters hinter einer öligen Rauchwolke lag, über den Whangpu dahin. Ein Flugzeug blieb hinter den anderen zurück, der Pilot schien außerstande zu sein, seinen Platz in der Formation zu halten. Die Tragflächen schwenkten von einer Seite zur anderen wie bei den Stuntpiloten der Luftfahrtschau auf dem Flugplatz Hungjao.

»Jamie, laß dein Rad liegen! Komm mit uns!«

Die weißen Kotflügel des Lincoln Zephyr waren hinter mir vorgefahren. Davids australisches Kindermädchen schrie nach mir und hatte dabei die Arme über die Schultern des nervösen chinesischen Chauffeurs gestreckt. Sie hielt ihren Strohhut mit einer Hand fest und winkte mich zum Auto. Schwester Arnold war stets umgänglich und freundlich mit mir gewesen, so viel angenehmer als Olga, daher überraschte mich ihre Ungeduld. David hatte mich erkannt, seine Augen leuchteten triumphierend. Er strich sich das blonde Haar aus der Stirn und wußte, er würde die erste Gefangennahme unseres Marathonversteckspiels vollbringen.

Die Idzumo hüllte sich in Rauch ein. Schwaden öligen Dunsts wallten an den Bugs entlang. Durch die Rußwolken hindurch konnte ich das Beben von Flugabwehrfeuer erkennen, aber deren Lärm ging im monotonen Dröhnen der chinesischen Bomber unter.

»Jamie, du dummer...!«

Ich strampelte von ihnen fort in eine Mauer aus Lärm und Rauch. Glas barst aus den Fenstern des Gebäudes meines Vaters in der Szechuan Road. Sekretärinnen liefen aus Torbögen, ihre weißen Blusen waren wie mit feinen Nadeln gespickt. Mein Vorderrad holperte über ein Stück Verputz, das von einem Erker abgebrochen war. Während ich die Pedale wieder zurechtrückte, schwenkte ein Tiefflieger ab, um dem japanischen Flugabwehrfeuer zu entgehen. Er flog über den Bund, legte die Bombenhalterungen frei und ließ zwei Bomben auf die verlassenen Sampans fallen, die am Ufer vertäut waren.

Ich wollte unbedingt die Fontänen sehen und stieg auf mein Fahrrad, aber zwei kräftige Hände packten mich unter den Achseln. Ein uniformierter britischer Polizeisergeant riß mich zu Boden. Er kickte mein Fahrrad beiseite und duckte sich neben den Stufen des Socony Gebäudes. Als er mich an seine Hüfte drückte, riß mir der Metallhahn seines Revolvers die Haut vom Knie.

Explodierende Trümmer flogen zwischen den Hotels und Warenhäusern der Nanking Road empor und bedeckten die Straße mit weißer Asche. Eine Druckwelle brennender Luft traf mich an der Brust und warf mich neben dem Sergeanten nieder. Chinesische Büroangestellte liefen mit erhobenen Händen durch die Staubwolken auf uns zu, Blut strömte an ihren Stirnen herab. Eine verirrte Bombe war im Palace Hotel eingeschlagen, eine andere in der Avenue Edward VII vor dem Freizeitpark Great World. Die Gebäude der Szechuan Road erbebten rings um uns her und schüttelten einen Sturzbach von Glasscherben und Dachziegeln auf die Straße.

Am Bordstein stieg eine matronenhafte Eurasierin aus einem Auto aus. Aus ihrem Ohr lief Blut. Sie tupfte es diskret mit einem Taschentuch ab, während der Polizeisergeant mich in ihre Richtung stieß.

»Behalten Sie ihn hier!« Er rüttelte mich an den Schultern, als wäre ich eine schlafende Puppe, die er wecken wollte. »Junge, du bleibst bei ihr!«

Als er Richtung Nanking Road rannte, ließ die Eurasierin meine Hand los und scheuchte mich fort, offenbar war sie zu beschäftigt, um sich mit mir abzugeben. Blut rann an meinem Bein hinab und tränkte den weißen Socken. Als ich das dünne Rinnsal betrachtete, stellte ich fest, daß ich einen Schuh verloren hatte. Mein Kopf schien völlig leer zu sein, und ich berührte mein Gesicht, um mich zu vergewissern, daß es noch da war. Die Explosion hatte die ganze Luft aus der Straße gesogen, das Atmen fiel schwer. Die Eurasierin gestikulierte geistesabwesend in meine Richtung, während sie zwischen den Trümmern umherwanderte und den Staub von ihrer Lederhandtasche wischte. Sie betrachtete die Glasscherben und versuchte, die Fenster ihres eigenen Apartments zu erkennen, aus ihrem Ohr lief noch immer Blut.

Weit entfernt hatten Polizeisirenen zu heulen begonnen, und ein Krankenwagen des Freiwilligen Rettungsdiensts von Schanghai fuhr vorbei, unter seinen Reifen knirschte Glas. Ich stellte fest, daß ich taub war, aber alles rings um mich herum war ebenfalls taub, als könnte sich die Welt selbst nicht mehr hören. Zweihundert Meter vom Freizeitpark Great World entfernt, konnte ich sehen, daß der größte Teil des Gebäudes verschwunden war. Rauch stieg von den Ruinen empor, ein zuckendes Stromkabel sprühte Funken und tanzte wie ein brennender Feuerwerkskörper.

Hunderte tote Chinesen lagen zwischen zerschmetterten Rikschas und ausgebrannten Autos auf der Straße. Weißer Kalk, unter dem sich dunklere Flecken bildeten, überzog die Leichen, als versuchten sie, sich noch zu tarnen. Ich ging zwischen ihnen umher und stolperte über eine alte Amme, die auf dem Rücken lag – das pausbäckige Gesicht staubüberzogen, schien sie mich ein letztes Mal mit einem tadelnden Gesichtsausdruck anzublicken. Ein Büroangestellter ohne Arme saß angelehnt am Hinterreifen eines ausgeweideten Busses. Überall lagen Hände und Füße im Schutt des Freizeitparks – Teile von Räucherstäbchen und Spielkarten, Grammophonschallplatten und Drachenmasken, das Bruchstück eines ausgestopften Walkopfs, alles von Staub gebleicht. Ein Seidenballen lag aufgerollt über der Straße wie ein weißer Verband, der um Mörtelbrocken und vergessene Hände gewickelt worden war.

Ich erwartete, daß jemand nach mir rufen würde, aber alles war still; nur ein Sirren lag in der Luft, wie das Ausklingen einer Sirene. Noch immer konnte ich meine Füße nicht hören, die knirschend über Glasscherben schritten. Ich ging zum Lincoln Zephyr der Hunters zurück. Der Chauffeur stand in seiner gebleichten Uniform neben der offenen Fahrertür und wischte den Staub auf der Windschutzscheibe ab. David saß allein auf dem Rücksitz und preßte die Hände auf den Mund. Er beachtete mich gar nicht, sondern betrachtete die aufgerissenen Sitzbezüge mit starrem Blick, als wollte er mich nie wiedersehen.

Durch die geborstenen Fenster sah ich Schwester Arnold, die über dem Vordersitz lag. Das Haar fiel ihr ins Gesicht, und die Explosion hatte es ihr in den Mund geweht. Sie hatte die Hände gespreizt, entblößte die weißen Handflächen und zeigte so jedem Passanten, daß sie sie gründlich gewaschen hatte, bevor sie starb.

Als er mich später im General Hospital von Schanghai besuchte, fragte mich David nach dem Blut auf meinem Bein. Seltsamerweise war das das einzige Blut, das er am Blutigen Samstag gesehen hatte.

»Ich wurde von der Bombe verwundet«, sagte ich zu ihm.

Ich prahlte in bescheidenem Umfang, aber wahrheitsgemäßer als mir bewußt war. Eintausendzwölf Menschen, fast ausnahmslos chinesische Flüchtlinge, waren von der hochexplosiven Bombe getötet worden, die vor dem Freizeitpark Great World detonierte. Wie alle andauernd bekräftigten, offenbar stolz darauf, daß sich Schanghai wieder einmal selbst übertroffen hatte, war dies die größte Zahl Menschen in der Geschichte des Luftkriegs, die je von einer einzigen Bombe getötet worden war. Meine eigene triviale Verletzung, die mir der Revolver des Polizeisergeanten zugefügt hatte, reihte mich in die tausendundsieben ein, die verwundet worden waren. Obschon ich nicht der jüngste Verwundete war, wiegte ich mich gerne in dem Glauben, ich wäre Nr. 1007 gewesen, eine Zahl, die ich mit Tinte groß auf meinen Arm schrieb.

Monatelang fanden erbitterte Kämpfe um das Internationale Viertel herum statt, bis es den Japanern gelang, die Chinesen aus Schanghai zu vertreiben. Zehntausende Soldaten und Zivilisten kamen ums Leben. Aber die Bombe in der Avenue Edward VII, die ein chinesischer Pilot irrtümlich abgeworfen hatte, bekam einen besonderen Platz in der Mythologie des Krieges, als Beispiel dafür, wie Massentod nun vom Himmel herabfallen konnte.

Zu der Zeit, als ich im Schanghai General das Bett hütete, dachte ich aber nicht an die Bombe beim Freizeitpark, sondern an die Armee Spielzeugsoldaten auf dem Boden meines Spielzimmers. Noch während die Arbeiter des Freiwilligen Rettungsdienstes von Schanghai mich auf der Bahre durch die staubigen Straßen zu ihrem Krankenwagen trugen, wußte ich, daß ich ihren Frontverlauf verändern mußte. Ich hatte den richtigen Krieg gesehen, auf den ich so eifrig gewartet hatte, und empfand vage Schuldgefühle, weil ich keine Modelle toter Chinesen in meinen Kisten mit bunt bemalten Soldaten hatte. Ab und zu gingen meine Ohren vorübergehend auf, dann schienen mich die unheimlichen Geräusche des Trommelfeuers der japanischen Artillerie vor den Krankenhausfenstern wie aus einer anderen Welt zu rufen.

Innerhalb weniger Tage jedoch verblaßten meine Erinnerungen an den Bombenangriff. Ich versuchte, mich an Staub und Trümmer in der Szechuan Road zu erinnern, aber die wirren Bilder in meinem Kopf verschmolzen mit Dokumentarfilmen über den spanischen Bürgerkrieg und die Manöver der französischen und britischen Armeen, die ich gesehen hatte. Die Kämpfe in den westlichen Vororten von Schanghai umflorten die Fenster mit Rauchschleiern. Aber die Herbstwinde verwehten sie wieder und enthüllten so die brennenden Mietshäuser von Nantau. Die Schwestern und Ärzte, die meine Ohren mit ihren Stimmgabeln prüften, Olga und meine Schulfreunde, meine Mutter und mein Vater bei ihren abendlichen Besuchen, sie alle kamen mir wie Schauspieler in den alten Stummfilmen vor, die David Hunters Vater für uns an die Wand des Eßzimmers projizierte. Die Bombe, die den Freizeitpark zerstört und über tausend Menschen das Leben gekostet hatte, war Teil dieser Filme geworden.

Drei Monate vergingen, bis ich in die Amherst Avenue zurückkehren konnte. Artilleriegeschosse der gegnerischen japanischen und chinesischen Haubitzen am Bahnhof Siccawei und in Hungjao flogen über dem Dach unseres Hauses hin und her, und meine Eltern waren in ein Apartment im Franzosenviertel umgezogen. Die Schlacht um Schanghai wurde an der Grenze des Internationalen Viertels fortgesetzt, sie brachte die Türen unseres Apartments zum Beben und bewirkte häufig, daß der Fahrstuhl steckenblieb. Einmal saßen Olga und ich eine Stunde in dem Käfig aus Metall fest. Sie, die sonst so schweigsam war, vertrieb sich die Zeit damit, eine wahre Sturzflut von Worten über mir auszuschütten, freilich wohlwissend, daß ich kein einziges hören konnte. Ich fragte mich oft, ob sie mir vorwarf, ich hätte den Krieg angefangen, obwohl das in Olgas Augen zweifellos das geringste meiner Verbrechen war.

Im November begannen die chinesischen Armeen den

Rückzug aus Schanghai und folgten dem Jangtse hinauf nach Nanking. Sie ließen die verwüsteten Vororte hinter sich zurück, die jetzt von den Japanern besetzt wurden, nachdem sie das Internationale Viertel mit ihren Panzern und Maschinengewehrposten abgeriegelt hatten. Nun konnten wir unbesorgt in die Amherst Avenue zurückkehren. Während meine Eltern mit der Dienerschaft redeten, rannte ich ins Spielzimmer, denn ich konnte es kaum erwarten, meine Spielzeugsoldaten wiederzusehen.

Die Miniaturschlacht um Schanghai war beiseite gefegt worden. Zerbrochene Soldaten lagen verstreut zwischen meiner Modelleisenbahn und den Modellautos. Jemand, möglicherweise Kuli oder Boy Nummer 2, hatte meinen *Robinson Crusoe* als Aschenbecher benützt und halb gerauchte Zigaretten auf dem Umschlag ausgedrückt, während er nervös zum Fenster hinausgesehen hatte. Ich überlegte, ob ich ihn meinem Vater melden sollte, aber ich wußte, daß die Diener ebenso ängstlich wie ich selbst gewesen waren.

Ich sammelte die Soldaten ein und versuchte später, mit ihnen zu spielen, aber die Spiele schienen ernster als jene, die vor dem Blutigen Samstag auf dem Boden des Spielzimmers stattgefunden hatten. Als David und ich unsere gegnerischen Armeen aufgestellt hatten, beunruhigte es mich, daß wir insgeheim versuchten, uns gegenseitig zu töten. Ich dachte an die abgetrennten Hände und Füße, die ich vor dem Freizeitpark gesehen hatte, und verstaute die Spielzeugsoldaten wieder in ihren Kisten.

Aber zu Weihnachten kamen neue Bataillone Soldaten, die ihren Platz einnahmen, Seaforth Highlanders in Schlachtkilts aus Khaki und Coldstream Guards in Bärenfellen. Zu meiner Überraschung blieb das Leben im Internationalen Viertel unberührt von den monatelangen Kämpfen um die Stadt, als wäre die erbitterte Kriegführung kaum mehr als eine periphere Unterhaltung besonders brutaler Art, wie die öffentlichen Hinrichtungen durch Erhängen in der Altstadt. Die Neonreklamen über den vierhundert Nachtklubs von Schanghai leuchteten um so greller. Mein Vater spielte Kricket im Country Club, während meine Mutter ihre Bridge- und Dinnerparties organisierte. Ich fungierte als Page bei einem fürstlichen Hochzeitsempfang im French Club. Auf dem Bund drängten sich Handelsschiffe und Sampans, die mit Ballen meilenlangen buntgemusterten Kalikostoffs beladen waren, den die Spinnereien und Stoffdruckfabriken meines Vaters für die eleganten chinesischen Damen herstellten, die durch die Siedlung schwärmten. Die großen Import-Export-Häuser in der Szechuan Road waren emsiger denn je. Die Rundfunkstationen strahlten ihre amerikanischen Abenteuerserien aus, die Bars und Tanzpaläste waren voll von Nummer-2- und Nummer-3-Mädchen, und die britische Garnison bereitete ihre Militärausstellung vor. Selbst die Hell Drivers kehrten aus Manila zurück, um ihre Autos zu Schrott zu fahren. Während der ferne Krieg zwischen Japan und Tschiang Kai-schek im Hinterland von China andauerte, drehten sich die Roulettescheiben in den Kasinos und sponnen ihre Träume vom alten Schanghai.

Eines Sonntagnachmittags fuhren meine Eltern mit Freunden zu einer Besichtigungstour der Schlachtfelder auf dem Land westlich von Schanghai, als wollten sie sich an den Krieg erinnern. Wir hatten einen Empfang des britischen Generalkonsuls besucht, die Frauen trugen ihre besten Seidenkleider, die Männer ihre elegantesten grauen Anzüge und Panamahüte. Als unser Autokonvoi am Kontrollpunkt Keswick Road anhalten mußte, wartete ich darauf, daß uns die schäbigen japanischen Soldaten zurückschicken würden, aber sie winkten uns kommentarlos durch, als wären wir kaum einen Blick wert.

Drei Meilen landeinwärts hielten wir an einer verlassenen Straße. Ich kann mich noch gut an das Schlachtfeld unter dem stummen Himmel und an das ausgebrannte Dorf in der Nähe eines ausgetrockneten Kanals erinnern.

Die Chauffeure öffneten die Türen, und wir stiegen auf eine mit Goldstücken übersäte Straße aus. Hunderte leerer Patronenhülsen lagen zu unseren Füßen. Aufgegebene Schützengräben verliefen zwischen den Hügeln der Massengräber, aus denen offene Särge herausragten wie Schubladen eines baufälligen Schranks. Rings um uns verstreut lagen die Überbleibsel zerrissener Tarnnetze, leere Munitionskisten, Stiefel und Helme, rostige Bajonette und Leuchtkugelpistolen. Jenseits der Gewehrmulden, in denen das Wasser stand, war vergewaltigte, von japanischer Artillerie pulverisierte Erde. Der Kadaver eines Pferdes, dessen Beine steif ins Sonnenlicht ragten, lag neben einer Geschützstellung.

Wir betrachteten diese Szene gemeinsam, die Damen fächelten Fliegen fort, ihre Ehemänner unterhielten sich murmelnd, wie eine Gruppe Geldgeber, die die Kulisse eines unvollendeten Kriegsfilms besuchte. Angeführt von meinem Vater und Mr. Hunter schlenderten wir zum Kanal und bestaunten die chinesischen Soldaten, die im seichten Wasser trieben. Tote Infanteristen lagen überall in den überfluteten Schützengräben, sie waren bis zu den Hüften mit Erde bedeckt, als schliefen sie in einem Obdachlosenasyl.

Neben mir kicherte David vor sich hin. Er konnte es kaum erwarten, nach Hause zu fahren, und ich konnte seine gequälten Augen unter der Haarlocke sehen. Er hatte seiner Mutter den Rücken zugekehrt, aber das tote Schlachtfeld umgab ihn auf allen Seiten. Indem er Patronenhülsen nach den schlafenden Soldaten kickte, zerkratzte er absichtlich seine polierten Schuhe.

Ich legte die hohlen Hände über meine Ohren und versuchte, das Geräusch wahrzunehmen, das sie aufwecken würde.

Fluchtversuche

Den ganzen Tag gingen Gerüchte in Lunghua um, daß es bald einen Fluchtversuch aus dem Lager geben würde. Ich saß zitternd auf den Stufen der Kinderbaracke und wartete darauf, daß Sergeant Nagata den dritten Zählappell dieses Tages beendete. Normalerweise verschlossen die japanischen Wachtposten beim ersten Hinweis auf einen Fluchtversuch die Tore mit einem schweren Vorhängeschloß – eine symbolische Geste, wie David Hunters Vater bemerkte, denn wenn jemand einen Fluchtversuch aus Lunghua plante, würde er kaum die Absicht haben, durch das Eingangstor zu spazieren. Es war viel einfacher, unter dem Grenzzaun durchzukriechen, wie ich und die älteren Kinder es jeden Tag machten, wenn wir nach Tennisbällen jagten oder nutzlose Vogelfallen für die amerikanischen Matrosen aufstellten.

Symbolisch oder nicht, die Geste diente einem praktischen Zweck, wie so viele japanische Gepflogenheiten. Das Absperren der Tore war für jedweden chinesischen Kollaborateur im Umland ein Hinweis darauf, daß ein Sicherheitsappell bevorstand, und signalisierte den wenigen Informanten im Lager – die stets als letzte erfuhren, was los war –, die Augen offenzuhalten.

Aber die Torflügel hingen schief an den verfaulten Pfosten und die Wachtposten stapften noch gelangweilter als sonst mit ihren Stiefeln auf der kalten Erde. Fast alle japanischen Soldaten waren, wie der Gefreite Kimura, Bauernsöhne und so arm, daß sie Lunghua mit seinen zweitausend Gefangenen und dem unerschöpflichen Vorrat an Kricket- und Tennisschlägern als einen Hafen des Wohlstands betrachteten. Die unbeheizten Betonschlafsäle wurden zumindest unregelmäßig mit Strom versorgt, für die japanischen Bauern ein unerhörter Luxus.

Ich pfiff durch die Finger und versuchte, Kimuras Aufmerksamkeit auf mich zu lenken, aber er achtete nicht auf mich, sondern beobachtete die chinesischen Bettler, die geduldig auf Brosamen warteten, die nie kamen. Kimura betrachtete stirnrunzelnd den Dampf, der aus seinen breiten Nasenlöchern stieg, als würde ihn der Anblick der verwahrlosten Reisfelder deprimieren. Ich stellte mir vor, wie er an seinen Vater und seine Mutter dachte, die in einer entlegenen Ecke von Hokkaido ihre bescheidenen Felder bestellten. In den Kriegsjahren hatte keiner von uns seine Eltern gesehen, aber Kimura war in vieler Hinsicht einsamer als ich. In der Panik nach der Besetzung des Internationalen Viertels durch die Japaner, war ich von meinen Eltern getrennt worden, als wir unser Hotel am Bund verließen. Dennoch war ich überzeugt, daß ich sie wiedersehen würde, auch wenn ihre Gesichter in meiner Erinnerung zu verblassen begonnen hatten. Aber Kimura würde mit Sicherheit hier zwischen den verlassenen Reisfeldern sterben, wenn die Japaner an der Mündung des Jangtse ihr letztes Gefecht gegen die Amerikaner austrugen.

Ich richtete meine Finger auf seinen rasierten Kopf, als würde ich mit Sergeant Nagatas Mauser-Pistole zielen, und schnippte mit dem Daumen.

»Jamie, ich hab das gehört.« Peggy Gardner, ein großes, vierzehnjähriges englisches Mädchen, die die Schultern vor Kälte krümmte, gesellte sich unter der Tür zu mir. Sie stieß mich mit einem knochigen Ellbogen an, als wolle sie, daß ich mein Ziel verfehle. »Auf wen hast du geschossen?«

»Den Gefreiten Kimura.«

»Den hast du gestern schon erschossen.« Peggy schüttelte darüber den Kopf, ihr Gesicht war ernst, aber vergebend, eine Lieblingspose. »Der Gefreite Kimura ist dein Freund.«

»Ich erschieße auch meine Freunde.« Freunde gaben überraschenderweise noch verlockendere Zielscheiben ab als Feinde. »Außerdem ist der Gefreite Kimura in Wirklichkeit gar nicht mein Freund.«

»Weit gefehlt. Mrs. Dwight hält dich für einen Informanten. Warum mußt du alle erschießen?«

Sergeant Nagata, der finster über seine Namenliste hinweg blickte, kam gefolgt vom britischen Blockkommandanten aus dem Block D. Peggy stieß mich gegen die Tür und drückte mir die Hände auf den Rücken. Sergeant Nagata, der jeden Grashalm argwöhnisch betrachtete, würde es bestimmt nicht gern sehen, wenn er mir als Zielscheibe diente. Ich lehnte mich an Peggy und war froh, daß ich ihre kräftigen Handgelenke spüren und den kalten, beruhigenden Geruch ihres Körpers riechen konnte. Aus Gründen, die zu erforschen ich noch nicht bereit war, wollte sie immerzu mit mir ringen.

»Warum, Jamie? Inzwischen hast du jeden in Lunghua erschossen. Ist es, weil du allein hier sein willst?«

»Mrs. Dwight habe ich nicht erschossen.« Diese emsige Missionarin war eine der englischen Witwen, die die acht Jungs und Mädchen in der Kinderbaracke beaufsichtigte, allesamt Kriegswaisen, die von ihren Eltern, die in anderen Lagern bei Schanghai und Nanking interniert waren, getrennt worden waren. Anstatt dafür zu sorgen, daß wir unseren gerechten Anteil der knappen Lebensmittelrationen bekamen, sorgte sich Mrs. Dwight mehr um unser seelisches Wohlergehen, wie sie dem verwirrten Lagerkommandanten Mr. Hyashi in meinem Beisein erklärte. Für Mrs. Dwight bedeutete das vornehmlich, daß ich stumm über meinen Lateinhausaufgaben in der bitterkalten Baracke saß – nur nicht die rastlosen Botengänge und Lebensmittelbeutezüge, die jeden freien Augenblick meines Tages beanspruchten. Für Mrs. Dwight war ich eine »freie Seele«, ein Ausdruck, der nicht die Spur Mißbilligung beinhaltete. Seelisches Wohlbefinden schien umgekehrt proportional zur Menge an Nahrung zu sein, die man bekam, was möglicherweise erklärte, weshalb Mrs. Dwight und die anderen Missionare die Vorkriegsaktivitäten in den von Hungersnöten heimgesuchten Provinzen des nördlichen China als so herausragende Erfolge betrachteten.

»Wenn der Krieg vorbei ist«, sagte ich düster, »werde ich meinen Vater bitten, Mrs. Dwight mit einer richtigen Waffe zu erschießen. Weißt du, er kann Missionare nicht ausstehen.«

»Jamie ...!« Peggy versuchte, mir eins auf die Ohren zu geben. Sie war die Tochter eines Arztes aus Tsingtau, ein Jahr älter als ich und tat so, als wäre sie leicht schockiert. Ich aber wußte, daß sie viel fürsorglicher als Mrs. Dwight war. Wenn ich krank war, sah Peggy nach mir und gab mir vom Essen der kleineren Kinder ab. Eines Tages würde ich mich dafür revanchieren. Sie herrschte auf eine strenge, aber wohlmeinende Weise über die Kinderbaracke, und ich war ihre größte Herausforderung. Ich sorgte gerne für einen anhaltenden Strom kleinerer Vergehen, aber in jüngster Zeit war mir aufgefallen, daß Peggy die deprimierende Neigung zeigte, Mrs. Dwight nachzuahmen; sie orientierte sich an dieser steifen Witwe, als bräuchte sie die Zustimmung einer älteren Frau. Ich zog das willensstarke Mädchen vor, das den Jungs in ihrer Klasse trotzte, kleinere Kinder vor den Schlägertypen rettete und einen gewissen schmalhüftigen Stil besaß, mit dem ich noch nicht zu Rande gekommen war.

»Wenn dein Vater jemanden erschießen will«, bemerkte Peggy, »sollte er mit Dr. Sinclair anfangen.« Dieser übellaunige Geistliche war der Rektor der Lagerschule. »Er ist schlimmer als Sergeant Nagata.«

»Peggy ...?« Eine Aufwallung von Sorge um sie überkam mich. »Hat er dich geschlagen?«

»Er hat es fast versucht. Er sieht mich immer so seltsam lächelnd an. Als wäre ich seine Tochter und er müßte mich bestrafen.«

Erst heute nachmittag war einer der Zehnjährigen mit brennend roter Stirn in die Baracke zurückgekehrt. Unsere wahre Ausbildung in der Schule von Lunghua bestand darin, daß wir lernten, Dr. Sinclairs Stimmungen zu erkennen.

»Hast du es Mrs. Dwight gesagt?«

»Sie würde mir nicht zuhören. Sie glauben, sie können alles mit uns machen, nur weil sie gut zu uns sind. Mrs. Dwight hat mehr Angst vor ihm als ich.«

»Er schlägt nicht jeden.«

»Dich wird er eines Tages auch noch schlagen.«

»Das lasse ich nicht zu.« Das war müßiges Geschwätz, und schon der nächste Lateinunterricht konnte mich Lügen strafen. Aber bisher hatte ich den kräftigen Händen des Geistlichen entkommen können. Mir war aufgefallen, daß Dr. Sinclair die Kinder der wohlhabenderen britischen Eltern ungeschoren ließ. Er schlug David Hunter nie, wie sehr David auch versuchte ihn zu provozieren, und prügelte nur die Söhne von Fabrikvorarbeitern, eurasischen Müttern oder Beamten der Polizei von Schanghai. Ich konnte nie verstehen, warum die Eltern sich nicht zur Wehr setzten, wenn ihre Kinder mit vom Siegelring des Geistlichen blutenden Ohren in ihre Zimmer im Block G zurückkehrten. Es war beinahe, als akzeptierten die Eltern diese Erinnerungen an ihren geringen Status in der britischen Gemeinde von Schanghai.

Weil mich alles langweilte und ich beschloß, vor Peggy zu prahlen, hob ich einen Stein von der Treppe auf und warf ihn hoch über den Exerzierplatz in die Luft.

»Jamie, das gibt Ärger! Sergeant Nagata hat es gesehen…«

Ich erstarrte unter der Tür. Der Sergeant stand zwanzig Schritte von der Kinderbaracke entfernt auf dem Kiesweg. Während er mich ansah, sog er die Lungen voll, und sein Gesicht stellte die Last eines langsamen, aber gewaltigen Gefühlsausbruchs zur Schau. So kompliziert die Briten in

Lunghua mir erschienen, Sergeant Nagata fand sie ohne den geringsten Zweifel unendlich mysteriöser, ein steifes Volk, dessen Armee sich in Singapur kampflos ergeben hatte, das sich aber dennoch benahm, als hätte es den Krieg gewonnen. Aus unerfindlichen Gründen behielt er mich genauestens im Auge, als wäre ich der Schlüssel zu diesem Rätsel.

Warum er sich aus den zweihundert Kindern einen dreizehnjährigen Jungen ausgesucht hat, habe ich nie herausgefunden. Glaubte er, ich würde einen Fluchtversuch unternehmen oder als geheimer Kurier zwischen den Blocks der Schlafsäle fungieren? Tatsächlich gingen mir die meisten Erwachsenen im Lager aus dem Weg, wenn ich mich ihnen näherte, weil ich darauf brannte, mit verbundenen Augen Schach zu spielen oder meine Meinung über den Stand des Krieges oder die jüngste Taktik des japanischen Luftkriegs kundzutun. Meine ungezähmte Energie ermüdete sie bald, und außerdem sah ich ständig in die Zukunft. Niemand wußte, wann der Krieg zu Ende sein würde – vielleicht 1947 oder gar 1948 –, und die Internierten wurden nur mit der endlosen Zeit fertig, indem sie sie aus ihrem Leben verbannten. Das hektische Programm des ersten Jahres mit Vorträgen und Konzertveranstaltungen war aufgegeben worden. Die Internierten hielten sich in ihren Zellen auf, lasen ihre neuesten Briefe aus England und rafften sich nur kurz auf, wenn die eisenbeschlagenen Räder der Essenswagen ertönten. Mrs. Dwight war nicht die einzige, die die Gefahren einer überaktiven Phantasie erkannte.

»Jamie, paß auf…« Peggy schubste mich schalkhaft durch die Tür. Ich stolperte auf den Kies, aber Sergeant Nagata hatte Dringenderes im Sinn als einen Appell der internierten Kinder. Er klopfte auf seine Namenliste und führte sein Gefolge in die Wachstube zurück. Ich fand es schade, daß er ging – ich legte mich gerne mit Sergeant Nagata an. Die Japaner hatten etwas an sich, ihren Ernst und

Stoizismus, das ich bewunderte. Eines Tages würde ich vielleicht in die japanische Luftwaffe eintreten, genau wie meine anderen Helden, die American Flying Tigers, die für Tschiang Kai-schek geflogen waren.

»Warum kommt er nicht?« Die enttäuschte Peggy zitterte in ihrer geflickten Strickjacke. »Du hättest abhauen können – stell dir vor, was Mrs. Dwight sagen würde. Sie würde dich verbannen lassen.«

»Ich bin verbannt.« Da ich nicht sicher war, was das heißen sollte, fügte ich hinzu: »Heute nacht findet vielleicht ein Fluchtversuch statt.«

»Wer hat das gesagt? Gehst du mit ihnen?«

»Basie und Demarest haben es mir erzählt.« Die Matrosen der amerikanischen Handelsmarine waren ein Quell weitgehend absichtlicher Falschinformationen. Mir indessen lag nichts ferner als Flucht. Meine Eltern waren in Sutschau interniert, zu Fuß eine viel zu gefährliche Strecke, und die britischen Befehlshaber ließen mich vielleicht gar nicht hinein. Sie litten Todesangst, Gefangene aus anderen Lagern könnten sie mit Typhus oder Cholera anstecken.

»Ich wäre mit ihnen gegangen, aber Basie irrt sich.« Ich deutete auf die Wachstube, wo der Gefreite Kimura dem Sergeanten mit übertriebenem Eifer salutierte. »Sie sperren immer das Tor ab, wenn Sergeant Nagata denkt, daß ein Fluchtversuch stattfinden könnte.«

»Nun ...« Peggy verbarg ihre blassen Wangen hinter den Armen und studierte die Japaner heimlich. »Vielleicht wollen sie, daß wir fliehen.«

»Was?« Dieser Gedanke kam wie eine Offenbarung über mich. Aus dem geheimen Lagerradio wußte ich, daß der Krieg inzwischen, November 1943, nicht mehr so günstig für die Japaner stand. Nach ihrem Angriff auf Pearl Harbour und dem raschen Vorstoß über den Pazifik, hatten sie bei den Schlachten um Midway und die Coral Sea schwere Niederlagen hinnehmen müssen. Amerikanische Aufklärungsflugzeuge waren über Schanghai aufgetaucht, die ersten Bombenangriffe würden bestimmt bald folgen. Die militärischen Aktivitäten der Japaner entlang des Flusses Whangpu hatten zugenommen, Luftabwehrbatterien wurden um den Flughafen nördlich des Lagers eingegraben. Die Pagode von Lunghua war jetzt ein schwerbewaffneter Flakturm mit starken Suchscheinwerfern und Schnellfeuerkanonen. Die koreanischen und japanischen Wachen in Lunghua waren den Gefangenen gegenüber aggressiver, und selbst der Gefreite Kimura reagierte gereizt, wenn ich ihm meine Zeichnungen vom Untergang der Repulse und der Prince of Wales zeigte, den britischen Schlachtschiffen, die von japanischen Tiefflіegern auf den Grund des Südchinesischen Meeres versenkt worden waren.

Viel beunruhigender fand ich, daß die Lebensmittelrationen gekürzt worden waren. Die Süßkartoffeln und das Getreide – grobes Viehfutter – waren Lagerhausabfälle voll toten Getreidekäfern und rostigen Nägeln. Peggy und ich hatten ständig Hunger.

»Jamie, angenommen...« Peggy lächelte, von ihrer eigenen Logik fasziniert, in sich hinein. »Angenommen, die Japaner wollen, daß wir fliehen, damit sie uns nicht durchfüttern müssen? Dann hätten sie selbst mehr zu essen.«

Sie wartete auf meine Reaktion und streckte tröstend die Hand aus, als sie merkte, daß sie zu weit gegangen war. Sie wußte, Gefahren für das Lager brachten mich mehr aus der Fassung als alle arglosen Hänseleien zusammen. Ich hatte nicht nur Angst, die Essensrationen könnten noch weiter gekürzt werden, sondern daß das Lager Lunghua, das meine ganze Welt geworden war, in Anarchie versinken könnte. Peggy und ich wären die ersten Opfer. Wenn die Japaner das Interesse an ihren Gefangenen verloren, wären wir der Barmherzigkeit der Banditenbanden ausgeliefert, die durchs Land zogen, abtrünnige Kuomintang und Deserteure der Marionettenarmeen. Trupps alleinstehender Männer aus Block E würden die Lebensmittellager hinter den Küchen in ihre Gewalt bringen, und dann hätte

Mrs. Dwight uns Kindern nichts anderes mehr zu bieten als ihre Gebete.

Ich spürte Peggys Arm um die Schultern und hörte, wie ihr Herz unter der dünnen Mauer ihrer Brust schlug. Sie sah häufig unwohl aus, aber ich war entschlossen, sie vom Krankenhaus fernzuhalten. Das Lazarett von Lunghua verbesserte den Zustand seiner Patienten nicht. Wir benötigten zusätzliche Rationen, wenn wir den kommenden Winter überstehen wollten, aber die Vorratskammer war gründlicher abgeschlossen als die Zellen in der Wachstube.

Als die Entwarnung ertönte, kamen die Internierten aus den Türen ihrer Blocks und betrachteten das Lager, als sähen sie es zum ersten Mal. Die große Familie von Lunghua regte sich. Apathische Frauen hingen ihre verblichene Wäsche und Sanitärlumpen an den Leinen hinter Block G auf. Eine Meute Kinder lief angeführt von David Hunter, der ein Paar Lederschuhe seines Vaters trug, um die ich ihn so sehr beneidete, zum Exerzierplatz. Wenn er im Lager unterwegs war, konnte ich kaum je einen Blick von seinen Füßen nehmen. Mrs. Hunter hatte mir ihre Golfpantinen angeboten, aber ich war zu stolz gewesen, um sie anzunehmen, ein dummes Verhalten, das ich inzwischen bedauerte, da meine eigenen Turnschuhe so fadenscheinig geworden waren wie die Kampfstiefel des Gefreiten Kimura. Der Krieg hatte die Freundschaft zwischen mir und David abgekühlt. Ich beneidete ihn um seine Eltern, und meine sämtlichen Versuche, mich einem mitleidigen Erwachsenen anzuschließen, waren auf Ablehnung gestoßen. Nur Basie und die Amerikaner waren freundlich zu mir, aber deren Freundlichkeit beruhte allein darauf, daß ich Botengänge für sie unternahm.

Mrs. Dwight näherte sich der Kinderbaracke und nahm mit ihren emsigen Augen alles auf, wie ein fleißiger Besen. Sie lächelte Peggy wohlwollend zu. Peggy hielt einen kruden Metalleimer, der aus einem von Monsunstürmen abgerissenen galvanisierten Blechdachstück zusammengelötet worden war. Mit dem schmutzigen Wasser, das sie vom Heizraum mitgebracht hatte, würde Peggy die kleineren Kinder waschen und dann den Waschraum putzen.

»Peggy, bist du unterwegs nach Waterloo?«

»Ja, Mrs. Dwight.« Peggy nahm eine schmerzhaft gebückte Haltung ein, worauf die Missionarin sie voll Zuneigung tätschelte.

»Frag Jamie, ob er dir hilft. Er tut gar nichts.«

»Er ist mit Nachdenken beschäftigt.« Ungekünstelt, mit einem wissenden Blick in meine Richtung, fügte Peggy hinzu: »Mrs. Dwight, Jamie plant einen Fluchtversuch.«

»Wirklich? Ich dachte, er wäre schon vor langer Zeit geflohen. Ich habe Neuigkeiten, über die er nachdenken kann. Jamie, morgen ziehst du in den Block G um. Es wird Zeit, daß du die Kinderbaracke verläßt.«

Ich erwachte aus einem der hungrigen Tagträume, in die ich so oft verfiel. Die Mietshäuser des Franzosenviertels waren am Horizont zu sehen und erinnerten mich an das alte Schanghai vor dem Krieg und die Weihnachtsparties, wenn mein Vater eine Truppe chinesischer Schauspieler eingeladen hatte, die ein heimisches Stück aufführten. Ich erinnerte mich an die Bridgepartien zu zweit auf dem Bett meiner Mutter, meine sorglosen Fahrradfahrten durch das Internationale Viertel und an den Freizeitpark Great World mit seinen Jongleuren und Akrobaten und Tingeltangelmädchen. Das alles schien so fern zu sein wie die Filme, die ich im Grand Theatre gesehen hatte, wo ich neben Olga saß, die in der ihr eigenen gelangweilten Art *Schneewittchen* und *Pinocchio* über sich ergehen ließ.

»Warum, Mrs. Dwight? Ich muß bei Peggy bleiben, bis der Krieg vorbei ist.«

»Nein.« Mrs. Dwight runzelte ob dieser Bemerkung die Stirn, als wäre etwas Anstößiges daran. »Bei Jungs deines Alters wirst du dich wohler fühlen.«

»Mrs. Dwight, ich fühle mich bei Jungs in meinem Alter nie wohl. Sie spielen andauernd Spiele.«

»Das mag sein. Du wirst bei Mr. und Mrs. Vincent wohnen.«

Mrs. Dwight malte die Vorzüge des kleinen Zimmers der Vincents aus, das ich mit diesem kalten Paar und deren krankem Sohn teilen würde. Peggy, die den Eimer an die Brust gedrückt hielt, betrachtete mich mitfühlend. Sie war sich der neuen Herausforderung, der ich mich gegenübersah, wohl bewußt.

Ich aber dachte zur Abwechslung einmal praktisch. Ich wußte, daß ich leicht unter die Fuchtel der Vincents geraten würde, dieses Amateurjockeys und seiner gefühlskalten Frau, denen meine Anwesenheit in ihrem kleinen Reich mißfallen würde. Ich konnte versuchen, Mrs. Vincent zu bestechen, indem ich ihr, wenn sie gut zu mir war, eine Belohnung versprach, die mein Vater nach dem Krieg bezahlen würde. Unglücklicherweise vermochte diese Verlockung die Erwachsenen in Lunghua nicht anzufeuern, so sehr waren sie in ihre Trägheit versunken.

Wenn ich die Vincents bestechen wollte, brauchte ich etwas Erdverbundeneres, die begehrteste Ware in Lunghua. Ich beachtete Mrs. Dwight gar nicht mehr, holte meine Schlackedose unter der Pritsche hervor, rief Peggy ein Lebewohl zu und machte mich im Laufschritt zu den Küchen auf.

Die glühende Schlacke, die in den kalten Wind spuckte, brodelte über den Aschehaufen hinter den Küchen. Nackt, von Baumwollshorts und Holzsandalen abgesehen, traten die Heizer aus dem dampfenden Eingang neben dem Ofen; Asche loderte auf ihren Schaufeln. Jetzt, nachdem das aus Reiscongée bestehende Abendessen zubereitet war, rechten Mr. Sangster und Mr. Bowles den Ofen und drosselten ihn für den Nachtbetrieb. Ich wartete auf dem Gipfel der Aschehalde und erfreute mich an den ekelerregenden Dämpfen im Dämmerlicht, während ich beobachtete, wie sich die japanischen Nachtflieger auf dem Flugplatz von Lunghua aufwärmten.

»Obacht, junger Jim.« Mr. Sangster, zeitweilig Buchhalter beim Elektrizitätswerk von Schanghai, schaufelte eine Kaskade Schlacke vor meine Füße. Die glühende Asche bedeckte meine Turnschuhe und verbrannte mir die Zehen durch den zerschlissenen Stoff. Ich sprang zurück und fragte mich, wieviel Extrarationen dazu beigetragen hatten, Mr. Sangsters breite, muskulöse Schultern zu bilden. Aber Mrs. Sangster war eine Freundin meiner Mutter gewesen, und der Unfug diente dazu, die wertvollsten Schlackebrocken in meine Richtung zu befördern. Kleine Gefälligkeiten waren die heimliche Währung von Lunghua.

Zwei weitere Aschеplünderer gesellten sich auf der Halde zu mir – die ältere Mrs. Tootle, die in der Frauenbaracke ein Zimmer mit ihrer Schwester teilte und unangenehme Kräutertees aus den Unkräutern und Wildblumen am Grenzzaun braute; und Mr. Hopkins, der Kunstlehrer von der Cathedral School, der sich ewig bemühte, das Zimmer im Block G für seine malariakranke Frau zu heizen. Er stocherte mit einem Holzlineal in der Schlacke, während Mrs. Tootle mit einer alten Zuckerzange darin herumkratzte. Beide besaßen nichts von der Schnelligkeit und dem hohen Gebrauchswert meiner Zange aus gebogenem Draht. Ein bescheidener Schatz halb verbrannten Anthrazits lag in diesen Schlackehäufchen, aber die wenigsten Internierten rappelten sich auf, um Brennstoff zum Heizen zu bekommen. Sie drängten sich lieber in den Schlafsälen aneinander und beschwerten sich wegen der Kälte.

Ich hockte auf meinen Fersen und hob die Kohlestücke auf, die das Sieben überlebt hatten und teilweise kaum größer als eine Erdnuß waren. Ich warf sie in meine Keksdose, damit ich sie, wenn sie voll war, gegen eine extra Süßkartoffel oder eine Vorkriegsausgabe von *Reader's Digest* oder *Popular Mechanics* eintauschen konnte, auf die die amerikanischen Matrosen ein Monopol hatten. Diese Zeitschriften hatten mich durch diese langen Jahre gebracht, weil sie meiner verzweifelten Phantasie Nahrung gaben. Mrs. Dwight kritisierte mich ständig, ich würde zuviel träumen, aber mehr als meine Phantasie hatte ich eben nicht.

Wie ich wußte, war es eine britische Vollzeitbeschäftigung, jedermann zu kritisieren. Ich saß auf der Aschehalde, während Mrs. Tootle und Mr. Hopkins auf ihre resignierte Weise in der alten Schlacke wühlten, und sah auf das Lager hinab. Die Briten hatten nichts, dem sie entgegensahen, im Gegensatz zu den Amerikanern, deren Welt stets voller Möglichkeiten war. Jeder Amerikaner war eine Werbung für Selbstvertrauen und Erfolg, wie die großspurigen Seiten in der *Saturday Evening Post*, wogegen jeder Engländer eine Schild mit der Aufschrift »Eindringlinge werden bestraft« war. Eines Tages, hatte mein Vater mir gesagt, würde ich in England zur Schule gehen. Ich fürchtete jetzt schon, das England, das ich nach dem Krieg besuchen würde, könnte eine größere Version des Lagers Lunghua sein, mit seinem Snobismus und seinen gesellschaftlichen Schranken und »besten Familien« mit ihrem erstickten Gerede von »London Town«, das zur Schau gestellt wurde wie das Abzeichen eines exklusiven Klubs, eines Klubs, dem ich nach besten Kräften aus dem Weg zu gehen trachten würde.

Die letzte Wärme war aus der Schlacke unter meinen Füßen gewichen. Die Nachtluft wurde von den überschwemmten Reisfeldern und dem Irrgarten von Bächen und Kanälen rings um Lunghua abgekühlt. Ich betrachtete die Kondensstreifen der japanischen Flugzeuge und wärmte mich mit dem Gedanken an ihre leistungsstarken Motoren. Mr. Hopkins war von der Kohlenhalde heruntergestiegen und trug seine wenigen Kohlen zu seiner kranken Frau, aber Mrs. Tootle stocherte immer noch in der erloschenen Schlacke. In Lunghua herrschte eine nächtliche Ausgangssperre, aber die Japaner gaben sich keine Mühe, sie durchzusetzen. In den unbeheizten Hütten und Betonbaracken des ehemaligen Lehrerseminars gingen die Internierten früh zu Bett, selbstverständlich immer vorausgesetzt, daß sie überhaupt aufgestanden waren. Mrs. Dwight und die Missionarsdamen waren daran gewöhnt, daß ich mit meinem Schachbrett durch die Erwachsenenschlafsäle streifte und mir die neuesten Gerüchte über den Krieg anhörte.

Ich rutschte den Hang hinunter zu Mrs. Tootle und wählte drei erlesene Kohlestücke aus meiner Dose für sie aus.

»Jamie ... die kann ich nicht annehmen.«

»Behalten Sie sie, Mrs. Tootle. Sagen Sie Ihrer Schwester, daß ich sie Ihnen gegeben habe.«

»Das werde ich ... «

Sie verschwand in der Dunkelheit und brühte in Gedanken schon eine Tasse Kräutertee auf. Sie tat mir leid, aber ich konnte sie nicht um mich haben. Als ich allein auf der Aschehalde war, kroch ich über den Schlackehang zur Backsteinmauer des Anbaus.

Hier waren die Lebensmittelvorräte des Lagers Lunghua für die kommende Woche gelagert. – Säcke voll Reis und Getreide und Strohkörbe voll grauer Süßkartoffeln. Ich kauerte an der Rückwand des Anbaus, griff in die Tasche und holte ein behelfsmäßiges Messer heraus, das ich aus einem abgebrochenen chinesischen Bajonett gemacht hatte. Die Klinge war bis auf fünf Zentimeter abgebrochen gewesen, als ich die Waffe in einem unbenutzten Brunnen hinter dem Feldlazarett gefunden hatte, aber ich hatte sie zu einem nützlichen Werkzeug geschliffen. In den Stunden, die ich auf der Aschehalde verbracht und auf die nächste Ladung ausgebrannter Kohlen gewartet hatte, war mir aufgefallen, daß der Mörtel zwischen den Backsteinen kaum härter als getrockneter Lehm war. Entweder hatten die japanischen Ingenieure, die für die Errichtung des Lagers Lunghua verantwortlich waren, gar nicht gemerkt, daß die chinesischen Arbeiter sie betrogen hatten, oder sie waren davon ausgegangen, daß sich der Krieg nur wenige Monate hinziehen würde, bis Amerika sich auf Friedensverhandlungen einließ.

Ich bückte mich tief hinunter und kratzte am Mörtel, ein Geräusch, das im Grollen der Motoren auf dem Flugplatz nicht zu hören war. Innerhalb von zehn Minuten hatte ich den ersten Backstein gelockert. Ich zog ihn vorsichtig aus der Wand, schob die Finger in die dunkle Öffnung und berührte das derbe Stroh eines Korbs Süßkartoffeln.

Die nächsten beiden Steine fielen mir in die Hände, als wäre die ganze Mauer des Anbaus im Einsturz begriffen. Sie lagen neben mir in der Dunkelheit wie Goldbarren. Später würde ich sie wieder in die Mauer einfügen und die weiße Asche als Mörtelersatz benützen. Mit etwas Glück würde es mir gelingen, das Vorratslager erneut zu besuchen, ohne bei Mr. Christie, einem ehemaligen Manager des Palace Hotels, der die mehltauigen Kartoffeln und Abfallprodukte der Lager mit fanatischem Eifer bewachte, Verdacht zu erregen. Wenn es nach Mr. Christie ginge, wären die Lebensmittelvorräte des Lagers Lunghua größer als das Warenhaus der Sincere Company und sämtliche Insassen tot.

Ich zog die Backsteine aus dem weichen Mörtel und vergrößerte so die Öffnung Stück für Stück. Die fernen Lichter des Flugplatzes warfen Schatten der Pfosten des Grenzzauns an die Mauer über meinem Kopf. Ein Strohsack versperrte den größten Teil der Öffnung, aber im kreisenden Licht eines Suchscheinwerfers konnte ich das stickige Innere des Lagerraums sehen, eine geheimnisvolle in sich geschlossene Welt wie die Hütte der Zwerge in *Schneewittchen.* Die schweren Säcke dösten an der Wand, ihre tröstlichen Umrisse erinnerten mich an eine Familie schlummernder Bären. Meine wenigen Skrupel, die Lebensmittel zu stehlen, waren vergessen. Ich überlegte bereits, ob ich in den Lagerraum kriechen und die Mauer hinter mir versiegeln sollte. Peggy und ich würden dort schlafen, fernab der Kälte, sicher zwischen den großen, dösenden Säcken...

Eine Leuchtkugel explodierte am Nachthimmel. Das bernsteinfarbene Licht waberte in einem Heiligenschein aus weißem Rauch. Sie fiel langsam auf das offene Gelände zwischen dem Grenzzaun des Lagers und der Begrenzung des Flugplatzes und spiegelte sich in der überschwemmten Oberfläche eines Reisfelds.

Ich stand ohne zu überlegen auf, mein Schatten schnellte an der Mauer des Anbaus hoch. Zwanzig Meter von mir entfernt wurden vier Gestalten, deren orangefarbene Gesichter wie Laternen in der Dunkelheit leuchteten, von dem grellen Licht überrascht. Zwei Männer waren bereits über den Zaun geklettert, der dritte kniete und hatte ein Bein zwischen den durchhängenden Stacheldrahtseilen durchgestreckt. Sie riefen einander über das Zischen der Leuchtkugel hinweg etwas zu, und der Mann am Zaun riß sich das Hemd herunter und stolperte durch das Gras Richtung Reisfeld. Sein Hemd hing am Zaun wie eine zerfetzte Flagge.

Auf beiden Seiten des Zauns schwankten Fackeln über den Boden. Bewaffnete japanische Soldaten standen im hohen Gras zwischen dem Grenzzaun und dem Flugplatz. Die Möchtegernflüchtlinge waren bereits stehengeblieben und warteten, bis die Japaner zu ihnen kamen. Die vierte Gestalt stand am Zaun und löste langsam das zerrissene Hemd. Als sie aufsah, erkannte ich das blonde Haar und verkniffene Gesicht von David Hunter.

Die Leuchtkugel fiel ins Reisfeld und wurde von der schwarzen Oberfläche verschluckt. Ich nutzte meine Chance, sprang von der Aschehalde und sauste an den Hintertüren der Küchen vorbei. Ich stolperte über meine Schlackedose, verstreute die wertvollen Kohlen und taumelte ins Licht einer Taschenlampe, das mir ins Gesicht schien. Der Gefreite Kimura versperrte mit gezückter Waffe den Weg zur Kinderbaracke; nächtlicher Nebel stieg von seinen Nasenlöchern auf. Neben ihm stand Sergeant Nagata, der den Lichtstrahl seiner Taschenlampe auf meinen Kopf richtete und gleichzeitig beobachtete, wie seine Männer die flüchtigen Gefangenen dingfest machten. Als diese zu Boden geschlagen worden waren, winkte mich Sergeant Nagata zu sich. Ich wartete darauf, daß er mich schlagen würde, aber er sah mir nur ins Gesicht, als hätte er Schwierigkeiten, mich zu erkennen und sich vorzustellen, daß ausgerechnet ich von allen Internierten in Lunghua fliehen wollte.

Später saßen wir auf einer Seite des Holztischs in der Wachstube. Die japanischen Soldaten, an deren Stiefeln nasses Gras klebte, standen an der Wand. Mr. Hyashi, der Lagerkommandant, der aus seinen Räumen in den Offiziersbungalows geholt worden war, schritt auf und ab und gab sich die größte Mühe, nicht die Beherrschung zu verlieren. Der einstige Diplomat der japanischen Botschaft in London, ein kleiner, pedantischer Mann und quälend nervös, war der einzige japanische Zivilist im Lager und hatte vor Sergeant Nagata so große Angst wie jeder einzelne Gefangene. Lange Pausen unterbrachen sein Verhör, in denen er die notwendigen Sätze in seinem gebrochenen Englisch formulierte.

Sergeant Nagata, den diese Zeitverschwendung langweilte, ging hinter uns auf und ab und schlug uns wahllos auf die Köpfe. Meine Ohren klingelten von seinen Schlägen, wie damals nach dem Bombeneinschlag auf der Avenue Edward VII. Ich war sicher, wir würden bald so taub sein, daß wir Mr. Hyashis stockende Fragen nicht mehr beantworten konnten.

Am einen Ende des Holztischs saß ein neunundzwanzigjähriger Londoner namens Mariner, mit Blutergüssen von Gewehrkolben auf der Brust und im Gesicht. Nachdem ihn die Polizei von Schanghai auf freien Fuß gesetzt hatte – er hatte einen Rikschakuli ausgeraubt –, war er Vorarbeiter in der Shell-Raffinerie geworden und hatte sich kaum von der Pritsche gerührt, seit er ins Lager gebracht worden war. Neben ihm saßen die Gebrüder Ralston, Stallburschen, die aus England gekommen waren, um auf dem Rennplatz von Schanghai zu arbeiten. Sie witzelten nervös mit David Hunter, der mit gesenktem Kopf und blutverklebtem blonden Haar neben ihnen saß.

Warum David mit seinen fürsorglichen Eltern einen Fluchtversuch aus Lunghua unternommen hatte, verwirrte mich, und Mr. Hyashi eindeutig auch.

»Du bist ... durch den Zaun ... gelaufen?« Er deutete auf Mariner. »Du?«

»Wir sind nicht gelaufen, nein. Wir sind durch den Zaun *geklettert*«, erklärte Mariner halb scherzhaft. »Sie wissen schon, gestiegen wie ...«

Der ältere Ralston beugte den Kopf, ließ Blut auf meinen Arm tropfen und sagte in einem Bühnenflüstern: »Ich wußte, ich muß diese Schnittwunden irgendwoher haben.«

Beide Ralstons kicherten, worauf Sergeant Nagata hinter sie trat und ihnen mit seiner harten Faust auf die Köpfe schlug. Sie fielen nach vorne auf den Tisch, waren benommen, lächelten aber immer noch schief und bekamen Mr. Hyashis nächste Frage nicht mit, wofür sie wieder geschlagen wurden.

Ich sah David stirnrunzelnd an und wollte ihn so warnen, ein ernstes Gesicht zu machen, aber er war von dem Schabernack der Briten ganz gefangengenommen und kicherte gedankenlos mit ihnen, Tränen rannen ihm die Wangen herab. Er wich meinem Blick aus, als wäre er froh, daß er erwischt worden war, und bereit zu leiden. Sie lachten, weil sie Angst hatten, wie die Chinesen, aber für Mr. Hyashi und Sergeant Nagata waren sie auf eine eigentümlich britische Weise absichtlich unverschämt und um so arroganter, seit sie in die Niederlage gestolpert waren.

Der fassungslose Mr. Hyashi, der gezwungen war, den Vorsitz über diese zerlumpte Gesellschaft zu führen, eine Aufgabe, auf die ihn seine diplomatische Ausbildung im Außenministerium von Tokio nicht vorbereitet hatte, bezog am Kopfende des Tisches Stellung. Er stand nur wenige Zentimeter von mir entfernt, und ich konnte spüren, wie er zitterte, während Sergeant Nagata die lachenden Ralstons schlug. Ich hatte solche Angst, daß ich ebenfalls lachen wollte, aber ich fragte mich bereits, was passieren würde, wenn der Sergeant meinen Versuch entdeckte, ins Lebensmittellager einzubrechen.

Mr. Hyashi sah auf mich herab und bemerkte meinen gesenkten Blick. Er schien erleichtert zu sein, wenigstens ein Quentchen Vernunft zu finden, und legte mir die zitternde Hand auf den Kopf, als wollte er sich vergewissern, daß ich wirklich da war.

»Du nicht... versucht zu fliehen?«

»Nein, Mr. Hyashi.«

»Nicht?«

»Mr. Hyashi, mir gefällt es im Lager Lunghua. Ich will nicht fliehen.«

Zum ersten Mal hob Mr. Hyashi die Hand, um Sergeant Nagata zurückzuhalten. »Kein Fluchtversuch. Gut.« Er schien unendlich erleichtert zu sein.

Der ältere Ralston lehnte sich an mich, die Augen von den Schlägen getrübt. »Paß auf dich auf, Junge. Du bist hier ganz auf dich allein gestellt.«

»Alle in Lunghua...«, begann Mr. Hyashi, als würde er vor dem versammelten Lager sprechen. Er suchte nach einem Ausdruck, dann ließ er die Luft aus den Lungen entweichen und war sichtlich niedergeschlagen, weil er nie mit dieser seltsamen Sprache und ihren noch seltsameren Menschen zurechtkommen würde. Der blutüberströmte Mariner lag auf dem Tisch, aber die Ralstons waren noch ungebeugt und bereit, die Japaner zu provozieren und sie zu zwingen, ihr Schlimmstes zu tun. Ich bewunderte sie wegen ihres Mutes, ebenso wie ich die Japaner bewunderte. Ich habe nie verstanden, warum die einzigen tapferen Briten diejenigen waren, mit denen ich keinen Umgang haben durfte, wogegen die Offiziere, mit denen meine Mutter und deren Freundinnen im Country Club tanzten, sich bei Singapur ohne einen einzigen Schuß ergeben hatten.

Mr. Hyashi deutete auf mich und wies mit einem zitternden Zeigefinger zur Tür. Fünf Minuten später befand ich mich wieder in der Kinderbaracke und beeindruckte Peggy und eine fassungslose Mrs. Dwight mit der Saga meines Fluchtversuchs.

Am folgenden Tag fand der erste amerikanische Luftangriff bei Tage über Schanghai statt. Jagdbomber, die von den Flugplätzen bei Tschungking starteten, griffen die Hafenanlagen bei Jangtsepu an. Nun endlich kehrte der Krieg zu den Japanern hcim. Sie verstärkten die Luftabwehr des Flugplatzes von Lunghua und vergaßen darüber alle Maßnahmen wegen des Fluchtversuchs. Nach einer Nacht in den Zellen der Wachstube kehrten die Männer zurück, damit sie sich auf ihren Pritschen im Block E erholen konnten. Ein betroffener David Hunter, dessen Gesicht noch von Blutergüssen gezeichnet war, beobachtete mich vom Fenster im Zimmer seiner Eltern, winkte mir, der ich auf dem Exerzierplatz stand, aber nicht zurück.

Zu meiner Erleichterung erfuhr niemand von meinem Versuch, in die Vorratskammer einzubrechen. Die Japaner mauerten die Backsteine wieder ein und gingen davon aus, daß die fluchtbereiten Gefangenen versucht hatten, sich mit Vorräten für den langen Querfeldeinmarsch zu den vierhundert Meilen entfernten chinesischen Linien einzudecken.

Ich erzählte allen, die mir glaubten, daß ich im letzten Augenblick beschlossen hätte, mich den Flüchtenden anzuschließen. Mrs. Dwight hatte nichts anderes erwartet, aber Peggy schüttelte auf ihre freundliche, jedoch skeptische Art den Kopf angesichts meiner Prahlereien. Sie wußte, ich fühlte mich Lunghua so sehr verbunden, daß ich es nie verlassen wollte, daß meine ganze Welt von dem Lager geformt worden war und daß ich hier einen speziellen Frieden gefunden hatte, der mir in Schanghai versagt geblieben war.

Eines Tages würde der Krieg zu Ende gehen, aber vorerst war ich voll und ganz damit beschäftigt, mit dem steinharten Paar zurechtzukommen, mit dem ich das Zimmer teilen mußte. Ich baute um meine Pritsche herum eine kleine Nische, wo ich versuchte, das friedliche Innere des Vorratslagers nachzubilden. Wenn ich auf der Aschehalde saß, während Mr. Sangster mir die abendlichen Kohlen vor die Füße schaufelte, wartete ich darauf, daß die amerikanischen Bomber den Himmel in Brand setzen würden und dachte an den weißen Staub und die knacksenden Särge in der Avenue Edward VII.

Unter mir markierte frischer Mörtel den Umriß einer Geheimtür zu einer vertrauten Welt. Ich hatte keineswegs versuchen wollen, aus dem Lager zu fliehen, sondern mich im Gegenteil bemüht, mich noch tiefer in seinem Herzen einzugraben.

Die japanischen Soldaten

Alle riefen, daß der Krieg zu Ende war. Gefangene lehnten sich zu den Fenstern hinaus, winkten einander über den Exerzierplatz hinweg zu und deuteten zum Himmel. Peggy Gardner und eine Delegation Missionarsfrauen versammelten sich vor der Wachstube und sahen durch die Tür auf Sergeant Nagatas geplünderten Schreibtisch. Ich stand am offenen Tor des Lagers und betrachtete die staubige Straße, die dem langen Arm des Whangpu nach Süden folgte. Dunstschleier schlossen die verlassene Landschaft wie ein Moskitonetz ein und umflorten den Augusthimmel. Wolkenfäden verlicfen durch das perlmuttfarbene Licht und nähten den Himmel zusammen. Kondensstreifen der amerikanischen Aufklärungsflugzeuge lösten sich über meinem Kopf auf – vielleicht Trümmer gigantischer Buchstaben, die eine apokalyptische Botschaft ergaben.

»Was sagen sie, Jamie?« rief Peggy mir zu. »Ist der Krieg wirklich vorbei?«

»Frag Sergeant Nagata. Ich gehe zum Fluß.«

»Sergeant Nagata ist nicht mehr hier. Jetzt kannst du nach Schanghai zurückkehren.« Sie zupfte an den Flicken ihres Kleides; es tat ihr leid, mich gehen zu sehen, aber sie war sich noch nicht sicher, ob ich den nötigen Mut aufbringen würde. »Wenn du willst…«

»Ich komme heute abend zurück. Warte bei der Baracke auf mich.«

Bei aller Aufregung schien es niemand eilig zu haben, das Lager zu verlassen, wie Peggy aufgefallen war. Seit Tagen hatten wir Gerüchte gehört, wonach die Amerikaner eine neue Superbombe über Japan abgeworfen und die

Städte Nagasaki und Hiroshima vernichtet hatten. Manche Gefangenen behaupteten sogar, sie hätten den Blitz der Bombe gesehen. Die Staffeln der B-29-Bomber hatten ihre Angriffe auf den Flugplatz Lunghua eingestellt, aber immer noch warteten bewaffnete japanische Soldaten bei den Luftabwehrkanonen. Eines Morgens wachten wir auf und stellten fest, daß Mr. Hyashi und die Wachen verschwunden waren; sie hatten sich im Schutz der nächtlichen Ausgangssperre davongeschlichen. Wir standen am Grenzzaun wie Kinder, die von ihren Lehrern im Stich gelassen worden waren und nicht wußten, ob sie das Klassenzimmer verlassen sollten oder nicht.

Den ganzen Tag behielten wir die Straße nach Schanghai im Auge und rechneten damit, daß ein Konvoi amerikanischer Fahrzeuge aus dem Staub auf uns zugefahren kommen würde, obwohl jeder wußte, daß die nächsten Amerikaner sich Hunderte von Meilen entfernt auf der Insel Okinawa befanden. Gelangweilt von dieser Schachmattsituation, stiegen einige Männer aus dem Block E durch den Zaun und standen im hohen Gras. Wie sie so in die stille Luft hinauf sahen, wirkten sie seltsam befangen, als hätten sie vergessen, wer sie waren.

Um mich vor Peggy zu produzieren, kletterte ich hinter Block G durch den Zaun und ging auf einen Grabhügel zweihundert Meter vom Lager entfernt zu. Ich erklomm die Treppe verfaulender Särge, in denen winzige Skelette unter Decken seidigen Schlamms schliefen. Ich stand in gleißendem Licht und winkte Peggy, die sich an den Draht preßte und atemlos darauf wartete, daß ich erschossen werden würde. Ich konnte die ausgebrannten Flugzeughallen und kraterübersäten Landebahnen des Flugplatzes von Lunghua sehen, der von den Wracks der Jagdbomber umringt war, sowie die unveränderte Silhouette von Schanghai, die in den vergangenen drei Jahren den Horizont meines Geistes gebildet hatte. Unwillkürlich mußte ich immer wieder über die Schulter zurück zum Lager blicken, dessen Betongebäude und Holzhütten ich zum ersten Mal aus dieser seltsamen Perspektive sah.

Als ich das Lager verlassen hatte, war ich aus meinem eigenen Kopf herausgetreten. Hatten die Atombomben irgendwie den Himmel aufgerissen und die Welt auf den Kopf gestellt? Ich fühlte mich unbehaglich in dem freien Gelände, ein verlockendes Ziel für jeden verdrossenen japanischen Wachtposten. Ich sprang von den Särgen, hinterließ meine Fußabdrücke im weichen Staub und lief dem sicheren eingezäunten Lager entgegen. Ich beachtete Peggys wütende Blicke nicht, sondern ging schnurstracks zum Block G, wo ich mich hinter den Vorhang meines Kabuffs legte und endlich einmal froh war, Mr. Vincents Stimme zu hören, als dieser sich bei seiner Frau beschwerte, weil es den alliierten Behörden nicht gelungen war, uns angemessen vom Ende des Kriegs zu unterrichten.

Aber wollte ich, daß er zu Ende war? Am nächsten Tag, als die japanischen Wachen nach Lunghua zurückkehrten, fühlte ich mich insgeheim erleichtert. Es gab bereits Anzeichen, daß die Ordnung im Lager zusammenbrach. Eine Bande Männer hatte unter dem Kommando der Gebrüder Ralston versucht, in die Küchen einzubrechen, während andere die Wachstube geplündert hatten. Die Lebensmittelvorräte waren fast erschöpft, unsere tägliche Ration bestand nur noch aus einer Schüssel Congée. Die amerikanischen Bombenangriffe hatten uns eine Art Ordnung aufgezwungen, die von Gefangenen und Wachen gleichermaßen respektiert worden war. Jetzt war der Himmel frei und entblößt, ein Haus ohne Dach.

Glücklicherweise nahmen die Japaner die Wachstube wieder in Besitz und stellten Wachtposten vor den Küchengebäuden auf. Aber die Soldaten waren blaß und nervös, der Gefreite Kimura wich meinem Blick aus, weil ihm inzwischen selbst klargeworden war, daß er seine Familie nie wiedersehen würde. Sogar Sergeant Nagata war zurückhaltend und scheuchte mich fort, als ich vor der Wachstube herumhing und mir etwas überlegte, was ihn aufmuntern könnte. Er saß steif an seinem geplünderten Schreibtisch und achtete nicht auf die englischen und belgischen Frauen, die in ihren zerrissenen Baumwollkleidern vor seinem Fenster standen und ihm Verwünschungen entgegenkreischten, bis Kolliers aus Speichel auf ihren Brüsten glänzten.

Schließlich erfolgte der Rundfunkappell Kaiser Hirohitos, der seine Armeen aufforderte, die Waffen niederzulegen. Zu dem Zeitpunkt lachte ich lauthals darüber. Kein Japaner würde sich jemals ergeben. So lange er ein Bajonett und eine Granate oder ein Gewehr mit nur einem einzigen Schuß besaß, würde er kämpfen bis zum bitteren Ende. Ich ging wie alle anderen davon aus, daß die japanischen Streitkräfte in China ihr letztes Gefecht gegen Tschiang Kai-scheck und die Amerikaner an der Mündung des Jangtse unweit von Lunghua schlagen würden.

Aber die ersten amerikanischen Aufklärungsflugzeuge tauchten am Himmel auf, und die Flugabwehrkanonen auf dem Flughafen blieben stumm. Sergeant Nagata und seine Männer, die lediglich in der Hoffnung, Nahrung zu finden, nach Lunghua zurückgekehrt waren, ließen uns erneut im Stich und marschierten in die Nacht. Am nächsten Tag gegen Mittag stellten die beiden Ingenieure des Wasserwerks von Schanghai, die das geheime Radio den ganzen Krieg über bedient hatten, das zerschrammte Bakelitgerät auf den Balkon über dem Eingang zu Block F. Da endlich konnten wir die Siegesansprachen von Roosevelt und MacArthur hören.

Also, sagte ich mir, der Krieg ist zu Ende. Aber als ich am offenen Tor stand, war ich immer noch nicht völlig überzeugt. Die Frauen von der Mission waren weggegangen, Peggy zuckte ein letztes Mal hoffnungslos die Achseln, ging in die Kinderbaracke zurück und ließ mich zwischen den verfaulten Torpfosten stehen. Alles im Lager selbst war unverändert, aber jenseits des Zauns lag eine andere Welt. Der wilde Reis, der am Wegesrand wuchs, die Zuckerrohrpflanzen und der gelbe Schlamm der verlassenen Reisfelder waren samt und sonders ins selbe unheimliche Licht getaucht, als wären sie von der Bombe bestrahlt worden, die vierhundert Meilen jenseits des Chinesischen Meeres auf Nagasaki abgeworfen worden war. Die überfluteten Kanäle, die Grabhügel und die vergessenen Keramikarbeiten am Fluß sahen wie eine ausgedehnte Bühnenkulisse aus. Ich machte einen Schritt nach vorne, aber die gekrümmten Spuren, die der Nachschublaster in den Erdboden gewalzt hatte, führten mich ins Lager zurück.

Ich wußte jedoch, daß es Zeit war aufzubrechen. Meine Mutter und mein Vater würden bald in unser Haus in Schanghai zurückkehren, und ich wollte bei ihnen sein, solange noch eine geringe Chance bestand, daß sie sich an mich erinnerten. Schanghai lag acht Meilen entfernt hinter einem stummen Terrain von Reisfeldern und verlassenen Dörfern. In der Tasche hatte ich eine Flasche Wasser, das Peggy für mich abgekocht hatte, sowie eine Süßkartoffel, die ich mir aufgehoben hatte. Ich verstaute sie in meinen Khakishorts und trat durch das Tor auf die offene Landstraße.

Ich schritt am staubigen Straßenrand dahin und hielt den Blick auf die Silhouette von Schanghai gerichtet. Innerhalb des Stacheldrahtzauns begann ein neuer Tag in Lunghua. Der Krieg mochte zu Ende sein, aber die Frauen wuschen ihre Wäsche und die Männer lungerten auf den Stufen der Schlafsaalblocks herum. David Hunter und eine Gruppe kleinerer Kinder spielten eines ihrer stundenlangen Seilhüpfspiele; sie sprangen gemeinsam auf und ab, während David, mit dem wie immer sein unbändiges Temperament durchging, den Boden unter ihren Füßen peitschte.

Vor der Kinderbaracke saß Peggy mit einem Vierjährigen und versuchte, ihm das Lesen beizubringen. Ich rief nach ihr, aber sie war so in das Buch vertieft, daß sie mich nicht hörte. Peggys Eltern würden Wochen brauchen, bis sie von Tsingtau hierher gereist waren, und ich hatte vor, wiederzukommen und nach ihr zu sehen. Wenn Lunghua mein wahres Zuhause war, war Peggy meine engste Freundin, die mir näher war als meine Mutter und mein Vater es je hätten sein können, so sehr die Frauen von der Mission auch versucht hatten, uns zu trennen. Wir zankten häufig, aber während der finsteren Zeiten hatte Peggy gelernt, sich auf mich zu verlassen und meine überschäumende Phantasie im Zaum zu halten.

Ich ging am Küchengarten hinter dem Lazarett mit seinen Reihen Bohnen und Tomaten vorbei. Peggy und ich hatten sie angebaut, um unsere Rationen zu ergänzen; wir hatten den Boden mit Eimern nächtlicher Ausscheidungsprodukte gedüngt, die wir aus der Senkgrube von Block G holten, die einzigen sinnvollen Produkte der Existenz der Vincents. Mrs. Dwight stand auf der Treppe des Lazaretts und sprach zu einem jungen Eurasier, dessen Vater Chauffeur des Dekans der Kathedrale von Schanghai gewesen war. Er, ein widerwilliger Pfleger im Lazarett, hätte sich Mrs. Dwight einst unterwürfig gefügt, aber jetzt sah ich an seinem gelangweilten Gesichtsausdruck, daß ihr moralisierendes Geschwätz ihn nicht mehr beeindruckte. Die britische Macht war dahin, sie war gesunken wie die torpedierten Wracks der Repulse und der Prince of Wales, und er konnte sich entscheiden, wieder Chinese zu werden. Wie Davids Vater häufig während unserer Schachspiele ausgeführt hatte, war der japanische Angriff auf Pearl Harbour die erste Revolte der kolonisierten Nationen des Ostens gegen den imperialistischen Westen gewesen. Schanghai, das den ganzen Krieg überdauert hatte, konnte sich mehr verändert haben als mir bewußt war.

Ich ließ die Straße hinter mir, drehte dem Lager den Rücken zu und trat ins hohe Gras beim Kanal, der die südliche Grenze des Flugplatzgeländes bildete. Ein Schwarm

Moskitos stieg vom abgestandenen Wasser in die Höhe; sie begrüßten mich, als wäre ich der erste Mensch, der diese verlassene Welt betrat. Libellen sausten durch die wie lackierte Luft, elektrisch blaue Schlieren, die im Öl reflektiert wurden, das aus einem ausgebombten Frachter bei Nantau ausströmte.

Ein gesunkenes japanisches Patrouillenboot lag im Kanal, Maschinengewehre ragten von dem gepanzerten Geschützturm gen Himmel. Teile der hölzernen Deckplanken waren bereits von der zurückkehrenden chinesischen Dorfbevölkerung zu Feuerholz zerhackt worden. Das Boot, das von den American Mustangs im Tiefflug angegriffen worden war, bevor die Besatzung reagieren konnte, löste sich im weichen Schlamm des Kanalbodens auf. Nur der japanische Soldat, der, das Gesicht nach unten, im seichten Wasser lag, war still, und das Wasser hatte die Messingschnallen seines Drillichzeugs poliert. Ich stand über ihm am Ufer und sah zu, wie das Wasser ihm die Haare von der Kopfhaut hob. Ich konnte jedes einzelne Eitergeschwür an seinem Hals erkennen, ebenso die aufgequollenen Nähte seines grobgewebten Hemds. Wasserkäfer sausten zwischen seinen Fingern dahin und sandten Lichtschimmer in die Luft, als würde dieser tote Soldat auf die Unterseite der Oberfläche klopfen und so eine letzte Botschaft hinausschicken.

Eine halbe Meile entfernt machte der Kanal eine Biegung und mündete in den Whangpu. Ich kehrte dem Ufer den Rücken und schritt durch das hüfthohe Gras zu dem kreisförmigen Rand eines überschwemmten Bombenkraters. Eine weiße Schlange schwamm durch das milchige Wasser und erforschte dieses neue Reich. Hinter dem Krater befand sich die Grenzstraße des Flugplatzes, wo abgedeckte Flugzeughallen neben ausgebombten Maschinenhallen standen.

Ein chinesischer Marionettensoldat, den die letzten amerikanischen Luftangriffe erwischt hatten, lag an der

Böschung eines Eisenbahngleises. Banditen hatten seinen Leichnam geplündert, ihm die Taschen und Munitionsbeutel geleert, und er war von Papierschnipseln umgeben – Seiten aus seinem Paß, Briefe und kleine Fotografien, die Dokumentation eines Lebens, die er selbst neben sich ausgebreitet haben könnte, während er auf den Tod wartete.

Ich beneidete ihn um all seine Besitztümer, als ich die Erdböschung erklomm, den Damm, auf dem die Eisenbahnstrecke Hangtschau–Schanghai nach Nordwesten verlief und sich im dunstigen Licht verlor. Ich ging zwischen den polierten Schienen dahin, die in der Hitze leicht summten, und paßte meine Schritte den Holzbohlen an. Ich suchte nach dem Lager Lunghua, aber der vertraute Umriß seiner Dächer war verschwunden. Ein intensives Licht, mehr elektrischer als solarer Natur, lag über den Trümmerfeldern, als wäre die Atmosphäre aufgeladen von der Energie jener düsteren Waffe, die jenseits des Chinesischen Meeres gezündet worden war. Ich betrachtete meine Hände, fragte mich, ob ich auch betroffen sein mochte, und kostete das schale Wasser aus meiner Flasche. Zum ersten Mal kam mir der Gedanke, daß alle außerhalb von Lunghua tot sein könnten und der Krieg deshalb zu Ende war.

Eine halbe Stunde später, als ich noch eine weitere Meile in das Gleißen hineingewandert war, kam ich zu einem kleinen Bahnhof am Wegesrand. Er lag neben den Gleisen, hatte einen bescheidenen Aufenthaltsraum mit einem Fahrkartenschalter, verblaßte Fahrpläne hingen in der Luft. Vier japanische Soldaten saßen auf dem betonierten Bahnsteig. Sie waren voll bewaffnet – die Gewehre neben sich – und trugen Drillichzeug und Munitionsbeutel über den ausgeblichenen Uniformen. Eine Einheit der Feldinfanterie, die in diesem ländlichen Bahnhof möglicherweise auf Befehle wartete; Befehle, die nie kommen würden. Sie hatten sich eine einfache Mahlzeit auf einem behelfsmäßigen Herd gekocht, in dem sie Holzplanken verbrannten, die sie aus den Wänden des Wartezimmers gerissen hatten, und ruhten sich in der Tageshitze aus.

Ihre selbstgedrehten Zigaretten rauchend, beobachteten sie, wie ich zwischen den Schienen auf sie zu kam. Ich verlangsamte meine Schritte, denn ich war nicht sicher, ob ich den Japanern aus dem Weg gehen sollte. Unterhalb der Böschung lag ein teilweise mit Wasser vollgelaufener Panzerabwehrgraben, in dem ein toter Wasserbüffel schwamm. Der Kadaver dieses friedlichen Tieres war irgendwie beruhigend, und so blieb ich stehen und holte tief Luft, dann rutschte ich die Böschung hinunter.

Ich bemerkte, daß einer der Japaner die Hand gehoben hatte. Als ich mich nach ihm umdrehte, rutschte ich auf dem feuchten Boden aus. Ich entschloß mich gegen einen Fluchtversuch – es gab keinen Fluchtweg, und die Japaner hätten mich ohne zu zögern erschossen. So ging ich zum Bahnsteig und blieb vor dem Gefreiten stehen, der mir gewunken hatte. Neben sich das Gewehr, hockte er da und grunzte über den letzten Resten seiner Mahlzeit. Mir seinen großen Arbeiterhänden drehte er ein Telefonkabel, das er von einem Holzmasten über dem Bahnhof abgeschnitten hatte.

Ein chinesischer Jugendlicher in weißem Hemd und dunkler Hose saß mit auf den Rücken gebundenen Händen an dem Telefonmasten. Kabelstränge umschlossen seine Brust und er atmete in keuchenden Stößen. Sein beweglicher Mund und die gefaßten Augen erinnerten mich an die Angestellten, die vor dem Krieg für meinen Vater gearbeitet hatten. Er wirkte auf diesem ländlichen Bahnsteig fehl am Platze, im Gegensatz zu den Soldaten und mir selbst. Der japanische Feldwebel, der ihn an den Telefonmasten fesselte, zog die Kabel straffer, als wollte er ihn fest in dieser einsamen Landschaft verankern.

Der Chinese würgte, sein Hals verkrampfte sich, als er nach Luft rang. Ich versuchte, ihn nicht zu beachten, und betrachtete den Soldaten, der das Kabel drehte. Meine Erfahrungen mit den Japanern hatten mich gelehrt, ihre Handlungen niemals zu kommentieren oder bei einem Streit zwischen ihnen für eine Seite Partei zu ergreifen. Ich sagte mir, daß der Chinese ein wichtiger Gefangener war, den sie festgebunden hatten, bevor sie ihr Mittagsschläfchen hielten.

Einer der Soldaten döste bereits im Schatten des Wartezimmers mit dem Kopf auf seinem Rucksack. Der andere saß neben dem Ofen und spülte das Feldbesteck gründlich ab. Ihre Gesichter waren bar jeder Gefühlsregung, als wüßten sie zwar, daß der Krieg zu Ende war, dies aber für sie keinerlei Bedeutung hatte.

Lediglich der Gefreite, der die Leitung drehte, schien sich für mich zu interessieren. Ich vermutete, daß sie im Landesinneren gegen die Kuomintang gekämpft und nur wenige Europäer zu Gesicht bekommen hatten. Ihre Lebensmittelrationen mußten so mager wie die in Lunghua gewesen sein, aber die breite Stirn des Gefreiten war noch fleischig, die Wangenknochen geschwollen wie die eines Boxers nach einem langen, harten Kampf. Er strich sich mit einem geschwärzten Finger über die Lippen und räusperte sich gezwungen, als wollte er einen Strom Gedanken in die Luft ablassen, die nicht mehr von Belang für ihn waren.

Ich lehnte mich, von dem langen Fußmarsch erschöpft, gegen den Bahnsteig und war nicht sicher, ob ich das Risiko eingehen und meine Süßkartoffel essen sollte. Der Feldwebel, der den chinesischen Jungen an den Telefonmasten fesselte, war ein kleiner, ausgezehrter Mann mit vom Krieg hart gewordenem Gesicht. Kaum hatte ich an meine Tasche gefaßt, sah er mich hungrig an. Mir schwirrte der Kopf vom Geruch verbrannten Fetts vom Ofen, und ich zog die Wasserflasche aus der Hosentasche.

Mit einem kurzen Grunzen streckte der Gefreite die Hand aus. Ich drehte den Verschluß auf, trank hastig einen Schluck und gab ihm die Flasche. Er trank lautstark, sagte etwas zu dem Feldwebel und gab mir die Flasche enttäuscht zurück, weil sie nichts Stärkeres als Wasser enthielt. Er warf die Kabelrolle neben den Gefangenen auf den Bahnsteig und wandte seine Aufmerksamkeit dann ungeteilt mir zu. Ein sehnsüchtiges Lächeln umspielte seine rissigen Lippen, und er deutete auf die Sonne und die Schweißflecken auf meinem Baumwollhemd.

»Heiß?« sagte ich. »Ja, das liegt an der Atombombe… wissen Sie, daß der Krieg vorbei ist? Der Kaiser…«

Ich plapperte drauflos. Der einzige Laut in der stillen Landschaft, der in ihrem Dunst gestrandet war, kam von dem Chinesen. Als er eine weitere Rolle Telefonkabel um die Brust geschlungen bekam, versuchte er die Luft anzuhalten, dann keuchte er hechelnd und schlug mit dem Kopf gegen den Holzmast. Seine Augen schienen sich vom Kopf zu lösen. Der Feldwebel knotete das Kabel und zog es mit einem Ruck straff. Blutige Speicheltropfen fielen dem Jungen von den Lippen und befleckten sein weißes Hemd. Er sah mich an und stieß keuchend ein chinesisches Wort hervor, als wollte er einen Hund warnen.

Der Gefreite betrachtete die Sonne mit einem wissenden, finsteren Blick und drängte mich, zu trinken. Er schien mit seinen eigenen Gedanken beschäftigt zu sein, aber alle paar Sekunden richtete er den Blick auf einen anderen Punkt der umliegenden Felder. Er betrachtete das ausgetrocknete Reisfeld neben der Böschung, die nordwestliche Ecke des Grabhügels, die steinerne Brücke über einen Kanal. Wußte er, daß der Krieg vorbei war, daß sein Kaiser ihn aufgefordert hatte, sich zu ergeben? Zwischen Segeltuchrucksäcken und Munitionskisten, die im Aufenthaltsraum gestapelt waren, stand ein Feldradio, wie es nur an spezielle Truppen ausgegeben wurde. Vielleicht hatten sie gehört, daß der Krieg vorbei war, aber diese simple Bekanntgabe, die für weit vom Frontverlauf entfernte Zivilisten so wichtig war, hatte für sie keinerlei Bedeutung. Binnen weniger Wochen würden die amerikanischen

Streitkräfte Schanghai erreichen, und die chinesischen Armeen, die sie so viele Jahre bekämpft hatten, würden dieses verwüstete Gelände wieder in Besitz nehmen, wo sie warteten und längst nicht mehr an eine mögliche Zukunft für sich selbst dachten.

Ich beschloß, meine Süßkartoffel zu essen, so lange ich noch die Möglichkeit dazu hatte. Der Gefreite beobachtete mich wohlwollend und verscheuchte eine Fliege von meiner Schulter. Seine zerschlissene Uniform bestand aus einer Ansammlung von Fetzen, die lediglich von den Gurten seines Drillichzeugs zusammengehalten wurden und aus denen der Geruch von Schweiß in regelrechten Schwaden drang. Während ich die Schale der Kartoffel aß, deutete er auf ein Stückchen Kartoffel, das auf meinem Handrücken klebte, und wartete, bis ich es wieder in den Mund geschoben hatte.

Als er mich auf seine schlichte Art anlächelte, verspürte ich ein unbehagliches Gefühl von Stolz. Ich konnte nicht anders, ich bewunderte diesen japanischen Soldaten mit den geschwollenen Schläfen und dem verquollenen Gesicht. Er war nicht mehr als ein Arbeiter, aber auf seine Weise war er an der Herausforderung des Krieges gewachsen. Seine breiten Schultern, die von Ekzemen und dutzenden Flohstichen verunziert waren, platzten durch den Stoff des Hemds, seine Brust wurde wie ein Tier von den Segeltuchstreifen des Koppels festgehalten. Er war einer der wenigen kräftigen Männer, die ich getroffen hatte, so völlig anders als die Offiziere der britischen Streitkräfte und die meisten Erwachsenen in Lunghua. Nur Mariner und die Gebrüder Ralston waren diesem japanischen Krieger ebenbürtig gewesen.

Ich aß die Kartoffel auf, wischte mir die Finger an den Lippen ab und beobachtete, wie ihm Schweiß vom Hals in die Vertiefungen des Schlüsselbeins lief. Ich wünschte, ich hätte genügend Japanisch von dem Gefreiten Kimura gelernt, um ihm zu erklären, daß der Krieg vorbei war. Der chinesische Gefangene auf dem Bahnsteig konnte mittlerweile kaum noch atmen, so sehr schnürten ihm die Kabelstränge den Brustkorb ein. Schwere Blutergüsse hatten sich auf seiner Stirn gebildet. Der Feldwebel, der es satt hatte, das starre Kabel zu knoten, warf das Ende auf den Betonboden, schlenderte steif den Bahnsteig entlang und sah in das dunstige Licht.

Der Gefreite legte die Finger an die Lippen und morste eine Botschaft für sich selbst. Er verzog das Gesicht angesichts einer Erinnerung, die ihn wie ein Moskito quälte. Ich beschloß, das Risiko einzugehen und holte das Klappmesser aus meiner Hüfttasche. Ich hielt es dem Gefreiten mit zugeklappter Klinge hin und hoffte, er würde die Schneide testen und damit das Kabel durchschneiden, mit dem der chinesische Gefangene gefesselt war.

Aber die Klinge interessierte ihn nicht. Er schnitt einen Drillichfetzen ab, der von seinem zerschlissenen Stiefel hing, und konzentrierte sich auf den Griff. Er betrachtete lächelnd das Cowboymotiv, das in den Perlmuttgriff geschnitzt war. Seine dicken Finger strichen über den Ranchgehilfen mit Stetson und Cowboystiefeln, dann über das wirbelnde Lasso, das der Telefonleitung glich, die er vor seinen Füßen gedreht hatte.

Die Eisenbahnschienen summten in der Hitze, ein Geräusch wie Schmerzen. Der Chinese, dessen Hals so gerötet war, daß er fast blau wirkte, sackte gegen den Mast. Er hob den Kopf und sah mich hektisch an, als wären wir Reisegefährten, die den Anschlußzug verpaßt hatten. Er war vier oder fünf Jahre älter als ich und hatte die Haare ordentlich auf jene Weise geschnitten, die Mrs. Dwight mir immer aufgezwungen hatte. War er ein Agent der Kuomintang, einer von Tausenden in Schanghai, oder ein Verwaltungsangestellter der japanischen Besatzungsmacht, der bei der kämpfenden Truppe in Ungnade gefallen war?

Der Feldwebel trat auf die Schienen und sammelte Holz für das Feuer. Ich blickte die Gleise entlang und hoffte, daß eine amerikanische Patrouille sich nähern würde. In dem Augenblick, als ich Lunghua verlassen hatte, waren sämtliche Uhren stehengeblieben. Die Zeit war aufgehoben, und lediglich das ferne Dröhnen amerikanischer Flugzeuge erinnerte mich an eine Welt jenseits des dunstigen Lichts.

Der Gefreite bedeutete mir, meine Taschen zu leeren. Der Feldwebel stand am Ende des Bahnsteigs und erleichterte sich auf die Schienen. Die Urintropfen zischten, als sie auf das Gleis trafen, und stoben als gelbe Dampfwolke in die Luft. Breitbeinig ging der Feldwebel zu dem chinesischen Gefangenen zurück. Er hatte sich die Hände an dem Kabel aufgeschnitten und schüttelte bedauernd den Kopf, als er sich bückte und das Kabel aufhob, um seine Arbeit fortzusetzen.

Ich griff hastig in meine Tasche und holte die silberne Krawattennadel heraus, weil ich hoffte, der silberne Clip würde den Feldwebel ablenken. Der Blick des Gefreiten hellte sich auf, als er das abgenutzte Bild einer Langhornkuh betastete. Er kratzte mit dem Daumennagel die abblätternde Metallfarbe weg, dann plazierte er die Nadel über der Messingschnalle seines Munitionsbeutels. Er brannte darauf, sein neues Abzeichen vorzuführen, rief über die Schulter und blies stolzgeschwellt die Brust auf. Der Feldwebel nickte ausdruckslos; er war zu sehr mit seinen mühseligen Knoten beschäftigt. Er zerrte an dem Kabel und spreizte dabei die Beine wie ein Rancher, der einen jungen Ochsen festbindet.

Der Gefreite gab mir die Krawattennadel zurück und bemerkte dabei zum ersten Mal den transparenten Zelluloidgürtel, der durch die Bundschlaufen meiner Baumwollhose gezogen war. Dieser Gürtel, den ich einem der amerikanischen Matrosen abgeschwatzt hatte, war mein stolzester Besitz. Im Schanghai vor dem Krieg wäre er eine Rarität gewesen, wie sie junge chinesische Gangster eifrig suchten.

Als ich die Schnalle aufmachte, sah mich der Gefreite verschlagen an. Ich glaubte, daß er im Geiste das kleine Vermögen abschätzte, das dieser durchsichtige Gürtel darstellte, der auf meinen Khakishorts kaum zu sehen war. Er begutachtete den Gürtel, hielt ihn gegen das Licht wie die Haut einer seltenen Schlange und prüfte das Plastik zwischen seinen kräftigen Händen. Er blies durch die kruden Löcher, die ich gebohrt hatte, und schüttelte den Kopf ob meines mangelnden handwerklichen Geschicks.

»Hören Sie, behalten Sie den Gürtel«, sagte ich zu ihm. »Der Krieg ist vorbei, wissen Sie. Jetzt können wir alle nach Hause gehen.«

Der Chinese am Telefonmast hatte aufgehört zu atmen, und ich wußte, daß er bald tot sein würde. Der Feldwebel arbeitete geschwind, schlang Kabelschlaufen um den Chinesen und knotete sie mit knappen Handbewegungen fest. Die Arme des Jungen wurden von der Telefonleitung festgehalten, aber er zupfte mit den Händen am Hosenboden, als wollte er sich zum Sterben ausziehen. Als schließlich die Luft aus seiner zerquetschten Lunge wich, betrachtete er den Feldwebel mit aufgerissenen Augen, als sähe er ihn zum ersten Mal.

»Hören Sie, Sergeant Nagata...«

Der Gürtel riß in den Händen des Gefreiten. Er reichte mir die Bruchstücke und merkte an meinem Zittern nur zu deutlich, daß ich mich mit Gewalt beherrscht hatte, nicht wegzulaufen. Sein Blick folgte dem meinen zum zweiten Telefonmast am westlichen Ende des Bahnsteigs und zu dem Draht, der sich an der Böschung entlang erstreckte. Die ruhenden Soldaten lagen auf den Rucksäcken und beobachteten, wie ich den Gürtel zusammenrollte. Einer von ihnen schob das Feldbesteck aus dem Urinrinnsal, das zwischen den Fersen des Chinesen hervorfloß. Keinen rührte der Tod des Jungen, als wüßten sie, daß auch sie tot waren, und als bereiteten sie sich nüchtern auf das wie auch immer geartete Ende vor, das aus der Nachmittagssonne kommen würde.

Eine Ratte schwamm um den Kadaver des Wasserbüffels im Panzerabwehrgraben. Trotz der Süßkartoffel war mir schwindlig vor Hunger. Der Dunst hatte sich verzogen, und ich konnte alles auf den umliegenden Feldern in plötzlicher Klarheit sehen. Die Welt war näher an den Bahnhof herangerückt und bot sich mir dar. Zum ersten Mal schien offensichtlich, daß dieser entlegene Provinzbahnsteig das Depot war, von wo alle Toten des Krieges zu den Bächen und Grabhügeln Lunghuas abtransportiert worden waren. Die vier japanischen Soldaten bereiteten uns auf die Reise vor. Ich und der Chinese, den sie stranguliert hatten, waren die letzten Ankömmlinge, und wenn wir fort waren, würden sie den Bahnhof schließen und selbst aufbrechen.

Der Feldwebel rollte die losen Kabelschlingen fein säuberlich auf und beobachtete, wie ich mich am Bahnsteig abstützte. Ich wartete darauf, daß er mich zu sich rufen würde, aber keiner der Japaner rührte sich. Glaubten sie, ich sei schon tot und könne meine Reise ohne ihre Hilfe fortsetzen?

Eine Stunde später ließen sie mich gehen. Ich habe nie verstanden, warum sie einen fünfzehnjährigen Jungen Zeuge der Ermordung eines Chinesen werden ließen. Ich machte mich neben den Schienen auf den Weg, weil ich zu erschöpft war, auf den Querbalken entlangzuhüpfen, und wartete darauf, daß ein Gewehrschuß von den Stahlschienen widerhallen würde. Als ich mich umdrehte, war der Bahnhof schon mit den sonnigen Reisfeldern verschmolzen.

Das Gleis machte eine Kurve nach Norden und traf mit der Böschung der Strecke Schanghai–Hangtschau zusammen. Ich rutschte den Schotterhang hinab, durchquerte ein verlassenes Dorf und ging dann weiter auf die stummen Fabriken am westlichen Stadtrand zu. Als ich mich der

Amherst Avenue näherte, sah ich die Kathedrale von Siccawei und den Campus der Universität Tschiau Tung, das Kriegshauptquartier der von den Japanern zusammengestellten Marionettenarmee.

Ich schleppte mich weiter durch die ausgestorbenen Vorstadtstraßen, durch die Alleen der europäischen Häuser mit ihren Fachwerkgiebeln und Luxusjachtfassaden. Gruppen von Chinesen saßen auf den Stufen und warteten wie Statisten vor der Kulisse einer unterbrochenen Filmproduktion darauf, daß die Besitzer aus den Lagern zurückkehrten. Die Zeit war im Begriff, sich wieder zu erheben. Aber innerhalb von ein paar Augenblicken hatte Schanghai seine Faszination für mich verloren, obwohl ich so geduldig auf das Wiedersehen gewartet hatte.

Am nächsten Tag, dem 14. August, sah ich endlich meine Eltern wieder. Während des ganzen Krieges war unser Haus von einem General der chinesischen Marionettenarmee besetzt gewesen. Ein einziger unbewaffneter Soldat hielt Wache, als ich nach dem langen Marsch von Lunghua die Eingangstreppe erreichte. Er versuchte nicht, mich aufzuhalten, als ich an ihm vorbeiging, und verschwand eine halbe Stunde später. Ich wanderte steif durch das stille Haus mit seinen seltsamen Gerüchen und der abgestandenen Luft. Auf dem Schreibtisch meines Vaters lagen chinesische Zeitungen, eine chinesische Tanzplatte lag auf dem Teller des Grammophons, aber sonst war kein Teppich oder Möbelstück verändert worden, als wäre das Haus in einer abgelegenen Enklave des Kriegs erhalten worden. Selbst meine Spielsachen lagen im untersten Fach des Schranks im Spielzimmer, das Pappmachéfort und die Artilleriegeschütze aus dem Großen Krieg. Als ich sie in Händen hielt, konnte ich kaum glauben, daß ich je damit gespielt hatte, und ich empfand vages Mitleid für den kleinen Jungen, der sie so ernst genommen hatte.

Der Kühlschrank war voll von Schalen mit gekochtem

Reis und den Resten der letzten Mahlzeit, die der Marionettengeneral unterbrochen hatte, ehe er die Uniform auszog und in den Gassen der Altstadt untertauchte. Ich tat mich an kalten Nudeln und mariniertem Schweinefleisch gütlich, wobei ich den Geschmack von tierischem Fett erstaunt kostete, und trank die Reisweinreste in den Steinkrügen. Dann setzte ich mich erschöpft auf die Veranda und betrachtete den Dschungel des Gartens und den leeren Swimmingpool, der zur Müllgrube umfunktioniert worden war.

Leicht angetrunken und mit nach diesem Festschmaus schmerzhaft vollem Bauch schlenderte ich durch das Haus. Ich legte mich auf die Matratze meiner Mutter, roch das süßliche Haaröl des Generals und bestaunte die eindrucksvollen Badezimmer, gleich weißen Kathedralen, deren Sinn und Zweck ich vergessen hatte. Ich probierte meine frühere Persönlichkeit aus, doch sie schien zu klein und beengend für mich zu sein, wie die Spielsachen im Schrank des Spielzimmers. In dem Ohrensessel meines Vaters im holzgetäfelten Arbeitszimmer schlief ich ein. Die schweren Ledermöbel und dunklen Wände erinnerten mich an die Vorratskammer in Lunghua, die ich im Traum mit Peggy geteilt hatte.

Am Mittag des darauffolgenden Tages trafen meine Eltern mit einem Taxi ein, das vom gelben Staub der Straße nach Lunghua bedeckt war. Sie waren zum Lager gefahren und hatten mich dort abholen wollen. Sie umarmten mich mit einem fröhlichen Lächeln, als wären wir nur einige Tage getrennt gewesen. Erkannten sie mich tatsächlich wieder? Ich war froh, wieder bei ihnen zu sein, aber wir waren wie Schauspieler, die unvorbereitet ihre Rollen spielen müssen. Wir spielten die Rollen von Eltern und Sohn, beherrschten unsere Texte nach wenigen Tagen perfekt und waren aufrichtig glücklich, wieder vereint zu sein. Ich erinnerte mich an die Stimme meiner Mutter, ihren Mund und die Wangen, aber ihre Augen gehörten einer älteren Frau, die mich nie gekannt hatte.

Unterdessen ging das Leben in Schanghai nahtlos weiter, als hätte es nie einen Krieg gegeben. Yang, der Chauffeur, kam zurück, wie die meisten Diener, und ich erwartete fast, daß auch Olga kommen und mir sagen würde, daß es Zeit sei, ins Bett zu gehen. Wenn ich in meinen unbequemen neuen Kleidern an den Dinnerparties meiner Eltern teilnahm, erinnerte ich mich an das Schanghai meiner Kindheit. Meine Eltern luden ihre alten französischen Freunde, chinesische Geschäftsleute und Offiziere der amerikanischen Besatzungsarmee ein. Ich hörte mir Berichte über die neuesten Schauspiele in London und am Broadway an, über Immobilienpreise in Hongkong und Kalifornien und über die Flut von Antiquitäten, die verarmte chinesische Familien auf den Markt warfen.

Der Krieg war bereits in die außergewöhnliche Geschichte von Schanghai übergegangen, ebenso wie die Bombe in der Avenue Edward VII, der japanische Angriff auf die Stadt und die Jahre der brutalen Besatzung. Die Vermögenswerte der Achsenmächte, die japanischen Baumwollspinnereien und deutschen Fabriken wurden rasch angeeignet und in Betrieb genommen. Die großen Handelshäuser öffneten ihre Tore. Im Hafen von Schanghai drängten sich die Frachter, die Waren für die Kaufhäuser in der Nanking Road löschten. Tausende Bars und Nachtklubs erhellten den Nachmittagshimmel. Amerikanische Soldaten schwärmten an Land, eine Armee des Krieges, die von einer noch disziplinierteren Armee des Friedens empfangen wurde – den chinesischen Zuhältern mit ihren massenhaften Staffeln weißrussischer, chinesischer und eurasischer Prostituierten, die die Soldaten geflissentlich willkommen hießen, sobald diese den Bund betraten.

Doch ich selbst fühlte mich von all diesen Aktivitäten ausgeschlossen, als wäre ich in einer unbekannten Zukunft gestrandet. So vieles war geschehen, das ich noch nicht hatte vergegenwärtigen oder vergessen können. Zu viele

Erinnerungen an Lunghua konnte ich nicht mit meinen Eltern teilen. Beim Frühstück unterhielten mein Vater und ich uns über unsere Erlebnisse, als würden wir über Szenen der Filme sprechen, die in den Kinos von Schanghai gezeigt wurden. Mein Bild von mir selbst hatte sich verändert, und ich hatte einen Teil meines Denkens irgendwo zwischen Lunghua und Schanghai verloren.

Am seltsamsten war, daß nach wie vor japanische Soldaten durch die Straßen von Schanghai patrouillierten. Als Yang und ich im Buick des Marionettengenerals zu einer Gartenparty im Britischen Konsulat fuhren, deutete ich auf die japanischen Wachtposten in ihren verblichenen Uniformen, die mit ihren langen Flinten auf der Treppe des Rathauses Wache hielten. Yang hupte und bahnte sich mit dem Buick einen Weg durch die Droschkenfahrer, Bettler und Büroangestellten, und er herrschte die Japaner an, den Weg freizumachen. Ich betrachtete die unter Schirmmützen verborgenen Gesichter und hoffte, ich würde den Gefreiten und den Feldwebel wiedererkennen, die ich auf dem Bahnsteig zurückgelassen hatte.

Andere japanische Posten bewachten auf Geheiß der amerikanischen Behörden und des Kuomintang die wichtigsten Regierungsgebäude in der Stadt. Mein Vater erzählte mir, daß die Franzosen, die Indochina besetzt hatten, Einheiten der japanischen Armee für ihren Kampf gegen die kommunistischen Viet Minh rekrutiert hatten. Trotz alledem mußte ich jedesmal, wenn ich die bewaffneten Japaner sah, an jenen abgelegenen Bahnhof auf dem Land südlich von Schanghai denken. Ich glaubte fast, die japanischen Soldaten, die die Stadt bewachten, bereiteten die Barkeeper, Prostituierten und amerikanischen Soldaten auf eine längere Reise vor, die schon bald von diesem Bahnsteig ihren Anfang nehmen würde.

Im Oktober begann das erste einer langen Reihe von Kriegsverbrechertribunalen, und die alten japanischen Generäle, die Schanghai während des Krieges beherrscht hatten, wurden eines endlosen Katalogs von Grausamkeiten gegenüber der chinesischen Zivilbevölkerung angeklagt. Fast im Vorübergehen erfuhren wir, daß die Japaner vorgehabt hatten, Lunghua zu schließen und uns ins Landesinnere zu schaffen, um uns den Blicken der neutralen Gemeinde in Schanghai zu entziehen. Ohne das plötzliche Ende des Krieges hätte es ihnen freigestanden, sich unserer zu entledigen, und einzig und allein die Atombomben hatten uns das Leben gerettet. Das perlmuttartige Licht über Lunghua erinnerte mich für alle Zeiten an das rettende Wunder von Hiroshima und Nagasaki.

Einmal pro Woche besuchte ich das Lager, wo immer noch mehrere hundert britische Internierte hausten. Sie überlebten mit Rationen, welche von den B-29-Superfestungen, die schon Nagasaki bombardiert hatten, per Fallschirm abgeworfen wurden. Die Toten und die Lebenden hatten angefangen sich zu kreuzen. Wenn Yang auf der Straße nach Lunghua Richtung Süden fuhr, suchte ich zwischen den Reisfeldern nach einem Hinweis auf den Bahnhof und rechnete damit, den Bahnsteig voll sich drängender Neuankömmlinge zu sehen.

Das alles versuchte ich Peggy zu erklären, während sie darauf wartete, daß ihre Eltern per Schiff aus Tsingtau kamen. Ich schenkte ihr Kleider, die ich bei Sincere's gekauft hatte, die neuesten amerikanischen Lippenstifte, Nylonstrümpfe und eine Schachtel Schweizer Schokolade. Ich war froh, daß ich wieder bei ihr in der Kinderbaracke sein konnte, wo ich ihr zusah, wie sie ihr neues Make-up ausprobierte. Mit Rouge und Lippenstift kam das lebhafte Gesicht einer Frau zum Vorschein, die schöner war als alle Prostituierten beim Park Hotel. Ich wollte sie umarmen und ihr für alles danken, was sie für mich getan hatte, aber wir kannten einander zu gut. Ich spürte bereits, daß sie sich vom Lager zu lösen begann und wir uns bald entfremden würden.

Ich schilderte ihr beiläufig den Tod des jungen Chinesen. Als ich fertig war und meine Gefühle hinter einer Weinbrandbohne verbarg, wurde mir klar, daß ich ihn wie mich selbst geschildert hatte.

»Jamie, du hättest nie weggehen sollen.« Peggy legte ein kleines Kind in sein Bettchen. »Wir haben versucht, dich aufzuhalten.«

»Ich mußte nach Schanghai zurückkehren. Weißt du, in Wirklichkeit habe ich nach Sergeant Nagata gesucht…«

»Diese Soldaten hätten dich umbringen können.«

»Das war nicht notwendig – ich war noch nicht bereit für sie.«

»Jamie, sie haben dich nicht angerührt! Sie haben dich gehen lassen.«

»So ist es wohl – aber ich denke immerzu, ich hätte bleiben sollen. Peggy, sie hätten mir nichts angetan.«

Sie konnte bereits sehen, daß ich enttäuscht war.

Ende Oktober, als ich das Cathay Hotel nach einem Mittagessen mit meiner Mutter verließ, teilte ich ein Taxi mit zwei Piloten der amerikanischen Navy, die das Del-Monte-Kasino suchten. Ich lotste den Fahrer zur Avenue Haig, mußte aber feststellen, daß die Japaner das Kasino in den letzten Kriegstagen geplündert hatten. Als wir aus dem Taxi ausstiegen und die zerschmetterten Fenster und Glasscherben auf den Stufen betrachteten, bemerkte ich David Hunter, der den Fahrer aus der Halle des Imperial Mansions winkte, einer heruntergekommenen Mietskaserne auf der anderen Straßenseite, in der mehrere Bordelle ihre Dienste feilboten.

David trug wie ich einen hellgrauen Anzug mit Krawatte, und er trug ihn auf jene leicht unbehagliche Weise, die allen ehemaligen Jungs von Lunghua eigen war, als wären wir nach Verbüßung einer Strafe in einer Besserungsanstalt wieder auf freien Fuß gesetzt worden. Manchmal trafen wir uns täglich, aber häufig bemühte ich mich nach Kräften, ihm aus dem Weg zu gehen. Er hatte sich von den

Schlägen Sergeant Nagatas am Abend seines Fluchtversuchs erholt, aber seine Anflüge von Galgenhumor laugten mich aus. Ich sah ihn häufig auf den Stufen des Park Hotels stehen, wo er verkrampft lächelnd die Eurasierinnen betrachtete, die auf die Amerikaner warteten. Einmal lockte er eine argwöhnische vierzehnjährige chinesische Prostituierte in den Studebaker seines Vaters, den er geliehen hatte, um uns ins Jai-Alai-Stadion zu fahren. Auf dem Parkplatz hockte sie sich geübt auf Davids Schoß, hatte das bestickte Kleid zur Taille hochgeschoben und schrie den chinesischen Chauffeur über die Schulter an. Ich war benommen von ihrer Nacktheit und Energie und ließ mich von David in die Nacht hinaus schicken, aber als der Chauffeur und ich zwanzig Minuten später zurückkehrten, kickte sie unter einem Strom chinesischer Verwünschungen nach David und versuchte, durch das Fenster im Fond zu entfliehen. David, der eine Hand um ihre Taille geschlungen hatte, lachte lauthals, aber seine geröteten Wangen unter dem zerzausten hellen Haar glichen den Blutergüssen, die Sergeant Nagatas Hand hinterlassen hatte.

Ich hörte, wie die Glasscherben vor dem Del Monte unter meinen Füßen knirschten. Ich beschloß, David sausen zu lassen, ließ die Amerikaner bei ihrem Taxi stehen und betrat den Eingang des Kasinos. Vergoldete Stühle türmten sich an den Wänden des Foyers, die roten Plüschvorhänge waren von den Fenstern gerissen worden. Wie Gemächer in einem Traum waren die Spielsäle von Sonnenlicht durchflutet, das die Tanzfläche in den Schauplatz eines Verkehrsunfalls verwandelte. Ein Roulettetisch war umgekippt, Chips lagen ringsum verstreut, und die vergoldete Statue einer nackten Frau mit erhobenen Armen, die den Baldachin der Bar gestützt hatte, war auf einen abgestürzten Lüster gefallen, eine zu Stein gewordene Prinzessin in einer Juwelenlaube.

Ein chinesischer Kellner und eine junge Europäerin

stellten die umgestürzten Stühle auf und fegten den Verputz zusammen, der von der Decke gefallen war. Als ich an ihnen vorbeiging, drehte sich die Frau um, folgte mir und zog mich am Arm.

»James! Sie haben gesagt, daß du wieder da bist! Erinnerst du dich noch an deine Olga?«

Olga Ulianowa, mein Kindermädchen von vor dem Krieg, kniff mir mit ihren knochigen Fingern in die Wange. Sie schien nicht sicher, ob sie mich richtig erkannt hatte, betastete meine Schultern und strich mit den grell lackierten Nägeln an den Aufschlägen meines Anzugs entlang.

»Olga, hast du mich erschreckt. Du hast dich überhaupt nicht verändert.« Ich war froh, sie zu sehen, auch wenn die Zeit in alle Richtungen gleichzeitig zu verrinnen schien. Wenn ich drei Jahre älter war, war Olga Anfang zwanzig und Ende dreißig zugleich. Eine Prozession von Gesichtern hatte sich in die Züge ihres Gesichts geprägt, Schichten von Farbe und Erfahrung, durch die ein Paar stechender und gieriger Augen blickten. Ich vermutete, sie verbrachte ihre Tage damit, sich im Heck der Straßendroschken von Nanking amerikanischer Matrosen zu erwehren. Ihre Seidenbluse war unter einer Achsel zerrissen und entblößte einen großen Bluterguß unter dem Schulterblatt; der Träger ihres Leibchens war voll Lippenstift. Als sie mich von oben bis unten betrachtete, wußte ich, daß sie meine Kriegserlebnisse bereits abgetan hatte.

»So so... was für ein hübscher Anzug. Mr. Sangster hat gesagt, daß es dir in Lunghua gut gefallen hat. Ich schätze, du vermißt es.«

»Nun... ein bißchen. Ich kann dich hinbringen, Olga.«

»Nein, danke. Ich habe genug von diesen Lagern gehört. Tanzveranstaltungen und Konzerte. Hier ist es die Hölle gewesen, das kann ich dir sagen. Was meine Mutter alles machen mußte, James. Um uns haben sich die Japaner nicht gekümmert.« Sie seufzte schwer und schwankte unter der Last der Erinnerungen. Sie war nüchtern, aber ich vermutete, daß sie die ganzen vergangenen drei Jahre leicht betrunken gewesen war.

»Arbeitest du hier, Olga? Bist du die Besitzerin?«

»Eines Tages. Bars, Hotels, Tingeltangelschuppen überall. Glaub mir, James, die amerikanischen Jungs haben mehr Geld als Madame Tschiang...«

»Ich hoffe, sie geben dir viel, Olga.«

»Was? Nun, wir haben immerhin den Krieg gewonnen, oder nicht? Sag mir, James, ist dein Vater immer noch reich?«

»Ganz bestimmt nicht.« Der Gedanke an Geld hatte ihr schwindendes Interesse an mir neu entfacht. »Er war den ganzen Krieg über im Lager Sutschau.«

»Er kann trotzdem noch reich sein. Laß dir von mir sagen, Geld kann man überall finden. Man muß nur genau hinsehen und energisch genug sein.«

Sie wischte sich Lippenstift von den Zähnen und musterte mich erneut. Ich fühlte mich bereits von Olga erregt, auch wenn ihre Stimmungsumschwünge mich wie ehedem verwirrten. Sie war in jeder Hinsicht unberechenbarer und aufregender als die Frauen in Lunghua. Wenn ich mich vor dem Krieg ausgezogen hatte, hatte sie meinen nackten Körper mit der beiläufigen Neugier eines Zoowärters betrachtet, dem ein seltenes aber uninteressantes Säugetier gezeigt wurde. Ich ging davon aus, daß ihr inzwischen kein männlicher Körper auch nur einen Funken Interesse abringen konnte. Und doch schätzten ihre Blicke mich ab, als wollte sie mir eine große körperliche Last auf die Schultern bürden.

»Ich sehe, daß du immer noch ein Träumer bist, James. Ich muß an deinen Vater denken. Er könnte gute Investitionen machen, solange die Amerikaner noch hier sind. In der Avenue Joffre liegt ein kleines Restaurant, nur sechs Tische...«

Sie kam auf ihren hochhackigen Schuhen näher und

stolperte über die geschliffenen Glasperlen des Lüsters. Sie stützte sich ab und hielt meinen Arm mit festem Griff. Sie drückte ihre Hüfte an meine und versuchte, mich an etwas zu erinnern, was ich vergessen hatte. Ein durchdringender Geruch von Schweiß und Puder ging von ihrem schäbigen Kleid aus, ein kräftiges Aroma, wie es mir auch in den Frauenbaracken in Lunghua aufgefallen war.

Ich ließ es zu, daß sie sich an mich lehnte, als wir über die Tanzfläche gingen. Unter unseren Schuhen knirschten die Glasscherben. Eine Bilderflut stürzte auf mich ein, als sie ihren Schenkel an meinem Bein rieb. Der Krieg hatte alles beschleunigt, und mir war, als wäre ich von lauter fahrenden Zügen umgeben, von denen ich keinen erreichen konnte. Ich wollte Sex mit Olga haben, hatte aber keine Ahnung, wie ich mich ihr nähern sollte, und ich wußte, es würde ihr Spaß machen, über meine Ungeschicklichkeit zu lachen.

Gleichzeitig hielt mich aber mehr als Schüchternheit zurück. Ein Teil der Faszination, die sie auf mich ausübte, lag in dem Gedanken begründet, in meine Kindheit zurückzukehren, aber wenn ich etwas mit Bestimmtheit wußte, dann daß ich kein Kind mehr war und die Zeiten des Versteckspielens in den Straßen des Schanghai vor dem Krieg für immer vorbei waren. Von Dienern großgezogen zu werden, angeblich ein Privileg der besseren Gesellschaft, setzte ein Kind in Wirklichkeit den ruchlosesten Manipulationen aus, aber ich wollte nicht mehr manipuliert werden, weder von Sex noch von Hunger oder Angst. Wenn ich zum ersten Mal mit einer Frau schlief, dann mit Peggy Gardner.

Ich lauschte den pendelgleichen Bewegungen des fegenden Kellners. Olgas freie Hand glitt unter mein Jackett und drückte auf meinen Unterleib. Sie zögerte, als sei sie sich darüber klar, daß sie wieder zu meiner Gouvernante bestellt werden könnte, und erinnerte sich an die Not ihrer

Eltern in der Mietwohnung vor dem Krieg sowie an die langweiligen Stunden, die sie auf diesen kleinen englischen Jungen mit seinem Fahrrad und der unbändigen Phantasie hatte aufpassen müssen.

Aus den Vertiefungen an ihrem Hals und den übergroßen Venen unter der Haut oberhalb ihrer Brüste schloß ich, daß Olga in den vergangenen drei Jahren ebenso wenig gegessen hatte wie ich. Ich legte ihr einen Arm um die Schultern, weil ich mich plötzlich zu dieser energischen jungen Frau mit ihren verrückten Einfällen hingezogen fühlte. Nur der Gefreite auf dem Bahnhof hatte mich je so durchdringend angesehen. Ich wollte Olga von dem toten Chinesen erzählen, aber schon verschwamm die versprengte japanische Patrouille in meiner Erinnerung.

»Kehrst du nach England zurück, James?«

»Nach Weihnachten – mit meiner Mutter, an Bord der Arrawa.« Dieser Truppentransporter, ehemals ein Fleischfrachter mit Kühlräumen, würde die britischen Staatsbürger in Schanghai in die Heimat zurückbringen. »Mein Vater bleibt hier.«

»Er bleibt? Das ist gut. Ich werde mit ihm über mein Restaurant sprechen. Wirst du in England studieren?«

»Ich muß.« Einer Eingebung folgend, sagte ich: »Ich werde Arzt.«

»Arzt? Das ist ausgezeichnet. Wenn ich krank bin, kannst du dich um mich kümmern. Jetzt bist du dran.«

Als ich ging, nachdem ich versprochen hatte, sie mit meinem Vater zusammenzubringen, sagte Olga: »Jetzt kannst du auf der ganzen Welt Verstecken spielen.«

Eine Woche nach Weihnachten verließ ich Schanghai für immer. Sechshundert ehemalige Internierte, überwiegend Frauen und Kinder, reisten mit dem umgebauten Fleischfrachter nach England. Mein Vater und die anderen Briten, die zurückblieben, standen am Pier von Hongkew und winkten uns nach, während sich die Arrawa langsam im braunen Gewässer von ihnen entfernte. Als wir die Mitte des Kanals erreicht hatten und zwischen Dutzenden amerikanischer Zerstörer und Flugzeugträger hindurchmanövrierten, ließ ich meine Mutter stehen und ging zum Heck des Schiffs. Die Verwandten am Pier winkten uns immer noch, und mein Vater sah mich und hob den Arm, aber es war mir unmöglich, ihm zurückzuwinken, was ich viele Jahre lang bedauerte. Vielleicht machte ich ihm Vorwürfe, weil er mich aus dieser geheimnisvollen und aufregenden Stadt fortschickte.

Als die letzten Banken und Hotels in den Wolken über dem Bund verschwunden waren, trug ich meinen Koffer in eine der Männerkajüten. Nachts hängten wir unsere Hängematten auf dem offenen Deck auf, wo vorher tiefgefrorenes Fleisch aus Neuseeland gehangen hatte. In der Dunkelheit schwankten die zahllosen schlafenden Leiber wie in Segeltuch verpackte Lammhälften.

Nach dem Abendessen ging ich zur Heckreling zurück, wo ich fast allein an Deck war, während sich die Arrawa der Mündung des Jangtse näherte. Schanghai war verschwunden, eine Traumstadt, die beschlossen hatte, sich von der Welt abzuschotten. Die Reisfelder und Dörfer entlang der Flußmündung erstreckten sich bis zum Horizont, und nur das Meer trennte sie von der nächsten Landkennung bei Nagasaki.

Die Arrawa legte bei Wusung an und wartete auf die Flut des Jangtse, der ins Chinesische Meer floß. Während wir in der Dünung verweilten und uns näher zum Ostufer des Whangpu schoben, kamen wir an einem großen amerikanischen Landungsboot vorbei, das am Ufer gestrandet war. Es handelte sich um einen Panzerträger, kaum kleiner als die Arrawa, dessen flacher Bug hoch in die dampfende Schlammebene hineinragte, als wäre er absichtlich an dieser einsamen Küste auf Grund gesetzt worden. Die Arrawa lief nicht Gefahr, das Schiff zu rammen, dennoch blinkte eine Signalleuchte auf der Brücke. Amerikanische Militärpolizisten patrouillierten an Deck und hielten ihre Waffen schußbereit, als sie uns weg winkten.

Ein übler Gestank hing in der Luft, wie aus einem offenen Gully voller Blut. Ich beugte mich über die Heckreling und konnte sehen, daß der Stauraum des Landungsboots voll von Hunderten japanischer Soldaten war. Sie saßen dicht gedrängt in Reihen und drückten einander die Knie in den Rücken. Alle waren in schlimmer Verfassung, viele lagen von der Masse der Leiber erdrückt am Boden. Sie schenkten der Arrawa keine Beachtung, lediglich ein paar Unteroffiziere in Handschellen blickten zu unserem Schiff herüber.

Ein Lautsprecher bellte von der Brücke des Landungsboots, und die amerikanischen Wachen brüllten die britischen Offiziere im Ruderhaus an. Die Arrawa war eindeutig in einem unpassenden Augenblick erschienen. Die japanischen Soldaten in China wurden in die Heimat zurückgeschickt, aber ich fragte mich, wie diese große Menschenmasse, fast wie eine ganze Brigade, je die dreitägige Reise zum japanischen Festland überstehen sollte.

Dann fiel mir auf der Klippe über dem schlammigen Ufer eine zweite Gruppe bewaffneter Soldaten auf. Hunderte Kuomintanginfanteristen mit ihren spitzen Kappen und ihren Überhosen, aufgepflanzte Bajonette auf den Gewehren, standen an den grasbewachsenen Hängen und warteten darauf, daß die Arrawa weiterfuhr.

Eine Sirene ertönte über meinem Kopf und zerfetzte beinahe den Lautsprecher. Ihr Echo hallte über die weiten braunen Fluten des Jangtse. Wir trieben weiter, die Schiffsschraube wühlte das Wasser auf und spritzte mir Gischt ins Gesicht. Die vordere Rampe des Landungsboots wurde vom Bug hinabgelassen und die ersten japanischen Soldaten stolperten ans schlammige Ufer.

Teil II
Verrückte Jahre

Die Königin der Nacht

Frauen beherrschten meine Jahre in Cambridge – Kommilitoninnen des Medizinstudiums, die fröhlichen Krankenschwestern von Addenbrookes, die ich auf dem Campus zu Drinks einlud, und die launischen Assistentinnen des Physiologischen Instituts, die immerzu ihre rissigen Fingernägel hinter Gläsern voll Embryos polierten –, aber keine mehr als Dr. Elizabeth Grant. Während meines ersten Semesters an der Universität sah ich sie jeden Tag nackt und kannte sie besser als jede andere Frau in meinem Leben. Aber ich habe sie nie berührt.

Ich kann mich noch an den Oktobermorgen im Institut für Anatomie erinnern, als ich Dr. Grant zum ersten Mal begegnete. Zusammen mit hundert anderen Anfängern nahm ich in dem Hörsaal Platz, wo Professor Harris, der Leiter des Anatomischen Instituts, seine Begrüßungsansprache halten sollte. Ich saß allein in der obersten Reihe und grenzte mich deutlich von den anderen Studenten ab. Sie, vom Militärdienst befreit und bis auf den letzten Mann Rugbyfanatiker, waren überwiegend Söhne von Landärzten, die im Lauf der Zeit die Praxen ihrer Väter übernehmen würden. Mich deprimierte schon jetzt der Gedanke, daß es in vierzig Jahren, wenn ich ihre Hilfe brauchte, diese liebenswerten, aber uninspirierten Männer sein würden, die mein Leben in den Händen hielten. Aber 1950 wußte ich noch nichts von Medizin und mußte noch lernen, daß Inspiration und Liebenswürdigkeit so gut wie keine Rolle dabei spielten.

Professor Harris kam in den Hörsaal und trat hinter das Rednerpult. Er war ein kleiner, runzliger Waliser und betrachtete die Reihen feister junger Männer wie ein Auktionator auf dem Viehmarkt. Er sah mich, der ich allein unter dem Dach saß, fragte nach meinem Namen und befahl mir, die Zigarette auszumachen.

»Kommen Sie zu uns – es gibt keinen Grund, sich zu absentieren. Sie werden feststellen, daß wir einander brauchen.«

Er wartete, bis ich mit hochrotem Kopf zu den tiefergelegenen Sitzreihen hinabgestiegen war. Trotz der Demütigung bewunderte ich Harris. Er und sein Bruder, inzwischen beide bedeutende Ärzte, waren als Söhne einer armen Familie aus Swansea geboren worden, und jeder hatte sechs Jahre gearbeitet, um den anderen zu unterstützen, bis dieser sich qualifiziert hatte. Trotz des späten Starts hatte es Harris binnen kurzer Zeit zum Professor an der Anatomie in Cambridge gebracht. Sein Idealismus und das Fehlen jeglicher Privilegien bei ihm erschienen mir an der Universität einmalig, und ich identifizierte mich stark mit ihm. Es erübrigt sich wohl zu sagen, daß ich die Privilegien meiner eigenen Kindheit völlig vergaß.

Harris beglückwünschte uns zu unserer Berufswahl und lieferte einen kurzen historischen Abriß der Geschichte der Medizin von den Tagen Vesalius' und Galens, wobei er besonders auf ihre Ursprünge und ihre geringe soziale Geltung einging – erst in diesem Jahrhundert war der Status des Arztes als Reaktion auf die emotionalen Bedürfnisse der Patienten dem älterer Berufe angeglichen worden, und Harris warnte uns, daß dieser Status noch zu unseren Lebzeiten wieder sinken könnte. In China, fiel mir wieder ein, wurden Ärzte nur bezahlt, wenn ihre Patienten sich guter Gesundheit erfreuten. Bei Krankheiten wurden die Zahlungen eingestellt und erst wieder fortgesetzt, wenn die Behandlung angeschlagen hatte.

Zuletzt hob Harris die Bedeutung der Anatomie als Fundament der Medizin hervor und prophezeite uns, daß mancher das stundenlange Sezieren nicht ertragen würde. Wen der Anblick eines Leichnams abstieß, der solle privat zu ihm kommen, er würde ihm zunächst andere Grundkurse zuweisen.

Wie viele kamen? Aus meinem Semester niemand. Ich kann mich noch an die plötzliche Stille und die anschließenden nervösen Witze erinnern, als wir den Präparationssaal, halb Nachtklub, halb Schlachthaus, mit seiner beleuchteten Milchglasdecke betraten. Etwa zwanzig Leichen erwarteten uns, die mit den Gesichtern nach oben auf den Seziertischen lagen. Sie waren in Formaldehyd gebadet und hatten die Farbe von vergilbtem Elfenbein. Diese Eigentümlichkeit ihrer Haut wies die Toten mehr als alles andere aus, als wären ihre Persönlichkeiten hoffnungsvoll zur Oberfläche der Körper gewandert. Jeder Makel zeichnete sich deutlich im grellen Licht ab, Muttermale und Operationsnarben, Warzen und verblaßte Tätowierungen, der Stumpf, wo ein großer Zeh amputiert worden war, und ein Paar überzählige Brustwarzen auf dem tonnenförmigen Brustkorb eines Mannes mit der Statur eines Preisboxers. Jeder Leichnam war ein Atlas, wo die Reisen eines ganzen Lebens aufgezeichnet waren.

Ich nahm meinen Platz an dem Glastisch ein, der mir zugewiesen worden war, und legte mein Sezierbesteck und die Instrumente zurecht. Ich bemerkte schon jetzt einige neugierige Blicke. Mein Leichnam war als einziger von allen der einer Frau. Zum Zwecke des Sezierens wurde der menschliche Körper in vier Sektionen unterteilt: Thorax und Unterleib; Kopf und Hals; Arme; Beine. Jeder würde uns ein Semester beschäftigen und von einem Team zweier Studenten seziert werden. Ich kannte niemanden in der medizinischen Fakultät, den ich zum Partner hätte nehmen können, abgesehen von Peggy Gardner, die in ihrem letzten Jahr in Cambridge war, und hatte daher beschlossen, einfach wahllos einen Leichnam auszusuchen. Als ich die Liste der Zahlen überflog, fiel mir einer auf, der als

»17w« identifiziert wurde. Ich schrieb, ohne zu zögern, meinen Namen daneben.

Und tatsächlich saß ich jetzt neben dem kahlen Kopf einer Frau mit kräftigen Schultern, die gegen Ende ihrer Lebensmitte gestorben war. Dünne blonde Härchen standen von den rasierten Augenbrauen, den Lippen und der Scham ab, und ihr Gesicht trug den verbissenen Ausdruck einer Direktorin oder Krankenhausmatrone. Sie war in fast jeder Hinsicht nicht von den männlichen Leichen zu unterscheiden – ihre Brüste waren ins Fettgewebe ihres Brustkorbs zurückgesunken, während die Genitalien der Männer in den Unterleib geschrumpft waren –, aber sie war bereits ein Gegenstand allgemeiner Aufmerksamkeit. Die meisten Studenten hatten den Krieg in Internaten fernab der bombardierten Städte verbracht und wahrscheinlich nie einen nackten Leib gesehen, geschweige denn den einer erwachsenen Frau.

Nur Peggy Gardner blieb unbeeindruckt, als sie den Präparationssaal betrat und mich bei meinem Partner fand, einem nigerianischen Zahnarzt Mitte dreißig, der einen Anatomieschein machen wollte.

»Da ist noch einiges zu tun«, sagte sie vorwurfsvoll. »Du mußt das ganze Fett wegschneiden, bevor du an die Muskelhaut kommst.«

»Es war eine glückliche Fügung.« Verlegen fügte ich hinzu: »Aus unerfindlichen Gründen habe ich die Königin der Nacht bekommen.«

»Unsinn. Außerdem ist das schrecklich respektlos, Jamie. Du gibst dir immer noch die allergrößte Mühe, anders zu sein. Du hast dich seit Lunghua nicht verändert.«

»Peggy, das hört sich wie eine Todesstrafe an!«

Ich hatte mich vielleicht nicht verändert, aber Peggy hatte das sechzehnjährige Mädchen mit den schmalen Schultern hinter sich gelassen, das mit mir an Bord der Arrawa nach England gesegelt war. Ich wußte noch, wie sie angefangen hatte, die gezierten Manierismen der verwitweten Mrs. Dwight nachzuahmen. Peggy hatte ihre ersten Jahre in England in einer Welt ohne Männer verbracht. Hinter ihrem hübschen Gang konnte ich die selbstbewußten alten Jungfern sehen, die Peggy im Internat bei Brighton unterrichtet hatten. Sie schwebte modisch, aber zugeknöpft zwischen den jungen Assistenten dahin, die versuchten, mit ihr zu flirten.

Aber zumindest schien Peggy in England heimisch zu sein, wogegen es für mich lediglich eine Übergangszone zwischen meinem früheren Leben in China und einer Zukunft war, die sich verdrießlicherweise hartnäckig weigerte zu erscheinen. Ich war in einem kleinen, grauen Land gestrandet, wo die Sonne selten einmal über die Dächer stieg, einem Labyrinth von Gesellschaftsschichten und Kasten, das ständig von innen heraus größer und größer wurde. Die Engländer redeten, als hätten sie den Krieg gewonnen, benahmen sich aber, als hätten sie ihn verloren. Meine Jahre an der Schule hatten mir gezeigt, wie sehr ich ein Außenseiter war – die anderen Jungs waren freundlich, ließen mich aber in Ruhe, als fänden sie mich auf eine undefinierbare Weise bedrohlich. Ich spielte die ganze Zeit mit dem Gedanken, nach Schanghai zurückzukehren, aber dieser Fluchtweg war seit 1949 versperrt, als Mao Tse-tung die Macht in China übernommen hatte.

Kurz nach meiner Ankunft in Cambridge lud ich Peggy in mein Zimmer im King's ein, dessen Fenster zu der lauten, von Orgelklängen erfüllten Kapelle gerichtet waren. Ich freute mich, sie wiederzusehen, und beobachtete sie, wie sie durch mein Wohnzimmer schlenderte und kopfschüttelnd die Kunstdrucke von Magritte und Dalí auf dem Kaminsims und die Romane von Camus und Boris Vian betrachtete. Ich erinnerte mich an unsere gemeinsame Zeit in der Kinderbaracke von Lunghua, als sie mir in mindestens zwölf Schritten erklärt hatte, wie man einen Knopf richtig am Hemd festnähte. Sinnvolle Haushaltsbeschäftigung konnte jeden Dämon fernhalten, jeden Hunger.

»Warum liest du das alles? Du studierst nicht an der Sorbonne. Hier hat niemand von denen gehört.«

»In Cambridge haben sie von überhaupt nichts gehört, Peggy. Die Dekane interessieren sich nur für ihre verdammten Madrigale und dafür, in den Brain's Trust zu kommen. Die ganze Stadt ist falsches gotisches Gepränge mit einer Besetzung von Tausenden von Fahrrädern.«

»Sie ist nicht gotisch, und sie ist nicht falsch.« Peggy legte die Romane verkehrt herum auf den Kaminsims und war offensichtlich besorgt um mich. »Als sie King's Chapel gebaut haben, war sie moderner als Le Corbusier und stand für etwas so Verschrobenes, daß sogar du daran hättest glauben können. Und nimm das Cavendish – dort hat Rutherford das Atom gespalten.«

»Bei dir hört es sich an wie das Cottage von Anne Hathaway. Ich habe E. M. Forster kennengelernt – er ist gestern zu der Sherryparty des Vorstehers getattert. Schnurrbärtiger alter Herr mit traurigen Augen, wie ein enttäuschter Kinderschänder.«

»Gut.« Peggy nickte beifällig. »Immerhin lernst du die echten King's kennen. Hat er dir die Hand aufs Knie gelegt?«

»Ich habe darauf gewartet, aber vergebens. Die wahren King's, na gut. Wenn man genau hinhört, kann man die Chorknaben schluchzen hören. Darum spielen sie den ganzen Tag über Orgel.«

»Du bist zu alt für ihn, das ist alles. Die Krankenschwestern von Addenbrookes sind mehr auf deiner Wellenlänge. Sie werden dich vollkommen verderben... andauernd dieses trotzige Gerede von Psychoanalyse.«

»Psychoanalyse? Wenn ich je davon rede, dann höchstens mit mir selbst. Hier hält man das für eine Art von ziemlich gequältem mitteleuropäischem Witz.« Ich betrachtete durch das Fenster die amerikanischen Touristen vor der Kapelle. »Gestern habe ich auf dem Parkplatz der Psychologischen Fakultät einen Chevrolet gesehen – das muß der einzige Chevy in Europa sein. Herrgott, dabei mußte ich an Schanghai und die vielen Amerikaner dort denken.«

»Warum? Hör auf, an Schanghai und Lunghua zu denken. Das ist alles vorbei.«

»Eigentlich denke ich gar nicht daran. Aber es ist nicht vorbei.«

Peggy hielt mich an den Schultern, als befänden wir uns wieder in der Kinderbaracke, wo sie mich ermahnte, Sergeant Nagata nicht zu provozieren. »Jamie, denk daran – du bist hier, in England.«

»Ja... auf eine seltsame Weise war Lunghua eine kleinere Version von England. Ich habe mich immer gefragt, warum niemand versucht hat zu fliehen.«

»Wohin hätten sie denn fliehen sollen?«

»Daran lag es nicht. Lunghua hat sie an die Heimat erinnert. Erinnerst du dich noch an die Schilder? ›Waterloo Station‹, ›Piccadilly Circus‹, ›The Serpentine‹? Das war ein stehendes Gewässer, wo sich alle Malaria geholt haben.«

»Es hat die Leute bei Laune gehalten. Außerdem vergißt du, daß doch einige geflohen sind. Du warst derjenige, der gewollt hat, daß der Krieg ewig dauert. Als David und die Ralstons auszubrechen versucht haben, hast du versucht einzubrechen. Das fanden alle ziemlich komisch.«

»Die Vorratskammer? Demnach haben es also alle gewußt? Ich wollte, daß wir beide für immer dort leben. Hänsel und Gretel, könnte man sagen. Herrgott, ich habe dich so sehr geliebt...«

Aber als ich ihr die Hände um die Taille legen wollte, um ihr für alles zu danken, was sie in Lunghua für mich getan hatte, schlüpfte sie mir davon. Ich setzte mich in meinen Sessel, während die Orgel in der Kapelle wie von Sinnen plärrte, und dachte an die alten Lüstlinge, die Peggy das letzte Jahr im Lager zur Qual gemacht hatten. Etwas an meinen Büchern und Kunstdrucken verwirrte sie; vielleicht fürchtete sie, Cambridge könnte demontiert werden wie das Tsingtau ihrer Kindheit. Die französischen Romane und mein vorgeblicher Weltverdruß waren nicht nur frivol und pubertär, sondern gefährlich, gefährlich wie meine Entscheidung, eine Frauenleiche zu sezieren. Peggy war meine erste Liebe gewesen, aber traurigerweise nicht meine erste Geliebte. Sie hatte mich in Lunghua zu gründlich kennengelernt, mich gewaschen und gefüttert, wenn ich krank war, und zuviel emotionale Belastungen mit mir durchgestanden, um mir noch einmal so nahe sein zu wollen.

In den folgenden Wochen, während ich die tote Frau sezierte, wurde mir klar, daß meine Entscheidung richtig gewesen war. Ich nahm am studentischen Leben teil, betrank mich mit den Krankenschwestern von Addenbrookes auf dem Fluß und spielte Tennis mit den anderen Kingsmen, aber in jeder anderen Hinsicht blieb die Universität eine fremde Stadt für mich. Manchmal wachte ich in meinem Zimmer auf, weil mich eines der endlosen Orgelkonzerte weckte, und konnte mich nicht erinnern, wo ich war. Dann roch ich das schwache Aroma von menschlichem Fett und Formalin an den Händen und mußte an die Frau im Präparationssaal denken. Ich stellte mir vor, wie sie auf dem dunklen Tisch lag und so tief wie ein Pharao in ihren Traum vom Tod versunken war. Ihre gleichmütige Präsenz herrschte über Leichen und Studenten gleichermaßen. Indem sie sich vor den jungen Männern mit ihren Skalpellen in den Händen entblößte, zwang sie meinen Erinnerungen an die toten Chinesen und Japaner, die ich während des Krieges gesehen hatte, eine gewisse Ordnung auf.

Als die vier Studententeams anfingen, diese unbekannte Frau zu sezieren, Hautlappen an Gliedmaßen, Hals und Unterleib aufzuschneiden, schien sie sich, gleichsam als letzten Akt der Selbstentblößung, zu entkleiden und sich aller sterblichen Elemente ihres Lebens zu entledigen. Ich saß an ihrer Seite, schlug die Haut über den Schultern zurück, teilte die Muskeln und legte die Nerven ihres *plexus brachialis* frei, die Stränge, die einst ihre Arme bewegt hatten, wenn sie ihren Mann liebkoste, sich das Haar bürstete, ihr Kind wiegte. Ich versuchte, ihren Charakter aus den Narben unter ihrem Kinn herauszulesen, den Spuren eines möglichen Autounfalls, sowie aus dem einmal gebrochenen Nasenrücken und dem Leberfleck auf der rechten Seite ihrer Stirn, den sie vielleicht einst mit einer hübschen blonden Locke verdeckt hatte. Ich gab vor, meinen Cunningham zu lesen, das Sezierhandbuch, dessen Seiten jetzt von der Haut der toten Frau befleckt waren, und studierte ihre matronenhaften Hüften und die Schwielen an den Fingern, die einer Amateurcellistin…? Wenn wir die Pforten ihres Leibes öffneten, hielten Studenten und Assistenten inne, die hinter uns an anderen Leichen arbeiteten, und wurden zu dieser einzelnen Frau unter Männern hingezogen. Ihr allein blieb der rohe Seziertischhumor erspart.

Ich hoffte, ihre Identität herauszufinden, und redete mit den Assistenten im Vorbereitungsraum, erfuhr aber nur, daß sie früher Ärztin gewesen war. Fast alle Leichen stammten von Ärzten, die vor ihrem Tod ihren Leichnam für Forschungszwecke freigegeben hatten – es rührte mich, daß diese sterbenden Männer und Frauen sich selbst der nächsten Ärztegeneration zur Verfügung gestellt hatten, ein großes Zeugnis ihres Berufsethos.

Ich fühlte die Macht, die sie über mich hatte, und brannte darauf, Cambridge ein paar Stunden den Rücken zu kehren. So kaufte ich mir ein Motorrad Marke Triumph und machte Ausflüge aufs flache Land nördlich der Stadt, einer Gegend mit Marschen und Wasserläufen, die mich vage an die Landschaft rings um Schanghai erinnerte. Hinter den Hecken lagen vergessene Kriegsflugplätze, von wo aus die Bombenangriffe auf Deutschland geflogen worden waren, aber heute gab es neuere und größere Stützpunkte, wo Atombomber in ihren befestigten Stellplätzen stationiert waren. Amerikanische Militärfahrzeuge fuhren auf den Startbahnen Streife, das Sternenbanner flatterte an den Fahnenmasten bei den Toren. Chrysler und Oldsmobiles, Gestalt gewordene Träume aus Chrom, fuhren auf den Landstraßen, chauffiert von großen, ernsten Männern mit ihren eleganten Frauen, die die umliegenden Felder mit den selbstbewußten Blicken einer Besatzungsmacht betrachteten. Von ihren streng bewachten Stützpunkten aus bereiteten sie England, das noch in Erinnerungen an den Zweiten Weltkrieg gefangen war, auf einen bevorstehenden dritten Krieg vor. Dann würde der Blitz der Atombombe, den ich über Nagasaki gesehen hatte, diese graubraunen Felder und die verfallenden gotischen Bauwerke der Universität in das Reich des Lichts verwandeln.

Jeden Nachmittag, wenn ich den Präparationssaal verließ, kam ich an dem blauen Chevrolet vorbei, der vor der Psychologischen Fakultät parkte und möglicherweise einem gastierenden Nobelpreisträger von Harvard oder dem MIT. gehörte. Als ich das Auto und die Grammophonplatte von Stan Kenton auf der hinteren Ablage bewunderte, fiel mir ein Aufkleber auf der Windschutzscheibe ins Auge, der Freiwillige einlud, an einem neuen Forschungsprojekt teilzunehmen. Fast alle Freiwilligen der Fakultät waren Medizinstudenten, bei denen man sich darauf verlassen konnte, daß sie mit elektrischen Sensoren auf der Brust die Tretmühle treten oder Trainingsfahrräder fahren würden, ohne in die Mundstücke zu brechen.

Ich zögerte, bevor ich die Schwingtür des genannten Büros aufstieß, und fragte mich, ob ich den Nachmittag nicht lieber mit einer Physiologieassistentin und deren rissigen Fingernägeln verbringen sollte. Ein Dozent kniete auf dem Boden und war schwer damit beschäftigt, eine elektrische Kaffeemaschine zu reparieren. Er schenkte mir keine Beachtung, bis er fertig war und die Maschine einem großen dunkelhaarigen, kaum zwanzigjährigen Schulmädchen gegeben hatte, die vor dem Pult der Sekretärin stand.

»Gut... erst der Kaffee, dann die Psychologie.« Er sah zu mir auf und fragte: »Noch ein Opfer? Wir brauchen alle Freiwilligen, die wir bekommen können. Miriam, stellen Sie seinen Totenschein aus.«

Ich hatte den aufgehenden Stern am Firmament der Psychologischen Fakultät, Dr. Richard Sutherland, wahrscheinlich Besitzer des Chevrolet und der Schallplatte von Stan Kenton, bereits erkannt. Er hatte mehr Ähnlichkeit mit einem Filmschauspieler als mit einem Dekan von Cambridge, ein hübscher Schotte mit rotem Haarschopf, den er so wirkungsvoll wie möglich kämmte. Er trug Basketballschuhe, ein schottisch kariertes Hemd und Jeans – Kleidungsstücke, die man in Cambridge sonst nur bei dienstfreien amerikanischen Soldaten sah. An der Wand hinter ihm hing der Holzpropeller einer Tiger Moth, ein Nummernschild aus New Jersey und ein gerahmtes Foto von ihm selbst mit von Neumann. Sutherland hatte seinen Doktor in Princeton gemacht, und man munkelte sogar, daß er schon im Fernsehen aufgetreten sei, ein unvorstellbar frivoles Verhalten für einen Akademiker von Cambridge.

Er betrachtete mich mit wissenden Blicken, als wüßte er bereits hinreichend über meine Motive Bescheid. »Sie sind Medizinstudent im ersten Semester...? Wie ich das erraten habe? Das Formalin – Sie riechen wie die Leichenbestatter von Glasgow. Ich will Ihnen zeigen, was wir erproben.«

Unter dem Blick der wohlwollenden, aber fragenden Augen des Mädchens führte er rasch das Experiment an mir aus, das das Fortbestehen von Nachbildern in den Sehzentren des Gehirns feststellen sollte.

»Es wird Sie faszinieren – man kann tatsächlich sehen, wie das Gehirn arbeitet – immer vorausgesetzt, ihr Mediziner habt ein Gehirn, was Miriam manchmal bezweifelt. Zuerst möchten wir, daß Sie diesen Fragebogen ausfüllen. Wir brauchen eine ungefähre Vorstellung von Ihrem psychologischen Profil. Haben Introvertierte länger anhaltende Nachbilder als Extravertierte? Nichts Persönliches, wir müssen nicht wissen, ob Sie an Ihrer Großmutter sexuell interessiert waren.«

»Sie an mir.«

»Das ist die richtige Einstellung. Miriam, übernehmen Sie, er ist bereit zu gestehen.«

»Ich hole die Daumenschrauben, Dr. Richard.«

Sutherland nahm eine amerikanische Fliegerjacke vom Türgriff. »Miriam ist in der Abschlußklasse an der Perse School, sie hilft hier aus, weil meine Sekretärin ein Baby bekommt. Wir sehen uns nach meiner Vorlesung.«

Er ließ uns allein, worauf Miriam den Fragebogen mit mir durchging. Sie las mir die Fragen mit spöttisch-feierlicher Stimme vor und betrachtete mich ausdruckslos und unnachgiebig, während ich mich mit meinen Antworten abrackerte. Ihre Finger spielten mit den Perlen ihres Armreifs, als würde sie ihre ersten Eindrücke von mir zusammenaddieren. Eine bescheidene Summe, vermutete ich. Trotz ihrer Schuluniform war sie nur ein Jahr jünger als ich, hatte das Büro aber voll im Griff und handhabte die klobigen Aktenordner wie eine erfahrene Buchhalterin. Ihre lockere Schulkrawatte, der Faltenrock und der Fleck aus dem Labor auf ihrer Bluse verliehen ihr eine Art von unordentlicher Schönheit. War sie gerade von dem ungemachten Bett aufgestanden, das ich in dem hinteren Büro sehen konnte? Ich fragte mich schon, ob sie und Dr. Sutherland ein Verhältnis hatten.

Erst als sie die Umstände meiner Geburt in China erfuhr, nahm sie mich zum ersten Mal richtig zur Kenntnis.

»Schanghai? Waren Sie während des Krieges dort?«

»Ich war bei den Japsen interniert. Kennen Sie Peggy Gardner?«

»Selbstverständlich – wir haben alle größten Respekt vor ihr.«

»Sie war im selben Lager.«

»Peggy? Wie seltsam. Warum redet sie nicht darüber?«

»Es ist nicht viel passiert.«

»Das kann ich mir nicht vorstellen. Wie lange waren Sie und Peggy dort?«

»Drei Jahre. Ich denke nie darüber nach.«

»Vielleicht sollten Sie das.« Sie hakte mit einem amerikanischen Kugelschreiber, der die Form einer silbernen Rakete hatte, meine Antworten ab und zog die Brauen hoch, während ihre Finger mit den Perlen spielten. »Dann sind Sie nach England gekommen und haben die Leys School besucht – ich kann mir denken, wie Ihnen da zumute war.«

»Es war prima. Genau wie im Lager, nur das Essen war schlechter.«

»O Gott, ich weiß, Mensaessen. Ich weigere mich, unseres zu essen. Ich habe letzte Woche praktisch einen Aufstand angeführt.« Sie senkte die Stimme. »Ich komme nur wegen Richards Süßigkeiten hierher. Er nennt mich sein Schokoriegelmädchen.«

»Warum arbeiten Sie für ihn?«

Sie nestelte an dem Fleck auf ihrer Bluse und führte mir so ihre Brüste vor. »Ich habe nach der Schule immer hier herumgehangen. Es ist auf jeden Fall die interessanteste Fakultät hier. Ich besuche eine Menge Vorlesungen – Leavis, Ryle, Leach. Die von Richard sind die besten. Einmal hat er mich in seinem Auto mitgenommen.« Sie lächelte angesichts dieser Erinnerung.

»Werden Sie hier Psychologie studieren?«

»Keine Angst! Ich habe genügend Zeit in Cambridge verbracht. Mein Vater ist Quästor der Fitzwilliam Hall. Ich möchte Bardame in New York sein, oder mit drei fremden Männern auf einer einsamen Insel leben. Hauptsache, ich komme hier raus.«

»Ich habe ein Motorrad. Warum gehen Sie nicht?«

»Ich werde gehen!« Da sie merkte, daß ich skeptisch blieb, sagte sie nicht ohne Stolz: »Ich habe versucht, der Royal Air Force beizutreten. Richard hat mich einmal zu einem Rundflug mit seiner Tiger Moth mitgenommen und gesagt, ich hätte eine echte Begabung fürs Fliegen. Aber die bei der RAF haben die Stirn besessen und mich abgelehnt, von wegen keine getrennten Toiletten in der V-Bomber-Staffel. Herrgott, wenn ich ein Flugzeug fliegen kann, kann ich auch lernen, in eine Milchflasche zu pinkeln.«

»Nun... Professor Harris sagt, Anatomie ist das Fundament für alles.«

»Da hat er recht. Und warum studieren Sie Medizin?«

»Das habe ich schon vergessen. Ich habe gedacht, ich möchte Psychiater werden.«

»Aber warum? Was müssen Sie kurieren? Hat es etwas mit dem Krieg zu tun?«

Ich zögerte, weil mich dieses schlaue Schulmädchen mit ihren listigen Fragen aus der Fassung brachte. »Könnte sein. Ich habe es noch nicht herausgefunden.«

»Nun, das werden Sie.« Sie sagte es mit einem unerschütterlichen Vertrauen in mich. »Und jetzt schneiden Sie Ihre erste Leiche auf. Behandeln Sie sie mit Respekt.«

»Selbstverständlich. Es handelt sich übrigens um eine Frau.«

»Eine Frau?« Sie pfiff durch einen abgebrochenen Zahn. »Sie sind mein erster Nekrophiler.«

»In gewisser Weise kommt das der Wahrheit ziemlich nahe.«

»Nur weiter. Dieses Gespräch wird heimlich auf Band aufgenommen.«

»Nichts weiter. Man kommt ihr sehr nahe. Fast wie eine unheimliche Ehe.«

»Halten Sie durch! Professor Harris wird Sie gegen Kaution aus der hiesigen Klapsmühle herausholen.« Sie lehnte sich zurück, legte die Füße auf den Schreibtisch und entblößte ihre langen Beine und die weiße Haut der Schenkel durch die Maschen ihrer schwarzen Schuluniformstrümpfe.

»Und?« fragte ich.

»Warum versuchen Sie es nicht mit den Lebenden statt mit den Toten?«

In ihrer spöttischen Art hatte diese intelligente Schülerin mein studentisches Geplänkel durchschaut und festgestellt, daß mich immer noch Geschehnisse des Krieges beschäftigten, die sich jetzt der ruhigen Landschaft von Cambridgeshire aufzuzwängen schienen. Die Studenten stakten mit ihren Punts auf dem Cam, redeten endlos in den Kaffeehäusern und diskutierten die Themen des Tages im Debattierklub, wobei sie den charakteristischen Unterhauston nachahmten. Unterdessen sammelten sich auf den Flugplätzen rings um die Universität amerikanische Bomber zu einem letzten nuklearen Countdown.

Sonntags nachmittags fuhr ich mit Miriam auf dem Motorrad zum Flugplatz von Cambridge, wo wir zusahen, wie Richard Sutherland in seiner Tiger Moth über dem Gelände kreiste. Später nahm ich Miriam mit zu den großen amerikanischen Stützpunkten bei Lakenheath und Mildenhall, wo wir durch den Novemberwind schlenderten und die Atombomber anstarrten. Einmal kamen wir zu einem heruntergekommenen britischen Stützpunkt, wo Liberators aus dem Zweiten Weltkrieg fernab von ihren Hangars auf Stellplätzen standen. Miriam hielt Wache, während ich über den Zaun kletterte und auf einen der unbewachten Bomber zuging. Ich schwang mich durch die Ladeluke in den instrumentenübersäten Rumpf. Als der Wind auf die Hülle des Bombers trommelte und dessen schwere Schwingen spannte, stellte ich mir vor, wie ich Richtung Osten davonflog.

»Jim, du gibst dir wirklich größte Mühe, verhaftet zu werden«, sagte Miriam zu mir, als wir wieder im King's waren. »Wo ist dein Vater jetzt?«

»Er ist immer noch in China.«

»Du wirst dich erst heimisch fühlen, wenn er nach England kommt.«

»Er sitzt noch eine Weile in Schanghai fest. Die Kommunisten hatten ihn vor Gericht gestellt. Glücklicherweise hatte er mehr Marx und Engels gelesen als die Bauernrichter, daher haben sie ihn wieder freigelassen.«

»Das leuchtet ein...« Miriam nahm meinen Arm, während wir vor dem Kamin standen, und betrachtete die surrealistischen Kunstdrucke. »Ernst, Dalí, der Briefträger Cheval... das sind deine wahren Lehrpläne. Laß sie dir nicht von Peggy Gardner madig machen. Bleib deiner Phantasie treu, auch wenn sie ein bißchen makaber ist.«

»Miriam...« Das habe ich schon allzuoft in der Schule gehört. »*Die Welt* ist makaber. Gott sei Dank hast du dich nie auf deine Phantasie verlassen müssen.«

Ich hatte meinen Versuch geschildert, in die Vorratskammer von Lunghua einzubrechen, den Miriam komisch, aber seltsam rührend fand. Schon hatte ich Feuer gefangen für dieses aufgeweckte Schulmädchen mit dem kühnen Blick und dem ansteckenden Enthusiasmus. Manchmal verlor sie das Interesse an mir, wenn sie mit einem Groll gegen eine Lehrerin an der Perse beschäftigt war oder nach den endlosen Streitereien mit ihrer Mutter, weil sie in den Studentenpubs trank. Die Aufsichten hatten sich bei ihrem Vater beschwert, daß Miriam mit einer Gruppe junger Männer vom Trinity in einem Punt gesehen worden war, die sie mit einem Glas Bier in jeder Hand bedroht hatte.

Jeder Augenblick mit ihr war für eine Überraschung gut. Sie erzählte mir, daß die von Richard Sutherland entwickelten optischen Experimente nichts weiter als eine Tarnung waren, Teil eines umfassenderen Tests, um die psychologischen Profile von Studenten zu erstellen, die sich freiwillig zu medizinischen Experimenten meldeten. Forscher hatten stets angenommen, daß wahllos ausgesuchte Freiwillige einen typischen Querschnitt der Studentenschaft bildeten.

»Aber das stimmt nicht. Richard sagt, diejenigen, die sich freiwillig melden, sind entweder aggressive Extravertierte oder neurotische Introvertierte.«

»Und wo sind die Normalen?«

»Die melden sich nie. Sie betrinken sich entweder oder fummeln auf dem Fluß.«

»Ruf Professor Harris an...« Wir lagen zusammen im Bett, und ich suchte unter dem Laken. »Und was ist mit mir?«

Miriam drückte meinen Kopf ins Kissen und strich mir das Haar aus den Augen. »Jim, du bist ein Kriegsverbrecher.«

»Was?«

»Oder du denkst wie einer. Richard und ich haben uns über dich unterhalten.«

»Wieder ein Scheintest...«

»Hör zu, wenn man den Krieg einmal außer acht läßt, hast du dich genau wie ein schizophrenes Kind benommen. Richard hat einen Patienten, dessen Sohn schizophren war. Er hat zwanzig Jahre lang in aller Stille versucht, sich umzubringen. Mehr wollte er nicht.«

»Und?«

»Hab ich vergessen. Wie dem auch sei, du wirst dich nicht umbringen. Ich brauche dich noch mindestens die nächsten drei Wochen.« Sie stützte sich auf einen Ellbogen, legte ihre rechte Brust auf meinen Brustkorb und malte mit dem Fingernagel Kreise um ihre Brustwarze. »Sag mir, ist es seltsam, eine Frau zu sezieren? Du hast gesagt, sie ist die einzige dort.«

»Sprich leise, sie ist die Königin der Toten.«

»Ich weiß, daß sie meine größte Rivalin ist. Kannst du dir

vorstellen, du würdest mich sezieren? Wo würdest du anfangen?«

Ich drehte mich lächelnd zu Miriam um und schlug die zerschlissene Decke zurück, damit das Kaminfeuer ihre breiten Hüften und ihren Brustkorb wärmen konnte. »Ich weiß nicht... in gewisser Weise ist das Sezieren eine Art erotischer Autopsie. Wir könnten mit dem Halswirbel anfangen, das würde mir ersparen, dir den Hals umdrehen zu müssen...« Ich küßte das kleine Muttermal unter Miriams Kinn und genoß den Geruch des Parfums ihrer Mutter. »Oder mit einer Nasenresektion, du wirst mir nämlich ein bißchen naseweis...« Ich drückte ihr meine Zunge ins Nasenloch mit seinem Geruch von welkem Lavendel, bis sie vor Lachen prustete. »Oder wie wäre es mit einer vergrößernden Brustoperation, die in deinem Fall wirklich nicht nötig ist...« Ich strich mit den Lippen von ihrer lieblichen, moschusduftenden Achselhöhle zu der vollen Brust mit der großen Brustwarze. Venen verliefen unter der weißen Haut, Nattern, die darauf warteten, eine Prinzessin zu beißen. Ich kostete die Haut ihrer Brüste, suchte nach den Duftdrüsen, strich mit der Zunge über das harte Zäpfchen der Brustwarze. Dann glitt ich weiter zu ihrem Unterleib. »Dein Nabel riecht nach Austern...«

»Augenblick mal. Du hast den Unterleib noch nicht seziert.«

»Hier unten brauche ich als einziges Hilfsmittel eine Zitronenscheibe.«

»Das lernt ihr also in euren Vorlesungen. Meine Mutter hat mich immer vor unqualifizierten Ärzten gewarnt.«

Ich umarmte sie und drückte die Lippen auf ihre Brustwarze. Die einzigen Frauen, mit denen ich geschlafen hatte, abgesehen von David Hunters chinesischen Freundinnen in Schanghai, waren die schon etwas ältere Wirtin und ihre Tochter, die das kleine Hotel in West-London führten, wo ich wohnte, als meine Mutter in den Fernen Osten zurückgekehrt war – und eine Prostituierte in Cambridge, die mich für einen amerikanischen Soldaten hielt, der sich als Student verkleidet hatte – unter den gegebenen Umständen eine schlaue Vermutung. Mit Miriam war Sex zum ersten Mal mit einem Gefühl der Zukunft verbunden. Ich hoffte, wir würden noch viele Male miteinander schlafen und daß ein unbegrenzter Vorrat an Zuneigung in einem verschlossenen Lagerhaus des Herzens auf uns wartete.

Miriams Finger schnippten über meine Brust und glitten wie eine Schere mein Brustbein entlang. Sie arbeitete sich den Bauch hinab, umging meinen Nabel mit einem eleganten Schwenk und nahm meine Hoden mit einem Aufschrei in den Klammergriff. Ich hob lachend ihren Schenkel und legte ihn über meine Hüfte. Sie setzte sich breitbeinig auf mich, preßte ihre Vagina gegen meinen Penis und reizte mich, indem sie die Eichel zwischen ihren Schamlippen hielt. Ich drang in ihre Vagina ein und brauchte sie so sehr, daß ich sie mit Freuden hätte sezieren können. Ich stellte mir einen seltsamen Liebesakt vor, den ein besessener Chirurg in dem verlassenen Operationssaal einer der sinistren Privatkliniken in den Vororten von Cambridge mit einer lebenden Frau vorführte. Ich würde ihre Lungenspitzen küssen, mit der Zunge an ihren Bronchien entlangstreifen und das Gesicht auf die feuchte Membran des Herzens drücken, das an meinen Lippen pulsierte…

»Jim…« Miriam hielt inne und drückte mir den Zeigefinger auf die Nase. »Woran denkst du?«

»Das ist wahrscheinlich ungesetzlich.«

»Dann hör auf…«

Ich hielt sie fest und vergaß den Präparationssaal und seine Leichen, die Atombomber und die herbstlichen Marschen.

Kurz danach kehrte Miriam zu ihren Freunden vom Trinity und ihrer Arbeit für Richard Sutherland zurück. Meine besessenen Besuche der amerikanischen Stützpunkte beunruhigten sie, und sie merkte, daß ich immer noch im Bann der Vergangenheit gefangen war und keine Anstrengung unternahm, mich davon zu befreien. Sie wußte außerdem, daß ich dem Zauber einer Frau erlegen war, deren Körper ich intimer als ihren eigenen kannte. Da sie sich Sorgen um mich machte, bemühte sie sich, mich dazu zu bringen, über Schanghai und den Krieg zu sprechen, und bat sogar einen anderen Medizinstudenten, sie in den Präparationssaal zu schmuggeln, damit sie ihrer Rivalin einmal gegenüberstehen konnte. Aber mir lag soviel an Miriam, daß ich das Risiko, sie der Vergangenheit auszusetzen, nicht eingehen wollte.

Und so küßte sie mich auf ihre kluge und großzügige Art am Kamin, drehte meine surrealistischen Bilder der Reihe nach zur Wand und machte mit einem freundlichen Winken die Tür meiner Wohnung hinter sich zu.

Es tat mir leid, daß sie ging, aber sie vermutete zu Recht, daß ein seltsames Duell zwischen ihr und der toten Ärztin stattfand, die allmählich mein Leben in Cambridge beherrschte. Mir war, als wäre ich durch die milchigen Augen dieser stummen Frau wieder mit dem Schanghai vereint, das ich zurückgelassen hatte, das ich aber immer noch mit mir herumschleppte wie einen hartnäckigen Traum, der mich an den Schultern gepackt hielt. In meinem Kopf hingen die Fassaden vom Bund und der Nanking Road. Wenn ich aus dem Fenster der Anatomie-Bibliothek sah und das flache Land von Cambridgeshire mit seinen amerikanischen Luftwaffenstützpunkten und ihrer leuchtenden Vision eines Dritten Weltkriegs betrachtete, konnte ich die verlassenen Reisfelder bei Lunghua sehen. Die Eisenbahnschienen, die mich nach Wochenenden in London Richtung Cambridge zurückbrachten, schienen zu dem kleinen Landbahnhof zu führen, wo die vier japanischen Soldaten immer noch auf mich warteten.

Ohne mit mir zu sprechen, hatte sich die Ärztin auf dem

Glastisch mit allen Opfern des Kriegs in China identifiziert, auch mit dem jungen chinesischen Angestellten, dessen Ermordung an dem Telefonmast ich mit angesehen hatte. Indem ich sie sezierte, ihren Körper von innen erforschte, kam ich, das spürte ich deutlich, einer abseitigen Wahrheit, die ich seit der Abreise aus Schanghai an Bord der Arawa nie mit jemandem teilen konnte, immer näher. In den Fleischkühlkammern war eine geheime Fracht nach England zurückgebracht worden. Zu früh hatte ich Schanghai mit einer Last unlösbarer Probleme verlassen, bei deren Überwindung mir das erschöpfte und anderweitig beschäftigte Nachkriegsengland nicht helfen konnte.

Die Briten hatten ihren eigenen Krieg gehabt, einen Konflikt mit klaren militärischen und politischen Zielen, der so gar nichts mit dem Krieg in China gemein hatte. Die unglücklichen Erinnerungen und ihre verschlechterten Lebensbedingungen hatten sie verarbeitet wie die Erwachsenen im Lager Lunghua. Über die Trümmer zerbombter Straßen und die vernichteten Hoffnungen auf eine bessere Welt hatten sie eine Mythologie der Schlagworte gebreitet, eine Parade patriotischer Flaggen, welche die Vergangenheit für alle Zeiten vor jedweden suchenden Blicken verbargen.

Selbst die ehemaligen Soldaten, die ich in Londoner Bars traf und die während ihres Militärdienstes bei den britischen Streitkräften an richtigen Kampfhandlungen teilgenommen hatten, schienen in einem anderen Krieg gewesen zu sein, einem blutigen Schauspiel, das sich nicht sehr von den Militärausstellungen unterschied, wie sie der eine oder andere in Schanghai bizarrerweise mit vorbereiten geholfen hatte. Aber der Krieg, der so viele von ihnen zu Witwern gemacht und verstümmelt hatte, war nie in ihre Phantasie eingedrungen. Von 1937 bis zum Abwurf der Atombomben waren wir in Schanghai weder Kämpfer noch Opfer gewesen, sondern Zuschauer, die herbeizitiert worden waren, um eine Hinrichtung mitzuverfolgen. Diejenigen, die zu dicht hingegangen waren, hatte das Blut an den Gewehren berührt.

Ich versuchte, die Augen zu schließen und in den engen Wohnungen der trinkfesten Physiologieassistentinnen zu dösen, aber die Vergangenheit dauerte an. Die Leichen im Präparationssaal erinnerten mich immer mehr an die abgetrennten Gliedmaßen, die ich in der Avenue Edward VII gesehen hatte.

Am letzten Donnerstag im November fuhr ich zum Flugplatz von Cambridge hinaus. Ich wußte, daß Miriam häufig den Sportnachmittag in der Schule schwänzte und sich fortschlich, um Richard Sutherland bei den Übungsflügen mit seiner Tiger Moth zu beobachten. Wie ich vermutet hatte, wartete sie in seinem Chevrolet, als ich eintraf, und hatte die hervorragend funktionierende Heizung des Autos eingeschaltet. Sie winkte mich fröhlich zu sich und riß die Beifahrertür auf. Ich freute mich, wieder in ihrer Gesellschaft zu sein, setzte mich neben sie ins Auto und lauschte dem erregenden Dröhnen der Flugzeugmotoren.

Miriam, die sich in ihrer unordentlichen Schuluniform wohlzufühlen schien, hielt meine kalten Hände. Ihre Brüste bebten, als der alte Doppeldecker über den Parkplatz flog und der Wind der Propeller an die Windschutzscheibe des Chevrolet trommelte.

»Wie ist die Lage im Präparationssaal?« fragte sie. »Bestimmt gibt es Neuigkeiten von den Toten.«

»Ich arbeite immer noch am Arm – ich würde gern weitermachen, aber er übt eine Art Faszination auf mich aus...«

»Jim, hast du schon einmal daran gedacht, die Medizin aufzugeben?«

»Noch nicht. Es ist meine erste Runde. Ich warte, bis ich mit Kopf und Hals fertig bin.«

»Das könnte zu spät sein. Geh zu deinem Tutor und sag ihm, daß du Englisch studieren willst.«

»Nach Medizin? Warum die Mühe? *Gray's Anatomy* ist ein viel bedeutenderer Roman als *Ulysses.*«

»Es verschlimmert deinen Zustand, statt ihn zu verbessern. Wenn du diese Leichen aufschneidest – das erinnert dich an den Krieg.«

»Miriam...« Ich drückte ihr beruhigend die Schultern. »Echte Leichen sehen nicht wie die Kadaver im Präp-Saal aus. Sie sehen wie die Lebenden aus – das ist ja gerade so seltsam.«

»Ich würde dir gern helfen, Jim. Aber ich kann nichts tun.«

»Vielleicht nicht.« Ich beobachtete Richard, der aus der Tiger Moth ausstieg und in seinem gelben Fliegeranzug auf uns zugelaufen kam. »Ich werde es mit Fliegen versuchen.«

»Gut – dann kannst du es mir beibringen. Ich muß fliegen!«

Sie küßte mich, stieg aus dem Auto aus und hielt Richards Helm, während ich mich auf die Triumph setzte. Wir waren ein seltsames Trio, der Flieger, das Schulmädchen und der Medizinstudent. Richard betrachtete mich mit seinem freundlichen Schauspielerlächeln. Ich dachte an Miriams amerikanische Unterwäsche und fragte mich, ob diese schwungvolle junge Frau sein Geschenk an mich gewesen war, Teil eines anderen Experiments. Er freute sich stets, mich zu sehen, und erkundigte sich auf eine beiläufige, aber leicht lüsterne Art nach dem Krieg, als wäre ich ein Versuchstier, das zu vielen Bildern von Gewalt ausgesetzt worden war. Manchmal, wenn ich in seinem Büro saß und darauf wartete, daß Miriam mit Tippen fertig war, beobachtete er mich, wie ich die Seiten von *Life* mit seinen unverhohlenen Fotos aus dem Koreakrieg umblätterte. Trotz alledem mochte ich ihn wegen seiner Energie und Unvoreingenommenheit, wegen Miriam und wegen seines amerikanischen Autos. Er und seine Schwester waren vor dem Angriff auf London nach Australien evakuiert worden, und er hatte sich aus den Vororten von Sydney hochgearbeitet, ein Mann ohne Vergangenheit, nur mit der Gegenwart.

»Jim – Miriam hat gesagt, Sie wollen Fliegen lernen. Kommen Sie nächste Woche her, dann nehme ich Sie auf einen Rundflug mit. Sie können ein paar Loopings und Schleifen probieren.«

»Danke, Richard. Sie vertrauen mir die Maschine an?«

»Selbstverständlich.« Einmal hatten Miriam und ich ihn sehr zu seinem Verdruß mit der Triumph überholt, als er über der Straße nach Newmarket dahingeflogen war. »Übrigens, waren Sie schon in Lakenheath? Auf dem großen amerikanischen Stützpunkt?«

»Einige Male.«

»Er geht jedes Wochenende hin.« Miriam nahm meinen Arm und drückte die Wange an meine Lederjacke, als wollte sie den Wind in deren fadenscheinigen Nähten lesen. »Jim wird als erster wissen, wenn der Krieg ausbricht.«

»Kein Zweifel. Davon bin ich immer ausgegangen. Jim, es besteht eine Möglichkeit, den Stützpunkt zu besuchen, Teil eines anglo-amerikanischen Gemeinschaftsprojekts, damit wir uns nicht übergangen fühlen, wenn der Weltuntergang kommt. Kommen Sie mit – vielleicht können wir einen Blick auf einen Atombomber werfen.«

»Ich passe, Richard.« Ich vermutete, daß ich zu einem neuen Experiment verleitet werden sollte, und erinnerte mich an den Ausdruck »erzwungene Psychopathie«, den er in einer Vorlesung gebrauchte, die ich besucht hatte. Er hatte sich auf dem Podium bewegt wie ein Schauspieler, der Hamlets Monolog spricht, hatte überhaupt nicht auf die zwanzig Studenten in den ersten Reihen des Hörsaals geachtet und statt dessen mich allein angesprochen, der ich weit hinten unter den Ventilatorlampen saß und absichtlich unter dem Schild »Rauchen verboten« rauchte. Doch er wandte sich bereits weit über die leeren Sitzreihen hinaus an ein größeres Publikum, das er aus der Luft gesehen hatte.

Er betrachtete mich ermutigend, während ich den schweren Motor der Triumph mit dem Kickstarter anließ. Miriam winkte mir nach, als ich zwischen den stehenden Flugzeugen wegfuhr.

»Wir sehen uns heute abend, Jim! Du kannst mich ins Kino einladen. Und halte dich von dieser Frau fern!«

Aber es war diese tote Ärztin, die mich freigab. Die Wochen des Sezierens schritten fort, die Studententeams schnitten die überflüssigen Muskeln ihrer Leichen weg und drangen zu den Knochen darunter vor. Dann wurde jeder Leichnam der Bequemlichkeit halber in seine Einzelteile zerlegt. Der nigerianische Zahnarzt und ich lösten den Arm der Frau vom Oberkörper und verstauten das Glied in einer der Holzkisten am Ende des Präparationssaals.

Als ich eines Morgens eintraf, stellte ich zu meiner Verblüffung fest, daß sie keinen Kopf mehr hatte. Ich suchte die Tische ab und fand ihren Kopf schließlich ganz unten in einem Schrank. Er lag zwischen einem Dutzend abgetrennter Köpfe, die Namensschilder ihrer Studenten jeweils an den Ohren festgepinnt. Im fortgeschrittenen Stadium des Sezierens waren Gesichtshaut und Gesichtsmuskeln abgetrennt worden, so daß man jede Muskelschicht wie die Seite eines Buchs zurückschlagen konnte. Ich hielt ihren Kopf in den Händen und sah ihr in die Augen, die sich noch in den bloßgelegten Höhlen befanden. Jemand stieß mich an, und das Buch ihres Gesichts öffnete sich und entblößte ihre hungrigen Knochen und eingekerbten Zähne, die mich abschrecken sollten.

Der Arzt, der das weibliche Uro-Genitalsystem erläuterte, bat die Studenten an unserem Tisch, den verbliebenen Arm und die Beine zu entfernen, und wenig später waren nur noch Thorax und Unterleib vorhanden. Gebärmutter, Eileiter und Beckenpfanne wurden wie eine Miniaturbühne ausgestellt, ein von den Vorhängen der Unterleibsmuskeln umrahmtes Boudoir. Die unnötigen Blutgefäße und das Nervengewebe wurden in einen Abfalleimer geworfen. Ich band Schulterblätter und Oberarmknochen zusammen und befestigte meinen Namen an ihrem Identifikationsschild. Ich hielt ihre abgetrennte Hand, deren Nerven und Sehnen ich ans Licht gelockt hatte. Die Schichten von Haut und Muskeln erinnerten an ein Kartenspiel, als wartete sie nur darauf, sie mir über den Tisch hinweg auszugeben.

Am letzten Tag des Semesters war sie fort. Die Tische waren gereinigt, Assistenten polierten die Glasplatten. Wenn wir nach Weihnachten zurückkehrten, würde eine Gruppe neuer Leichen unter der grell erleuchteten Decke liegen, und wir würden mit dem Sezieren eines zweiten Körperabschnitts beginnen.

Ich suchte nach einem Skalpell, das ich verlegt hatte, und betrat den Präparationssaal, wo der Chefassistent die Knochen jedes Leichnams zusammenband. Später würden sie jeder für sich eingeäschert und beigesetzt werden. Sie, die fast nur noch aus Knorpel und Gelenken bestanden, lagen auf den Werkbänken wie die Überreste unzähliger Sonntagsbraten.

Ich suchte die Bänke ab und erkannte eine vertraute Hand, die mit kräftiger Schnur an Rippen und Hüftknochen festgebunden war. Zusammen bildeten sie ein Päckchen, das man in einem kleinen Koffer untergebracht hätte. Ich las das Namensschild: *Dr. Elizabeth Grant.* Die tote Ärztin hatte nicht nur ihren Körper zum Sezieren zur Verfügung gestellt, sondern sich obendrein zu einem Bündel Knochen und Fettgewebe reduzieren lassen, als wollte sie absichtlich jedweden Bann brechen, den sie auf mich ausgeübt hatte.

Ich warf meinen Kittel in den Wäschekorb, räumte meinen Spind aus und machte mich auf die Suche nach Miriam. Wenn es sein mußte, würde ich sie Richard Sutherland abspenstig machen, ein amerikanisches Auto kaufen, Flugunterricht nehmen und mich ihr als ihr Lindbergh präsentieren, der bereit war, lediglich mit einem Korb Sandwiches und seiner Willenskraft über den Atlantik zu fliegen.

Die Jungs von der Nato

Wie immer jagte der Klang von Motoren am Morgen einen Luftschraubenstrahl durch meine Gedanken, lange bevor ich die Harvard aus der Parkbucht heraussteuerte. Schnee lag auf dem Flugplatz Moose Jaw und war wie nächtliche Wäsche auf den Luftsäcken und Gittern der Landelichter ausgebreitet. Aber der Himmel war sommerlich kristallblau und wurde in höchster Höhe von Nadeln aus Eis erhellt, das Flugwetter, von dem wir Ausbildungspiloten geträumt hatten, als wir zwischen den eselsohrigen Zeitschriften im Flugraum warteten.

Vier Tage lang hatte Nebel über Saskatchewan alle Flüge unmöglich gemacht, aber heute war jede flugtaugliche Harvard des Ausbildungsstützpunkts der Nato auf dem Vorfeld. Das Bodenpersonal fuhr mit den Batteriewagen die Reihen der Flugzeuge ab. Signalleuchten blinkten fiebrig grün vom Kontrollturm, die ersten Maschinen rollten zur Startbahn. Jedesmal wenn ein weiterer Motor stotternd und röchelnd zum Leben erwachte, schottete eine neue Lärmschicht die Luft ab, das Bullengebrüll von Abgasen und Ansaugen. Die Fenster des kanadischen Offizierskasinos und der Kadettenbaracken bebten im Lärm vom Propellerstrahl, der sich gegen den Wind stemmte.

Das Bodenpersonal rollte den Batteriewagen unter meine Steuerbordtragfläche. Wie Polarforscher mit Ölzeug, Schutzbrillen und Fellohrenschützern bekleidet, schlossen die Leute vom Bodenpersonal ihr Kabel an den Anlassermotor an. Ich beendete den Startcheck, gab ihnen durch das Kabinendach ein Zeichen und drückte den abgegriffenen Messingring des Zündknopfs.

Der schwere Motor schnupperte und faßte, die Zylinder versuchten sich zu räuspern, der Propeller schleuderte eine Schicht nasses Eis auf die Windschutzscheibe. Die Rotorblätter kreisten störrisch ungleichmäßig durch die Luft. Ich öffnete das Ventil, erhöhte die Treibstoffzufuhr zum Vergaser und spürte, wie die Sicherheitsgurte an meinen Schultern zogen, als die Zylinder gleichzeitig zündeten. Der Luftschraubenstrahl wirbelte das Eis von der Windschutzscheibe, rüttelte die gelben Tragflächen und das Höhenruder durch und rammte mir den Steuerknüppel gegen die Knie. Lärm erfüllte das Flugzeug wie Orgelklänge, hallte über die gefrorenen Ebenen von Saskatchewan und verdrängte alles aus meinem Denken. Als ich auf den Batteriewagen wartete, hatte ich an die überfälligen Briefe von Miriam gedacht, die trunkene Schlägerei Anfang der Woche im Iroquois Hotel in Moose Jaw, den anschließenden stundenlangen Strafdienst beim Flugzeugreinigen im Hangar und die fünfzig Dollar, die ich David Hunter schuldete, weil ich den zweiten Gang seines Oldsmobile zerlegt hatte. Aber das alles war vergessen, wenn der Motor zum Leben erwachte und die Harvard sich gegen die Bremspedale stemmte.

Links von mir rollte Captain Hamid von der türkischen Armee vom Vorfeld. Er runzelte finster die Stirn ob des Geruchs unter seiner FT-Haube und erinnerte sich an das unaussprechliche Frühstück mit Eiern und Speck in der Kantine. Er steuerte seine Harvard mit schwerer Hand und zwang das Flugzeug nach rechts und links wie ein dummes Pferd auf dem Exerzierplatz. Ich hingegen konnte das Frühstück essen und Spaziergänge durch die ereignislosen winterlichen Felder unternehmen. Hinter mir drängelte ein ungeduldiger Franzose, indem er mit seinen Handschuhen gegen die Windschutzscheibe klatschte. Harvards hoben ab und machten Rechtsschwenks über dem Flugplatz; Soloschulflugzeuge und Pilotenanwärter mit ihren Ausbildern auf dem Rücksitz, der Fliegernachwuchs der

Nato, der sich auf den noch kälteren und überfüllteren Luftraum über dem norddeutschen Flachland vorbereitete. Stunden nach meinem ersten Alleinflug hatte ich beschlossen, nach meiner Jetausbildung zum Bomberkommando überzuwechseln. Ich sah mich nicht an den Instrumenten dieser vorsintflutlichen Übungsmaschine aus dem Zweiten Weltkrieg, sondern an denen einer nuklearen Vulcan mit Deltatragflächen, die, mit Bruchstücken der Sonne bewaffnet, über den marschigen Wäldern von Weißrußland dahinsauste...

»Air Force zwo-neun-neun-eins...« Ein kanadischer Fluglotse lehnte sich ans Fenster des Tower und nahm mich mittels eines Feldstechers ins Visier. Hinter mir wartete eine ganze Schlange Harvards auf ihre Genehmigung für die Startbahn, die Motoren auf meinen Hinterkopf gerichtet.

»Moose Jaw Tower, hier ist Air Force...« Ein Schwall Gezeter unterbrach mich. So deutlich ich auch sprach und versuchte, meine englische Stimme mit einem kanadischen Akzent zu tarnen, die Fluglotsen der RCAF sprachen ihre Botschaften immer absichtlich so nuschelnd wie möglich, um ihrem Ärger über die Ausbildungsprogramme der Nato Luft zu machen. Die französischen, norwegischen und türkischen Piloten hatten trotz stundenlangen Unterrichts in Englisch praktisch keine Ahnung, was ihre Ausbilder zu ihnen sagten. Der Dritte Weltkrieg hätte ausbrechen und zu Ende sein können, ehe es uns gelungen wäre, uns zu entwirren und dem Babel des kanadischen Luftraums zu entkommen.

Ich wartete am Anfang der Startbahn auf das letzte Signal des Kontrollturms und drückte den Gashebel auf Maximum. Die von den Bremsen befreite Harvard setzte sich wie ein kurzsichtiges Rhinozeros in Bewegung und suchte nach jedem Riß im abgenutzten Beton. Bei Maximalschub schien sich der Motor aus den Rumpfstreben loszureißen, und ich wartete darauf, daß die alte Maschine am Ende der Startbahn auseinanderfallen würde. Aber mit dieser Harvard waren Generationen amerikanischer Flieger ausgebildet worden. Ich drückte den Steuerknüppel nach vorne, um das Heck vom Boden zu heben. Bei siebzig Knoten zog ich den Steuerknüppel wieder zurück, worauf sich das Flugzeug behaglich in die Lüfte erhob und die breiten Tragflächen durch die Aufwinde pflügten, die von der erhitzten Startbahn emporstiegen. Ich stieg auf neunhundert Meter, trimmte die Höhenruder und stellte die Maschinen auf Reisegeschwindigkeit ein. Die winterlichen Felder des südlichen Saskatchewan, die gefrorenen Seen und verlassenen Highways erstreckten sich bis zum Horizont. Hinter Saskatoon reichte die weite Wildnis des nördlichen Kanada bis zum Rand des Planeten, der lediglich vom Nordlicht und den Kondensstreifen militärischer Jets berührt wurde, die in den obersten Schichten der Erdatmosphäre kreuzten. Hier bellten sich die großen Radaranlagen der Verteidigungskette von Norad und das russische Abwehrsystem gegenseitig an wie auf dem Eis festgekettete Löwen.

Ich lockerte die Gurte und lauschte dem konstanten Dröhnen des Motors und sah, wie das weiße Land unter mir dahinglitt. Offiziell sollte ich Sinkflug und Runden üben und mit Kurs auf Swift Current navigieren, bevor ich nach Moose Jaw zurückkehrte, aber ich hatte wie die meisten auszubildenden Piloten nicht die Absicht, mich an die Anweisungen zu halten. Nach dem Abend im Iroquois hatte ich einen zweitägigen Kater und eine entzündete Bißwunde an der Schulter. Beide würden nicht besser werden, wenn sie meilenweit durch die überbelichtete Luft geschleudert würden. Ich war wie immer in den Himmel hinaufgeflogen, um mich zu beruhigen, an Miriam zu denken, auszuruhen und zu träumen.

Das Fliegen, das seit den Kriegsjahren in Schanghai meine Leidenschaft war, hatte mich in diese entlegene Stadt im Westen Kanadas geführt. Ich hatte Cambridge nach zwei

Jahren verlassen und war ein für allemal von dem Wunsch geheilt, Arzt zu werden. Trotz des Laboratoriums von Cavendish war die Universität von der bedeutenderen Welt der amerikanischen Atombomber ausgeschlossen, die von den Flugplätzen in Cambridgeshire starteten und sich für den letzten globalen Krieg bereit machten. Die Luftbrücke nach Berlin, der Koreakrieg und die Wiederaufrüstung von Europa gehörten einer Welt an, deren Anfänge ich über den Reisfeldern der Jangtsemündung miterlebt hatte. Dr. Elizabeth Grant hatte mich von meinen Träumen von den Toten befreit, aber eine weitaus größere Armee von Opfern bereitete sich auf den planetaren Präparationssaal vor.

Ich saß mit Miriam in den Kinos von Cambridge und sah mir zwanghaft die Dokumentarfilme über die Wasserstoffbombentests an. Der Anblick der gigantischen Explosionen von Eniwetok wühlte mich auf und verzauberte mich, und ich mußte häufig meine zitternden Hände still halten, damit ich Miriam keine Angst machte. Die geheimnisvollen Pilzwolken, die über den Pazifikatollen aufstiegen und mit den B-29-Bombern den zweiten Tag der Apokalypse nach Nagasaki gebracht hatten, waren ein starkes Aphrodisiakum für die psychotische Phantasie und sanktionierten alles. Phantasien von einem Atomkrieg verschmolzen für alle Zeiten mit meinen Erinnerungen an Schanghai und erinnerten mich an den weißen Staub auf der Avenue Edward VII, die ich entlanggeschritten war wie ein Kind, dem ein Blick in die Zukunft gewährt wird.

Während ich als Texter für eine Werbeagentur in London arbeitete, dachte ich unablässig an die Pioniere der Luftfahrt – Lilienthal und die Wrights, Lindbergh und sogar an den kleinen Mignet, der sein Leben in Armut beendet und es in unbenutzten Hangars unter den Tragflächen seines geliebten Flying Flea ausgehaucht hatte. In meinem Denken waren die Romantik und Fliegermythen der Luftfahrt eins mit Vernichtungswaffen und den größeren Möglichkeiten, die jenseits davon lagen.

Bei einem Treffen mit Freunden aus Schanghai im Regent Palace Hotel sah ich David Hunter zum ersten Mal seit unserer Ankunft in Southampton im Jahre 1946 wieder. Obwohl sieben Jahre vergangen waren, hatte er sich kaum verändert, die Augen unter den hellen Haaren beobachteten immer noch Fenster und Türen, als wäre er gerade aus einer Haftanstalt entkommen. Nachdem er einige Jahre für seinen Vater gearbeitet hatte, einen Import-Export-Agenten in der Stadt, war er Tennislehrer, Schauspielschüler und kurze Zeit sogar Jesuitennovize gewesen. Wir trafen uns ab und zu zum Essen, da uns das Gefühl einer gemeinsamen, ungelösten Vergangenheit verband. Er war fast immer betrunken, aber gleichzeitig fast pedantisch nüchtern und außerstande, sein eigenes Leben in den Griff zu bekommen, dabei jedoch völlig sicher, welchen Verlauf meines nehmen sollte. Wenn sein Gesicht vom Gin gerötet war, konnte ich sehen, wie sich die geplatzten Äderchen unter seiner Haut abzeichneten.

»Die Psychiatrie war nicht das Richtige für dich, Jim«, sagte er mir frei heraus und tat damit meine gesamte Laufbahn ab. »Du hättest die ganze Zeit nur damit verbracht, dich selbst zu analysieren.«

»Warum? Ich habe nicht einmal gewußt, daß es da etwas zu analysieren gibt.«

»Mir kannst du nichts vormachen, Sportsfreund. Deine Patienten wären nie weiter als bis ins Wartezimmer gekommen.« David sah mich auf dieselbe ärgerliche und wissende Art und Weise an, wie mich Richard Sutherland manchmal in seinem Büro im Psychologischen Institut betrachtet hatte, als würde er auf einen plötzlichen Einblick in meinen Charakter warten. »Sag mir, denkst du immer noch an Schanghai?«

»Nicht mehr so oft wie früher. Wir könnten es getrost vergessen – Schanghai hat uns ja auch vergessen.«

»Beunruhigend. Seltsame Stadt, aber sie übt eine gewisse Faszination aus. Die vielen armen Chinesen. Wie war Cambridge?«

»Soviel habe ich gar nicht davon gesehen. Es ist ein verklärter akademischer Souvenirladen für amerikanische Universitäten, wo sie sich für ein paar Dollar einen drolligen kleinen Professor kaufen können. Man muß Tourist oder Au-pair-Mädchen sein, wenn man das Beste daraus machen will.«

»Ich habe ein Semester an der Flugschule belegt. Aus irgendwelchen Gründen wollte ich in Britisch Guiana Getreide spritzen. Seltsam, was für Launen man hat.« David schüttelte über sich selbst den Kopf. »Einmal war ich mit einem Mädchen in einem Punt auf dem Fluß. Cambridge schien mir eine gute Stadt zu sein.«

»Die Amerikaner haben ihre Atomstützpunkte dort. Moderne Jets voll Wasserstoffbomben stehen auf den Startbahnen, während hünenhafte für die Versorgung des Bataillons zuständige Quartermaster-Offiziere mit ihren Chryslern über Land fahren und nach Truthahnfarmen Ausschau halten.«

»Atomstützpunkte – ich stell mir vor, daß du dort viel Zeit verbracht hast, oder?«

»Ein bißchen. Es war besser, als zu jeder Tages- und Nachtzeit Madrigale zu singen oder so zu tun, als wäre man Rupert Brooke.«

»Nur in gewisser Weise. Du hättest nach Yale gehen sollen – obwohl ich denen auch zutrauen würde, daß sie Madrigale singen.« David betrachtete seine Hände und hielt sie hoch, als hätte er gerade eine neue Waffe entdeckt. »Weißt du, wir sollten in die amerikanische Air Force eintreten. Du würdest toll in einer Uniform der USAF aussehen, Jim, wenn du mit einem Chrysler durch Cambridge fahren würdest. Das hast du doch immer gewollt. Du könntest alle Mädchen vögeln, die nicht schon von Typen in USAF-Uniformen gevögelt worden sind. Jim, stell dir *das* doch einmal vor.«

»David, ich stelle es mir vor. Keine schlechte Idee – sogar die erste neue, die ich seit Jahren gehört habe.«

»Aber nicht nur wegen der Mädchen...« David rückte sein Besteck zurecht und sah sich in dem Restaurant um, als wollte er sämtliche Messer und Gabeln an allen Tischen gerade hinlegen. Er lächelte mich mit den aufgeregten, aber beruhigenden Augen an, die ich noch von den Nachmittagen in Schanghai kannte, wenn er argwöhnische chinesische Barmädchen in die Suite eingeladen hatte, die ihm ein russischer Zahnarzt im Imperial Mansions vermietet hatte. Wie üblich hatte er die jugendlichen Prostituierten schnell provoziert, ihn zu mißbrauchen. Sex war für David die größtmögliche Annäherung an den schrecklichen Abend in der Wachstube mit Sergeant Nagata und Mr. Hyashi.

Eine Laufbahn als Militärpilot bot sogar einen direkten Zugang zu den Gefilden der Gewalt, nach denen uns gelüstete. Die verborgenen Tagesordnungen unseres Lebens wurden für uns immer noch von den Jahren des Krieges in Schanghai bestimmt. David träumte auf seine engagierte und bedächtige Weise von Gewalt, während ich nach Möglichkeiten suchte, aufs neue das perlmuttfarbene Licht zu erschaffen, das ich über den Reisfeldern von Lunghua jenseits des Bahnhofs gesehen hatte und das so vielversprechend über den amerikanischen Luftwaffenstützpunkten bei Cambridge erstrahlte.

Im Verlauf der folgenden Wochen trafen wir uns immer wieder und unterhielten uns über die Möglichkeiten einer Pilotenlaufbahn. Mein Job als Werbetexter langweilte mich, und die Wochenendbesuche in Cambridge wurden auch immer seltener, seit Miriam für ihr Examen in Kunstgeschichte lernte. Immer noch die aufsässige Abschlußklässlerin, war sie mittlerweile aber zum Star des Campus geworden. Sie schockierte die Jungs der Erstsemester mit ihrem schweren Motorrad, wirkte in einem von den Dekanen verbotenen pornographischen Schauspiel von Apollinaire mit und schmuggelte nachts Jungs in ihren Schlafsaal in Girton. Sie freute sich immer, mich zu sehen, und umarmte mich jedesmal so, als wäre sie bereit, mich noch am selben Nachmittag zu heiraten. Aber sie wartete darauf, daß ich den Krieg verarbeitete und meine wahre Bestimmung fand.

Pilot in der amerikanischen Bomberstaffel zu sein, die sich gerade auf einen atomaren Angriff auf die Sowjetunion vorbereitete, schien die Erfüllung all meiner Träume zu sein, eine Herausforderung, die ich meistern oder an der ich zerbrechen, die mich aber zwingen würde, mich mir selbst zu stellen. Die amerikanische Botschaft jedoch lehnte es, einer irrigen Laune folgend, ab, uns für die Pilotenausbildung zu empfehlen. David konnte es nicht fassen und haderte mit den höflichen, aber ausgepowerten Beamten, die uns eindeutig für vollkommen wahnsinnig hielten und uns nach Kräften zurieten, in die RAF einzutreten.

»Kein Chrysler für dich, Jim, eher ein rostiger MG.« David klopfte mir auf die Schulter, während wir vor dem Rekrutierungsbüro der RAF am Kingsway standen, wo wir uns für eine kurze Dienstzeit eingeschrieben hatten. »Aber wenigstens bekommst du einen Logenplatz für den Dritten Weltkrieg.«

Es erübrigt sich wohl zu sagen, daß diese wahrscheinlich richtige Vermutung meine wahren Gründe, der RAF beizutreten, auf den Punkt brachte. Während unserer dreimonatigen Grundausbildung im Royal-Air-Force-Stützpunkt Kirton in Lincolnshire, wo wir die Grundlagen der Meteorologie lernten, Hangarmauern auf Übungsplätzen hinaufkletterten und Maschinengewehre auf dem Schießstand abfeuerten, kam mir nie ein Zweifel an meiner Überzeugung, daß sich nun endlich die wahren Elemente meines Lebens zusammenfügten. Ich bereitete mich auf die praktischste Weise auf den Dritten Weltkrieg vor, der sich bereits in Nagasaki und Hiroshima angekündigt hatte und dessen Auftakt die Berlin-Krise und der Koreakrieg bildeten. Irgendwo über dem Himmel von Mitteleuropa würde der Weltuntergang aus meinen Träumen erwachen.

Wie es sich ergab, wurden wir angehenden Piloten aber nicht zu einem Frontstützpunkt in Westdeutschland geschickt, sondern in eine entlegene Ecke der Welt, Moose Jaw, RCAF, in Saskatchewan. Als Teil einer Übereinkunft der Nato erhielten die Flieger der europäischen Mitgliederstaaten ihre Flugausbildung in Kanada. Wir überquerten den Atlantik auf der Empress of Britain, einem Vorkriegspassagierschiff der Canadian-Pacific-Flotte, wo wir unter Barockdecken in geräumigen Luxussälen saßen. Miriam fuhr mit dem Motorrad nach Liverpool, um sich von mir zu verabschieden, und betrachtete voll ehrfürchtigem Staunen die prunkvollen vergoldeten Möbel und aufmerksamen Stewards, als würde ich in einen seltsamen und verschwenderischen Krieg ziehen, wo jeder Gefreite in seinem eigenen Rolls Royce zur Front fuhr. Als sie mich auf der Gangway umarmte, war sie offensichtlich davon überzeugt, daß sie mich nie wiedersehen würde. Ich stand noch winkend an der Reling, als das Liver Building schon längst hinter dem Horizont verschwunden war.

Wir überlebten den Atlantik, ein subarktisches Reich von vertikalen Meeren, Treibeis und gefräßigen Meeresvögeln, landeten in Montreal und begannen eine angenehme, monatelange Akklimatisationsphase in einem Luftwaffenstützpunkt bei Toronto, wo wir auf die sozialen und psychologischen Gefahren eines Waffel-und-Truthahn-Lebensstils vorbereitet wurden, den David und ich so begierig herbeisehnten. Nicht einmal die stundenlange Propaganda und die Filme über Geschlechtskrankheiten – die uns davon überzeugen sollten, daß die gesamte weibliche Hälfte der menschlichen Spezies es darauf abgesehen hatte, uns anzustecken – konnten unsere Freude darüber dämpfen, in Nordamerika zu sein.

Nach einer viertägigen Zugfahrt von Toronto trafen wir schließlich in Moose Jaw, Saskatchewan, ein. Wir stiegen mit unseren Koffern aus dem Zug aus und betrachteten die kleine Präriestadt, eine bunt zusammengewürfelte Schar argwöhnischer Türken, stoischer Norweger, verkaterter Briten und ungeduldiger Franzosen.

»Ich wünschte, Miriam könnte das sehen.« Ich bewunderte die grenzenlosen Ebenen von Saskatchewan. »Wo hören sie auf? Das ist der falsche Planet.«

»Sollten je Besucher aus dem Weltall auf der Erde landen, werden sie sich für diesen Ort entscheiden«, überlegte David düster. »Moose Jaw, Saskatchewan, wird sie an ihre Heimat erinnern.«

Aber Moose Jaw war interessanter als uns zunächst bewußt war. Unterhalb des neunundvierzigsten Breitenkreises lagen die großen Städte des amerikanischen Mittelwestens. Die aufrüstenden Vereinigten Staaten der Ära Eisenhower erfreuten sich eines Selbstvertrauens und Aufschwungs, wie sie in Europa unbekannt waren. Flotten barocker Fahrzeuge sausten auf den Highways entlang, als wäre eine eigene Spezies interplanetarischer Besucher auf Erholungsurlaub gelandet. An unserem zweiten Tag kaufte uns David einen gebrauchten Oldsmobile, mit dem wir ausgedehnte Fahrten in alle Richtungen unternahmen. Die Kanadier waren ein gastfreundliches und tolerantes Wüstenvolk, das am Rand einer Wildnis aus Schnee und ewigem Eis lebte. Winnipeg, Regina und Saskatoon waren Städte der nördlichen Wüste, Samarkands des Eises. Am Ende jeder Straße lagen weiße Horizonte der Leere. Mein Geist schwoll an und dehnte sich aus, diese Leere auszufüllen...

Ein Schatten senkte sich über die Harvard und verdunkelte die Tragflächen. Ich erwachte, als Motorenlärm gegen die Kabinendecke trommelte. Ein Pilot des französischen Übungsflugs brauste so dicht vorbei, daß das Drehmoment seines Propellers die Harvard fast zum Stillstand brachten. Ich zog den Gurt fest, drückte die Zigarre aus, die ich rauchte, und bereitete mich auf die Verfolgung vor, als ein zweiter Franzose an meiner Steuerbordtragfläche vorbeitauchte und in einen steilen spiralförmigen Steigflug überging, der ihn wieder auf meine Fährte bringen würde. Die beiden Flugzeuge hatten sich an meine Verfolgung gemacht, während ich über den schneebedeckten Weiten des Deer Lake kreiste und Country-Music eines Rundfunksenders in Medicine Hat hörte.

Die nächsten fünf Minuten wirbelten wir die veralteten Übungsflugzeuge in einem gespielten Luftkampf herum und trennten uns erst, als eine zweisitzige Harvard mit einem kanadischen Fluglehrer auf dem Rücksitz von Süden auf uns zugeschossen kam. Deer Lake war verbotenes Gebiet, gespielte Luftkämpfe und nicht genehmigte Tiefflüge Fälle für das Kriegsgericht. Die Nerzzüchter von Saskatchewan, eine einflußreiche Lobby, waren unsere eingeschworenen Feinde, ihre Farmen waren auf unseren Karten eingezeichnet, wie so viele deutsche Kugellagerwerke im Zweiten Weltkrieg. Wir brausten gerne im Tiefflug über ihre Farmen – aber so, daß die wütenden Züchter unsere Kennummern nicht fotografieren konnten – und drehten die Motoren so laut auf, daß die panischen Tiere ihre Käfige einrissen und in den sicheren Schnee flohen.

Auch wenn sie verboten waren, trugen diese Spiele in der Luft dazu bei, uns bei Laune zu halten. Die Franzosen drehten nach Westen Richtung Medicine Hat ab, der kanadische Fluglehrer verfolgte mich. Ich ging davon aus, daß er mich über R/T anbrüllte, aber meine Tanks waren zweihundert Liter leichter, daher entkam ich ihm. Er blieb allmählich hinter mir zurück, dann gab er auf und kehrte nach Moose Jaw zurück.

Ich betrachtete die verschneite Wildnis und suchte nach einer Eisenbahnlinie oder einem Highway, um mich orientieren zu können. Ich befand mich etwa siebzig Meilen nordwestlich von Moose Jaw über einem konturlosen Terrain schneebedeckter Seen. Unter dem nadelähnlichen Sonnenlicht hatte der Schnee angefangen zu schmelzen, die Tümpel dunkleren Wassers glichen Schüsseln mit schwarzem Sorbet. Eine Meile hinter Steuerbord erhob sich ein Getreidesilo über die weiße Ebene wie eine silberne Skulptur, die neben einem Bahngleis errichtet worden war. Ich drehte dahin ab, behielt ein Auge auf der Treibstoffanzeige und folgte dem Schatten der Harvard über einen seltsamen schildkrötenförmigen See. In einem Arm des Sees sah ich ein untergetauchtes Gebilde, das einer versunkenen Blockhütte mit gelbem Flachdach glich.

Oder eine Harvard-Übungsmaschine, die verkehrt herum in fünf Meter tiefem Wasser lag? Mein Treibstoffvorrat war so knapp, daß ich mir keine zweite Umkreisung des Sees leisten konnte, daher folgte ich der Eisenbahnlinie nach Swift Current und nahm Kurs auf Moose Jaw. Aber während ich auf den Knien den Navigationskurs fälschte, mußte ich an den türkischen Piloten Captain Artvin denken, der zwei Monate nach unserer Ankunft verschwunden war.

Von allen Auszubildenden der Nato waren die Türken die unglücklichsten. Sie waren meist älter und höher im Dienstgrad als die kanadischen Fluglehrer und sprachen höchstens ein paar Worte Englisch. Sie legten ihren Sold zusammen und kauften einen gebrauchten Ford von einem Händler in Moose Jaw, nur um festzustellen, daß sie nirgendwo hinfahren konnten. Sie saßen schweigsam in ihren grünen, amerikanisch aussehenden Uniformen mit glänzenden Goldstreifen auf den Schultern um die Tische in der Kantine herum, während Schneestürme horizontal an den Fenstern vorbei fegten. Wenn die Schneegestöber vorüber waren, betrachteten sie den verwässerten Himmel und die dreifache Sonne, als wären diese von ausgedehnten Eiskristallschwaden verursachten optischen Täuschungen das Signal für eine Verzweiflungstat.

Captain Artvin, der möglicherweise nicht mit dieser arktischen Welt voll Schnee und Trugbildern fertig wurde, war während eines Übungsflugs verschwunden. Jeder kanadische Fluglehrer war gestartet und hatte die Winterlandschaft in einem Radius von hundert Meilen abgesucht. Seine türkischen Freunde weigerten sich, bei der Suche zu helfen, aber keiner war auch nur im mindesten überrascht. Seltsamerweise hatte Artvin seine sämtlichen Habseligkeiten mitgenommen, seine Ersatzuniformen, den neu gekauften elektrischen Rasierapparat und sein amerikanisches Radio. Alle gingen davon aus, daß Artvin zu den Russen übergelaufen war, aber ich war überzeugt, er hatte einfach genug vom RCAF-Stützpunkt Moose Jaw gehabt und beschlossen, nach Hause zu fliegen.

Aber die Harvard des Captain wurde nie gefunden. War es ihm gelungen, auf abgelegenen Flugplätzen in Alberta und dem Nordwestterritorium zu landen, mit Hilfe sowjetischer Sympathisanten aufzutanken und irgendwie über Alaska zur Beringstraße zu gelangen? Das schien unwahrscheinlich, daher zog ich es vor zu glauben, daß Captain Artvin nach Osten aufgebrochen war, den Treibstoffanzeigen keine Beachtung schenkte und in seinen eigenen Traum hinein flog.

»Artvin? Armer Kerl«, bemerkte David, als ich ihm von meinem möglichen Fund berichtete. Die versunkene Kabine mit dem gelben Dach hatte auf jeden Fall Ähnlichkeit mit einer Harvard gehabt. »Wirst du es melden?«

»Logisch. ›Tut mir leid, Oberst, bin einfach über den Deer Lake geraten, diese verdammten kanadischen Seen sehen alle gleich aus, Sie wissen ja…‹«

»Was ist mit den Türken?«

Wir zogen die Fliegeruniformen aus, und David reichte

mir eine Flasche Bourbon, die er im Fallschirmspind versteckte. Ich beobachtete Captain Hamid, der Stiefel, Overall und Helm ebenso ordentlich verstaute wie Artvin in meiner Phantasie sein Radio und den elektrischen Rasierapparat einpackte. Diese eindrucksvollen und übertrieben beherrschten Männer erinnerten mich an die Japaner, die ständig am Rand einer Nervenkrise lebten. Die Dänen und Norweger waren Eigenbrötler, die Engländer stets betrunken, am Boden wie in der Luft. Die Franzosen für ihren Teil zettelten unablässig Meutereien an und weigerten sich, ihren vorgesetzten Offizieren zu gehorchen, bis der französische Militärattaché von Ottawa einflog und ein Zugeständnis aushandelte, das sie vorübergehend beruhigte. Die nordamerikanische Küche, die Waffeln und Truthahnkeulen und Krüge voll Milch waren eine konstante intellektuelle Herausforderung.

Aber es waren gewiß diese ernsten Türken, die eines Tages Amok laufen würden. Wenn wir beim Gemeinschaftskundeunterricht im meteorologischen Saal saßen und die Propagandaberichte und endlosen Filme über Geschlechtskrankheiten ansahen, in denen genau gezeigt wurde, wie man die männlichen Genitalien nach dem Geschlechtsverkehr einseifen und waschen mußte, rechnete ich immer damit, daß die Türken sämtliche Waffen aus der Waffenkammer in ihren Besitz bringen und die englischsprachige Bevölkerung bis auf den letzten Mann niedermetzeln würden.

»Es den Türken sagen?« überlegte ich. »Das wäre vielleicht nicht gut für die Nerven. Ich möchte nicht aufwachen und meine Hoden im Mund vorfinden.«

»Freut mich, daß du noch Hoden hast, Sportsfreund. Es ist Freitag abend, und wir sind ins Iroquois unterwegs.« David trank einen Schluck aus der Flasche und gab sich nur wenig Mühe, sie vor einem kanadischen Fluglehrer zu verbergen, der gerade vorbeikam. »Pech für Artvin. Hat er es also doch nicht bis Mütterchen Rußland geschafft.«

»Ich glaube nicht, daß er es versucht hat. Er ist nicht zu den Russen übergelaufen.«

»Und was hat er dann gemacht?«

»Er ist nach Hause geflogen. Er hat die Schnauze voll gehabt.«

»Na ja, weit ist er nicht gekommen.«

»Weit genug.«

»Jim?« David wollte mir den Bourbon geben, aber dann korkte er die Flasche zu. »Was sollte das heißen? Ich kann den Lunghua-Blick in deinen Augen sehen.«

»Es gibt keinen Lunghua-Blick.«

»Artvin sitzt kopfunter in fünf Meter tiefem Eiswasser. Das nenne ich nicht nach Hause fliegen.«

»Das war eine Redensart – die Menschen schaffen sich ihre eigenen Mythologien.«

»Du hättest mehr Madrigale singen müssen. Vergiß es, wir gehen heute abend ins Iroquois.« David lehnte sich an mich. Er war einen flüchtigen Augenblick völlig nüchtern, als er mir sagte: »Versprich mir, daß du an Miriam denkst, wenn du heute nacht Yvette und Brigid fickst...«

Vier Stunden später lag ich auf einem Bett im Iroquois Hotel und umklammerte mit den Händen die Fransendecke. Das Zimmer kreiste um mich wie ein langsam voranrückendes Gyroskop. Jenseits des Zimmers drehte sich ein größeres Karussell im Gegenuhrzeigersinn, das das alte Hotel mit seinen schäbigen Decken auf sich trug, den Lärm der Bar unten, die Straßen von Moose Jaw mit ihren Tankstellen und Eisenwarengeschäften und dahinter die schneebedeckten Felder und alten Büffel, die in ihren Übermänteln aus Schlamm, in dem sie sich gewälzt hatten, beim Wasserreservoir der Eisenbahn schliefen. Aus unerfindlichen Gründen befand ich mich im Zentrum dieses rotierenden Systems, das sich langsam neigte, als wollte es zum Sturzflug ansetzen. Ich flog die Welt...

»Jim, weilst du noch unter uns?« rief David mir durch das

Gleißen der Nachttischlampen zu. »O Gott! Schaut nicht hin…«

Ich versuchte, den Kissenbezug aufzuknöpfen, weil ich mich unbedingt übergeben mußte. Meine Hosen lagen neben dem Bett auf dem Boden. Ich war so benommen, daß ich nicht mehr klar denken konnte, und erbrach mich in sie hinein. Tränen quollen mir aus Nase und Augen, Truthahnbrocken und Bourbon mit Blut vermischt lagen in der Öffnung der Hose wie ein ranziges Haggis.

»Herrgott, was für ein Schauspiel«, rief David irgendwo hinter mir. »Ich sage es ungern, Mädchen, aber es gibt keinen ekelerregenderen Anblick als die britische Offiziersklasse mit heruntergelassenen Hosen. Männer wie er haben uns vor Singapur Schande gemacht. Kein Wunder, daß ihnen die Japaner ins Gesicht geschlagen haben…«

Ich ließ die Hose auf den abgenutzten roten Teppich fallen und lehnte mich an das gepolsterte Kopfteil, das Haarölflecken von tausend anonymen Handlungsreisenden aufwies. Das Zimmer war wieder zum Stillstand gekommen, und ich konnte David sehen, der nackt auf dem anderen Bett lag und auf seine ureigene glückliche, aber leicht irre Weise mit zwei jungen Frauen lachte, die über ihm knieten und abwechselnd seinen Penis lutschten. Dabei sang er mit festem Bariton:

»With his mixture rich and his carb heat cold
He got the highest pressures on his manifold…«

Eine der Frauen war eine breitschultrige Blondine und nackt bis auf die Seidenstrümpfe, die sie bis zu den Knöcheln hinuntergerollt hatte. Die andere, die mir kniend ihre schmutzigen Fußsohlen entgegenstreckte, trug einen schwarzen Slip. Dieser spannte sich über ihre Pobacken, die David mit der linken Hand auseinanderdrückte, während er ihr dunkles Haar und die rosa Falten ihrer Vulva streichelte.

»O Gott, ja, Yvette, ja... gib acht mit den Zähnen, um Himmels willen, wir sind nicht beim Mittagessen. Ich muß mal pissen. Herrgott, dieser Gestank...«

Die Frauen achteten nicht auf ihn und bemühten sich weiter um seine schwindende Erektion, während sie die ganze Zeit eine beiläufige Unterhaltung über einen hiesigen Schönheitssalon aufrechterhielten, wo man ihre Dienste verschmäht hatte. Ich konnte die Bißwunden an meinem Penis und die Schmerzen im Anus spüren, wo ein ungeschnittener Fingernagel beinahe die feuchte Membran zerrissen hatte. Ich konnte mich vage erinnern, daß ich Sex mit dem blonden Mädchen gehabt hatte, Yvette, während David im Bad eines seiner seltsamen Spielchen gespielt und Brigid gedrängt hatte, ihm mit ihren hochhackigen Schuhen den Hintern zu versohlen, wobei er Dollarscheine in die Toilettenschüssel fallen ließ.

Der Freitagabend im Iroquois nahm seinen üblichen Verlauf. Zuerst kamen zwei Stunden verschärften Trinkens in der Bar, wo sich Auszubildende der Nato und Eisenbahnarbeiter drängten und das Bier, das über den Tresen schwappte, unsere Hemden durchnäßte. Dann gingen wir mit Brigid und Yvette auf die beiden Zimmer im ersten Stock. Ich war wie üblich so betrunken, daß ich kaum den Boden von den Wänden unterscheiden konnte. Glatte Oberflächen, manche mit Teppichen, andere mit Lampen und Schaltern darauf, versuchten unablässig, auf mich einzustürmen und mir ins Gesicht zu schlagen.

Aus Gründen, die nur für David ersichtlich waren, hatten wir Sex stets gemeinsam in einem Zimmer – er brauchte es, zu sehen und gesehen zu werden. Brigid, die ihren winzigen Slip wie eine Maurerschürze trug, setzte sich auf mich und führte meinen Penis mit einer Hand in sich ein, während sie mir mit der anderen die Hoden streichelte. Aber ich kam stets bei Yvette, wenn diese auf dem Rücken lag, mir eine Brust in den Mund drückte und einen Finger in meinen Anus bohrte. Umgekehrt gefiel es

David, wenn ich ihn auf dem anderen Bett beobachtete. Er sah mir auf eine seltsam unschuldige und vertrauensselige Weise in die Augen. Abdrücke von Schuhen röteten seine Schenkel, und Yvette saß auf ihm und schmierte meinen Samen aus ihrer Vagina auf das Kissen. Mit den Händen massierte er nachdenklich die Schwangerschaftsstreifen ihres üppigen Unterleibs. In einer Nacht hatte er einmal Fotos gemacht, die niemand in Moose Jaw entwickeln wollte. Das Blitzlicht reizte die Augen der Frauen, aber in der plötzlichen Helligkeit wurden ihre Gesichter, die beim Sex so ausdruckslos waren, endlich lebhaft, und ich sah zwei Arbeiterhausfrauen, die ihre Männer verlassen und sich ins bourgeoiseste Leben gestürzt hatten, das sie sich vorstellen konnten.

»Ihr Jungs von der Nato braucht euren Fusel aber wirklich«, tat Yvette kund. Sie verzog das Gesicht, als David meine Hose ins Bad trug. »Wieso haben sie den überhaupt bei der Air Force genommen?«

»Das ist alles Teil der kommunistischen Verschwörung«, erklärte David. Er wusch die Hosen im Handwaschbecken und klaubte die Truthahnstücke heraus. »Hört ihr denn nicht auf Senator McCarthy? Die Nato ist eine Verschwörung, um die USA zu stürzen. Wir sind so sehr damit beschäftigt, uns gegenseitig zu bekämpfen, daß wir gar keine Zeit haben, uns um die Russkies zu kümmern.«

»Das kann ich mir gut vorstellen. Mir ist unbegreiflich, daß ihr überhaupt je fit genug seid, in diese Flugzeuge zu steigen.«

»Yvette, ich muß dir eines sagen. Ein paar Drinks bringen diese alten Haudegen erst richtig auf Vordermann. Jimmy hat vor, den Dritten Weltkrieg im Alleingang anzufangen.«

»Sieht aus, als wäre er schon fertig.« Brigid, das dunkelhaarige Mädchen, die jetzt einen schwarzen Petticoat trug, saß neben mir auf dem Bett. Ihre kleinen Hände, die von Spülmittel angegriffen waren und nach Lippenstift,

Sperma und anderen Flüssigkeiten rochen, strichen mir über die Stirn und versuchten, einen verbliebenen Rest meiner Persönlichkeit zu finden. Ein besorgter Ausdruck flackerte in ihren Augen, verblaßte aber sofort wieder in der grenzenlosen Gleichgültigkeit, die sie von allen Männern trennte. Ihr schmales, knochiges Gesicht wies den ernsten Ausdruck eines entschlossenen Kindes auf. Sie half mir ins Bad und sah kommentarlos zu, wie ich auf dem Rand der Wanne saß und mir das Gesicht im Waschbecken wusch. David hatte meine Hose gespült und über die Heizung gehängt. Als ich fertig war, stellte sie sich vor den Spiegel, wusch ihre Brüste und versuchte, die Spuren von Davids Zähnen wegzuwischen.

Ich führte sie ins angrenzende Schlafzimmer und setzte mich neben sie auf eines der Betten. Musik hämmerte durch die Wand und brachte die viktorianische Kommode zum Beben. Als ich Brigids Ebenbild in dem großen Spiegel betrachtete, stellte ich fest, daß sie schwanger war. Ich hob ihren Petticoat und betrachtete die runde Wölbung ihres Bauchs. Ich hielt ihre Brust und erwartete fast, die Milch zu spüren, die sich in der schweren Kugel sammelte, dann berührte ich behutsam ihren Bauch.

»He, dafür bist du zu jung.« Sie stieß mich weg. »Ficken ist okay, aber alles andere ist verboten.«

»Keine Bange.« Mir war nicht klar gewesen, daß man Sexspiele mit einem ungeborenen Kind in sich machen konnte. »Im wievielten Monat bist du, Brigid?«

»Der Arzt sagt, im vierten, aber ich meine, im fünften.«

»Das ist gut. Was ist mit dem Vater? Weiß er es?«

»Welcher Vater?« Sie sah mich an, als hätte ich die harten Tatsachen des Lebens noch nicht gelernt. »Sie hat keinen Vater.«

»Es könnte ein Junge sein.«

»Es ist ein Mädchen.« Sie sagte es vollkommen überzeugt, dann legte sie sich aufs Bett, zog die Knie an und entblößte ihre Vulva. Ich kniete mich vor sie, zog ihre Pobacken auf meine Schenkel, drückte meinen Penis in ihre Vagina und war gerührt von der Vorstellung, daß ich diese intime Stelle mit einem ungeborenen Kind teilte. Ich hoffte für das Kind, daß es kein Sohn war.

»Laß dir nur Zeit. Du tust ihr nicht weh.«

Wer war der Vater – einer der Dänen oder Norweger, oder ein kanadischer Eisenbahnarbeiter, der in der Wohnwagensiedlung hinter den Getreidesilos auf sie wartete?

»Ist Captain Artvin je hier gewesen?«

»Wer war das noch?«

»Artvin – der türkische Pilot, der verschwunden ist.«

»Sie verschwinden alle, glaub mir. Ich bin mit ein paar Türken ausgegangen. Yvette mag sie, aber ich komme nicht mit ihnen klar. Wie hat er ausgesehen?«

»Ich habe ihn nie gesehen. Er ist eines Tages einfach weggeflogen.«

»Hört sich toll an. Nächstes Mal kann er mich fragen, ob ich mitkommen will.« Sie hielt meinen Hodensack und zog an den Hoden. »Komm schon, Baby, mehr... so ist es recht, drück ab für Mama...«

Später lag ich neben ihr und betrachtete ihren runden Bauch. Eines baldigen Tages würde eine Hebamme ihr gegenüber ähnliche Worte gebrauchen. Sie akzeptierte, daß ich keine lüsternen Absichten mehr hatte, und ließ mich den Petticoat heben und eine Hand auf ihren Bauch legen. Mich überraschte, wie groß das Kind war. Ab und zu lief ein unmerkliches Zittern über die Oberfläche, als würde es meine Hand wiedererkennen.

»Kommst du aus England?« fragte Brigid. »Da wollte ich schon immer mal hin. Vielleicht würde ich den König und die Königin sehen.«

»Der König ist gestorben. Aber ich habe sie gesehen – sie haben mein College besucht.«

»Einfach so?«

»Klar. Eine große Limousine ist vorgefahren, und vier kleine Leute sind ausgestiegen, der König, die Königin und die Prinzessinnen. Sie haben ausgesehen, als wären sie zum ersten Mal auf der Erde gelandet.«

»Das ist doch was. Hast du sie wirklich kennengelernt?«

»Fast...« Als Studentenstreich hatte ich mein akademisches Gewand ausgezogen und vor den heranfahrenden Daimler in eine Pfütze gelegt. Während ich den Vorfall beschrieb, stellte ich fest, daß ich Brigid zum ersten Mal richtig beeindruckt hatte. Wenn ich in ihren Körper eindrang, arbeitete ich in ihren Augen für sie, trug meinen Teil dazu bei, ihrem ungeborenen Kind zu helfen, aber jetzt galt ich ihr mehr als zwanzig kanadische Dollar.

Im Nebenzimmer schliefen David und Yvette. Ich war froh, daß David sich beruhigt hatte und sie umarmen konnte, ohne auf einen komplizierten Trick angewiesen zu sein. Das Fliegen und diese pragmatischen Frauen mit ihrem nüchternen Weltbild hatten ihm gutgetan.

Brigid lag auf der Seite und drückte meine Hand auf ihren Unterleib. »Stört es dich nicht?«

»Ich war Medizinstudent.«

»Dann weißt du Bescheid. Yvette sagt, in den letzten Monaten wird es schwer sein. Man kann die falschen Typen anziehen.«

Ich massierte das untere Ende ihres Rückens, so wie sich junge Ehemänner wohl um ihre schwangeren Frauen kümmerten. Ich spürte, wie sich das Kind bewegte, als habe die Musik es geweckt. Die Wahrscheinlichkeit, daß Captain Artvin der Vater des Kindes war, schien verschwindend gering, aber in meiner Vorstellung verband die beiden irgend etwas. Vorausgesetzt, daß er tot war und ich als einziger wußte, wo seine Ruhestätte lag, hatte ich als befreundeter Pilot eine theoretische Verantwortung für dieses Kind. Ich versuchte, an Miriam zu denken, aber ihre Briefe waren immer seltener geworden.

»Sag mir, Brigid, würdest du gerne nach England gehen?«

»Klar. Ich könnte die Königin kennenlernen – du könntest uns einander vorstellen.«

»Ich meine es ernst. Ich habe genügend Geld.«

»Und?«

»Wir beide gemeinsam. Du kannst bei mir bleiben.«

»Gemeinsam?« Sie drehte sich von mir weg, legte sich auf den Rücken und schob meine Hand von ihrem Bauch. Sie zog den schwarzen Slip hinunter.

»Warum nicht?« Ich wartete auf ihre Antwort. »Glaubst du, ich bin zu jung?«

»Ein bißchen. Ihr Jungs von der Nato..., ihr fliegt mit euren Atombomben herum und macht die Welt sicherer. Laß uns schlafen, so lange wir noch Zeit haben...«

Ihre Gleichgültigkeit tat weh, so naiv mein trunkener Plan auch im unbehaglichen Licht des Katers am nächsten Tag aussah. Als ich eine Woche später über den Deer Lake flog, versuchte ich, mich an die Position der gesunkenen Harvard zu erinnern. Irgendwo im Nordwesten hatte ich den schildkrötenförmigen See gesehen, aber er war in der konturlosen Landschaft verschwunden. Die Oberfläche des Eises wurde von der Februarsonne erwärmt und fing an zu schmelzen, und die Seen veränderten ihre Form, da der Schnee zu den ursprünglichen Ufern zurückwich. Ich ließ meine Navigationsübungen sein und flog über dem weißen Land hin und her, vorbei an den vereinzelten Wassertürmen und Getreidesilos.

Eine Stunde später, als ich die Harvard gefunden hatte, war mein Treibstoffvorrat fast zu Ende. Aus dem Schildkrötensee war eine lange Ellipse geworden, einer aus einer Gruppe kleiner Seen, die durch gelbliche Mäander voneinander getrennt waren. Algen hatten den Rumpf überzogen, aber ich konnte die verschwommenen Ziffern auf der Tragfläche erkennen. Ich kreiste in einer Höhe von hundertfünfzig Metern über dem See und trug die Position auf der Karte ein – ich hatte vor, wenn der See im Frühling taute, einen Monat bevor wir zur Jetausbildung nach Winnipeg versetzt wurden, ein aufblasbares Dingi zu mieten und den Türken zu zeigen, wo ihr Kamerad begraben lag. Ich hoffte, sie würden beschließen, ihn im See liegen zu lassen, von der Welt abgeschnitten in seinem Algenkokon und noch immer auf seinem einsamen Flug.

Zwanzig Meilen von Moose Jaw entfernt, waren die Treibstofftanks leer. Glücklicherweise fand ich einen verlassenen Straßenabschnitt zwischen zwei einsamen Weizenfeldern. Als ich zur Landung ansetzte, sah ich im letzten Augenblick die unter Schneehauben versteckten Zaunpfosten. Die Harvard setzte in einem Sturm eisigen Schlamms auf, der über die stillen Felder spritzte. Sie verlor die Spitze der Steuerbordtragfläche, überschlug sich am Boden und kam im Straßengraben zum Stillstand.

Fünfzehn Minuten später kam ein Nerzzüchter in einem schlammbespritzten Cadillac angefahren, als ich noch fassungslos im Cockpit saß. Er betrachtete gelassen das Blut, das aus meinem Helm tropfte, und zog mit seinen rauhen Lippen an seiner Zigarette. Schließlich kurbelte er das Fenster hoch und fuhr weiter. Später erfuhr ich, daß er den Flugplatz überhaupt nicht informiert hatte, wahrscheinlich hoffte er, daß ich hinter meiner zerborstenen Windschutzscheibe erfrieren würde.

Die dienstältesten kanadischen Offiziere, die meinen Fall anhörten, gestanden ihre Verwirrung offen ein. Ich war über dem Deer Lake gesehen worden, aber sie verstanden nicht, wie ich den ausreichenden Treibstoffvorrat der Harvard hatte verbrauchen können. Sie hatten bereits entschieden, daß ich die Ausbildung abbrechen und nach England zurückkehren sollte, aber sie studierten meinen Flugplan kreuz und quer und vermuteten, daß ich heimlich einen eigenen Kurs gesteuert hatte.

Glaubten sie, daß ich überlaufen wollte und denselben Fluchtweg ausprobierte wie Captain Artvin? In gewissem Sinne hatten sie recht, wie David genau wußte. Er unternahm keinen Versuch, zu meinen Gunsten einzugreifen, da ihm klar war, daß es Zeit für mich wurde, die Air Force zu verlassen. Welchen Mythos ich auch für mich konstruieren wollte, er würde aus den Alltäglichkeiten meines Lebens bestehen müssen, aus den kleinsten Zuwendungen und Freundlichkeiten, nicht aus den Atombombern der Welt und deren Traum vom Tod des Planeten. Hätte ich den Standort der verschwundenen Harvard verraten, wäre es mir vielleicht gelungen, sie dazu zu bewegen, ihre Entscheidung rückgängig zu machen, aber ich hatte genug von der RAF gesehen. Ich wollte Schanghai und die Avenue Edward VII und den Blitz der Bombe von Nagasaki vergessen, und es gab eine einfache Möglichkeit, das zu bewerkstelligen.

Ich würde nie das Moskauer Wettrennen zum Dritten Weltkrieg anführen. Das ungeborene Kind im Iroquois Hotel hatte mir eine neue Richtung gewiesen. Miriam hatte geschrieben, sie hätte eine Stelle bei einer Zeitung in der Fleet Street angenommen, und ich wollte wieder bei ihr sein und ihre amerikanische Unterwäsche bewundern. Es tat mir leid, David zu verlassen, der endlos mit seinem gebrauchten Oldsmobile auf den langen Straßen von Saskatchewan umherfuhr, aber er war jetzt glücklich und hatte seine eigenen Ziele. Das Fliegen hatte geholfen, ihn von seiner Vergangenheit zu befreien, und er sprach bereits davon, am Ende seiner Dienstzeit die RAF zu verlassen und Berufspilot zu werden. Bis dahin tat er recht daran, in Moose Jaw zu bleiben, wo er sein Bestes tat, um die Türken aufzumuntern. Die Jungs von der Nato würden ihre Meutereien planen und sich in der Bar des Iroquois drängeln, während im Meteorologischen Saal die Filme über Geschlechtskrankheiten gezeigt wurden und Captain Artvin seinen langen Flug nach Hause fortsetzte.

Wunderwelt

»Sollen wir zur Wunderwelt gehen?« fragte ich die Kinder.

»Wunderwelt! Ja!« Der vierjährige Henry war schon am Tor und zerrte an dem Eisenriegel. Er rief dem dösenden Retriever der Nachbarn zu: »Polly, wir gehen zur Wunderwelt!«

Die dreijährige Alice hüpfte den Weg entlang und bewunderte ihre glänzenden Schuhe. »Wunderwelt, Wunderwelt...«

Miriam lehnte sich an die Tür, während ich in dem Durcheinander von Spielsachen und unbezahlten Rechnungen auf der Garderobe im Flur nach meiner Sonnenbrille suchte. Sie winkte den Kindern und lächelte ihnen zu, als würde sie sie nie wiedersehen, und wollte sich für alle Zeiten an diesen Augenblick erinnern. Wenn wir von unserem Spaziergang zurückkamen, würden sich Alice und Henry auf hundert winzige und erstaunliche Arten verändert und ihre jetzigen Persönlichkeiten irgendwo im Wald zurückgelassen haben. Eltern sehnten sich nostalgisch nach jeder Sekunde dieser verlorenen Leben.

»Gib gut auf sie acht.«

»Sie werden auf mich achtgeben. Wir werden eine Stunde weg sein – bist du sicher, daß bis dahin nichts passiert?«

»Ich weiß nicht...«

Im letzten Monat ihrer Schwangerschaft schien die Zeit für Miriam langsamer zu verstreichen. Die kleinste Geste wurde lang – wenn sie die Hand hob, um die schweren Brüste zu entlasten, wenn sie geistesabwesend Lippenstift auftrug. Sie bewegte sich im zeitlosen Gefilde des Kindes in ihrem Schoß; Mutter und Kind würden das Leben gemeinsam beginnen. Sie drückte sich an mich, weil sie wußte, daß ich gerne die warme Wölbung unter ihrem Umstandskleid spürte, und strich mir sanft über den Penis.

»Sieh nur zu, daß du alles dabei hast, was du auf dem Spaziergang brauchen könntest.«

»Pst... die Hebamme Bell kann dich hören. Und sie mißbilligt auch so schon genug an mir.«

»Sie bewundert dich. Ohne dich wäre sie arbeitslos.«

Ich umarmte Miriam und atmete die vertrauten, betörenden Gerüche von Babypuder, Basilikum, Nagellack und Waschpulver ein, die ihr Umstandskleid ausströmte. Am Saum war ein brauner Aa-Fleck von einem der Kinder, der seinen Platz unter den zahllosen Flecken und Gerüchen unseres kleinen Hauses einnahm, eines Reichs weicher Achselhöhlen und geschwollener Brustwarzen, in dem ich ein ganzes Leben verbracht hatte.

»Ruh dich aus. Fang nicht an, das Schlafzimmer umzuräumen.«

»Bring mir ein paar Wunder mit.«

Ich winkte noch einmal, dann schloß ich das Tor und ging mit Henry und Alice die sonnige Straße entlang. Polly, der Retriever, hatte beschlossen, uns zu begleiten. Er trottete neben Alice und machte nur ab und zu einen Abstecher, um an einem Laternenpfahl zu schnuppern und dranzupinkeln. Die bescheidenen Häuser der Charlton Road standen in ihren ruhigen Vorortgärten, aber wenn man sie durch die Augen des Hundes oder der Kinder sah, verwandelten sich die Rosenbüsche und Steingärten, die frisch gestrichenen Eingangstüren und vergessenen Rollschuhe. Es war, als würden sie lebendig, als wüßten sie, daß Polly und die Kinder sie bald vergäßen und sie daher ihr Dasein um so strahlender ausdrücken müßten. Unser eigenes Haus war so bescheiden wie alle anderen – mein Gehalt als stellvertretender Redakteur einer kleinen wissenschaftlichen Zeitschrift reichte kaum aus für die geringe Hypothek –, aber Miriam, Henry und Alice verwandelten es in einen endlosen Jahrmarkt von Lärm und Fröhlichkeit. Hinter anderen Türen der Charlton Road gab es andere Miriams. Junge Frauen mit Kindern schlenderten durch die Straßen von Shepperton und spielten in ihren Gärten wie Agenten einer überschwenglichen fremden Macht.

Die Anzahl der Kinder überraschte mich immer wieder – diese kleine Stadt an der Themse war eine Geburtsfabrik. Als wir das Ende der Charlton Road erreichten, hatten wir bereits einen semmelblonden Jungen auf einem Dreirad, zwei zehnjährige Mädchen und die kleine Tochter des hiesigen Bauunternehmers eingesammelt. Die Spielwiese war voll von Kindern, die sich auf dem Gras tummelten oder an den Ufern des Bächleins nach Elritzen fischten. Fast glaubte ich, daß die bunten Sommerkleider, Fischernetze und Kinderstimmen ein Traum waren, der von diesem ruhigen, unter Weiden schlafenden Bach heraufbeschworen wurde.

Alice und Henry liefen zum Ufer, wo zwei Mütter auf einer Parkbank saßen und aufpaßten. Ich zog meine Turnschuhe aus und ging barfuß über den kühlen Pelz der Wiese. Hinter den Wiesen lag die ruhige Oberfläche eines Baggersees, dessen gigantisches Förderband aufragte wie die Startrampen von Cape Canaveral.

Shepperton ist von Wasser umgeben – der Fluß, die Baggerseen und die Reservoirs der städtischen Wasserversorgung, deren hohe Uferböschungen den Horizont unseres Lebens bildeten. Ich erzählte Miriam einmal, daß wir auf dem Grund einer unterseeischen Welt lebten, die in unser Denken eingedrungen war, und daß es sich bei den Einwohnern von Shepperton um eine neue Gattung von Meeressäugetieren handelte, Geschöpfe aus einem neuen *Die Wasserkinder.*

»Du bist Tom, der arme Schornsteinfeger«, sagte sie, als

könnte sie mich zum ersten Mal richtig einordnen. »Armer Tom…«

»Und wer bist du – Mrs. Was-du-nicht-willst-das-man-dir-tue…?«

»Das glaube ich irgendwie nicht. Eher Mrs. Was-du-willst-das-man-andern-tue…«

Aber wir waren alle Wasserkinder. Alice kreischte, weil Henry mit einem Stock grünen Schlamm aus dem Bach schleuderte. Ich zeigte ihnen einen toten Wasserkäfer, aber sie interessierten sich mehr für eine Farbspraydose, die zwischen dem Schilfgras trieb. Sie enthielt immer noch ein wenig Treibgas, und Henry sprühte einen Farbstrahl auf eine Libelle, die sich zu nahe heranwagte.

Wir versuchten, die Luft neu zu bemalen, während wir zwischen den Weiden hindurch zu dem Wasserlauf gingen, der die Straße kreuzte. Das Wasser floß über die ausgetretenen Pflastersteine, und Autofahrer, die die Abkürzung nach Shepperton nehmen wollten, blieben oft dort stehen. Entnervt blickten sie auf und sahen sich einem strahlenden Publikum von Müttern und Kindern gegenüber, das gespannt darauf wartete, was sie als nächstes tun würden. Hier war die Wasserlauf-Szene aus *Genevieve* gedreht worden. Jedesmal, wenn Miriam und ich die Szene mit dem gestrandeten uralten Auto anschauten, sahen wir uns selbst, Henry und Alice, wie wir außerhalb des Bildes auf dem blanken Geländer der Fußgängerbrücke lehnten.

Der Retriever lief uns den oberen Arm des Bachs entlang voraus, und unterwegs scharten wir noch mehr Kinder um uns. Die rechteckigen Hallen der Filmstudios von Shepperton ragten über den Bäumen auf. Ihre Präsenz beherrschte die Stadt so sehr wie die unterseeische Welt der Reservoirs. Viele Sendungen, die wir im Fernsehen sahen, wurden auf den Straßen von Shepperton gedreht, deren belaubte Alleen stellvertretend für Schauplätze in ganz England wurden. In Henrys überbordender Phantasie eines Vierjährigen war Shepperton schon dabei, das ganze Land zu kolonisieren.

Dieses Zusammenspiel von Bild und Illusion verlieh Shepperton seine besondere Atmosphäre, als läge die wahre Realität in der Mischung von beiden. Neben uns wohnte ein Ehepaar, dessen Tochter eine unbedeutende Fernsehschauspielerin war. Die Kinder sahen zweimal die Woche, wie sie in einer ihrer Lieblingsserien auftrat, und mußten manchmal nur die Köpfe drehen, um mitzuerleben, wie sie aus ihrem Auto auf der Charlton Road ausstieg, um ihre Familie zu besuchen. Henry und Alice liefen hinaus, um sie zu begrüßen, und gingen davon aus, daß ihr wahrer Charakter irgendwo zwischen ihrer flüchtigen Straßenpersönlichkeit und der weitaus solideren Gestalt auf dem Bildschirm lag. Viele unserer Nachbarn wirkten als Statisten in Filmen mit, die in den Shepperton Studios gedreht wurden, und mir war manchmal zumute, als würden Miriam und ich unsere Rollen in einer fröhlichen, chaotischen Stegreifkomödie spielen.

Die Kinder kauerten am Ufer des Baggersees und betrachteten ein versunkenes Autowrack, das auf dem sandigen Grund lag. Der See war von einem ortsansässigen Anglerklub bestückt worden, Regenbogenforellen schwammen durch die offenen Fenster. Diese versunkenen Autos beeindruckten Alice und Henry jedesmal.

»Henry, wohin fährt das Auto?« fragte Alice.

»Einen langen Weg«, erklärte er ihr. »Es fährt nach China.«

Miriam hatte ihnen erklärt, daß man in China herauskommen würde, wenn man in unserem Garten ein Loch grub, das tief genug war. Der Baggersee war der größte See, den Henry je gesehen hatte, und er versuchte oft, mich davon zu überzeugen, daß dieses Loch bis nach Schanghai führte. Als ich einmal in diesen See tauchte, beobachtete er mich, als wäre ich im Begriff, für immer in die Welt meiner Kindheit aufzubrechen.

»Daddy, wirst du jetzt nach China schwimmen?«

»Nun, das ist so weit, daß man vor dem Tee unmöglich hinschwimmen kann. Gehen wir lieber zur Wunderwelt.«

Ich wartete, bis Polly die Kinder zusammengetrieben und zu einer Mauer aus Fichten geleitet hatte. Matratzen und rostige Fahrräder lagen zwischen den Fichtenzapfen, und wir folgten dem dunklen Pfad zu einer abgelegenen Wiese hinter den Filmstudios. Sonnenlicht spielte im kniehohen Gras, die Kinder, deren Gesichter wie Laternen schwankten, hüpften mir voraus.

Im Gras standen eine ganze Anzahl Kulissen. Sie waren von Filmgesellschaften, die Werbefilme drehten, zurückgelassen worden. Ein Schokoriegel so groß wie ein Kleinwagen lag in der Sonne, die Pappmachéverkleidung blätterte vom Holzrahmen. Daneben stand eine Waschmittelverpackung, die so groß wie ich selbst war, mit von Regen und Sonne verzogener Sperrholzverkleidung, sowie eine rot emaillierte Ketchupflasche aus Fiberglas. Leinwand hing an Shampooflaschen und Zahnpastatuben herunter, aber das störte Alice und Henry nie. Sie liefen quietschend durchs Gras und waren wie immer fasziniert von den Riesenausgaben der Gegenstände, die ihre häusliche Welt ausmachten.

Mittelpunkt ihrer Begeisterung war die drei Meter hohe Nachbildung einer rosa Toilettenpapierrolle. Bei einem früheren Besuch hatte Henry ein Stück der verrotteten Leinwand weggezogen, und durch diese winzige Tür krochen die Kinder eins nach dem anderen. Ich konnte hören, wie sie bei der Vorstellung einer Klopapierrolle, die groß genug war, um darin zu leben, aufgeregt quietschten. Sie winkten mit den Armen durch die Leinwand und riefen nach Polly, die hektisch versuchte, sich den Weg in das halbdunkle Innere zu erschnuppern.

»Machen wir eine Party!« rief jemand.

»Party, Party…« Alice hüpfte in der gigantischen Rolle auf und ab, ließ ihre blankgeputzten Schuhe aber nicht aus den Augen, damit sie ja nicht von ihren Füßen verschwanden.

Ich legte mich ins Gras und dachte zufrieden, daß bald noch ein Kind auf dieser verzauberten Wiese tanzen würde. Ich war froh, daß unser drittes Kind hier zur Welt kommen würde, aus Miriams Schoß ebenso wie aus der Wiese und dem Wasserlauf. Die erste Geburt in der nahegelegenen Frauenklinik war vorbei gewesen, ehe ich aus der Redaktion nach Hause gekommen war, weil ich erst am folgenden Tag damit gerechnet hatte. Unser großer Sohn, der so ernst wie jedes Neugeborene wirkte, lag schlafend in den Armen seiner Mutter, als ich auf die Station kam. Aber die Säuglinge waren den größten Teil des Tages von ihren Müttern getrennt und weinten hinter einer dicken Tür in ihren Krippen, daher schwor sich Miriam, daß sie ihre künftigen Kinder zu Hause in unserem Bett zur Welt bringen würde.

Und so zeugten wir die kleine Alice, lagen einträchtig neben ihr, während sie größer und größer wurde, und eine Stunde, bevor die Wehen einsetzten, schliefen wir noch miteinander. Miriam hatte sich auf ihre eigenen Kissen gelegt, ihre Hände umklammerten das Kopfteil mit seinen ungleichmäßigen Leselampen, und sie war umgeben von dem Schrank mit ihrer vertrauten Kleidung, von der Fotografie ihrer Mutter und Blumen und Glückwunschkarten von Freunden auf dem Frisiertisch. In dieser gemütlichen, aber durch und durch unhygienischen Umgebung gebar sie Alice problemlos, während ich weinend hinter den Schultern der tüchtigen Hebamme Bell stand. In dieser Nacht schliefen wir gemeinsam mit Alice in ihrer Krippe an unserer Seite, während der Retriever Polly am Mülleimer schnupperte, weil er die Plazenta in ihrem Päckchen aus Zeitungspapier roch. Am nächsten Tag stand Miriam schon wieder auf, empfing ihre Freundinnen und verabschiedete sich von mir, als ich zur Arbeit ging.

Ich war nicht nur froh, daß unser Kind in Shepperton

zur Welt kommen würde, ich glaubte fast, daß auch ich hier geboren worden war. Die Vergangenheit war verschwunden und hatte die Erinnerungen an Cambridge und Kanada, an den Präparationssaal und die Schneewüsten von *Saskatchewan* und sogar an Schanghai mit sich genommen. Das warme Licht über Shepperton erinnerte mich an die flirrende Luft über den Reisfeldern von Lunghua, als ich an den Eisenbahnschienen entlanggegangen war, aber das Licht über der Wiese mit dem Wasserlauf stammte von einer gütigeren und milderen Sonne. Die Kinder, die Miriam geboren hatte, sowie die anderen, die beim Bach spielten, hatten die Plätze der toten Chinesen eingenommen, die in den Bächen und Kanälen von Lunghua gelegen hatten.

Zum ersten Mal lebte ich in einer endlosen Gegenwart, die der Vergangenheit nichts schuldete. Am Himmel über Shepperton zogen Flugzeuge dahin, die Pauschaltouristen zu den Ferienstränden von Korfu und der Costa Brava brachten. Bald würde der ganze Planet Ferien machen. In Cape Canaveral bereiteten sich die Amerikaner auf den Flug ins All vor. Im Fernsehen sahen wir Richard Sutherland, der vom Raumfahrtzentrum berichtete, während ihm die Sonne Floridas durch das geföhnte Haar schien. Er war inzwischen Moderator für populärwissenschaftliche Sendungen geworden, einer der neuen Generation von Medienakademikern, die der Welt beibrachten, wie sie im Einklang mit sich sein konnte. Seine aufmunternden Kommentare paßten perfekt zu den Werbespots für Schokoriegel und Weichspüler. Vergangenheit und Zukunft waren zu einer Gegenwart verknüpft worden, die so zweidimensional und fröhlich war wie das Malbuch eines Kindes.

Ich erwachte in der schläfrigen Hitze der Wiese und stellte fest, daß die Kinder in der Klopapierrolle stritten. Ein Sportflugzeug, in dessen Propeller sich die Sonne spiegelte, flog am Himmel vorbei. Eine einmotorige Piper, die von Westen kam, wo der Flugplatz Fair Oaks im Wald hinter Chertsey lag. Sie beschrieb mit gesenkten Landeklappen einen weiten Bogen über den Filmstudios, als wollte der Pilot auf dieser verborgenen Wiese landen.

Die Kinder brachen ihren Streit ab. Alice kam zu mir gelaufen, ich kniete noch im Gras, und versteckte sich an meiner Schulter.

»Ist das ein böses Flugzeug, Daddy?«

Wie immer überraschte mich ihre Auffassungsgabe. Sie hatte gesehen, wie ich das Flugzeug mit der hinter der Passagiertür montierten Kamerasäule stirnrunzelnd betrachtet hatte.

»Nein, es ist ein gutes Flugzeug – vielleicht bringt es dir ein Geschenk.«

Henry lehnte sich an mein Knie und stieß Alices Hand von meinem Kinn. »Daddy, hat es eine Bombe?«

»Eine Bombe? Wer sollte denn in Shepperton eine Bombe wollen?«

»Vielleicht Onkel David. Er hat eine Bombe, Daddy. Er hat es mir gesagt.«

»Nicht mehr. Außerdem hat er dich und Mami viel zu gern. Und jetzt alle nach Hause...«

David Hunter besuchte uns an diesem Nachmittag. Er hatte die RAF nach Beendigung seiner Dienstzeit verlassen, nachdem er aktiv im Einsatz gegen Terroristen in Malaysia gewesen war und als Abschluß den Atombomber Vulcan geflogen hatte. »Stell dir vor, Miriam«, erinnerte er sie gern, »wenn dieser Türke nicht zu den Russen übergelaufen wäre, könnten dein Mann und ich die erste Wasserstoffbombe auf Moskau abgeworfen haben. Wie ist es, mit einem Mann verheiratet zu sein, der möglicherweise den Dritten Weltkrieg angefangen hätte?«

Sein zerstreuter Charme beschützte ihn immer noch, aber ihm war die Nervosität eines Mannes eigen, der damit rechnet, daß sich die Vergangenheit hinter ihm anschleicht und ihm mit einer absurden, aber bohrenden

Frage auf die Schulter klopft. Er hatte sich ein Jahr im privaten Flugverkehr herumgetrieben und dann eine kleine Firma aufgekauft, die sich auf Luftaufnahmen spezialisiert hatte. Manchmal war er monatelang unterwegs und fotografierte Industrieanlagen in Brasilien oder Hotelanlagen auf den Seychellen. In den letzten Wochen war er in Fair Oaks stationiert gewesen, wo er einen Dokumentarfilm über die Vorkriegsautorennbahn Brooklands drehte.

Er war so entwurzelt wie ehedem. Stets staunte er über mein ruhiges häusliches Leben und vermutete, ich hätte einen großen Teil meiner wahren Natur unterdrückt. Weil er wußte, daß Miriam sich nicht wohl in ihrer Haut fühlte, wenn über Schanghai gesprochen wurde, erwähnte er unsere gemeinsamen Jahre während des Kriegs kaum.

Er kam mit Geschenken für die Kinder, einer Flasche Whiskey für mich, die er unverzüglich öffnete und selbst zu trinken begann, sowie Blumen für Miriam und überschwenglichen Komplimenten, die abzuwehren sie zu entzückt war.

»Warum sind schwangere Frauen so erotisch? Sag es mir, Miriam. Ich spüre in den Knochen, daß wir eines Tages heiraten werden.«

»Da hat sich schon eine Schlange gebildet«, warnte Miriam ihn. »Richard Sutherland, Henry, Jim... Du mußt dir den Weg den Mittelgang entlang freikämpfen.«

»Herrgott, Frau, ich knie schon vor dem Altar.« Er legte eine Hand auf Miriams Umstandskleid. »Es muß jeden Moment kommen – wenn es heute nachmittag auf die Welt kommt, kann ich dann zusehen?«

»Nur wenn du beweisen kannst, daß du der Vater bist.« Miriam genoß seine Aufmerksamkeit ebenso wie die anderer Männer, deren Komplimente sie stets mehr belebten als meine eigenen. Sie war immer zum Flirten aufgelegt gewesen, aber nach fünf Jahren Ehe und Kindern hatte der kleinste Flirt Gewicht. Für eine Mutter von zwei Kindern war Sex alles oder nichts. Ich wußte, manchmal sehnte sie sich danach, von hier fortzukommen, mit drei fremden Männern auf ihrer einsamen Insel zu leben – wenn auch mit Mann und Kindern, die in einer guten Pension in der nächsten Bucht aufgehoben waren –, und daß sie meine Schreibversuche als Mittel unterstützte, stellvertretend abenteuerlustig zu sein. Ich vermutete vage, daß sie eines Tages Liebhaber haben und diese zweite Kindheit zu Ende sein würde. Ich mußte lernen, daß eine Frau Mann und Kinder lieben, aber dennoch so rastlos sein konnte, daß sie sie verlassen wollte.

Später, als wir zwischen kaputten Spielsachen im Garten umhergingen, kam David zur Sache.

»Ich fliege Ende des Monats nach Hongkong. Sämtliche Spesen werden bezahlt. Wir filmen für einen chinesischen Bauunternehmer ein Bauprojekt in Kowloon.«

»Was für eine gute Gelegenheit. Du kannst eine Menge alte Bekannte aus Schanghai besuchen.«

»Denen gehe ich aus dem Weg. Aber ich möchte nach Schanghai selbst.«

»Denk an mich, wenn du den Bund entlangschlenderst.«

»Ich habe mich gefragt, ob du nicht mitkommen möchtest.«

»Nach Hongkong?«

»Hauptsächlich nach Schanghai. Du könntest dir einen Monat freinehmen. Wir müssen zurückkehren und die Stadt mit eigenen Augen sehen.«

»David, ich kann nicht. Selbst wenn ich wollte, sind da Miriam und das Baby. Du wirst in Hongkong schon jemanden finden.«

»Nein, danke. Diese alten Leute aus Schanghai und das Gerede von Mittagessen und Mah-jong und wie viele Diener sie hatten – das hat alles nichts damit zu tun, was wirklich passiert ist. Darum sollten wir beide gehen.«

»Es ist nichts passiert.«

»Zuallererst ist mit uns etwas passiert, Jim. Der Bahnhof, von dem du in Moose Jaw immer gesprochen hast. Wir sollten ihn für dich finden.«

»Das war ein Mord. Traurig für den Chinesen, aber ohne Bedeutung.«

»Du hast erzählt, daß er versucht hat, dir etwas zu sagen. Du mußt davon loskommen ...«

»David, ich bin zum erstenmal richtig glücklich.«

»Aber du solltest nicht zu glücklich sein, Jim.«

Als David gegangen war, erzählte ich Miriam von seinem Angebot.

»David ist verrückt!« Sie knallte den Topf auf den Tisch, wo die Kinder eine Miniaturnachbildung ihrer Wunderwelt aufgebaut hatten. »Du bist seit Jahren nicht mehr geflogen. Beim ersten Startversuch würde er dich umgebracht haben.«

»Er will nicht, daß ich selbst fliege. Er muß mit mir durch die Straßen von Schanghai gehen, wo wir Verstecken gespielt haben. Manchmal denke ich, daß er für sich allein immer noch dort spielt. Er ist wie die alten Leute von Schanghai, die er so sehr haßt.«

Miriam wußte, daß ich nicht die Absicht hatte, mit ihm zu gehen, dennoch umfing sie beruhigend meine Schultern. »Liebster, vergiß es – das alles hast du längst hinter dir gelassen.«

»Eines Tages schreibe ich vielleicht über den Krieg – dann könnte es nützlich sein, wenn ich dort gewesen wäre.«

»Nein. Wenn du nicht zurückkehrst, wird alles, was du schreibst, viel aufrichtiger sein. Wenn ich Mom und Dad in Cambridge besuche, sehe ich mich im Haus um und kann kaum glauben, daß ich je dort Kind gewesen bin. Es kommt mir vor wie eine Filmkulisse mit zwei alten Schauspielern ... und nicht einmal sie können sich an das Drehbuch erinnern.«

Später, im Bett, als die Kinder schliefen und der alte Retriever zum letztenmal den Mond angebetet hatte, massierte ich Miriams müde Schultern. Seltsame Gerüche hingen über ihren Ohren und Achselhöhlen, wechselnde Gerüche von Hormonen, die zu- und abnahmen und die jeweiligen Zyklen ablösten. Ich berührte ihre zarten Brustwarzen, die feucht von einem Sekret waren, an das ich mich noch von ihren früheren Schwangerschaften erinnern konnte.

»Gut?« fragte Miriam, die das Glas Wein leertrank, das ihr beim Einschlafen half.

Ich führte den Finger an die Lippen und genoß den urwüchsigen Geruch, der dem Geschmack ihrer Vagina näher kam als dem der Milch, die sich in ihrer Brust sammelte.

»Kolostrum... Männer mögen übrigens den Geschmack der Muttermilch ihrer Frauen nicht.«

»Wie gut für das Baby. So sorgt die Natur dafür, daß es seinen Anteil bekommt. Hast du schon einmal die Milch von einer anderen probiert?«

»Nein...« Ich mußte an die schwangere Hure in Moose Jaw denken, die die Königin kennenlernen wollte. »Bitte deine Freundinnen in der Klinik um Kostproben.«

»Das würde der Hebamme Bell gefallen.«

»Sag ihr, wir steigen ins Milchgeschäft ein. Mutterstolz Milchprodukte. Motto: ›Sheppertons Brüste im Einsatz.‹«

»›Aus frischer Muttermilch geschlagene Butter.‹ O mein Gott, Joghurt und Milchshakes. Jim, stell dir vor...«

»Wir hätten eine ganze Palette Käse in den Geschmacksrichtungen Zigarettenrauch, Lippenstift und Zahnpasta...«

»Die Frauen von Polizisten würden kräftigen Käse geben, wie Ziegenkäse.« Miriam liebte es, ihrer Phantasie freien Lauf zu lassen, und hatte ein lebhaftes Interesse an den abseitigeren Möglichkeiten der menschlichen Anatomie und Physiologie; sie hatte den Schalk und Humor der

Surrealisten immer verstanden. Shepperton langweilte sie ein bißchen, darum provozierte sie gerne seine häuslichen Normen. Während ich mit dem Sekret aus ihren Brustwarzen meine Handflächen befeuchtete, fuhr sie munter fort: »Vegetarierinnen würden faden und schalen Käse geben, Schauspielerinnen vom West End überreifen Camembert, Königinnen und Prinzessinnen einen hochwertigen, königlichen Stilton…«

»Wir machen eine Käseprobe für unsere sämtlichen Freunde…«

»Ich kann mir Peggy Gardner richtig vorstellen!« Miriam richtete sich auf, erstickte ihr Lachen im Kissen, und das Baby mußte eine Achterbahnfahrt von Schnauben und Prusten über sich ergehen lassen, so sehr wogte ihr Bauch.

Fünfzehn Minuten später fingen die Wehen an.

»Wir machen Sie sauber, Teuerste. Das Baby soll doch ein ordentliches Schlafzimmer vorfinden.«

Hebamme Bell ging geschäftig durch das Zimmer und wirbelte Staub und alten Puder auf, als sie mit dem feuchten Handtuch über den Frisiertisch wischte. Sie hängte Miriams Umstandskleider in den Schrank wie eine Garderobiere am Theater, die am Ende der Spielzeit Kostüme verstaut, die nicht mehr gebraucht werden. Unter dem Bett fand sie einen einbeinigen Teddybär und ein Kindertöpfchen, dessen uralter Inhalt fossiliengleich erstarrt war, und reichte mir beides mit einem spitzfindigen Gesichtsausdruck. Sie war kurz nach Mitternacht eingetroffen, als Miriam gerade gebadet hatte, bestand aber darauf, sie nochmals im Bett zu waschen und zu rasieren. Sie wechselte, während Miriam schon auf dem Bett lag, die Laken mit einer Reihe komplexer Faltbewegungen, wie ein Zauberkünstler, der einen Origamitrick in großem Maßstab vorführt.

Nachdem Schlafzimmer und werdende Mutter jetzt Hebamme Bell zufriedenstellten, konnte das Kind zur Welt kommen. Auf dem Nachttisch standen ihr Instrumentenkoffer, Handschuhe und ein Gaszylinder, alles, bis auf das heiße Wasser, aber niemand hatte mich je gebeten, auch nur einen einzigen Tropfen abzukochen.

Alice hatte vom Lärm aufgeschreckt im Schlaf zu weinen angefangen. Henry wachte auf, schrie sie an und schaukelte mit seiner Wiege gegen die Wand. Miriam lag ruhig da, sie hatte den Blick ihrer großen Augen auf Mrs. Bells gefaßtes Gesicht gerichtet und wartete auf die nächste Kontraktion. Ich ging die Kinder beruhigen, spielte ein kleines Wortspiel mit Alice, das ihr Spaß machte, und gab Henry seinen Tröster, eine uralte Babydecke, die ein ganzes Universum wohliger Gerüche barg.

Als ich wieder ins Schlafzimmer kam, hatte Miriam jede Minute Wehen. Sie hatte das Nachthemd bis zur Brust hinaufgeschoben und sog mit tiefen, gemessenen Zügen Atem in die Lungen, während Mrs. Bell neben ihr saß und mit dem Stethoskop den Herzschlag des Kindes abhörte.

»Sie können Ihrer Frau die Hand halten – ich weiß, daß sie das mögen wird...«

Ich drückte Miriams Finger. Sie lächelte flüchtig, aber ich konnte sehen, daß sie sich schon von mir zurückgezogen hatte. Nur die Hebamme und das Kind nahm sie im Zimmer richtig zur Kenntnis. Sie befeuchtete sich die Lippen und sah zur Decke und dem zerschlissenen Lampenschirm am Kopfteil, als wäre dies die erste Entbindung, die jemals stattgefunden hatte, die Urgeburt, der alles Leben entsprang. Als Miriam meine Hand losließ, spürte ich, wie sie und die Hebamme Bell in eine primitivere Welt zurückwichen, wo Männer niemals Zutritt hatten und selbst ihre Rolle bei der Zeugung unbekannt war. Hier verlief die Kette des Lebens von Mutter zu Tochter, Tochter zu Mutter. Väter und Söhne gehörten in den Schatten, zu Hunden und Stallvieh, wie der Retriever, der am Wohnzimmerfenster des Nachbarhauses das fremde Auto der Hebamme Bell anknurrte.

Dennoch war ich froh, daß sich Miriam über die Einwände der Hebamme hinweggesetzt und darauf bestanden hatte, daß ich bei der Geburt anwesend sein sollte. Richard Sutherland hatte sich trotz seines Sinns für Effekthascherei zimperlich geweigert, dabei zu sein, als Miriam ihn halb scherzhaft aufgefordert hatte, der Geburt beizuwohnen. Er behauptete, daß die Prüfung einer Frau in der Extremsituation der Geburt, wenn sie die Genitalien entblößte und vor Schmerzen stöhnte, unbewußt dem Akt einer Vergewaltigung glich und die Frau in den Augen des Ehemannes herabsetzte, als müßte er mitansehen, wie ihr ein unbekannter Fremder gewaltsam beiwohnte. Nicht umsonst schieden die ältesten Kulturen während der Geburt Frauen von Männern und bewahrten so die Geheimnisse des weiblichen Körpers.

Im Gegensatz dazu fühlte ich mich Miriam in diesen letzten Minuten so nahe wie nie. Alles fesselte mich an sie: der Schweiß auf ihren Schenkeln, das Muttermal über dem Nabel, die Sommersprossen und die perlmuttfarbenen Schwangerschaftsstreifen, die rasierte Haut ihrer Scham und die hellen Blütenblätter der Schamlippen, die geschwollene Klitoris mit ihrer liebenswerten Neigung nach links, die Narben von Schürfwunden aus der Kindheit auf den Knien und die Flecken am Po, der feuchte Puder, der auf ihren Brüsten und den Schultern glänzte.

Sie furzte lautstark und griff nach oben ans Kopfteil. Hebamme Bell wandte die Nase ab, aber der durchdringende Geruch des Betäubungsgases hing in der Luft.

»Wir wecken die ganze Straße auf, wenn wir so weitermachen. Pressen Sie wieder, meine Liebe. Das Baby ist bereit. Pressen Sie fester...«

Miriam betrachtete das Kopfteil stirnrunzelnd, während sie sich konzentrierte und auf die nächste Wehe wartete. Sie ballte keuchend die Fäuste.

»Gütiger Gott! Meine Hämorrhoiden bringen mich um...!«

Ich kniete mich hin, hielt die Hände zwischen ihre Pobacken und drückte die Finger gegen ihren geschwollenen Anus. Die aufgeblähte Schleimhaut ihres Rektums wölbte sich nach außen, worauf ich das weiche Kissen in ihren Anus drückte und dort festhielt, als die letzten Wehen kamen.

»Noch einmal pressen, jetzt kommt es, noch einmal pressen für den Kopf...«

Miriams Vulva hatte sich gedehnt, die Wölbung eines winzigen Kopfes erschien zwischen ihren Beinen. Die schwarzen Haare waren feucht und ordentlich gescheitelt, als hätte eine fürsorgliche Natur das Kind für seinen ersten Auftritt in dieser Welt gekämmt.

»Pressen, wir haben es fast geschafft...«

Das ganze Gesicht war zum Vorschein gekommen, eine hohe Stirn, winzige Nase und Mund, geschlossene Augen, alles stromlinienförmig gedrückt wie von der Zeit, von den Äonen, welche diesem Kind im biologischen Königreich vorangegangen waren. Als es im Traum des Lebens erwachte, schien es nicht jung zu sein, sondern unendlich alt, Millionen Jahre waren in der pharaonenhaften Glätte der Wangen und den uralten Lidern und Nasenlöchern eingeprägt. Die Lippen waren gleichgültig, als hätte es die gewaltige Reise durch das Universum zu diesem bescheidenen Haus mit der wartenden Mutter geduldig über sich ergehen lassen.

Plötzlich war es wieder jung; mit einem letzten Schwall Flüssigkeit krümmte sich ein rosa und haarloses Bündel in den Armen der Hebamme Bell. Tränen traten mir in die Augen, und ich spürte, wie Miriams Finger meine Hände umklammerten. Das Licht der Dämmerung füllte die Lücken zwischen den Nachbardächern. Nachdem sie einige Stunden fort von mir gewesen war, war Miriam zurückgekehrt und wieder meine Frau geworden.

Miriam schlief den Morgen über, das Baby lag in einer Weidenkrippe neben ihr. Um die Mittagszeit kam Hebamme

Bell vorbei, badete das Baby und bekundete ihre Zufriedenheit, als wäre sie bereit, den formalen Eintritt unseres Kindes in die gewöhnliche Welt von Raum und Zeit zu akzeptieren. Bevor sie wieder ging, reichte sie Miriam den Schminkkoffer, Haarbürste und einen Spiegel. Hebammen saßen um den Kamin, waren emsig mit ihren Waschungen und mit Wasser ausschütten beschäftigt und zogen neues Leben ans Licht. Im Gegensatz dazu erinnerte Dr. Rogers, Miriams Hausarzt, mit seinem jovialen Humor und den überflüssigen Ratschlägen an einen leichtsinnigen Führer, der nicht besonders zuversichtlich nach der heiligen Quelle suchte.

Alice und Henry schlichen ins Bad und begutachteten das Baby neugierig, aber etwas mißbilligend.

»Bleibt sie bei uns?« fragte Alice.

Darüber mußte Miriam lachen. »Möchtest du denn nicht, daß sie bei uns bleibt?«

»Vielleicht...«

Henry interessierte sich mehr für die verbliebenen Utensilien der Hebamme, Mundschutz, Tupfer und Stethoskop. Miriam richtete sich auf und nahm die beiden fest in die Arme. Als ich sie später zu Freundinnen von Miriam fuhr, wo sie den Nachmittag verbringen sollten, planten sie bereits Spiele und Einweihungsrituale für ihre neue Schwester. Das Shepperton, das ich mit meinen übermüdeten Augen sah, hatte sich verändert. Die Atmosphäre war lebendiger, als würde die ganze Stadt für eine riesige Produktion in den Filmstudios ausgeleuchtet werden. Die Frauen, die beim Friseur unter Trockenhauben saßen, die Kassiererin hinter dem Schalter in der Bank, sie alle glichen Statisten, die eingestellt worden waren, um die Rollen von Durchschnittsvorstadtbewohnern zu spielen. Jeden Moment würden die Dreharbeiten anfangen, und ich würde feststellen, daß ich eine Nebenrolle spielte und Dialoge sprechen mußte, die ich vergessen hatte zu lernen.

Als ich nach Hause kam, rief Miriam mir vom Schlafzimmer aus zu. Sie hatte ein frisches Nachthemd angezogen, sich gekämmt, Rouge aufgelegt und gepudert. Ihr rot geschminkter Mund war wie ein Wimpel, der fröhlich über dem unordentlichen kleinen Zimmer flatterte.

Ich blickte auf das Baby. Sie hatte sich schon wieder verändert, war noch runzliger und noch lebendiger geworden und bewegte die Lippen im Schlaf, als versuche sie, sich an eine Botschaft zu erinnern, die ihr die unsichtbaren Mächte der Schöpfung anvertraut hatten. Binnen weniger Stunden hatte sie ihre Rollen rekapituliert, vom archaischen Boten zum schlüpfrigen, in der Bauchfellfalte ihrer Mutter getauften Wasserkobold, schließlich zum träumenden Windelmatz, dessen Haut sich in Licht und Luft runzelte.

»Lucy?« schlug ich vor.

»Ja... Lucy.« Miriam winkte mich ans Bett. »Du mußt erschöpft sein. Komm, leg dich eine Stunde hin.«

Ich zog mich aus, legte mich neben sie, meine Hand an ihrer Schulter. Der schwache, erstickende Geruch von Chloroform hing in den Kissen, und ich spürte, wie ich in die dunkle Nacht abdriftete, aus der Lucy gekommen war.

»Halt mich fest...« Miriam drückte meine Hände an ihre Taille. Sie zog den Ausschnitt ihres Nachthemds nach unten und entblößte ihre Brüste, deren geschwollene Brustwarzen bereits von den Lippen des Babys erregt worden waren. Dann schlug sie die Bettdecke zurück, schob das Nachthemd über ihre Hüften, griff nach unten und nahm meinen Penis in die Hand. Sie streckte die Knie in die Luft und lächelte, während ich ihre Füße und Waden massierte, ihre Schenkel streichelte.

»Komm in mich...«

Ich legte mich auf die Seite und drang behutsam in sie ein. Die Wände ihrer Vagina hatten sich bereits wieder zusammengezogen und umfingen mich mit festem Halt.

Lucy regte sich und gab schmatzende, kehlige Laute von sich. Miriam lächelte sie an und legte mir die Hände auf die Schultern, während ich mich vorsichtig in ihr bewegte. Zauber des Lebens strich über uns, über das schlafende Kind und über alles in der sonnigen Stadt hinweg.

Die Insel

Ich schwamm, vierhundert Meter vom Ufer von Santa Margarita entfernt, mit kräftigen Zügen, als ich die Fähre nach Estartit auf mich zusteuern sah. Sie war vollgestopft mit Urlaubern auf dem Weg nach Cadaqués und zum Anwesen Dalís bei Port Lligat. Wo die Bucht von Rosas ins offene Meer überging, kreuzte sie durch das dunkle Wasser. Gischt schäumte vom Bug hoch, spritzte über die Reling und kühlte die Beine der deutschen und skandinavischen Mädchen, die durch ihre Sonnenbrillen zu den von Eidechsen übersäten Hügeln sahen.

Eine Jacht fuhr an mir vorbei, das Großsegel nur Zentimeter über der Wasseroberfläche. Ein französisches Paar in mittleren Jahren saß in gelben Schwimmwesten auf dem Seitendeck und betrachtete mich skeptisch. Ein Tretboot mit zwei halbwüchsigen Jungs an Bord war ein gutes Stück vom Ufer entfernt, aber ich befand mich schon weit jenseits der meisten Badenden. Ich hatte mir vorgenommen, von Santa Margarita quer durch die Bucht zu schwimmen, alles in allem etwas mehr als eine Meile, aber das französische Paar ging eindeutig davon aus, daß ich es nicht schaffen würde.

Ich achtete nicht auf sie und schwamm weiter durch das sonnenbeschienene schwarze Wasser. Hin und wieder schaute ich zum Balkon unserer Ferienwohnung. Nach dem Frühstück hatte ich meine Entscheidung verkündet, die Bucht herauszufordern, und die Kinder waren von der Größe meines Vorhabens beeindruckt gewesen.

»Daddy, das sind mindestens… siebzehn Bahnen!« rief

Alice, die an das öffentliche Schwimmbad bei Shepperton denken mußte.

»Eher hundert«, sagte ich ihr. »Oder zweihundert, wenn ich auch noch zurückschwimme.«

»Zweihundert! Daddy, du schwindelst wieder...«

Es folgte eine improvisierte Arithmetiklektion, eine der wenigen, an denen sie wirklich je Interesse gehabt hatten. Sie sahen mir nach, wie ich ins Wasser watete, und waren überzeugt, daß sie ihren Vater nie wiedersehen würden. Ich konnte sie am Strand unterhalb der Ferienwohnung sehen, wo sie nebeneinander im Schlauchboot saßen und meine genaue Position diskutierten. Ich winkte ihnen zu und sah Miriam mit Sonnenhut und schwarzem Bikini, die zurückwinkte, dann ein Winksignal kleiner Ärmchen. Mein Status als Held war mindestens bis zur Teestunde garantiert.

Ich schwamm weiter Richtung Kap, wobei mich die starke Strömung im Gegenuhrzeigersinn rings um die Bucht nach Westen trieb. Die Fähre von Estartit war keine hundert Meter entfernt und steuerte den Kai in Rosas an, wo sie die letzte Gruppe Touristen an Bord nehmen würde. Der Steuermann stand am offenen Fenster der Brücke und betrachtete das Wasser, in dem es von Tretbooten nur so wimmelte, wie ein Jäger das Feld beim Truthahnschießen. Er sah mich vor meinem winzigen Kielwasser, dann änderte er den Kurs und kam direkt auf mich zu.

War er betrunken? Ich wartete, daß er das Ruder herumreißen würde, aber die Spitzen seines Schnurrbarts waren auf mich gerichtet wie die Nadeln eines Navigationsinstruments. Die Fährkapitäne der Costa Brava waren wie die Kellner und Taxifahrer von dem endlosen Touristenstrom geschädigt, sie taumelten den ganzen Sommer über am Rand eines Nervenzusammenbruchs dahin. Ein einsamer Schwimmer, den er mit dem Bug seines Schiffes aufspießte, würde für diesen Mann nichts weiter sein als ein Schmetterling auf einer Windschutzscheibe. Die Fähre brauste auf mich zu, das dumpfe Murmeln der Schiffsschraube war im Wasser zu hören. So schnell ich konnte, kraulte ich im rechten Winkel zur Bahn der Fähre. Passagiere lehnten an der Bugreling und winkten mir zu, als wäre ich entschlossen, Selbstmord zu begehen.

Die Fähre passierte mich keine fünf Meter entfernt mit einem Tosen von Motoren und Klirren von Bierflaschen, ihre Woge blies mir einen Schwall Dieselabgase ins Gesicht. Ich ließ mich erschöpft im wogenden Kielwasser treiben. Der Strand war etwa sechshundert Meter weit entfernt, ich sah eine Reihe unbekannter Hotelfassaden am Ufer. Unser Apartmenthaus war am Strand weitergerückt, Miriam und die Kinder hinter Sonnenschirmreihen und gestrandeten Tretbooten verborgen. Die Strömung hatte mich über die Betonmole hinausgetragen, die das Ende des Strands von Santa Margarita markierte. Ich konnte schon die verwilderte Küste von Ampuriabrava sehen, ein Landstrich mit grasbewachsenen Dünen, Bächen und Moskitotümpeln.

Ich gab die Hoffnung auf, die ganze Bucht zu durchschwimmen, und ruhte mich aus, indem ich mich von der Strömung treiben ließ. Dann begann ich, auf den weit entfernten einsamen Strand zuzuschwimmen. Die Betonmole versperrte mir die Sicht auf Santa Margarita, und ich fragte mich, ob Miriam gesehen hatte, wie ich scheinbar unter dem tödlichen Bug der Fähre verschwand.

Als ich zwanzig Minuten später das Ufer erreicht hatte, war ich so erschöpft, daß ich nicht einmal mehr kriechen konnte. Ich lag im seichten Wasser und hatte die Hände im grobkörnigen Sand liegen, während die neugierigen Wellen mir ins Gesicht stupsten. Ein Schnellboot sauste vorbei, zwei Männer, die ein etwa fünfzehnjähriges Mädchen mit Wasserskiern zogen. Sie brausten davon und hinterließen ein Plärren von Popmusik.

Der weiße Sand, den noch keines Urlaubers Fuß betreten hatte, war wie Puderzucker. Ich stieg aus dem Wasser und sank in der weichen Decke ein. Unter den kritischen Blicken Hunderter Touristen, die ihre Dalí-Führer unter den Arm geklemmt hatten, wäre ich fast zu blutigem Filet zerhackt worden. Irgendwo jenseits der Mole ertönte der Motor des Schlauchboots. Miriam hatte mich gesehen und raste auf das Ufer zu.

Sie legte das Boot meisterhaft an, während Henry auf den Sand sprang.

»Geht es dir gut?« Miriam kniete sich neben mich. »Was machst du hier? Ich bin mit einem Wahnsinnigen verheiratet.«

Henry sah mich finster an. »Ist er tot?«

»Er gibt sich allergrößte Mühe, so zu tun.«

»So muß es sein, wenn man tot ist.« Ich richtete mich auf und war froh, die Sonne zu sehen. »Es war, als hätte ich den Styx überqueren wollen – ein Fährmann hätte mich fast überfahren.«

»Eine Unverschämtheit! Wir melden ihn der Guardia Civil.«

»Die stecken wahrscheinlich unter einer Decke.«

»Wie viele Bahnen bist du geschwommen?« fragte Henry.

»Etwa tausend.« Ich lehnte mich gegen Miriam und ließ mein aufgescheuertes Kinn an ihrer meerwasserkalten Schulter ruhen. »Was ist mit Alice und Lucy?«

»Sie sind bei den Nordlunds – die haben dich von ihrem Balkon aus erspäht. Henry, wir schaffen Daddy ins Boot.«

»Moment noch – laß uns ein bißchen auf Erkundung gehen. Dies ist eine Art Insel.«

»Eine richtige einsame Insel, Daddy? Mit Kannibalen?«

»Auf jeden Fall mit Kannibalen...«

Wir waren auf einer langgezogenen Sandbank ans Ufer gekommen, ein Arm seichten Wassers trennte uns von den Dünen von Ampuriabrava. Die rund fünfzig Meter breite Sandbank folgte der Krümmung der Bucht und stieg zu einer Reihe grasbewachsener Dünen an. Als wir auf dem festeren Boden dahinschritten, kamen wir an den Überresten eines rostigen Schuppens vorbei. Weinflaschen, ein altes Transistorradio und ein Fahrradreifen lagen halb im Sand vergraben, dort wo schließlich die Hütte stand. In den Tälern zwischen den Dünen waren den Winter über kleine Feuer entfacht worden. Jenseits des Meeresarms erstreckte sich das buschige Land der Bäche und Tümpel bis zur Straße nach Figueras, doch standen schon Schilder von Bauunternehmern auf Pfosten und kündeten von einem neuen Ferienparadies mit Hotels, Jachthafen und Apartmenthäusern.

Während wir dahinschritten, ich hatte einen Arm um Miriams Taille gelegt, kam Henry durch das hohe Gras auf uns zu gelaufen.

»Da ist ein Wendy-Haus! Es hat eine Tür und Fenster – und wißt ihr was? Eine richtige Toilette!«

»Ein Wendy-Haus mit einer Toilette.« Miriam nahm seine Hand. »Bist du sicher?«

»Ja – ich habe sie benützt!«

Am Westende der Insel stiegen die Dünen ungefähr sechs Meter über das Ufer an. Ein alter Wall war in den Meeresarm gestürzt, die Steine ans Ufer gespült worden. Auf einem behelfsmäßigen Podest stand eine Blockhütte mit verziertem Giebel, eine ehemalige Edwardianische Umkleidekabine offenbar, die wahrscheinlich jahrelang in einem Garten von Rosas als Hühnerstall gedient hatte. Ein zerrissener Baldachin aus Fallschirmseide hing an einem Gestänge aus Holzpfählen und bildete eine schattige Veranda.

Ich stieß die Tür der Blockhütte auf und sah ins Innere. Eine Behelfsküche mit Spüle aus Speckstein, Gaskocher mit Flasche und eine chemische Toilette. Sand, der durch die verwitterten Dielen hereingeweht worden war, bedeckte den Holzboden.

Miriam setzte sich in einen Korbsessel unter dem Baldachin, während Henry und ich zur Erkundung der Dünen aufbrachen. Wir fanden abgebrannte Feuerwerkskörper, Bierdosen und sogar, geheimnisvollerweise, eine alte Schreibmaschine. Als ich sie auf die Veranda trug, nickte Miriam beifällig.

Ich setzte mich neben sie und blies die sandigen Typen durch. »Ich denke, ich kann mit der Arbeit anfangen. Es ist nicht gerade die Villa Mauresque, aber wenn schon...«

»Schön für dich.« Miriam schloß die Augen und lauschte den Wellen. »Es ist schön hier – wem gehört das alles?«

»Hiesigen Hippies? Nichts ist abgeschlossen und alles kaputt.«

»Klingt eher nach Shepperton. Ich habe schon immer vermutet, daß wir die Hippies von Shepperton waren, ohne es zu ahnen.«

»Wir sind es immer noch.« Ich legte die Füße auf die Schreibmaschine und hatte jeden Gedanken an Arbeit schon vergessen. »Ich sage es nur ungern, aber die Ferienwohnung wird uns ein Vermögen an Reparaturen kosten.«

»Ich rede mit Señor Robles. Er wird es verstehen.«

»Das sagst du immer. Diesesmal solltest du deine beste Vorstellung geben.«

»Das werde ich – ich glaube, er betrachtet meine Brüste gern.«

»Du wirst mit seiner bösartigen kleinen Sekretärin reden müssen. Ich hoffe, die mag deine Brüste auch.«

»Vielleicht...« Miriam rieb Sonnenöl auf meine blasigen Schultern und wandte den Blick Richtung Santa Margarita. In letzter Zeit gefielen ihr die bewundernden Blicke anderer Frauen. Die Bewunderung seitens ihres eigenen Geschlechts existierte auf einer höheren und intensiveren Ebene als alles, was Männer ihr bieten konnten, wie die romantischen Rivalitäten unter Schwestern. Unter sich bildeten Frauen eine Verschwörung von Blicken, die sämtlichst hinter dem Rücken ihres Mannsvolks gewechselt wurden.

»Morgen bringen wir die Mädchen mit«, sagte Miriam.

»Ich möchte, daß sie das hier auch sehen – es ist wie etwas direkt aus dem Fernsehen.«

»Miriam? Was du da sagst…«

»Warum kaufen wir uns hier kein eigenes Haus? Du hast immer gesagt, du wolltest in Spanien leben.«

»Das werden wir eines Tages.«

»Hemingway, Gaudí, Buñuel… du könntest hier arbeiten, es entspricht mehr deiner Welt.« Miriam drehte mein Gesicht zu sich und drückte mir einen Finger zwischen die Augen. »Sieh es ein, Liebster, du wirst dich in England nie heimisch fühlen.«

»Ist das wahr? In Shepperton fühle ich mich heimisch.«

»Nicht einmal in Shepperton. Du bist seit zwanzig Jahren in England und siehst immer noch aus, als wärst du aus dem falschen Zug ausgestiegen.«

»Vielleicht sollte ich nach Schanghai zurückkehren. Ich hätte Davids Angebot annehmen sollen.«

»Nein, nicht Schanghai. Das hast du alles Gott sei Dank hinter dir. Spanien könnte dir genau den Impuls geben, auf den du wartest.«

»Warte ich auf einen Impuls?«

»Ja – wie ein Kaninchen in einer Skinner-Box. Der eine Schalter langweilt dich. Schau dich doch an, wie lebhaft du bei diesen drittklassigen Stierkämpfen in Figueras wirst.«

»Das ist das Spanien für Touristen. Wie sieht es mit Schulen aus?«

»Sie haben hier auch Schulen. Die Spanier sind vielleicht verrückt, aber gebildet. Denk an deine Eltern – die sind nach China gegangen.«

»Aber sie haben ein Stückchen Surrey mitgenommen. Spanien könnte eine weitaus größere Herausforderung sein. Jedenfalls für dich.«

»Unsinn. Wir müssen aus England raus… du hast ein kleines Idyll gefunden, wo du dich wohlfühlst, und das ist gefährlich. Wie auch immer, Dalí ist hier in Port Lligat. Vielleicht lernen wir ihn kennen.«

»Und die geheimnisvolle Gala, seine Unheimliche.«

Miriam bückte sich, als wollte sie mich küssen, und biß mir ins Ohr. Sie hielt einen Blutstropfen auf der Zungenspitze und ließ ihn zwischen meinen Lippen zurück. »Jim, du mußt mehr unheimliche Frauen kennenlernen. Ein Handgemenge mit Señor Robles Sekretärin würde dir guttun. Vielleicht arrangiere ich das sogar.«

»Ich wüßte nicht, was ich tun sollte.«

»Liebster, du müßtest gar nichts tun – sie würde dir still und leise das Gehirn auseinandernehmen wie ein Neurochirurg. Armer Liebling, ich würde dich beschützen...«

Sie zog meinen Kopf auf ihren Schoß mit seinem Geruch nach Meersalz, Babylotion und Parfum, das sie von Mrs. Nordlund geborgt hatte. Wir sahen zu, wie Henry neben dem Wall ins Wasser watete. Er hob einen Stein hoch und trug ihn zur Veranda, wo die erste Stufe einer einfachen Treppe angefangen worden war. Er strich eine neue Ebene glatt, legte den Stein darauf und betrachtete sein Werk voll kindlichem Stolz.

»Ich komme, Henry!« Miriam stieß mich fort und sprang auf. Sie watete ins Wasser und half Henry mit den Steinen. Ich legte mich unter dem Baldachin zurück und sah zu, wie sie diese bescheidene Treppe baute, die in ihren Gedanken bereits zu einem neuen Leben führte. Acht Jahre Ehe und drei Kinder hatten ihrer Begeisterung keinen Abbruch tun können. Von Anfang an hatte sie mich stets angetrieben, hatte auf Ferien verzichtet, damit ich ein Buch fertigstellen konnte, und war mit den Kindern in den Londoner Zoo gegangen, damit ich ein paar Stunden Ruhe hatte. Ihr Glaube an mich war nie ins Wanken geraten, nicht einmal in den Zeiten endloser Ablehnungsschreiben. Sie versteckte die Kontoauszüge vor mir und lieh sich insgeheim Geld bei ihrer Mutter oder Dick Sutherland. In gewisser Weise hatte sie mich neu geschaffen. Ich verdankte ihr alles, meine Kinder, meine ersten veröffentlichten Bücher, mein neu erlangtes Vertrauen in die Welt.

Aber die Veränderung würde nicht mehr lange auf sich warten lassen, und ich fragte mich, ob ich ihr gewachsen sein würde. Miriam hatte an der Freiluftaufführung von *Wie es euch gefällt* der Shepperton Players teilgenommen und eine begnadete Rosalind wie eine feministische Kämpferin gespielt. Sie sprach bereits davon, ob sie in ihren Beruf als Journalistin zurückkehren sollte. Wenn sie ungeduldig in der Küche auf und ab ging, von den endlosen Mahlzeiten gelangweilt, konnte ich die reife und willensstarke Frau über Vierzig sehen, die sie werden würde. In gewisser Weise würde sie mich weit hinter sich zurücklassen, einen grübelnden Peter Pan, dessen Taschen mit einer seltsamen gelben Erde gefüllt waren…

Im Augenblick hatte sie Spanien ihr Herz geschenkt. Ich vermutete, daß Señor Robles ihr schon eine seiner Villen in den Bergen über Rosas und Cadaqués gezeigt hatte. Die Dalís mochten sich als anspruchsvollere Nachbarn erweisen als Miriam bewußt war, aber ich war glücklich, wenn ich sah, wie sie die aufmerksamen Blicke der melancholischen Spanier genoß, wenn sie in ihrem schwarzen Bikini durch die Supermärkte von Rosas schritt. Eine Ökonomie der Lust und der Möglichkeiten war im Begriff, unser Leben zu beherrschen.

Ein neues Europa war an der Küste des Mittelmeers entstanden, im Grunde eine lineare Stadt, dreitausend Meilen lang und dreihundert Meter tief, die sich von Gibraltar bis zum Strand von Glyfada hinter den östlichen Vororten von Athen erstreckte. Das alte Europa hatte seine Vergangenheit, seine Hierarchien und seinen Snobismus abgelegt. Hier, in diesem klassenlosen Reich, saßen Tippsen aus Lancashire an einem Tisch mit Buchhaltern aus Stockholm und dänischen Lastwagenfahrern. Die Strände von Spanien waren das Kalifornien Europas, zumindest aber sein Florida. Mir gefiel die Strandkultur mit ihren endlosen Autobahnen und Apartmenthäusern. Dies war die Zukunft, die mit Hilfe von Präsident Kennedy und dem Wettlauf ins All geschaffen worden war, eine Wohnzone, welche vor den Wissenschaftsparks und High-Tech-Projekten entstanden war, die noch folgen würden.

In vielerlei Hinsicht hatten die weißen Hotels fast etwas Lunares, und sie wurden von Kriminellen heimgesucht, die Hasch aus Nordafrika schmuggelten, Antiquitäten stahlen oder auf der Flucht vor Scotland Yard waren. Nach dem feierlichen Licht von Nordeuropa schien uns die eigentümliche Geometrie dieser allzu hellen Apartments in eine abstraktere Welt zu führen, wo Emotionen weggesaugt wurden. Selbst Sex wurde stilisierter. Nachmittags, wenn die Kinder während der größten Hitze schliefen, tranken Miriam und ich Weißwein in der Küche. Wenn sie angenehm betrunken war, mochte sie es, wenn wir uns im Bad liebten, wo sie ihre Stellungen vor Spiegeln und weißem Emaille einnahm wie eine perverse Turnerin. Sie betrachtete mich ausdruckslos, als würden wir Sex in einer Raumkapsel Hunderte Meilen über der Erde machen und den ersten einer neuen Rasse von Astronauten zeugen.

Nach einem Jahr an der Costa Brava würden wir vollkommen gehirntot sein und die Gedankenleere zur Schau stellen, die ich in den Gesichtern von Pauschaltouristen schon nach einer Woche sehen konnte. Bevor wir England verlassen hatten, hatten wir Hitchcocks *Psycho* gesehen, und die englischen Sekretärinnen in ihren Bikinis benahmen sich wie viele Janet Leighs, die die fatale Dusche zwar nicht nahmen, sich aber nicht mehr erinnern konnten, wo sie ihr Leben gelassen hatten.

»Jim, beweg dich!« rief Miriam, auf deren Armen nasser Sand klebte, mir zu. »Während wir hier Fronarbeit leisten, liegt er da wie ein Pascha. Morgen kommen wir mit dem Dingi hierher – die Mädchen werden richtig beeindruckt sein...«

Der Bau dieser einfachen Treppenstufe war Miriams rührende Weise, mir zu zeigen, daß sie es ernst damit meinte, sich in Spanien niederzulassen. Jeden Morgen brachen wir fünf mit dem Schlauchboot auf und nahmen ein Picknick für den ganzen Tag mit. Während ich den Baldachin reparierte und die zerrissene Fallschirmseide zusammennähte, räumten Miriam und die Kinder die Blockhütte auf und fegten die Veranda. Am Nachmittag, nach kaltem Brathähnchen und Sangria, dösten wir im Schatten oder schwammen mit den Kindern von den Steinstufen aus. Wasserskiläufer rasten über die Bucht, Transistorradios funkelten am Strand von Santa Margarita, und der irre Fährmann hielt mit dem Bug auf jeden Schwimmer zu, der vorbeikam.

Eine Woche später hatten Neuankömmlinge unser Versteck am Strand besetzt, als wir auf der Insel landeten. Ein kleiner Citroën voller Koffer und Campingausrüstung hatte das seichte Wasser des Meeresarms durchquert und parkte im Sand. Ein bärtiger Mann und eine junge Frau mit schwarzem Bubikopf schwammen unter den Blicken eines großen, nackten Mannes Mitte Vierzig mit schulterlangem Haar, ein Buch in der einen, eine Pfeife in der anderen Hand, vor Miriams Treppe.

Die Kinder blieben unsicher bei dem Auto stehen. Henry deutete auf den Sticker, der an der hinteren Stoßstange über dem französischen Nummernschild klebte: »Freude herrscht in einem 2CV.«

»Was ist ein 2CV?«

»Eine Automarke – sagen wir hallo.«

»Warum herrscht da Freude?«

Alice spähte unter ihrem Pony hervor und nahm Miriams Hand. »Sind das die Kannibalen? Wird Daddy gegen sie kämpfen?«

»Selbstverständlich nicht. Wahrscheinlich ist es ihr Haus.«

Das Auto war vollgepackt mit spanischem Wein, Brotlaiben und einem Stapel Taschenbücher von Kerouac, Henry

Miller, Ginsberg und William Burroughs. Auf dem Dach war ein mit Aufklebern von Hotels in New York und Chicago übersäter teurer Schweinslederkoffer notdürftig befestigt. Hatten sie den Koffer einem unachtsamen Reisenden auf dem Bahnhof Perpignan gestohlen? Während der nackte Mann den Kindern mit der Pfeife winkte, stellte ich mir im Geiste eine neue Art von Strandverbrecher vor, der *Unterwegs* oder *Das Geheul* las, während er Touristinnen die Geldbörsen aus den Handtaschen stahl.

Der bärtige Mann im Wasser sprach die Kinder auf französisch an. Die Tür der Umkleidehütte ging auf, und heraus kam eine blonde junge Frau mit blütenweißer Haut, die uns begrüßte. Sie trug hochhackige Strandschuhe und das Unterteil eines beigen Bikinis. Ihrem Gesicht war eine leicht abgenutzte Eleganz eigen, als hätte sie sich selbst zu lange auf irgendeine intime Weise verleugnet. Als sie lächelte, glänzte die Sonne auf makellosen amerikanischen Zähnen, wobei der linke Eckzahn fehlte und mit einem zweitklassigem Beispiel britischer Zahnarztkunst überbrückt war. Aber sie hatte eine offene Art, die mir sofort gefiel.

»Hallo... ich dachte schon, kleine Kobolde hätten die Küche aufgeräumt.« Sie nahm Lucy in die Arme und drückte das erstaunte Kind an die Schulter. »Bist du ein Kobold?«

»Nein! Mami...!«

»Ich glaube doch. Du hast geschrubbt und poliert und abgestaubt...«

Sie schwatzte mit einem angenehmen Neu-England-Akzent, während der Pfeifenraucher zu uns herüber geschlurft kam. Die Kinder starrten ihn mit offenen Mündern an, schienen aber von den sternförmigen Narben an seinem Unterleib noch mehr fasziniert zu sein als von seinem Penis und Hodensack. Ich vermutete, daß er im Krieg schwer verletzt worden war.

Als er sah, daß wir Engländer waren, stellte er sich vor:

»Peter Lykiard. Sind Sie aus London? Gut. Ich unterrichte am Central London Poly.« Er deutete auf das Paar im Wasser. »Robert und Muriel Joubert aus Nanterre. Und das ist Sally Mumford, eine meiner amerikanischen Studentinnen. Sie wird Ihnen wahrscheinlich Ihre Kinder entführen.«

»Mit dem Gedanken habe ich eindeutig gespielt.« Die junge Frau ließ Lucy wieder herunter und winkte uns in den Schatten. Sie holte mit anmutig beschwingten Bewegungen einen Krug Sangria, Tapas und Zigaretten. Das französische Pärchen sonnte sich auf der Veranda, wo ihre nackten Körper von den Kindern mit den Augen erfahrener Anthropologen begutachtet wurden. Sie hatten Miriam und mich jeden Tag ihres Lebens nackt gesehen, aber eine andere Anatomie, und wenn die Unterschiede auch noch so minimal waren, barg ein Universum faszinierender Möglichkeiten.

Wir teilten unser Picknick und den Wein mit dieser liebenswerten Gruppe und saßen trinkend unter dem Baldachin aus Fallschirmseide, während Lykiard erklärte, daß er jeden Sommer nach Ampuriabrava kam – dies aber traurigerweise der letzte sein würde.

»Diese Insel wird verschwinden, buchstäblich zubetoniert werden. Sie werden den Strand in eine halbe Meile Hotels und Apartmenthäuser verwandeln.« Er deutete auf die galgengleichen Pfosten, die die Baufirmen in den Dünen aufgestellt hatten. »In Gerona gibt es ein Modell für den ganzen Komplex. Sie haben vor, die Wasserstraßen mit Promenaden voll Boutiquen und Bars zu befestigen und dann sämtliche Grundstücke an Zahnärzte aus Düsseldorf zu verkaufen. In drei Jahren wird diese Gegend eine Filmkulisse mit ein paar nachgeahmten katalonischen Dörfern an den Schnellbootkanälen sein.«

»Miriam möchte, daß wir uns hier niederlassen – sie denkt, es wäre gut für meine Phantasie.«

»Ich kann mir nicht vorstellen, daß noch etwas für Ihre

Phantasie übrigbleiben wird. Es ist ziemlich schwer, sich den Lebensstil dieser nüchternen Rheinländer vorzustellen, wenn sie erst einmal ihre Strandmasken aufgesetzt haben. Wir wissen ja, wer gewinnt, wenn das bourgeoise Leben frontal mit dem Surrealismus zusammenprallt.«

Kinderkreischen ertönte vom Strand, wo Henrys Sandburg den Wellen der Fähre standhielt. Sally kauerte auf Händen und Knien und konstruierte ein raffiniertes Doppelbett mit Nackenrollen und Daunendecken, unter die sie die entzückten Mädchen Lucy und Alice steckte. Ich döste, während Miriam Lykiard und den Jouberts half, das Auto zu entladen. Lykiard arbeitete auf eine gemächliche Weise und hielt immer wieder inne, um seine Pfeife neu zu stopfen oder um ein, zwei Seiten in den Büchern zu lesen, die unter den Sitzen verstaut waren. Als ich ihn beobachtete, wie er Miriam freundschaftlich die Hand um die Taille legte, stellte ich fest, wie bürgerlich wir geworden waren mit unserem gemieteten Apartment, dem Leihwagen und dem getreuen Schlauchboot, das wir auf dem Anhänger hinter uns herzogen. Selbst unsere Versuche, die Umkleidekabine zu reinigen, zeugten von derselben ästhetisierenden Vorstadtüberspanntheit. Ich hatte meine Eltern stets belächelt, weil sie ein heiles Stück Surrey mit nach Schanghai genommen hatten, aber Miriam und ich waren im selben Exportgeschäft. Die wahren Trapezkünstler und Teufelskerle auf der Bildfläche waren die Zahnärzte aus Düsseldorf.

Mit Einbruch der Dämmerung zog der erste Marihuanaduft durch die warme Luft und kitzelte die Kinder in den Nasenlöchern. Es tat uns leid, daß wir gehen mußten, als wir unsere Sachen zusammensuchten und im Schlauchboot verstauten.

»Tschüs, Kobolde, kommt morgen wieder«, sagte Sally zu den Kindern, die ihre Schwimmwesten angezogen hatten. »Dann können wir noch mehr putzen. Wir müssen den ganzen Strand polieren und abstauben – seht euch nur diesen unordentlichen Sand an…«

Miriam zuckte zusammen, aber ich fand Gefallen an diesem aufregenden amerikanischen Mädchen. Als sie ins Wasser watete, zog der Geruch ihrer locker gedrehten Zigarette durch die Abendluft. Sie hielt sie in einer Hand und stieß mit der anderen das Schlauchboot ab. Als wir davonfuhren, konnte ich ihr großzügiges, ironisches Lächeln sehen, das uns über die Wellen hinweg folgte.

»Herrgott, ich komme mir so spießig vor«, sagte Miriam zu mir, während sie sich mit einem Pastis in der Hand in unserem Apartment umsah. »›Noch mehr putzen‹ – das war eine Spitze gegen mich.«

»Aber eine freundschaftliche.«

»Bin ich spießig?«

»Meine verkommene und respektable Ehefrau?« Ich drückte sie beruhigend gegen den Kühlschrank. »Miriam, die Jouberts arbeiten an einem linken Lyzeum, und er unterrichtet Kommunikationsforschung an einem modischen Polytechnikum. Sie fahren einen 2CV und rauchen Hasch. Was könnte spießiger sein?«

»Du weichst meiner Frage aus.« Miriam trank den Pastis leer und betrachtete die Sandbank jenseits der Mole, eine weiße Schliere vor dem Ufer von Ampuriabrava. Das lodernde Lagerfeuer aus Treibholz, das wir zurückgelassen hatten, war ein schwaches Glutpünktchen. »Kaufen wir ein bißchen Hasch.«

»Okay – ich weiß, du bist ganz versessen darauf, von diesen hübschen spanischen Polizisten verhaftet zu werden. Vergiß nicht, Lykiard und seine Spießgesellen haben keine Kinder.«

»Das erstaunt mich – sieht aus, als wären sie andauernd damit beschäftigt. Glaubst du, sie schlafen miteinander?«

»Wen interessiert das? Wahrscheinlich sind sie alle zölibatär.«

»Mich interessiert es in gewisser Weise…« Miriam nickte kurz und gedankenverloren und war im Geiste schon mit einem dringenden Restaurierungsprojekt beschäftigt, dem Wiederausgraben jener Möglichkeiten nämlich, die durch Ehe und Mutterschaft versandet waren. Ich ertappte sie oft, wie sie sich im Spiegel ansah, als betrachtete sie ihr ganzes Leben, ihren Mann und die Kinder lediglich als einen Umweg abseits der Hauptstraße.

Wir kehrten jeden Morgen zu der Insel zurück und mieden den überfüllten Strand von Santa Margarita mit seinem Dunst von Sonnenöl und Deodorant, der ein fast sichtbares Mikroklima schuf. Unterhalb der Dünen legten wir mit dem Schlauchboot an und gesellten uns zu den anderen unter die zerschlissene Fallschirmseide. Nachmittags zogen das französische Paar, begeisterte Vogelbeobachter, ihre Saris an und streiften durch die Bäche und Dünen von Ampuriabrava, Skizzenblock und Kamera stets bereit. Sally schwamm mit Henry und den Mädchen, während Miriam Lykiard half, die Veranda zu vergrößern und Steine vom Strand schleppte.

Wenn ich Sally beobachtete, verblüffte mich ihre ungezwungene Freude am Umgang mit den Kindern. Sie kauerte ständig auf Händen und Knien bei ihnen und dachte sich Spiele und Verschwörungen und geheimnisvolle Besorgungen aus, die sie ins hohe Dünengras führten. Miriam erzählte mir, daß ihrem Vater ein Warenhaus in Boston gehörte und ihr die für die Tochter eines reichen Mannes seltene Ehre zuteil geworden war, daß man sie sowohl von ihrer Privatschule wie auch einem teuren Mädchencollege gefeuert hatte. Sie war als Besatzungsmitglied auf Jachten von Freunden ihres Vaters Richtung Mittelmeer aufgebrochen und nach England gekommen, um die Beatles kennenzulernen. Sie schien eine Art gehemmter Freigeist zu sein und sich absichtlich zu vernachlässigen, indem sie nur von Tapas, Sangria und Hasch lebte. Ich spürte, daß sie sich irgendwie an ihrem eigenen Körper rächen wollte.

Miriam erzählte mir auch in allzu beiläufigem Ton, daß Sally sowohl mit Lykiard als auch mit Joubert schlief, eine Information, die sie, Miriam, zunächst im Ganzen schluckte und dann gemächlich verdaute. Aber erst als wir nach Barcelona fuhren, um El Cordobés und Paco Comino zu sehen, bemerkte sie Sallys fragilen Geisteszustand und ihren unsicheren Halt in der Welt.

Wir ließen Lucy und Alice bei den Jouberts in unserem Apartment und brachen mit den anderen in unserem Auto auf. El Cordobés zu Ehren saßen wir in der vordersten Tribüne und kauften Schläuche voll billigem Wein, um dem Beatle der Stierkampfarena zuzuprosten, der die Traditionalisten mit seinen bizarren Stunts und seiner tollkühnen Tapferkeit brüskierte. Henry saß zwischen Sally und mir und umklammerte einen riesigen Plastikbullen mit Penis und Hodensack, die, wie mir Sally zuflüsterte, größer als seine eigenen waren.

Einer der ersten Stiere, den Geruch und Lärm der Touristenmassen verwirrten, sprang an der Barrikade hinauf, rannte an uns vorbei und bespritzte uns mit seinem Speichel, während seine Hörner Zentimeter an unseren Händen vorbeisausten. Henry umklammerte seinen Plastikstier und war angesichts der flammenden Augen dieses rasenden und verängstigten Tiers wie erstarrt, aber Sally sprang auf die Füße und schlug ihm auf die kotverschmierten Hinterläufe. Sie trug ein Kleid aus heller Seide mit dunklen Schwitzflecken der Aufregung auf der Brust und unter den Achseln. Sie hielt Henrys Hand und schaukelte sich hoch, indem sie pfiff und kreischte, und die Kapelle spielte, und die Menge johlte bei jeder Bewegung des Capes. Als die Banderilleros die Schultern des Stiers mit ihren gefiederten Pfeilen durchbohrten, sprang sie mit einem seltsam kehligen

Schrei auf die Füße wie eine Wahnsinnige in einem Schlachthaus.

Sie schämte sich wohl ihrer selbst und verstummte, als eine hübsche Torera in eleganter schwarzer Jacke und Hosen mit weiten Schlägen auf einem Pferd nach Art der Portugiesen gegen den Stier kämpfte. Die herrische Frau mit der markanten Nase und der Maquillage einer glamourösen Bankmanagerin sah bedrohlich ins Publikum und bemerkte Sally, die an der Barrera stand. Die beiden Frauen sahen einander über Lärm und den Geruch von Blut und den Gestank von billigem Fundador hinweg an. Immer wieder schien die Torera im Begriff, von dem tobenden Stier eingeholt zu werden, aber jedesmal konnte sie entkommen und die Hörner streiften das Pferd nur. Während einer Pause, als der Stier in einem Rausch von Wut und Blut an seiner eigenen Zunge würgte, saß sie wenige Schritte von uns entfernt stocksteif im Sattel. Sally und ich konnten hören, wie diese eindrucksvolle Reiterin einen Schwall Verwünschungen ausstieß und Geschlecht und Hoden des Stiers der Lächerlichkeit preisgab.

Als sie abstieg, um dem erschöpften Tier den Gnadenstoß zu geben, befeuchtete sie die Spitze des Schwerts erst mit Speichel von ihren roten Lippen und machte so deutlich, daß sie sich dem Bullen nicht nur als bloßer Mensch näherte, sondern daß ihr Speichel der Samen war, mit dem sie das Geschöpf schwängern würde, während sie ihm zu ihren Füßen den Todesstoß versetzte.

Ich war benommen von dem billigen Wein und vom Toben der Menge und versuchte mir vorzustellen, wie man es wagen konnte, sich dieser furchteinflößenden Frau zu nähern, geschweige denn mit ihr zu schlafen. Aber Sally hatte sich bereits entschieden. Mit verschwitzten Achselhöhlen umklammerte sie das hölzerne Geländer und betrachtete die Reiterin, als würde sie in ihr sämtliche Rektorinnen ihrer Kindheit in Neuengland wiedererkennen. Ich rechnete damit, daß sie sich das Seidenkleid vom Leib reißen, über die Barrikade springen, mit ihren weißen Schenkeln das Pferd besteigen und die Taille der Torera umklammern würde, während sie gemeinsam aus der Arena ritten.

Als El Cordobés die Arena betrat, vergaß ich Sally und bewunderte mit Miriam und Lykiard diesen stattlichen Straßenkämpfer, halb Gangster, halb Filmstar. Unter Jubelrufen und Applaus wies Lykiard uns darauf hin, daß der Bursche nie auch nur einen Schritt machte, wie nahe der Stier auch an ihm vorbeistreifte. Trotz seines theatralischen Gebarens und dem offenen Bruch mit allen Traditionen der Stierkampfarena, setzte er sein Leben immer wieder aufs Spiel. Nachdem er den zweiten Stier an den Rand seiner Kräfte getrieben hatte, spielte er den Narren und demütigte das keuchende Tier, das blutüberströmt auf ihn zugestolpert kam. Während es auf zitternden Vorderfüßen stand, kniete El Cordobés mit dem Rücken zum Stier, dessen Hörner nur Zentimeter von seinen Schulterblättern entfernt waren, und nahm mit ausgebreiteten Armen den Beifall der Arena entgegen, der die älteren Spanier bereits voll Mißfallen den Rücken kehrten.

Als er den Ring verließ, sah ich Sally, das Kleid halb vom Rücken gerissen, die im Tohuwabohu amerikanischer und europäischer Touristen zwischen den Sitzen hindurchstolperte. Eine Stunde später fanden wir sie, das Make-up völlig verschmiert, im Gemenge um den schwarzen Mercedes des Stierkämpfers, wo sie von den johlenden Chauffeuren und Leibwächtern herumgeschubst wurde. Lykiard und ich trugen sie unter den Blicken des betroffenen Henry, der ihr seinen Stier anbot, zu meinem Wagen. Als wir sie auf den Rücksitz legten, schlug sie mit Fäusten nach uns, ihr Verlangen nach einem brutalen Höhepunkt des Nachmittags war noch nicht gestillt. Es gelang Miriam, sie zu beruhigen, indem sie ihre Hände hielt und ihr die verschmierte Wimperntusche vom Gesicht wischte. Die beiden Frauen saßen nebeneinander wie Schwestern, die von einem chaotischen Begräbnis zurückkehrten.

Im dichten Verkehr auf dem Rückweg nach Gerona beobachtete ich im Rückspiegel, wie die Röte aus Sallys Wangen wich. Sie saß in ihrem zerrissenen Seidenkleid da, ein unartiges Schulmädchen, streichelte die rauhe Plastikhaut von Henrys Stier und preßte die Lippen zusammen, während sie den Nachgeschmack irgendeines giftigen Gefühls hinunterschluckte.

»Ich mag ihren amerikanischen Mumm«, entschied Miriam, als wir in unser Apartment zurückgekehrt waren. »Sie weiß, was sie will, und nimmt es sich rücksichtslos. Sie ist selbstverständlich vollkommen wahnsinnig.«

»Vielleicht ist sie auch geistig vollkommen gesund – für Menschen wie Sally läuft das auf dasselbe hinaus.«

»Jim, sie wollte es mit diesen Stieren treiben! Von wegen El Cordobés und die Chauffeure. Ich wette, sie haben sie dabei erwischt, wie sie den Stieren die Hoden abschneiden wollte. Was machen sie eigentlich damit?«

»Sie sind eine Art Delikatesse. Warum versuchst du nicht ein Paar? Wir werden ein gutes Restaurant in Gerona suchen.«

»Vielleicht...« Miriam sah entschlossen vom Balkon. »Sex ist ein Zweig der Gastronomie – die besten Köche sind die besten Liebhaber. Das findet jede Frau bald heraus.«

Ich konnte sehen, wie der 2CV durch die Sanddünen von Ampuriabrava fuhr. Sally stand hinter Lykiard im offenen Verdeck, wo die Fetzen ihres Seidenkleids wie Wimpel zwischen den Pflöcken der Baufirmen wehten – eine gierige Furie, die durch ein Feld voller Galgen fuhr.

Miriam legte einen Arm um mich. »Sie ist merkwürdig, aber ich mag sie. Wärst du gern mit so jemand verheiratet?«

»Jetzt nicht mehr.«

»Ich möchte ihr helfen. Sie braucht ein Kind.«

»Dabei kann nur ich ihr helfen.«

»Du wirst mit der Sekretärin von Señor Robles beschäftigt sein, hast du das vergessen? Morgen wird ein anstrengender Tag.«

Ich umarmte Miriam und war froh, daß Sally ihre Phantasie entfacht hatte. »Liebes, du wolltest immer mit drei fremden Männern auf einer einsamen Insel leben.«

Am nächsten Tag hatte Sallys sonniges Gemüt wieder die Oberhand gewonnen. Sie kniete neben dem Strandhäuschen im Sand und hatte Hörner aus Stroh in den Haaren, während Henry mit einem Badetuch vor ihr winkte. Als Miriam Alice und Lucy etwas zu essen gab, nahm ich eine Handvoll schwarze Oliven und eine Flasche Bier und machte mich auf zwischen die grasbewachsenen Dünen. Ich setzte mich in eine Mulde und versuchte, meinen Weg durch die Bucht zu rekonstruieren. Ich mußte an El Cordobés und die verstümmelten Tiere denken, die auf das Schwert warteten, und stellte mir einen erstaunten Touristen im Tretboot vor, der durch blutgetränktes Kielwasser fuhr. Lange nachdem die Fähre in Richtung Cadaqués abgelegt hatte, rollten ihre Wellen noch an den Strand, als wollte Poseidon persönlich mich daran erinnern, wie knapp ich davongekommen war.

Sally, die eine Zigarette rauchte, kam durch das Gras auf mich zugestapft. Sie trug immer noch die Hörner aus Stroh in ihrem hellen Haar.

»Zeit für eine Ruhepause.« Sie fiel neben mir zu Boden. »Herrgott, bin ich außer Puste. Du und Miriam... da muß ein Trick dabei sein.«

»Sag ihn uns, wenn du ihn herausgefunden hast. Seit 1957 suchen wir ihn vergeblich.«

Sie warf die Strohhörner in die Luft. »Die Kinder sind wunderbar, glaub mir. Alles machen sie zu einem Fest. Ich wünschte, meine Kindheit wäre so fröhlich gewesen.«

Sie sagte es sehnsüchtig und strich das Haar weg, das ihr ins Gesicht wehte, wobei sie beinahe versuchte, die Spitzen mit der Zigarette anzuzünden. Sie besaß eine Engelsgeduld mit Henry, Alice und Lucy, aber überhaupt keine, wenn es um ihren Körper ging, als hätte dieser es wie ein unachtsames Kind verabsäumt, auf die Probleme zu reagieren, die der Mutter durch den Kopf gingen. Sie hatte die Nägel bis zu den Fingerkuppen abgebissen, ihre linke Brustwarze war wund und überreizt. Ein schwacher chemischer Geruch stieg von dem Dreieck ihres Bikinihöschens auf, eine Andeutung von schalem Spermizidgel, und ich vermutete, daß sie ein paar Tage zu zerstreut gewesen war, um ihr Diaphragma zu wechseln. Sie nahm mir eine Olive aus der Hand.

»Wo ist dein Apartment? Heute kann ich es nicht sehen.«

»Neben dem Hotel mit dem Schild… wenn nicht irgendein Bauunternehmer es versetzt hat. Wir hätten einfach mit zwei Zelten hierher kommen sollen.«

»Es ist toll. Gozo gefällt mir am besten – die Insel der Circe, ich habe aus ihrem Brunnen getrunken. Und Ruanda. Letztes Jahr wollte ich bei den Watussi leben.« Sie strich über den Sand auf ihren Beinen, als wollte sie sich für einen mit weißem Staub bemalten Ehemann bereit machen. »Miriam hat mir gesagt, daß du aus China kommst.«

»Vor Jahren. Inzwischen habe ich mich in England niedergelassen.«

»Gefällt es dir?«

»Man muß sich daran gewöhnen.«

»Es würde sich lohnen. Du brauchst das vielleicht, dich wie ein Flüchtling zu fühlen.«

»Und du?«

Sie verzog das Gesicht hinter Rauch und ließ andeutungsweise amerikanische Zähne sehen. »Ich warte… heutzutage gibt es nicht besonders viele Stars im Osten. Manchmal denke ich, daß es überall dasselbe ist. Miriam hat gesagt, ihr wollt ein bißchen Haschisch kaufen?«

»Nur wenn ihr welches entbehren könnt. Sie denkt, wir werden zu bürgerlich.«

»Es ist gut für Sex...« Sally legte sich auf die Seite, so daß ihre Brust die Bierflasche in meiner Hand berührte. Ich konnte ihre wunde Brustwarze durch das grüne Gras vergrößert sehen. Sie gab mir die Zigarette und sah zu, wie ich einen Zug an dem locker gedrehten Joint aus Tabak und Canabis nahm. Die Kinder waren hinter den Dünen, Miriam arbeitete auf der Veranda, und vom flachen Strand her würde uns niemand zwischen den Dünen überraschen können. Sally nahm mir noch eine Olive mit den Lippen aus der Hand und lutschte kurz an meinem Daumen. Sie wartete auf mich, aber ich war seltsam unschlüssig wie eine Jungfrau, die keinerlei Erfahrungen mit Frauen hat. Ich war Miriam in den vielen Jahren unserer Ehe treu gewesen und kannte ihren Körper wesentlich genauer als meinen eigenen. Der Körper einer anderen Frau war ein unauslotbares Mysterium, ganz zu schweigen von den Emotionen und Bedürfnissen einer anderen Frau.

»Nun denn, zurück zu den Ungeheuern.« Sally stand auf und wischte sich Sand von den Schenkeln. Sie lächelte flüchtig, strich ihr Angebot ohne Bedauern und schlenderte zum Strand hinunter.

Ich folgte ihr im Abstand von fünfzig Metern und hielt einmal inne, um mir den schuldbewußten Schweiß vom Gesicht zu waschen. Überrascht stellte ich fest, daß ich vor Wut auf mich selbst zitterte – ich war Miriam treu, aber nicht ganz so treu, wie ich geglaubt hatte.

Als ich zur Hütte kam, stiegen die Jouberts gerade aus ihrem Citroën aus, mit dem sie Brot, noch mehr Tapas und billigen Wein aus der Bodega geholt hatten. Lykiard erteilte den Kindern Biologieunterricht; sie standen fasziniert in einer Reihe und betrachteten die Eidechse in seiner Hand, während Sally hinter seinem Rücken eine Grimasse schnitt.

Die Bugwelle der Fähre nach Estartit rollte an den

Strand. Miriam ging über die Veranda und wollte die Badeanzüge im Meer auswaschen. Sie hüpfte die Stufen hinunter, stolperte und rutschte auf den glatten Steinen aus. Ihr rechtes Bein knickte ab, und sie stürzte schwer auf die Treppe.

Ihr Kopf schlug auf den Steinen auf, alle drehten sich um. Als ich zu den Stufen kam, lag sie halb bewußtlos da und sah mir ins Gesicht, als würde sie mich nicht mehr erkennen. Das Bein war unter der Hüfte abgeknickt, Blut troff aus einer tiefen Platzwunde am Knöchel.

Lykiard kam zu mir und verscheuchte die Kinder mit der Eidechse, die er ins Meer warf. Ich drehte Miriam auf die Seite und versuchte, nach dem gebrochenen Knochen zu tasten. Sie hielt sich immer noch benommen an meiner Schulter fest, richtete sich mit kleinem, blassem Gesicht auf und atmete in kurzen Zügen.

»Herrje, war das ein Schlag.« Sie sprach tonlos. »Ich Dummkopf, wo hab ich nur meine Gedanken gehabt?«

»Liebes, alles in Ordnung? Dein Bein…«

»Tut höllisch weh. Keine Bange, Lucy. Mami war dumm und ist gestürzt. Herrgott, mein Kopf – ich hätte die Stufen nicht bauen sollen…«

Sally und ich halfen ihr auf die Veranda und setzten sie in den Korbsessel. Miriam zitterte unter Schock, das Haar klebte ihr am Kopf, und sie hielt Henrys Hand. Ich versuchte, ihre zitternden Schultern beruhigend zu streicheln, während Sally die Wunde am Knöchel mit einem mineralwassergetränkten Wattebausch auswusch. Als sie sich umdrehte und Henry einen Kuß gab, sah ich den geschwollenen Bluterguß hinter ihrem rechten Ohr unter der unversehrten Haut.

Lykiard hatte Jeans und Sandalen angezogen. Er unterhielt sich hastig mit den Jouberts und brachte eine Flasche Fundador, aber Miriam winkte ab. Sie tröstete die Kinder, ihr Gesicht so winzig wie das der Kinder, und ihr Blick wanderte immer wieder zur Treppe, als hätte sie dort einen Teil ihrer selbst auf den feuchten Stufen verloren.

»Ich würde sie ins Apartment zurückbringen«, schlug Lykiard vor. »Wir fahren die Kinder im Auto. Im Schlauchboot wird sie es bequemer haben.«

Sally und die Jouberts halfen mir, Miriam ins Schlauchboot zu heben. Wir brachen auf und ließen Picknickkorb und Strandausrüstung im Sand zurück, wo die Wellen bereits die Handtücher durchnäßten. Miriam winkte den Kindern, die ins Heck des Citroën kletterten, und hielt mit den Händen linkisch die Seiten des Schlauchboots umklammert. Während der kurzen Fahrt schien die Seeluft ihr gut zu tun, sie lächelte mir zuversichtlich zu und zog die nassen Brauen hoch, als wollte sie sich entschuldigen. Aber als ich das Dingi ans Ufer zog, brach sie zusammen und mußte zwischen Sonnenschirmen und gaffenden Sonnenanbetern liegen, bis sie wieder Luft bekam.

Sie hatte sich soweit gekräftigt, daß sie zum Fahrstuhl gehen konnte, aber als ich die Tür unseres Apartments aufmachte, spürte ich, daß sie es nur mit halbem Bewußtsein erkannte. Ich ließ mir von der Rezeption die Nummer des hiesigen Arztes geben, während Miriam benommen auf den Balkon ging und den überfüllten Strand betrachtete, als sähe sie ihn zum ersten Mal.

Eine Stunde später, als der spanische Arzt eintraf, lag sie auf unserem Bett und lächelte verhalten, als sie die Kinder auf dem Balkon der Nordlunds toben hörte. Der Arzt untersuchte sie langsam und gewissenhaft. Hinterher klopfte er mir tröstlich auf die Schulter und sagte etwas auf spanisch zu Lykiard. Der Praktikant, ein gastierender Krankenpfleger, würde Miriam im Auge behalten, bis der Arzt heute abend wieder vorbeikam.

Der Praktikant blieb im Schlafzimmer sitzen, während ich in die Küche ging und den Kindern das Essen machte, das ich ins Apartment der Nordlunds trug. Als ich zurückkam, telefonierte der Praktikant. Er redete mit dem Arzt, dann bat er mich, ruhig zu bleiben, und rief den Krankenwagen. Ich ging ins Schlafzimmer und hielt Miriams Schultern. Sie hatte kein Gefühl mehr im linken Bein und Arm und lächelte abwesend, während sie nur halb bei Besinnung war und immer weiter von sich selbst zurückzuweichen schien. Mit einer Seite ihres Gesichts sah sie mich stirnrunzelnd an und strich mit einer winzigen Hand über ihren tauben Körper.

Als der Krankenwagen kam, war ich schon fast besinnungslos vor Panik. Die Sanitäter versuchten, den zusammengeklappten Rollstuhl aufzustellen. Während sie miteinander debattierten, hob ich Miriam vom Bett hoch und trug sie auf den Armen zum Fahrstuhl. Ihre Augen sahen blicklos auf die Leuchtanzeige der Stockwerke, ihr Körper war kalt, als hätte sie Stunden im Meer verbracht. Unter den ausdruckslosen Gesichtern der Kinder auf dem Balkon legten wir sie in den Krankenwagen und scheuchten die Touristen weg, die vom Strand herbeigeeilt kamen.

Miriam konnte sie nicht mehr sehen. Ich hörte, wie die Hecktüren hinter mir zufielen, und sah Lykiard, der ermutigend die Faust geballt hatte, starr lächeln. Ich kauerte auf dem Sitz hinter dem einen Sanitäter, der Miriam unter der Decke festschnallte und den Sauerstoffzylinder bereit machte. Wir rasten mit heulender Sirene die Straße nach Figueras entlang und wichen dem Verkehr aus. Ich massierte Miriams Waden und versuchte, den Puls in ihren Beinen zu fühlen. Der Sauerstoff aus der Maske hatte den Schweiß von ihrem Gesicht vertrieben, das so winzig wie das von Lucy bei der Geburt zu sein schien. Nur die Pupille des rechten Auges reagierte noch und war auf die Spitzenvorhänge an den Fenstern des Krankenwagens gerichtet. Sie zwang sich zu atmen, aber ihr Brustkorb war eingesunken.

Wir mußten hinter einem Bus halten, der die Straße zur Stierkampfarena versperrte. Der Sanitäter machte die Hecktür auf und brüllte den Busfahrer an, der langsam zurücksetzte und den Weg freimachte. Wir erreichten das Krankenhaus zehn Minuten später, als sich die letzten Besucher des Fußballstadions zerstreuten. Die Blumenhändler beim Kartenschalter packten ihre unverkauften Blumen ein, und die Zeitungsverkäufer zogen die Metallgitter ihrer Kioske herunter. Aber da war Miriam schon tot.

Das große Herz der Frauen

Die Großherzigkeit der Frauen rettete mich in einer Zeit, als ich alle Hoffnung fast aufgegeben hatte. Innerhalb weniger Wochen nach Miriams Tod stellte ich fest, daß ich nicht nur Miriam verloren hatte, sondern alle Frauen der Welt. Eine unüberwindbare Kluft trennte mich von Miriams Freundinnen und den Frauen, die ich kannte, als hätten diese beschlossen, mich hinter einer sorgfältig gespannten Absperrungslinie zu halten. Später wurde mir klar, daß sie in einiger Entfernung standen, in den nahegelegenen Zimmern meines Lebens, und warteten, bis ich mit meiner Wut auf mich selbst fertig geworden war. Dann kamen sie hervor und taten alles, um mir zu helfen. Die Großherzigkeit der Frauen und die Zuneigung meiner Kinder brachten mich sicher durch diese ersten langen Monate.

Während unserer letzten Tage in Rosas, als die Nordlunds mir packen halfen, sah ich immer wieder vom Balkon auf die Touristen hinab, die am Strand lagen und ihre Rollen in jener unheimlichen Imitation der Wirklichkeit spielten, zu der das Leben geworden war. Die Sonne schien auf dieselben Sonnenschirme und Tretboote, aber alles hatte sich verändert. In den Stunden seit Miriams Tod war die gesamte weibliche Hälfte der Menschheit zu einer fremden Rasse mutiert. Die Frauen, die in den Strandrestaurants ihre Gambas aßen, wichen meinen Blicken aus und unterhielten sich miteinander, während sie sich ihre rotfleckigen Finger leckten. Als ich meinen letzten Reisescheck einlöste, stellte ich fest, daß die Körper der Frauen, die am Schalter Schlange standen, ihren Geruch verloren hatten. Selbst Mrs. Nordlund mit ihrem nachdrücklichen Lächeln und der Zuneigung den Kindern gegenüber sah mich mit dem Blick einer Gastarbeiterin aus einem fremden Land an.

Nur Señor Robles deutschsprechende Sekretärin war nach wie vor die alte. Sie überprüfte das Inventar, sah ins dunkle Schlafzimmer und ging eindeutig davon aus, daß Miriam dort durch meine Hand gestorben war. Sie machte den Spiegelschrank im Bad auf und strich mit den Fingern über die Zahnputzgläser.

»Nix kaputt?«

»Kaputt nix.«

Sie sah mich mit diesem Ausdruck an, den ich verabscheuen lernte, eine Mischung aus Neugier und Distanziertheit, wie eine Schaulustige am Ort eines Verbrechens. Ich wollte sie an den Handgelenken packen und ihre Arme hochhalten, damit ich den Geruch ihrer Achselhöhlen einatmen konnte, und meine Finger in ihre Geburtsspalte drücken. Ich verabscheute diese überhebliche junge Frau so sehr, daß ich sie vögeln wollte, während die Kinder mit den Nordlunds im Auto warteten. Ich wollte mir beweisen, daß zumindest noch eine Frau existierte. Aber sie ließ mich stehen und verschwand Richtung Eingangshalle, und sie zog es vor, die Treppe hinunterzugehen, statt allein mit mir im Fahrstuhl zu fahren. In ihrer Vorstellung hatte der Tod meiner Frau einen Vergewaltiger auf die Welt losgelassen.

Rosas und die Felsen von Cap Creus, wo es vor Eidechsen wimmelte, blieben hinter uns zurück, als wir Richtung Figueras und spanische Grenze fuhren. Die Touristenstrände der Costa Brava, die Hotels und Cafés glitten vorbei wie ein Traum, der eindringlicher als jedes Gemälde von Dalí war, eine Vision vom Ende der Welt mit verschmutztem Sand, dem Gestank von Sonnenöl und zur Schau gestelltem Fleisch. Wir fuhren am Eingang des Gemeindefriedhofs von Figueras vorüber, wo ein langer Korridor von Zypressen zu den weißgetünchten Wänden und barocken Säulengängen der Familiengruften führte. Miriam war auf dem angrenzenden protestantischen Friedhof begraben, einem Gottesacker ohne Blumen, wo einige antiklerikale Spanier unter bescheidenen Grabplatten neben einem bei einem Jachtunglück ertrunkenen jungen Engländer ruhten. Ich blickte ein letztes Mal zurück und fuhr nach Norden Richtung Pyrenäen, Frankreich und nach Hause.

Die Kinder saßen hinter mir und spielten bis zum Ärmelkanal zwanghaft Spiele. Henry war so fassungslos, daß er nicht sprechen konnte, aber Alice und Lucy übernahmen bald das Kommando. Sie machten sich um mich bereits mehr Sorgen als um sich selbst. Meile um Meile halfen sie mir mit Straßenkarten, suchten die Hotels für unsere Übernachtungen aus und behielten die Whiskeyflasche, die ich zwischen die Beine geklemmt hatte, sorgfältig im Auge. Ihre Vernunft und Fröhlichkeit legten den Grundstein, auf dem wir unser gemeinsames Leben neu aufbauten.

Während der Fahrt konnte ich nur an meine letzten Augenblicke mit Miriam und den kurzen Gottesdienst auf dem Friedhof denken. Die Natur hatte ein Verbrechen an meiner jungen Frau und ihren Kindern begangen, und ich verspürte tiefe, verwirrte Wut nicht nur auf mich selbst, weil ich Miriam nach Rosas gebracht hatte, sondern auf die Weinberge, die Platanen und das grasende Vieh. Eine Stunde nach ihrem Tod war ein grimmiger Friede über Miriam gekommen, die in der Notaufnahme des Krankenhauses von Figueras lag. Der Kopf war zurückgebeugt, die Brust nach oben gedrückt und die Lippen krampfhaft geöffnet, so daß die Muskeln von Mund und Hals deutlich hervortraten. Der Kiefer reckte sich mir aus blau angelaufener Haut entgegen, die Zähne waren zu einem Schrei des Todes auseinandergeklappt. Nordlund stützte mich, als wir zu den kathedralenartigen Bestattungsunternehmen Figueras' gingen. Wir schritten die Reihen verzierter gotischer Särge entlang, die Kirchenbänken vor einem profanen Altar aus schwarzen Marmorgrabsteinen glichen. Wenn ich an Miriam dachte, schien es durchaus angemessen, daß sie in einem Sarg, der wie ein Versatzstück aus einem Horrorfilm aussah, zur letzten Ruhe gebettet wurde.

Aber später an diesem Abend, als ich ins Krankenhaus zurückkehrte, hatte sich eine völlige Verwandlung mit ihr vollzogen. Die Schmerzen und die Angst ihrer letzten Augenblicke, als ihr verletztes Gehirn in sich zusammengestürzt war, waren verschwunden. Ihr Gesicht hatte sich entspannt, die Haut war wieder weich und weiß. Eine Schwester hatte ihr das Haar gekämmt, ihre Wangen und Lippen waren rein wie die eines kleinen Mädchens und gewährten mir einen letzten Blick auf ihre entschwundene Kindheit.

Bei der Beerdigung am nächsten Tag wurde der Sarg auf einem Karren zu dem protestantischen Friedhof gefahren. Die eisenbeschlagenen Räder klirrten auf dem staubigen Schotter. Die Kinder standen in ihrer besten Sonntagskleidung neben mir, und ich hoffte, daß sie das Wüten des Todes unter dem geschlossenen Sargdeckel nie hören würden. Der junge spanische Geistliche ließ das gebrochene Englisch sein und predigte in einem kehligen Katalanisch, welches General Franco dereinst verboten hatte, dessen dunkle Konsonanten die Sprache des Todes waren, die Miriam fortan sprechen würde. Keiner von ihnen konnte mir in die Augen sehen. Sally Mumford stand bei Lykiard und den Jouberts. Sally, die ihren Glimmstengel rauchte, betrachtete die Gräber, als erwartete sie, daß die Steinplatten jeden Moment zurückgeschleudert und die erbosten Insassen uns ergreifen würden.

Die Totengräber bückten sich über ihre Spaten. Die ersten Steine fielen auf den Sargdeckel, als würde eine Faust an eine Tür hämmern. Nordlund gab mir einen Ersatzspaten, mit dem ich zwei Schaufeln voll steiniger Erde in das Grab warf. Wir verließen den Friedhof gemeinsam und fuhren durch die Mengen der Fußballfans, als würden wir den Schauplatz eines Verbrechens hinter uns zurücklassen.

Nach drei Tagen, in denen wir ein Land und ein Meer durchquert hatten, kehrten wir nach Shepperton zurück. Die langen französischen Straßen halfen mir, die Linien der Perspektive in meinem Denken zurechtzurücken. Die Vergangenheit, der ich am Tag meiner Hochzeit den Rücken gewendet hatte, war herbeigeeilt und stand wieder hinter mir. Miriams Tod vereinte mich wieder mit den namenlosen Chinesen, die im Zweiten Weltkrieg gestorben waren. Ich erinnerte mich an die staubigen Toten neben den zertrümmerten Autos der Avenue Edward VII und den gequälten Mund des chinesischen Angestellten auf dem ländlichen Bahnhof, erste Proben für einen Nachmittag in Figueras. Bilder der knochenbleichen Reisfelder fielen mir wieder ein, ebenso das perlmuttfarbene Licht, das nach der Explosion der Atombombe über Nagasaki und Lunghua erstrahlt war. Kennedy hatte Chruschtschow während der Kubakrise in die Knie gezwungen, aber immer noch standen amerikanische Bomber unter dem tiefhängenden Himmel von Cambridgeshire, und das Königreich des Lichts wartete nur darauf, von den Betonpisten zwischen den Marschen geboren zu werden.

Miriams Schwester Dorothy und deren Mann winkten fröhlich am Tor, als wir zu Hause eintrafen. Sie hatten Geschenke und Überraschungen für die Kinder und ein Picknick, das eines Leichenschmauses würdig war, sowie offene Weinflaschen auf dem Tisch. Ich war ihnen dankbar und nahm Dorothy fest in die Arme. Aber das Echo von Miriams Antlitz im Gesicht ihrer Schwester und deren spröder Cambridgeakzent gaben mir das Gefühl, als wären wir in eine Parallelwelt zurückgekehrt, die sich allzu große Mühe gab, das Original nachzuahmen.

Während die Kinder ihre Geschenke auspackten, ließ ich Dorothy und Brian zurück und ging die Treppe hinauf. Die unordentlichen Zimmer mit den verstreuten Spielsachen und Kleidungsstücken und den Lieblingsteddybären, die im letzten Augenblick doch zurückgelassen worden waren, hielten den exakten Augenblick unserer Abreise vor vier Wochen fest. Ich stand vor Miriams Frisiertisch und sah hinab auf das Durcheinander von Haarbürsten und Kosmetika und eine vergessene Tube Sonnencreme vom vergangenen Sommer mit zerbrochener Kappe. In dem Puderfilm, der die Glasplatte überzog, waren ihre Fingerabdrücke zu sehen und in der roten Schliere auf einem zerknüllten Kleenex der Schwung ihres Mundes.

Ich zog die mittlere Schublade auf, die vollgestopft war mit alten Telefonrechnungen, Tampons und Schulzeugnissen, mit ausgeblichenen Büstenhaltern, die sie mit Sicherheitsnadeln zusammengehalten hatte, und ihrer getreuen Schildmütze, die wie ein unzuverlässiger Familiendiener seit Jahren die Ersatzautoschlüssel beherbergte. Ich kippte den Abfalleimer auf den Boden und kramte in alten Haarbällchen und durchlöcherten Diaphragmen, sowie in dem zerrissenen Strapsgurt und den Netzstrümpfen, die sie gerne zu Partys und danach frivol im Schlafzimmer getragen hatte. Ich hielt die Strümpfe an die Lippen und nahm den Geruch von Miriams Schenkeln wahr, denselben Körpergeruch, der mir von den Kissen entgegenschlug und als ich den Schrank mit ihren Kleidern aufmachte. Ihre hundertfache Anwesenheit erfüllte das Haus wie ein Chor von Geistern.

Ich mußte die Geister freilassen. Ich riß die Fenster auf und sah, wie Wolken von Puder und Staub durch die Luft wirbelten und nach Figueras heimkehrten. Im Garten jagten die Kinder ihren altbekannten Spielsachen hinterher, Brian mähte den Rasen. Alice rückte die Möbel im Baumhaus herum und warf die Pappkartontische und Stühle hinaus, als würde sie vor Beginn eines neuen häuslichen

Regimes Großputz machen. Henry hatte einen noch aufgeblasenen Luftballon gefunden und versuchte, draufzutreten, Lucy probierte die Schaukel aus, die sie in neue, tollkühne Höhen brachte.

Als ich sie sah, spürte ich, wie das erste Lächeln meine Lippen umspielte. Ich wußte, die Kinder waren tapferer als ich – während der langen Heimfahrt hatten sie ihre Mutter nicht einmal erwähnt, der erste vieler unausgesprochener Pakte, die wir im Lauf der kommenden Monate schlossen. Ich setzte mich aufs Bett, und die Gerüche von Miriams Körper wehten durch die Sommerluft.

Dorothy schnitt in der Küche den kalten Braten. Sie war die ernstere Schwester, drei Jahre älter als Miriam und Sozius einer Anwaltskanzlei in Cambridge. Bei unserer Hochzeit hatte sie gelächelt und den Kopf geschüttelt, als ich die Braut küßte, und eindeutig bezweifelt, ob ich der impulsiven Miriam gewachsen sein würde.

Ich trank einen Schwenker zollfreien Whiskey und zögerte, ehe ich mir einen zweiten einschenkte. Dorothy drückte meine Hand und füllte mein Glas nach.

»Nur zu – du hast ihn dir verdient. Das muß die schrecklichste Fahrt gewesen sein.«

»Bei Poitiers haben wir uns fast hoffnungslos verfahren. Ich kann dir sagen, nur Henrys Französischkenntnisse haben uns gerettet. Einen Augenblick habe ich mit dem Gedanken gespielt, wieder umzukehren.«

»Das hättest du machen sollen. Nein, was rede ich denn.« Dorothy, die ohne zu überlegen geplappert hatte, riß sich zusammen. »Brian hat sich gefragt, ob du wegziehen möchtest?«

»Aus Shepperton?«

»Zumindest aus diesem Haus – du solltest irgendwo neu anfangen.«

»Nein…« Ich beobachtete Alice und Lucy, die mit vereinten Kräften das Baumhaus putzten. Einem Wirbel Laub folgte ein Plüschspielzeug, treuer Gefährte vieler Jahre, das kopfüber auf das frisch gemähte Gras fiel. Frauen waren schon in frühen Jahren unbarmherzig, und das mußten sie auch. »Wir haben einen neuen Anfang gemacht. Es ist am besten, wenn wir hier bleiben und der Lage ins Auge sehen.«

»Wirst du die Kinder behalten?«

»Selbstverständlich. Das gehört zur Vereinbarung.«

»Das ist eine gewaltige Aufgabe. – Brian und ich könnten die Mädchen nehmen.«

»Danke, nein. Wir werden das zusammen durchstehen.«

Nach dem Essen, als Brian mit den Mädchen in den Zoo von Chessington gegangen war, räumten Dorothy und ich die Zimmer zusammen auf. Als wir die verstreuten Spielsachen und Kleidungsstücke wegräumten, hatte ich das Gefühl, als wären wir Bühnenbildner, die eine Kulisse auswechselten. Alles neigte sich in einem unvertrauten Winkel. Selbst Dorothys Ähnlichkeit mit ihrer Schwester, das Echo von Miriams breiten Wangenknochen und kleinen Händen, ihres entschlossenen Gangs und ihrer drallen Hüften, vermittelten mir den Eindruck, als wären wir probende Zweitbesetzungen für Rollen, die von anderen gespielt werden sollten.

»Möchtest du, daß ich das Schlafzimmer aufräume?« Dorothy starrte auf den chaotischen Frisiertisch und den Schrank. »Himmel, ist das traurig. Jim, wirf alles weg. Raus damit. Gib die Kleider der Wohlfahrt.«

»Das werde ich, keine Bange. Ich brauche nur noch etwas Zeit. Das ist alles, was mir geblieben ist.«

»Nein.«

Dorothy hielt mich an den Schultern und versuchte, mich in die Gegenwart zurückzuholen. Ich legte ihr die Hände um die Taille, weil ich sie mit aller Verzweiflung umarmen wollte. Nach den geisterhaften Frauen am Strand von Rosas war Dorothy mit ihren breiten Hüften und weichen Brüsten durch und durch lebendig. Ich drückte meine Handflächen auf ihre Schulterblätter und suchte nach den vertrauten Konturen, die wiederzuerkennen Miriam mich gelehrt hatte. Dorothy erstarrte und rückte von mir ab, da meine zitternden Hände sie beunruhigten. Dann lehnte sie sich an mich, drückte die Wangen an meine und beruhigte mein erregtes Gesicht.

»Also gut. Wir gehen in Henrys Zimmer.«

»Nein... bleib hier. In Miriams Bett.«

Ich versuchte mich zu beruhigen, band ihre Schürze auf, glitt mit den Händen unter ihre Bluse und spürte die glatte Haut auf ihrem Rücken und die kräftigen Rippen. Ich setzte mich auf das ungemachte Bett, wo die Laken noch zerknittert von der letzten Nacht vor dem Urlaub waren, und drückte meinen Kopf an ihre Schenkel. Dorothy stand ruhig vor mir, während ich sie auszog, legte mir behutsam ihre Hände auf die Wangen, schob mir ihre Finger in den Mund und ließ mich ihren Geschmack kosten. Ein unbekanntes Muttermal zierte die Haut auf ihrer linken Schulter, aber einen Moment lang konnte ich glauben, daß sie Miriam war. Ich küßte ihre Schamlippen, dann setzte ich sie auf meine Knie und liebkoste ihre Vulva, als hätte ich sie an unzähligen Nachmittagen in diesem Schlafzimmer eines liebenden Ehemanns geöffnet. Als ich den Mund auf ihre Brustwarzen drückte, wischte sie mir den Schweiß von der Stirn und bog mich auf Miriams Kissen zurück.

In diesen wenigen Minuten galt ihr die Verpflichtung gegenüber den Kindern ihrer toten Schwester mehr als die Treue zu ihrem Mann. Sie kniete über mir und paßte die Knie meinem kräftigeren Körperbau an. Ich war erschöpft und überreizt und sehnte mich so verzweifelt nach dieser großherzigen Frau, daß ich versuchte, meinen schlaffen Penis in sie zu pressen. Dorothy, die tröstend, aber distanziert lächelte, nahm ihn mir aus den Fingern und massierte die Spitze mit den Händen. Sie rieb ein wenig Spucke auf die Fingerspitzen und befeuchtete die Öffnung ihrer Vagina. Sie führte meinen Penis in sich ein, betrachtete durchs Fenster ein vorbeifahrendes Auto und drückte mir ihre Brust in den Mund, wobei sie auf mich herabsah wie eine Krankenschwester, die sich um das fiebrige Kind einer Nachbarin kümmert. Als ich kam und auf das Kissen zurücksank, legte sie sich neben mich und hielt mein Zwerchfell, bis mein Atem wieder gleichmäßig ging. Ich schob meine Finger in ihre Vulva und kostete die wunderbare Feuchtigkeit, um sicherzugehen, daß ich mich in den kommenden einsamen Monaten daran erinnern würde.

Sie wartete, bis ich bereit war, dann gab sie mir meine Kleidung. Wortlos räumte sie den Frisiertisch auf, legte die Kosmetikdöschen und Haarbürsten ordentlich nebeneinander und polierte den verschmierten Spiegel. Ich umarmte sie dankbar, bevor sie das Schlafzimmer zum letzten Mal verließ.

Von diesem Nachmittag an lebte ich fast ein Jahr lang zölibatär. Obwohl die Kinder und ich Dorothy und ihren Mann oft besuchten, schlief ich nie wieder mit ihr. Sie hatte die Verpflichtung gegenüber ihrer toten Schwester erfüllt, den verwitweten Ehemann getröstet und ihn daran erinnert, daß Miriam in unserer Zuneigung und den gemeinsamen Erinnerungen weiterlebte. Wenn wir uns begrüßten, nahm mich Dorothy kurz in die Arme und hielt so die Verbindung zwischen ihrer toten Schwester und jenen Frauen aufrecht, die ich in Zukunft kennenlernen würde.

Aber so sehr ich andere Frauen brauchte, so unmöglich war es mir, mich ihnen zu nähern. Meine Freunde luden mich zu ihren Partys ein, aber ein Abgrund von Zeit und Schmerz trennte mich von den Frauen, die ich kennenlernte. Wortkarg und linkisch schritt ich in einem Dunst sexueller Begierde zwischen ihnen dahin.

Einmal stand ich zwischen den Mänteln in David Hunters Schlafzimmer und stellte fest, daß ich allein mit einem seiner Groupies aus dem Fliegerklub war, der jungen

Witwe eines Sergeanten der RAF, der auf Zypern ums Leben gekommen war. Ich vermutete, daß David ihr die Aufgabe zugeteilt hatte, mich wieder zum Leben zu erwecken. David stand auf dem Flur Wache und tat so, als würde er sich mit einem Luftfahrtjournalisten über die Mercury Weltraumflüge unterhalten, und sie lehnte sich an die Tür und zog mich an ihre Schenkel. Ich hielt ihre schmalen Schultern, als wäre sie eine meiner Töchter, die nach einem Sturz im Garten erschrocken war. Ich drückte meine Wange an ihren Mund und spürte ihre Lippen an meinem Ohr und ihre Zähne, die in mein Ohrläppchen bissen. Als ich nicht reagierte, schob sie mir eine Hand in den Hosenbund und tastete mit den Fingern zwischen meinen Pobacken. Sie zupfte an meinem Hemd und tätschelte mich, als wollte sie einen letzten Liebhaber versöhnen. Sie wartete geduldig auf meine Erektion, doch dann gab sie mit einem Schulterzucken auf, küßte mich freundschaftlich auf die Stirn und schlüpfte zur Tür hinaus.

Hatte die Natur nach langen Experimenten entschieden, daß ich als Ehemann wie als Vater versagt hatte, und mich aus dem Verkehr gezogen, bevor ich weiteren Schaden anrichten konnte? Es gab gewiß viele Leute, die der Meinung waren, daß ich die Kinder nicht allein großziehen sollte. Aber Henry, Alice und Lucy waren alles, was mir geblieben war, und ich war sicher, daß ich sie glücklich machen konnte. Wir kochten in der engen Küche nach den ausgeflippten Rezepten der Mädchen, zankten uns wegen Fernsehsendungen und machten die Hausaufgaben gemeinsam. Henry, der die längsten Erinnerungen an seine Mutter hatte, war manchmal traurig, daher trug ich abends den Fernseher in mein Arbeitszimmer, setzte mich mit ihm aufs Sofa, legte ihm einen Arm um die Schultern und sah mit ihm seine Lieblingskomödien an. Eines Abends hörte ich ihn dann endlich lachen.

Jeder Tag war eine Aladinsche Höhle voller Pläne und Enthusiasmus. Alice und Lucy, sieben und vier, übernahmen bald das Regiment und entschieden, wann wir einkaufen gingen und Freunde besuchten, ob ich mich von ihnen ausruhen mußte oder ob es Zeit wurde, eine Party zu feiern. Sie stürzten sich schon auf die Mütter ihrer Schulfreundinnen, verleiteten mich zu kleinen Flirts und vernachlässigten geflissentlich das unerhebliche Problem, das deren Ehemänner darstellten. Nachmittags holte ich sie von der Schule ab und verspürte einen Schauer der Erleichterung, wenn sie lärmend ins Auto sprangen, als hätten wir uns monatelang nicht gesehen.

Am meisten mißfielen ihnen Andeutungen, unsere Familie könnte etwas Abseitiges an sich haben. Zu viele Leute waren unter dem Einfluß alten Volksglaubens oder modischer Kinderpsychologie davon überzeugt, daß der Verlust ihrer Mutter eine Wunde war, von der sie sich nie erholen würden, und daß kein Vater, mochte er noch so liebevoll sein, je die Mutter ersetzen konnte. Selbst Peggy Gardner, inzwischen Kinderärztin im Guy's Hospital in London, schien diese Ansicht zu teilen. Jedesmal, wenn sie uns in Shepperton besuchte, warf sie großzügig einen Blick auf die unordentlichen Zimmer mit den verstreuten Bildern und Projekten der Kinder, als würde dieses Chaos die tiefe Krise in dieser geplagten Familie widerspiegeln.

Peggy hatte, obwohl sie viele Freunde hatte und trotz ihrer Liebe zu Kindern, nie geheiratet. Miriam hatte ihr stets vage mißtraut, weil sie wußte, daß Peggy die erste Frau war, die ich je gebraucht hatte, und daß unsere Beziehung weit über die Möglichkeiten von Sexualität hinausging. Gleichzeitig war sie neugierig, hinter die hübsche Maske der Selbstbeherrschung zu sehen, die Peggy der Welt präsentierte. Das bürgerliche Leben hatte Peggy gefordert – Vernunft, Toleranz und Verständnis hatten sie völlig korrumpiert.

Sechs Monate nach unserer Rückkehr aus Spanien kam sie auf dem Rückweg von einer Konferenz über Kinderpflege in Bristol bei uns vorbei. Sie saß, noch in ihrem förmlichen Kostüm und mit dem Aktenkoffer in der Hand, lächelnd auf dem Sofa, wo Lucy ihr Platz machte. Inmitten von Lucys vollständiger Puppenparade, die einer strengen Rangordnung folgte, sah Peggy selbst fast wie ein ausgestopftes Spielzeug aus. Ich konnte wie immer sehen, daß meine mutterlosen Kinder sie an unsere gemeinsame Zeit in Lunghua erinnerten.

»Wie hübsch, Lucy.« Peggy betrachtete strahlend die Puppen. »Ich sitze inmitten einer reizenden Familie.«

»Du gehörst nicht zur Familie«, warnte Lucy sie. »Aber du bist die älteste.«

»Und die klügste«, fügte ich hinzu.

Lucy rückte ein zerschlissenes Känguruh zurecht. »Mrs. Roo ist viel klüger – sie hat Daddy die Zukunft vorhergesagt.«

»Und wie sieht die aus, Lucy?«

»Er wird hundert Jahre leben.«

»Wie schön. Ich glaube, er wird ewig leben.«

»Nein«, sagte Lucy, deren Blick auf mich fixiert war. »Er wird nicht ewig leben. Aber fast ewig…«

Als Lucy gegangen war, betrachtete Peggy lächelnd das Kontingent mitgenommener, aber fröhlicher Puppen, als wären sie ein Modell meiner eigenen Familie.

»Lucy ist ein Schatz – das sind sie alle. Du erfüllst deine Aufgabe vorzüglich. Wie, um alles in der Welt, findest du nur Zeit zum Schreiben?«

»Sie gehen zur Schule.«

»Und wenn sie zu Hause sind? Dann herrscht doch ständiger Aufruhr.«

»Das gefällt mir.« Ich spürte, wie ich in eine vertraute Ecke gedrängt wurde. »Manche Schriftsteller hören Vivaldi. Ich höre gern meinen Kindern beim Spielen zu. Daran ist nichts Anormales.«

»Es scheint zu funktionieren. Du bist sehr mutig gewesen.«

»Peggy!« Gereizt nahm ich ihr das Weinglas aus der

Hand. »Um Gottes willen, auch Männer können ihre Kinder lieben.«

»Nicht die, die ich im Guy's sehe.«

»Man hat den Männern nie eine Chance gegeben. Glaub mir, jede gesellschaftliche Norm, die man sich ausdenken kann, ist gegen sie.«

»Das glaube ich – aber Normen sind schwer zu ändern.«

»Die Frauen wollen nicht, daß sie geändert werden. Man braucht nur eine Hand, um eine Wiege zu schaukeln, und sie wollen, daß das ihre Hand ist.«

»Die Frauen, die ich sehe, eilen förmlich im Laufschritt zu den Kinderzimmern.«

»Wirklich? Die meisten Frauen finden es falsch, daß ich mich selbst um die Kinder kümmere. Sie halten es für unnatürlich. Sogar du.«

»Es ist ungewöhnlich.«

»Sieh dir Männer am Strand an, wo ihnen gestattet ist, mit ihren Kindern zu spielen. Da wirst du alle Zärtlichkeit der Welt sehen, während die Frauen eifrig damit beschäftigt sind, ihre verdammte Wimperntusche aufzufrischen.«

»Ich werde mir vorstellen, daß du hier am Strand bist.« Peggy trank von ihrem Wein und studierte die Bilder an den Wänden, wilde Gemälde von brennenden Flugzeugen, die Atombomben abwerfen. »Wie geht es Henry?«

»Langsam besser. Er ist viel glücklicher. Wir lesen und spielen viel miteinander. Ich versuche, nicht zu oft auszugehen.«

»Du mußt manchmal ausgehen.«

»Ich war schon aus. Es scheint sich nicht allzuviel verändert zu haben. Hier ist jeder Tag ein neues Abenteuer.«

»Trotzdem kannst du nicht deine ganze Zeit damit verbringen, die Kinder zu bemuttern.«

Ich setzte mich auf das Sofa und nahm Peggys Hand. »Peggy, ich ›bemuttere‹ die Kinder nicht. Ich kann Miriams Stelle nicht einnehmen und will es auch gar nicht versuchen.«

»Du vermißt sie immer noch – das sehe ich.«

»Selbstverständlich... es gibt so vieles, was ich gerne für sie getan hätte. Ich war in vieler Hinsicht ein miserabler Ehemann.«

»Wenigstens hast du sie geliebt. Du solltest an sie denken, soviel du willst.«

»Das tue ich. Glaub mir, der Tod einer Ehefrau macht, daß alles sich um Sex dreht. Ich träume ständig unheimliches Zeug von ihr – gehe im Schlafzimmer in Rosas umher oder in der Stierkampfarena von Barcelona. Träume voll Blut und toten Stieren. Ich habe sie sogar in Lunghua gesehen, wo sie auf den Schienen zu diesem kleinen Bahnhof schlenderte. Sie hatte auf eine eigentümliche Weise etwas damit zu tun. Das ganze sinnlose Sterben, das alles bedeutet.«

»Glaubst du, du wirst wieder heiraten?«

»Nicht viele Frauen dürften einen Mann mit drei Kindern heiraten wollen. Wenn ich ein Paar im Auto sehe, beneide ich sie wirklich. Es ist fast, als trügen sie die Schuld.«

Peggy legte mir eine Hand auf den Arm. Ich betrachtete ihre geschickten Finger, die sich seit den Tagen in Lunghua nicht verändert hatten. Wenn ich mit Fieber in der Kinderbaracke lag, hatte sie mit ihrer vernünftigen Schulmädchenstimme zu mir gesprochen und versucht, die unheimlichen Visionen meines Deliriums wegzuerklären. Ich spürte den vorstehenden Knöchel ihres Handgelenks, der einen Schnitt abbekommen hatte, als ich in die Hütte gesprungen war und die Tür gegen ihre Hand geschlagen hatte.

Im Kinderzimmer zankten die Kinder über dem Monopolybrett; Alice hielt einen Examensvortrag darüber, wie wichtig es war, über Los zu gehen. Henry bestand darauf, daß er das Spielfeld gegen den Uhrzeigersinn umkreisen wollte. Peggy lächelte und hielt weiter meine Hand, aber als ich sie am Schenkel berühren wollte, stieß sie mich weg.

»Peggy...«

»Ich weiß. Tief in der Unterwäsche hat sich etwas geregt. Ich muß gehen.«

»Bleib über Nacht. Warum nicht?«

Sie nahm ihre Handtasche. »Ich werde im Guy's erwartet. Außerdem sind diese Träume nur für dich…«

Ich wartete, während sie sich von den Kindern verabschiedete. Hatte sie geahnt, daß ich impotent sein würde, und auf meine Gefühle Rücksicht nehmen wollen? Wir waren einander in Lunghua zu nahe gewesen, zu einer Kinderehe gezwungen, die zu viele Fehler und Grenzen offenbart hatte.

Sie hielt meine Hand durch das Fenster des Autos, einer der ersten japanischen Importwagen, eine faszinierende, merkwürdige Wahl. »Du bist in Ordnung – die Kinder haben sich prächtig um dich gekümmert. Ich habe mit Alice und Lucy gesprochen, sie werden darauf achten, daß du öfter ausgehst.«

Ich sah ihr nach, wie sie ruckartig davonfuhr. Sie hatte selbstverständlich recht: die Kinder zogen mich groß. Sie hatten die Vergangenheit viel schneller bewältigt als ihr Vater. Ich hatte Miriams Kleider aus dem Schrank entfernt, aber manchmal fiel mir auf, daß suchende kleine Finger den Saum eines Rocks aus den Koffern gezogen hatten, wo ich sie aufbewahrte. Als ich eines Nachmittags den Zaun reparierte, fiel mir auf, daß die Kinder unnatürlich still waren. Ich ging die Treppe hinauf und sah sie in meinem Schlafzimmer. Sie hatten Miriams Hochzeitskleid gefunden, das Alice, die auf Miriams hochhackigen Schuhen herumstakste, jetzt trug, während Lucy eine Brautjungfer spielte und die Schleppe hielt. Henry trug meinen alten Panamahut und ein Dinnerjacket. Sie platzten fast vor Wonne, stolzierten um das Bett herum, verbeugten sich und knicksten wie bei einer Hochzeitszeremonie. Dann legte sich Alice auf das Bett und machte die Augen zu, während Henry und Lucy die Bettdecke über sie breiteten und sie feierlich zur Ruhe betteten.

Ich beobachtete sie wortlos, ging die Treppe hinunter und wußte, daß sie sich erholt hatten. Eine Stunde später war das Kleid wieder sorgfältig im Koffer verstaut. Ein paar Konfettischnipsel, die aus den Säumen gefallen waren, lagen neben meinen Hausschuhen auf dem Bettvorleger.

Meine eigene Genesung ging langsamer vonstatten, weil sie von der wohlmeinenden Weigerung fast aller gehemmt wurde, über Miriams Tod zu sprechen. Eine verhaltene Verschwörung herrschte unter meinen Freunden und Verlagsbekanntschaften, die alle so taten, als hätten sie gar nicht bemerkt, daß Miriam durch ein Fenster in Raum und Zeit verschwunden war. Dieses Schweigen erinnerte mich an das grausame Spiel unserer Kindheit, wenn wir so getan hatten, als existierte jemand nicht mehr, ohne es dem Betreffenden zu sagen – das unglückliche Opfer wurde übersehen, nicht beachtet, von allen Spielen ausgeschlossen. Ich beneidete die Chinesen um ihre ausschweifenden Trauerrituale, das öffentliche Wehklagen des Verwitweten, auf das die Europäer verächtlich herabsahen. Als ich die Staatstrauer eines betroffenen Amerika nach der Ermordung von Präsident Kennedy sah, beneidete ich seine trauernde Witwe fast. Jeder Augenblick ihrer Trauer wurde im Fernsehen endlos wiederholt und in seine Einzelteile zerlegt. Der Tod ihres Mannes wie die Ermordung seines Attentäters wurde in Zeitlupe wiederholt, Bild für Bild. Sie trug ihre blutbefleckte Bluse wie einen Wutschrei über die Welt, die sie zur Witwe gemacht hatte.

Eines Abends, nach neunmonatigem ununterbrochenem Zölibat, wurde ich von einem Londoner Verleger, der damals in New York lebte, auf eine Tour durch die Striplokale von Soho mitgenommen. Er war eines der schlimmsten Beispiele für einen manhattanisierten Engländer, schlang seine Seezunge und den Chablis hinunter und schleifte mich dann von einem Hinterhofklub zum nächsten. Anfangs versuchte ich, mich davonzuschleichen, aber dann wurde ich neugierig auf meine eigenen Reaktionen. Die jungen Stripperinnen zogen mechanisch ihre Vorstellung auf winzigen Bühnen ab und zeigten den blassen Männern, die sich auf den schmalen Stühlen drängten, ihr übertriebenes Lächeln. Sie liebkosten ihre Pobacken und Brüste, masturbierten, wenn sie ihre Vaginas für ein paar rituelle Sekunden entblößten, und ahmten so die Lust des Publikums mit einer Routine nach, die so formalisiert war wie die Vorführung der Schwimmwesten durch Stewardessen kurz vor dem Start eines Flugzeugs. Ich wartete darauf, daß sie mich erregen würden, aber die Stripperinnen schienen ihre sexuellen Möglichkeiten mit der Inbrunst von Anatomievorführern zur Schau zu stellen, die ihren Studenten im Präparationssaal das Uro-Genital-System erklärten.

»Wie lange ist es her, seit Sie eine Frau gehabt haben, Jim?« fragte der Verleger.

»Lange.«

»Dann kommen Sie mit. Amüsieren Sie sich.«

Er verriet mir, daß diese Tour durch die Klubs von Soho uns lediglich Appetit machen sollte, bevor wir ein exklusives Bordell in Westminster besuchten, das ihm ein britischer Krimineller empfohlen hatte, dessen Memoiren er verlegte. Aber ich wußte, daß er zu betrunken war, um noch etwas anderes zu tun, als in sein Hotel zurückzukehren. Als ich ihn beobachtete, wie er einen Teenager mit Kobraaugen betrachtete, die sich mit dem Zeigefinger den Anus rieb, vermutete ich, daß ihn diese Stilisierung von Sex mehr ansprach als der Akt selbst. Die Schreckensgalerie war erregender als der Schrecken.

Als ich mich an der Tür seines Taxis von ihm verabschiedete, legte er mir eine schwere Hand auf die Schulter und suchte nach einer Einsicht in meinen traurigen Zustand.

»Jim, vielleicht mögen Sie einfach keine Mädchen mehr…«

Ich entfernte mich, hinter mir die Leuchtreklame eines Kinos, die den ersten der *Mondo-Cane*-Filme anpries, getürkte Dokumentarfilme, die geschickt Bilder inszenierter Grausamkeiten mit echten Dokumentaraufnahmen menschlicher Abnormitäten verbanden. Unter der Leuchtschrift war ein Reklameständer, der eine Extraausgabe zur Ermordung Präsident Kennedys mit einer grobkörnigen Vergrößerung der Zapruder-Aufnahme von den letzten Sekunden des tödlich getroffenen Präsidenten anpries. In der Nähe des Piccadilly Circus forderte die CND, die Antiatomwaffenbewegung, mit einem Spruchband Unterstützung für eine Abrüstungsdemonstration, die am Trafalgar Square stattfinden sollte. Eine wohlgenährte junge Frau drückte mir ein Flugblatt in die Hand, welches das Foto eines simulierten Atomangriffs zeigte, auf dem Hunderte Freiwillige sich gemeinsam in einer ruhigen Nebenstraße hingelegt hatten.

Phantasien von einem apokalyptischen Tod schürten die Einbildungskraft dieser zufriedenen Vorstadtbewohner. Ich mußte an eine andere Atombombe denken, von der viele der Gefangenen in Lunghua behauptet hatten, sie über Nagasaki gesehen zu haben, die Bombe, die uns das Leben gerettet hatte.

Das grelle Licht der Musikarkaden, wo jugendliche Herumtreiber sich zu den Klängen von Trini López schüttelten, machte mich fast glauben, daß ein Dritter Weltkrieg Miriam hätte retten und der Krieg danach sie aus dem Grabe wiederauferstehen lassen können. Eine geheime Logik, die ich noch erforschen mußte, schien ihren Tod mit den Toten in der Avenue Edward VII zu verbinden, als könnten die unbewußten Bedürfnisse der menschlichen Spezies nur in einer auslöschenden sexuellen Apokalypse erfüllt werden, die in einer unendlichen Abfolge von Zeitlupenaufnahmen wiederholt wurde. Bruchstücke von Traumfetzen schwebten über dem harten Neonlicht durch die Nachtluft.

Das grelle Leuchten stand mir immer noch vor Augen, als ich die Kinder am nächsten Morgen zum Schultor begleitete. Als ich zum Auto zurückkehrte, unterhielt ich mich mit der Mutter von zwei Jungs aus Lucys Klasse. Wir sprachen über die Kostüme für die Weihnachtsfeier der Kinder, die sie mit entwerfen half. Sie brannte darauf, mir die Schnittmuster zu zeigen, und lud mich zum Kaffee in ihr Haus in der Nähe ein.

Als wir an ihrem Küchentisch saßen, erklärte sie mir, daß sie und ihr Mann sich getrennt hätten, er aber immer noch die Wäsche nach Hause brachte. Etwas an diesem Eingeständnis schien sie zu amüsieren. Ohne großes Zureden fügte sie hinzu, daß sie in der Küche miteinander schliefen, bis die Waschmaschine fertig war.

»Häusliche Routine übersteht alles«, bemerkte ich. »Das gefällt mir. Es ist irgendwie rührend.«

»Ist es nicht...« Sie kam zur Sache und öffnete die Waschmaschine. »Übrigens, haben Sie nichts, das gewaschen werden müßte?«

»Nein... außer diesem Taschentuch.«

»Sieht ein bißchen schmutzig aus. Her damit, ich wasche es Ihnen.«

Während die Maschine sich drehte und der weiße Wimpel meines Taschentuchs uns aus seiner ertrunkenen Welt zuwinkte, setzte ich sie auf den Küchentisch, der kaum größer als die Bühnen der Striplokale war. Unter ihrem kurzen Lederrock drückten sich ihre Knie fest an meine Hüften. Ihre Hände lagen auf meiner Brust, als würde sie für ein neues Leben an mir Maß nehmen, in das ich gleich aufbrechen würde. Ich war ihr dankbar für die ungezwungenen Bemerkungen über Miriam, die sie gut gekannt hatte, und dafür, daß sie so meisterlich die Führung übernommen hatte. Ihr war klargeworden, daß lediglich eine frivole Annäherung, die ebenso bar jeglicher wahrer Gefühle war wie die Klubs und Leuchtreklamen von Soho, mich erreichen würde.

Ihre Finger öffneten meinen Reißverschluß, worauf ich sagte: »Ich hoffe, es tut sich was... es ist lange her.«

»Drei Wochen? Oder drei Monate?«

»Neun Monate.«

»Soviel Zeit wie für ein Baby. Mal sehen, was sich da machen läßt.«

Sie knöpfte mein Hemd auf und drückte ihre Hände auf mein Zwerchfell. »Mein Gott, bist du verkrampft... tief durchatmen jetzt.« Sie lachte fröhlich über sich selbst. »Wenigstens haben wir uns schon früher kennengelernt. Heutzutage kommt erst der Sex und dann die Werbung.«

»Ich werbe um dich.«

»Gut. Es scheint sich etwas zu tun. Weißt du noch, was als nächstes zu tun ist?«

In dieser Nacht träumte ich zum letzten Mal von Miriam. Ich ging auf dem Weg zu den Geschäften die Shepperton High Street entlang, als ich sie bei der Ampel an der Ecke sah. Sie war so jung und schön, wie ich sie immer in Erinnerung behalten würde, und mich erfüllte große Liebe zu ihr und Erleichterung, weil wir uns wiedersehen würden. Ich war froh, daß die Alpträume der vergangenen Monate vorüber waren und wir mit den Kindern in unserem kleinen Haus vereint sein würden. Ich rief nach ihr, während sie selbstbewußt über die Straße ging und ihr Rock um die Knie schwang. Sie drehte sich um, erkannte mich mit einem fröhlichen Lächeln und ging weiter. Ich rief noch einmal nach ihr, aber sie ging an den Geschäften vorbei, und ich sah sie zwischen Autos und Fußgängern verschwinden.

Als ich aus dem Traum erwachte, lauschte ich nach meinen Kindern, die in ihren Zimmern schliefen. Ich lag in der Dunkelheit und wußte, daß Miriam mich freigegeben hatte.

Verrückte Menschen

»Wir nehmen die Kobolde mit uns! Du kannst sie nicht hier zurücklassen!«

Mit einem lauten Schwung riß Sally Mumford Lucy in die Luft und drückte die aufgeregte Fünfjährige an ihre Schulter, während sie Alice und Henry um die Falten ihres bodenlangen Kleids versammelte.

»Sally...« Ich versuchte resigniert zu protestieren. »Sie sind zu jung für ein Popkonzert. Und ich bin zu alt.«

»Unsinn! Wir gehen zusammen. Wir hören gar nicht auf ihn, oder?«

»Nein!« riefen sie.

»Genau! Mäntel und Schals und Ohrenstöpsel für Daddy. Ich mach uns ein Picknick, wenn ich etwas in diesem schimmligen Kühlschrank finden kann...«

Sally hatte das Kommando übernommen. Ich betrachtete sie wie immer voll unumwundener Bewunderung, als sie ihren Rock um die Schenkel raffte und ihre langen weißen Beine entblößte. Stirnrunzelnd kauerte sie vor dem offenen Kühlschrank nieder. Salami, Brie und zwei Flaschen weißer Burgunder kamen zum Vorschein.

»Gut. Das ist für uns. Aber was füttern wir den kleinen Ungeheuern?«

»Bohnen auf Toast und so was.«

»Zuviel Aufwand. Sie können Salami haben.«

»Sie hassen Salami.«

»Sie werden sie nicht hassen. Mit einem Glas Wein hinuntergespült? Schließlich ist es ihr erstes Popkonzert.«

»Und meins.«

»Gut. Ich werde dich öfter hier rausholen.« Sally nahm

eine hastige Inventur des Kühlschranks vor. Sie deutete mit einem käsebeschmierten Zeigefinger auf mich und hatte Mayonnaiseflecken auf ihrem grell geschminkten Mund. »Jim, du verbringst zuviel Zeit in Shepperton. Das ist, als würde man meilenweit von überall entfernt auf einem kleinen Planeten leben. Ich bringe dich auf die Erde zurück.«

Ich sah ihr gerne zu, ob sie nun von Amphetaminen oder schlichter amerikanischer Verve aufgepeitscht war. Sie und Peter Lykiard hatten es so eingerichtet, daß sie bei mir vorbeikamen, aber Lykiard war allein zum Open-air-Konzert an der Südküste bei Brighton aufgebrochen. Das Arts Laboratory, wo Lykiard inzwischen zum Ausstellungsdirektor avanciert war, veranstaltete in den Pausen verschiedene Dichterlesungen, und Sally hatte mich wider mein besseres Wissen überredet, daran teilzunehmen. Es war mir unmöglich, ihrem überschäumenden Enthusiasmus und ihrer Fröhlichkeit zu widerstehen.

»Es wird dir gefallen – Burroughs ist da.«

»Der große Mann. Aber was soll ich lesen?«

»Irgendwas. Einer deiner sadomasochistischen Ausbrüche müßte genügen. Das Publikum ist ziemlich konventionell.«

»Wie ich auch, Sally.«

Aber nichts konnte sie aufhalten. Als wir Shepperton hinter uns ließen und Richtung Südosten fuhren, verspürte ich mein bekanntes Unbehagen darüber, die Stadt an der Themse zu verlassen. Sally hatte recht – in dem Jahr seit Miriams Tod waren die vertrauten Gärten und marschigen Wiesen meine Rettung gewesen, aber das hatte seinen Preis gehabt. Ich fuhr häufiger nach London, aber die ruhigen Straßen mit ihren Backsteinvillen, und allen voran die Filmstudios, bildeten das beruhigende Zentrum meines Denkens. In den ruhigen Fernsehvorstädten herrschte ein Licht, wie es Stanley Spencer in Cookham nicht friedlicher gesehen haben konnte.

Gleichzeitig war ich Leuten dankbar, die mich von dort wegholten. Lykiard und Sally hatten sechs Wochen zuvor unerwartet vor der Tür gestanden. Sie brachten Geschenke und fröhliche Willkommensgrüße für die Kinder mit, die sie fast vergessen gehabt hatten, und eine Flasche japanischen Whiskey für mich, den Sally, kaum war sie durch die Tür, auch schon öffnete. Lykiard wollte, daß ich den Katalogtext für eine Ausstellung mit Bildern von der Ermordung Kennedys schreiben sollte, aber das war kaum mehr als der Vorwand für ihren Besuch.

Ich war froh, sie zu sehen, obwohl ihre Hütte am Strand der Schauplatz von Miriams tödlichem Unfall gewesen war. Als ich Sally zusah, wie sie mit den Kindern herumtobte, wurde mir klar, was für einen außerordentlichen, bleibenden Eindruck sie bei mir hinterlassen hatte. Sie blies beiläufig aromatischen Rauch ins Kinderzimmer, den die Kinder mit wie Schmetterlinge bebenden Nasenflügeln schnupperten. Sie verblüffte sie mit erstaunlichen Wortspielen, erfand ausgeklügelte Familiengeschichten für die Sippe der Plastiktrolle, die ihre neueste Errungenschaft waren, und unterhielt sie mit Medienklatsch aus der Fernsehbranche, wo sie mittlerweile als Nachrichtenreporterin arbeitete. Jeder in ihrer Reichweite bekam ihre exzentrischen Kommentare zum Vietnamkrieg, zur Carnaby-Street-Mode und zu den jüngsten Ungeheuerlichkeiten von Präsident Johnson und der britischen Polizei zu hören. Sie sprudelte über vor Anekdoten über Dalí, in dessen Gefolgschaft in Port Lligat sie Aufnahme gefunden hatte, und dessen voyeuristisches Vergnügen, jungen Paaren beim Sex zuzusehen – ohne deutlich zu machen, ob sie selbst das mißbilligte.

Erst als die Wirkung der letzten Amphetamintablette nachließ, wurde sie kratzbürstig und schweigsam und rieb sich die Kälte aus den Augen, bis sie ihre Handtasche und ein Glas Wasser nehmen und nach oben ins Bad gehen konnte. Aber ich freute mich stets darauf, sie zu sehen. Sie erregte mich wie sonst nur Miriam früher, und ich beneidete Lykiard, der ihre zügellose Phantasie so fest im Griff hatte.

Die sechziger Jahre waren wie maßgeschneidert für die beiden. In seinem Büro im Arts Laboratory zeichnete der pfeifenrauchende Lykiard auf seinen Wandkarten den jüngsten psychedelischen Ausbruch, neueste Drogenvorfälle und Ausstellungen von Konzeptkunst ein, wie ein geduldiger Meteorologe, der einen Sommer voll unerwarteter Zyklone registriert. Ausstellungen von Vietnam-Greueln und Plakate, die einen sich selbst verstümmelnden Kabarettisten oder eine Artaud-Retrospektive ankündigten, zogen unter seinen toleranten Blicken vorbei, als hätte er sämtliche Gefühlsregungen abgestreift oder, was denkbar schien, diesen seltsamen Zustand noch nie selbst erlebt. Für ihn wäre das Ende der Welt, das nukleare Harmageddon, gegen das jedes Wochenende Protestmärsche stattfanden, lediglich das endgültige Happening gewesen, der publikumsstürmende letzte Akt des Theaters der Grausamkeit.

Sally zumindest besaß ihre Gefühle noch, auch wenn sie in die falschen Schubfächer ihres Denkens abgelegt waren. Sie erblühte in der unbeständigen Atmosphäre der sechziger Jahre, die psychische Deformierung zum Wertmaßstab erhoben. Die Bürgerkriege in Algerien, Vietnam und dem Kongo, welche ihr Nachrichtensendungen nahebrachten, die sie selbst zusammenstellte, wurden für sie zu einer nie endenden Gruppenkatharsis, einem psychologischen Lebenserhaltungssystem, an das sie sich zwischen ihren Amphetaminaufputschphasen anschließen konnte. Der Versuch, das alles zu verarbeiten, hatte sie nach Shepperton geführt. In Sallys Denken war ein beinahe süchtiger Scotchtrinker mit einer Leber wie ein Stier und drei Kindern fast ein Modell christlicher Rechtschaffenheit. Einmal hatte sie mir ihre flache Blechdose mit Amphetamintabletten angeboten, aber gleich wieder zurückgezogen, als hätte sie mich mit den Früchten des zweiten verbotenen Baums in Versuchung geführt.

Wie konnte ich sie von Lykiard fortmanövrieren? Ihr geräumiges, heruntergekommenes Apartment in einem teuren Wohnblock in Bayswater war ein Museum unerfüllter Bedürfnisse. Verstaubte Fotografien ihrer Mutter, die steif im Garten einer privaten Nervenheilanstalt in Boston saß, hingen in friedlicher Eintracht neben Standfotos von Soldaten in Kampfstiefeln auf einem Exerzierplatz aus dem Film *Triumph of the Will.*

»Tolle Männer... einfach so *glamorous*«, bemerkte Sally sehnsüchtig und stellte ihre eiskalten Helden neben einen Zeitschriftenartikel über die Wachtposten israelischer Kibbuzim, ihre andere sexuelle Phantasie. Sie besuchte Ouspenski-Seminare, hatte Kurse im Fallschirmspringen am Elstree Flying Club belegt, verabscheute ihren Vater, einen Warenhausmagnaten, hielt aber dennoch seine Briefe, die er schrieb, als sie noch zur Schule ging, in höchsten Ehren und trug sein altes seidenes Smokingjackett als Morgenmantel, damit sie dessen uralte Gerüche von Tabak und Schweiß wie heilenden Balsam einatmen konnte. Ich fragte sie naiv, ob sie Inzest begangen hatten. »Ich wünschte, wir hätten es«, überlegte sie nostalgisch. »Herrgott, ich wollte, daß er es macht – ich weiß, was Kindheit ohne Liebe wirklich heißt...«

Den ganzen Weg nach Brighton spielte sie glücklich mit den Kindern auf dem Rücksitz. Versuchte sie, fragte ich mich hoffnungsvoll, sich zu einer meiner Töchter zu machen? Da ich zehn Jahre Zeit gehabt hatte, mich an Miriams pragmatische Vernunft zu gewöhnen, fiel es mir schwer, dem Zickzackkurs von Sallys Gedanken zu folgen. Die Hell's Angels, die den Eingang zum Konzertgelände überwachten, trugen ihre geliebten schwarzen Lederjacken und Totenkopfabzeichen, aber sie würdigte sie kaum eines Blickes.

Wir parkten hinter einem Turm aus Stahlverstrebungen,

der so hoch war, daß man eine Rakete von dort hätte ins All schießen können, und schritten zwischen Bussen und Speditionslastwagen zum Vorführzelt. Lykiard hielt Hof mit seinen Groupies vom Arts Laboratory – lebhafte junge Frauen, allesamt Konzeptkünstlerinnen, mit den einschüchternden Blicken von Gangsterbräuten. Jeder über dreißig war ein Feind, und da ich überdies drei Kinder hatte, wurde ich sofort zum Abschuß freigegeben. Sallys Anwesenheit gewährte mir eine vorübergehende Aufenthaltserlaubnis, welche freilich, wie man mir zu verstehen gab, bei der leisesten Äußerung bürgerlicher Wünsche, wie ein Eis für die Kinder oder eine hygienische Toilette, entzogen werden konnte. Lykiard sagte ihnen, daß ich einen Text lesen würde, der die perverse Sexualität von Präsident Kennedys Witwe würdigte, was ein kurzes Aufflackern von Interesse hinter ihren dunklen Sonnenbrillen auslöste, das allerdings gleich wieder steinerner Feindseligkeit wich. Klassenvorbehalte und elitäres Denken blühte und gedieh zwischen Rockmusikverstärkern und Warholiana.

Zwischen den plötzlichen Ausbrüchen von Rockmusik, als die Techniker die Tonanlage verkabelten, tuschelten die Kinder mit Sally.

»Ich auch«, stimmte Sally zu. Sie vertraute Lykiard den Picknickkorb an und erspähte ein Schild hinter der Bühne, auf dem »Toilette« geschrieben stand. Ein Pfeil zeigte auf ein Birkenwäldchen. Leute schlenderten unbeteiligt zwischen den Bäumen herum, von deren Stämmen Urin dampfte, wie Figuren eines Bildes von Magritte. Burroughs, der in seinem strengen Anzug so förmlich wie ein Bestattungsunternehmer wirkte, ließ sich kurz sehen.

Ich sah Alice und Lucy nach, wie sie Sally, die ihren langen Rock hochgerafft hatte, zimperlich durch das feuchte Gras folgten. Henry pinkelte fröhlich an jeden Baum und einmal sogar versehentlich auf den Stiefel eines Hell's Angels, der so high war, daß er es nicht einmal bemerkte. Die Gegenkultur war bereits eine Offenbarung für sie, die sie sich in ihren kühnsten Träumen nicht hatten vorstellen können.

Lykiard zeigte mir seinen Zeitplan und die Holzplanken, die zur oberen der beiden Bühnen führten. Unbehaglich betrachtete ich den Turm aus Stahlverstrebungen.

»Ist dieses Ding auch stabil? Wenn die Nieten nicht halten, werden wir alle in den Orbit katapultiert.«

»Ich glaube, das ist die Idee. Könnte unsere letzte Chance sein. Sehen wir es ein, das Amerika in mittleren Jahren hat das Apollo-Programm in seine Gewalt gebracht. Männer, die älter als dein Bankmanager sind, werden auf dem Mond landen.«

»Aber geht es rauf oder runter?« Ich versuchte, meine Nerven zu beruhigen, und kaufte einen Whiskey an der Bar, mußte aber feststellen, daß der Pappbecher lediglich einen braunen Fleck enthielt.

»Der ist nicht schmutzig«, erklärte Lykiard. »Das ist deine Whiskeymenge. Rauch Haschisch, aber kauf keines hier. Du wirst kapitalistische Ausbeutung in ihren schamlosesten Auswüchsen kennenlernen.« Er deutete auf die Sitze der Prominentenloge unterhalb der Bühne. »Welchen Anschein es auch erwecken mag, die alten Gesellschaftsschichten bleiben intakt. Die besten Sitze sind für die Poparistokratie reserviert – Promoter, Bosse der Plattenfirmen, Fernsehleute und die Musikpresse. Dahinter haben wir die Mittelschicht des Popgeschäfts, die wohlerzogenen Mädchen aus den Vororten, die eigens für den großen Tag angereist sind. Und am Boden, wie immer, das Proletariat der Drogenkultur…«

Als wir durch die Ausläufer der Menge schlenderten, kamen wir zu einem breiten Graben, der die Grenze eines von einem hiesigen Farmer gemieteten Feldes kennzeichnete. Gruppen gammeliger junger Männer und ein paar blasse Mädchen campierten in diesem Graben. Die meisten hatten die Nacht dort verbracht und in behelfsmäßigen Zelten aus Segeltuch zwischen den Baumwurzeln geschlafen. Sie rauchten ihre Joints und kochten auf kleinen Feuern, von denen süßlicher Kieferngeruch aufstieg. Sie erinnerten mich an die chinesischen Bauern, die ich gesehen hatte, wie sie sich in den Bewässerungsgräben des vom Krieg heimgesuchten Schanghai verzweifelt an das Leben geklammert hatten. Einer bot mir eine Schüssel Haferbrei an. Ich hockte mich unter die Segeltuchplane, aß den gewürzten Getreidebrei und teilte den Plastikbecher Wein, den ich aus dem Picknickkorb mitgebracht hatte.

Später, als ich mich von meiner Lesung erholte, lag ich neben Sally und den Kindern auf den grasbewachsenen Hügeln hinter der Konzertbühne. Das ganze Terrain mit seinen Bäumen und Wiesen glich einem harmlosen und fröhlichen Post-Waterloo. Leute lagen im hohen Gras, einzeln oder zu zweit, und sahen aus, als wären sie auf dem Schlachtfeld gefallen, während die Überlebenden vor der Bühne saßen und vielfach scharlachrote Uniformen, Goldkordeln und Schulterklappen der klassischen englischen Regimenter trugen. Ich beneidete sie um ihre Meisterschaft in der Kunst der Illusion. Ich hatte meine Jugend damit vergeudet, Leichen zu sezieren und eine Pilotenausbildung zu absolvieren, damit ich mich an den Gegebenheiten der nachatomaren Welt messen konnte. Aber die sechziger Jahre hatten der Wirklichkeit ein neues Gesicht verliehen. Die Medienlandschaft hatte den ganzen Planeten in einen Technikolorkokon eingesponnen und dann die Wirklichkeit selbst neu definiert.

Der warme Wein machte mich schläfrig, und ich mußte daran denken, wie ich auf der schwankenden Plattform über der Menge gestanden und in die unzuverlässigen Mikrofone gesprochen hatte. Gigantische Bruchstücke verstärkter Prosa waren durch die Luft davongepoltert wie Trümmer eines Gletschers. Niemand hatte ein Wort verstanden. Meine Träume von Mrs. Kennedys Sexualität waren über die friedlichen Wiesen gehallt und hatten ein Dutzend Felder weiter grasende Kühe aufgeschreckt.

»Es war ein surrealistischer Witz – auf meine Kosten«, sagte ich zu Sally und schloß die Augen angesichts der Demütigung. »Keiner, den Duchamp oder Tsara gutheißen würden...«

»Du warst großartig. Oder etwa nicht, Kobolde?«

»Ja!« Ihre Augen gewahrten eine neue Welt, die bei weitem aufregender war als alles, was Shepperton je bieten konnte.

»Sally, die ganze Sache war absurd.«

»Na und? Nichts ist mehr wichtig. Jackie Kennedy, Vietnam, der Flug zum Mond – das sind nur Werbespots im Fernsehen.«

»Und was verkaufen sie?«

»Was man braucht – Schmerz, Spaß, Liebe, Haß. Man kann allem jede beliebige Bedeutung beimessen. Nur die Kobolde sind wichtig.«

Sie schien sich in meiner Gegenwart rastlos zu fühlen und rauchte einen Joint nach dem anderen, bis ihre Augen blutunterlaufen waren. Sie stolzierte mit einer Weinflasche in der Hand den ganzen Nachmittag herum, und schließlich waren ihr Hals und ihre Brüste von der Sonne gerötet, während ihr blondes Haar einer weißen Peitsche glich, die sie von einer Schulter zur anderen warf. Das Festival, das lediglich sich selbst feierte, langweilte sie bereits. Sie schlenderte von uns fort, und eine Stunde später fand ich sie auf einer ruhigen Wiese hinter dem Parkplatz. Sie lief mit einer Pferdefamilie herum, einem schwarzen Hengst und zwei Fohlen, die sie auf der Wiese herumjagte und mit den Händen fröhlich nach ihren Lenden schlug, während die Erinnerung an ihre Kindheit in ihren Augen leuchtete.

Sie verlangte, daß wir zum Strand von Brighton gehen sollten, und dort fand ich heraus, was sie aus der Fassung brachte. Als wir im Vorführzelt nach Lucy suchten, sahen wir Lykiard und eine seiner Konzeptkünstlerinnen auf einer Pritsche hinter der Bar liegen. Sie schenkten Sally keine Beachtung, umarmten einander und schienen sich beide hinter ein und derselben Sonnenbrille zu verstecken. Sally sah sie an und wurde blaß. Sie nahm Lucys Hand, schritt an der Bar entlang und warf die Pappbecher mit ihren braunen Flecken zu Boden.

Glücklicherweise besserte sich ihre Laune, sobald wir das Festival hinter uns gelassen und den Strand erreicht hatten. Die steigende Flut und der kräftige schwarze Wellengang zauberten einen ironischen Glanz in ihre Augen. Wir parkten auf der Standspur über dem Strand und sahen zu, wie die Wellen an den hölzernen Wellenbrechern zerschellten.

»Prima!« Sally machte die Tür auf. »Ich gehe schwimmen.«

»Sally… die Wellen sind zu hoch.«

»Ich werde ihnen sagen, daß sie sich benehmen sollen… das Meer ist nur ein großes Hundebaby.«

Ich folgte ihr über den Kiesstrand, wo sie die Schuhe fortkickte und dann zum Wasser ging. Gischt schäumte um ihre Füße und schien entzückt, diese wunderschöne, aber derangierte Frau begrüßen zu dürfen. Ich rechnete damit, daß sie sich ausziehen würde, aber sie watete einfach ins Wasser und tastete sich mit den bloßen Füßen zwischen den Steinen voran. Ihre Beine versanken vollends in den Wellen, der durchnäßte Stoff des Kleides klebte an ihren Knien.

»Sally!« Henry war aus dem Auto ausgestiegen, seinen Modellflieger hielt er vergessen in der Hand. Die Mädchen drückten ihre kleinen Gesichter ans Autofenster.

Sally watete weiter hinaus, als eine größere Welle sich auf den Wellenbrecher stürzte. Die aufgewühlte schwarze Gallerte schwappte um sie herum, griff nach ihrer Taille, während die Strömung an ihren Füßen zog. Sie war bis zu den Achselhöhlen in der Gischt, das Gewicht des vollgesogenen Stoffes hielt ihre Füße gefangen. Von der nächsten Welle ließ sie sich ans Ufer tragen, wo sie unsicher in der tosenden Brandung stand und mir mit einem um Nachsicht bittenden Grinsen zuwinkte. Der Sog des Wassers nahm ihr den Halt, zog sie hinunter und riß sie ins klaffende Maul einer gewaltigen Woge.

Warnend rief ich Henry zu, beim Auto zu bleiben, und lief ins Wasser. Eine Welle, die gegen meine Schenkel schlug, überraschte mich. Ich watete hinaus, sprang brusthoch durch die nächste Welle und schwamm auf Sally zu, die hilflos auf dem Wasser trieb. Ich ergriff ihre Schultern, drückte sie an die Brust, stand auf und zog sie ans Ufer.

Sie saß erschöpft auf dem Kiesstrand, klapperte mit den Zähnen, während die Gischt enttäuscht um ihre Füße zischte, als legte das Meer Eier, in der Hoffnung, Sally würde sie befruchten. Die Träger ihres Kleids waren gerissen, das Oberteil hing ihr um die Taille und entblößte die eiskalte Haut ihres Oberkörpers, an dem Fetzen von Seetang klebten. Ihr Augenmake-up lief ihr in blauen Striemen an den Wangen hinab. Nase und Kinn wirkten kleiner, als hätten Angst und Kälte sie geschrumpft, und sie betrachtete die Wellen, die am Saum ihres Kleides zupften, wie ein Kind, das sich ans Ertrinken im Meer erinnert.

Passanten beobachteten uns von der Promenade. Ich bedeckte Sally mit meinem Jackett und half ihr zurück zum Auto und den stummen, fassungslosen Kindern. Sally ließ sich dankbar auf den Beifahrersitz sinken.

»Nun«, sagte sie zu den Kindern und wischte sich den Tang weg. »Wie viele Bahnen bin ich geschwommen?«

Später am Abend, als die Kinder schliefen, saß Sally auf dem Sofa zwischen den Plüschtieren und fand ihre gute Laune wieder. Während der stummen Fahrt hatte sie zusammengesunken in meinem Jackett an der Beifahrertür gelehnt und den Blick starr auf das durchnäßte Kleid zwischen ihren Füßen gerichtet. Zu dem Zeitpunkt fragte ich mich, ob es ein halbherziger Selbstmordversuch gewesen war, ausgelöst durch Lykiard auf dem Feldbett, oder möglicherweise ein Bravourstück an Exhibitionismus, mit dem sie sich wieder in den Mittelpunkt rücken wollte. Aber als ich Lykiard erwähnte, reagierte sie kaum. Daß sie fast ertrunken wäre, war nichts weiter als ein impulsiver Sprung in den Kanal gewesen.

Sie trug meinen Morgenmantel und atmete den Duft ein, der von einem Schwenker voll heißem Whiskey aufstieg. Als ich mich inmitten der Plüschtiere neben sie setzte, legte sie den Kopf an meine Schulter.

»Schlafen die Kobolde? Ich wollte ihnen keine Angst machen.«

»Denen geht es bestens. Sie denken, daß du schwimmen gegangen bist.«

»Bin ich auch! Bis zum Ende. Als du mich geholt hast, habe ich mich gefragt, wie es sein würde.«

»Zu ertrinken?«

»Die letzten Augenblicke vor dem Ende... ich hatte das seltsame Gefühl, als würden sie ewig währen.« Sie rückte von mir ab und betrachtete starr ein Plüschtier. »So möchte ich mein ganzes Leben leben.«

»Sally, das tust du doch...«

Sie öffnete meine Hand und studierte die Linien gründlich, dann schob sie sie unter den Aufschlag des Morgenmantels und legte sie auf ihre Brust. Trotz eines heißen Bads roch ihre Haut immer noch stark nach Tang. Eine ungeliebte und unschuldige Miranda war ans Ufer der Insel Shepperton gespült worden. Als ich ihre Brüste liebkoste, lächelte sie mir verschwörerisch zu, als wären wir zwei lüsterne Kinder in einem Baumhaus.

»Meine Brustwarzen sind nicht besonders empfindlich – wahrscheinlich weniger als deine.«

Sie beobachtete mich, während ich sie auszog, und schien neugierig, wie ich ihren Körper erforschen würde, wozu sie mich mit einem bereitwilligen Lächeln aufforderte. Als ich ihre Klitoris streichelte, legte sie sich mit gespreizten Beinen zurück und verbarg das Gesicht zwischen weichen Plüschtieren. Sie nahm meine Finger, führte sie zu ihrem Anus und massierte rhythmisch das Rektum wie ein Akkordeon.

»Halt dich nicht mit meiner Fotze auf. Fick mich in den Arsch.«

Sie kniete sich auf den Teppich und drückte Brust und Schultern auf die Kissen. Nachdem sie auf die Finger gespuckt hatte, rieb sie den Speichel mit einer Hand in ihren Anus, während sie mit der anderen meinen Penis streichelte. Ich zögerte, als ich in sie eindrang, weil ich Angst hatte, ich könnte ihren vernarbten After zerreißen, aber sie führte meinen Penis ein und fügte unter Schmerzensstöhnen mehr Spucke hinzu. Als ich gänzlich in sie eingedrungen war, entspannte sie sich endlich, und ihr Rektum war so weich wie die Vagina einer schwangeren Frau. Sie vergrub das Gesicht zwischen den Teddybären, kreuzte ihre Fäuste auf dem Rücken und forderte mich auf, sie zwischen ihre Schulterblätter zu drücken. Ich bewegte mich vorsichtig, versuchte ihr prolabierendes Rektum zu kontrollieren, drückte ihr behutsam die Arme hoch, wie sie es wollte, und zog ihr ein paar Haarsträhnen aus dem Mund, während sie mir wie ein begieriges, verzweifeltes Kind zurief: »Fick mich in den Arsch, Daddy! Schlag mich! Kobold möchte in den Arsch gefickt werden!«

Von diesem Augenblick an wurde Sally Mumford meine Führerin in eine neue Welt. Anfangs schien sie darauf aus zu sein, uns in Shepperton ein neues Leben zu schaffen, die Frau und Mutter zu sein, die wir unter den spanischen Zypressen zurückgelassen hatten. Sally, die teils große Schwester und teils wohlgesonnene Hexe war, in den Augen meiner Kinder ein Quell unerschöpflicher Wunder, brachte ihre geballte Fröhlichkeit und ihr unberechenbares Flair in unsere vorstädtische Zuflucht. Ich versuchte, sie zu beruhigen und ihr Halt zu geben, während sie ihre Kindheit noch einmal wie eine aufregende Achterbahnfahrt durchlebte. Obwohl ich die Rolle ihres Vaters spielte, fühlte ich mich seltsam von ihr abhängig und hoffte, daß ich ihr die glückliche Kindheit geben konnte, die sie half meinen eigenen Kindern zu geben.

Gleichzeitig wußte ich, daß ich viel von ihr lernen konnte. Sally war ein wahres Kind der sechziger Jahre und meine Führerin in eine geheime Logik, deren Entfaltung ich miterlebte. Nach den häuslichen Jahren in meinem havarierten Vorort an der Themse war ich mitten in ein Jahrzehnt getreten, das ohne mich angefangen hatte. Ich war aus dem Traum vom Zweiten Weltkrieg in einem England erwacht, das den Dritten schon hinter sich zu haben schien.

In diesem überbelichteten Gefilde, das von Bildern des Wettlaufs ins All, des Vietnamkriegs, der Ermordung Kennedys und des Selbstmords von Marilyn Monroe beherrscht wurde, fand eine einzigartige Alchemie der Phantasie statt. In vieler Hinsicht war die Medienlandschaft der sechziger Jahre ein Laboratorium, das eigens entwickelt zu sein schien, mich von meinen sämtlichen Obsessionen zu heilen. Gewalt und Pornographie lieferten eine Ausrüstung von Verzweiflungsmaßnahmen, die womöglich sowohl Miriams Tod wie auch den zahllosen Opfern des Krieges in China irgendeine Art von Sinn geben konnten. Das Dahinscheiden von Gefühlen und Emotionen, der Tod der spontanen Regung leuchteten wie eine gleißende Sonne über dem Spielplatz dieses finsteren Jahrzehnts, zu dem Sally den Schlüssel zu besitzen schien. Die brutalen Nachrichtenfilme von Bürgerkriegen und Attentaten, die Stilisierung fernsehgerecht übertragener Gewalt zu einer Anthologie die Gestaltung betreffender Statements, fanden ihre Entsprechung in einer Pornographie der Wissenschaft, die ihre Materialien nicht von der Natur nahm, sondern von der trotzigen Neugier der Wissenschaftler.

Bei einer Party des Arts Laboratory zur Eröffnung einer Ausstellung von Arbeiten einer Künstlerin, die gerade *en vogue* war – eine Sammlung gebrauchter Monatsbinden –, machte ich Sally stolz mit Dick Sutherland bekannt, der Cambridge verlassen hatte und jetzt Leiter eines Forschungsteams am Institute of Psychology war. In den schweren Monaten nach unserer Rückkehr aus Spanien hatte er sich als großzügiger Freund erwiesen. Häufig kam er abends mit einer Flasche Bourbon und neuesten Reiseberichten von Cape Kennedy, Tokio oder Los Angeles nach Shepperton gefahren. »Es zieht einen immer wieder zurück«, versicherte er mir vertraulich. Das Fernsehen hatte ihn jung gehalten. Er zog mit seiner Crew von der BBC rund um die Welt und war einer der ersten »Flughafen-Denker«, stets imstande, ein Interview in der Abflughalle zu geben.

Sally mochte ihn auf Anhieb, und Dick sah, daß sie alles war, was ich brauchte: launisch, leidenschaftlich und pervers. Als er uns einlud, sein Labor zu besuchen, fiel mir ein, daß ich Miriam kennengelernt hatte, als ich mich freiwillig zu einem vorgeblichen Experiment meldete. Dick war sich treu geblieben und spielte immer noch die Spielc um Illusion und Wirklichkeit. Er nahm uns mit auf eine Führung durch sein Labor, bezauberte Sally mit einer Reihe penibel einstudierter optischer Täuschungen und Paradoxa, wobei er nie von seinem auswendiggelernten Muster abwich. Seine wahre Begabung, wurde mit klar, lag darin, alle, die er kennenlernte, in der Illusion zu wiegen, sie würden im Fernsehen auftreten.

Dicks Sucht nach dem Fernsehen machte ihn ebenso zu einem wahren Kind der sechziger Jahre wie Sally und Peter Lykiard. Ihn faszinierte die Art, wie das Fernsehen alles dramatisierte und dabei gleichzeitig doch im Häuslichen und Weltlichen verankerte. Seit er Cambridge verlassen hatte, hatte er mit seiner eigenen Vergangenheit gebrochen und schwebte frei in diesem elektronischen Gefilde, welches das Publikum wie ein gütiger Himmel lehrte, sich selbst zu mögen. Einmal, in einem unkontrollierten Augenblick, erzählte er mir von seiner Kindheit in Schottland, wo er als Sohn eines hartherzigen Architekten aus Edinburg und dessen gläubiger presbyterianischer Frau aufgewachsen war. Als er im Krieg zu Verwandten in Australien evakuiert worden war, erlag er dem Zauber einer Strandkultur, wo Zuneigung und Billigung nicht nur aus dem Schoß der Familie kamen, sondern von der Welt ringsum.

Es ist kaum überraschend, daß Dick nie geheiratet hat. Ohne seine allgegenwärtigen »Neger« und Monitore wäre ihm eine enge Beziehung bestimmt ein bißchen unwirklich vorgekommen. Aber daß er sich seiner eigenen Unzulänglichkeiten bewußt war, machte ihn zu einem vorzüglichen Psychologen, und er war ein nie versiegender Quell von Einfällen, oft auf meine Kosten. Das Haus in Shepperton faszinierte ihn immer.

»Waren Sie in Jims Haus in Shepperton, Sally?«

»Selbstverständlich. Es ist ein Schrein.«

»Unbedingt. Freuds Ur-Höhle mit Teppichboden und einer Million Jahre Liebe. Auf lange Sicht werden die Vorstädte über alles triumphieren, obwohl schwer zu sagen ist, ob die Vorstädte die Rekonvaleszenzzonen einer Stadt oder eine Art von Hätschelzoo sind. Sie könnten der Ort sein, wo eine Stadt träumt. Jim ist wie ein Schläfer, der vor dem Beginn der REM-Schlafphase verharrt. Aber bevor er aufwacht, möchte ich Ihnen gern das Labor zeigen. Nichts ist, was es zu sein scheint, also wie in der Wirklichkeit...«

In einem verdunkelten Hörsaal betrachtete eine Gruppe Freiwilliger – Hausfrauen, Sekretärinnen und dienstfreie Feuerwehrmänner – Diaprojektionen anonymer Männer und Frauen und versuchte zu entscheiden, welche Mörder und welche Opfer waren.

»Tatsächlich sind es Fotos von der vorherigen Testgruppe«, flüsterte Dick Sally zu. »Die Leute haben bemerkenswert ausgeprägte Vorurteile gegenüber bestimmten physiognomischen Charakteristika. Die kleinsten Hinweise überzeugen sie davon, daß sie es mit einem Kinderschänder oder einem Gestapomörder zu tun haben.«

Im Labor nebenan füllte eine zweite Gruppe Freiwilliger einen vertraulichen Fragebogen über die Auswirkungen brutaler Nachrichtensendungen auf ihr Sexualleben aus.

»Selbstverständlich ist der Einfluß gleich null«, versicherte uns Dick, »und die Filme, die wir ihnen zeigen, sind längst nicht so brutal, wie wir ihnen vorher ankündigen. Es ist freilich interessant, daß die meisten Menschen davon ausgehen, sie stimulierten ihr Sexualleben. Alle sagen, es gibt zuviel Gewalt im Fernsehen, aber insgeheim wollen sie mehr.«

»Demnach ist dank des Fernsehens alles das Gegenteil von dem, was es zu sein scheint?« bemerkte ich.

»Sieht so aus.« Wir waren in Dicks Büro zurückgekehrt, wo er sich in seinen Sessel fläzte, die Füße, die in Turnschuhen steckten, auf den Schreibtisch legte und Sally seine langen Beine und sein Schauspielerprofil bewundern ließ. »In der Politik stimmt es ganz offensichtlich. Wir haben die Fernsehspots analysiert, die Gouverneur Reagan von Kalifornien hat senden lassen. Man kann sehen, daß seine rechtsradikalen Parolen das genaue Gegenteil seiner beruhigenden Körpersprache sind. Aber die Leute glauben der Körpersprache – im allgemeinen haben wir uns ein Bild von jemand gemacht, bevor er ein Wort sagt. Wir denken, daß Reagan das aufgrund seiner Erfahrungen in Hollywood weiß. Seine gesamte politische Laufbahn ist eine einzige lange Gegenlichteinstellung mit irrelevantem Kommentar, wie man beweisen kann, indem man den Ton abstellt und die Leute vermuten läßt, was er sagt. Sie vertrauen dem freundlichen Sportmoderatorengebaren. Andererseits, wenn er sich in seinem Gouverneurspalast in Sacramento befindet, wenn er sein Mandat hat...«

»Willst du damit sagen, der Führer hätte nicht toben und brüllen sollen, sondern daherkommen wie ein... wie der feige Löwe?«

»Genau. Die totalitären Systeme der Zukunft werden sanftmütig und unterwürfig sein und darum um so bedrohlicher. Selbstverständlich aber wird für regelrechten Wahnsinn immer Platz sein. In mancher Hinsicht brauchen die Menschen diesen Begriff. Die agnostische Welt hält die religiösen Feste am Leben, damit sie den Urlaubsbedürfnissen ihrer Arbeitskräfte gerecht werden kann. Genauso gaukelt man, wenn die medizinische Wissenschaft eine Krankheit besiegt hat, aus gesellschaftlichen Gründen gewisse geistige Beeinträchtigungen vor – ich würde auf Schizophrenie setzen. Sie scheint die Vorstellung eines Irren vom Normalsein zu repräsentieren.«

»Und nicht umgekehrt?«

»Wahrscheinlich nicht – eine Krankheit, die unserer Eitelkeit schmeichelt, besitzt einen riesigen Vorteil, wie die meisten venerischen Beschwerden.« Dick drehte sich zu dem Filmprojektor hinter seinem Schreibtisch um. »Da wir gerade von Schizophrenie sprechen, wir haben uns einige deutsche Filme aus dem Krieg angesehen, die unten im Keller aufbewahrt wurden. Bei einer Rolle handelt es sich um einen Lehrfilm der Waffen-SS, wie man eine Pontonbrücke baut.«

Sally fiel fast in Ohnmacht. »Herrgott, das ist so wahnsinnig – es sagt einfach alles…«

»Nicht wahr?« Dick, dem ihre Aufmerksamkeit gefiel, ließ widerwillig die Jalousie herunter, denn eigentlich saß er nicht gern im Schatten. »Vielleicht könnten wir ihn im Arts Lab vorführen? Ich würde mit Vergnügen die einleitenden Worte sprechen.«

Wir tranken Wein in Dicks dunklem Büro, wo wir von amerikanischen Nummernschildern und Fotografien von ihm im Cockpit seiner Cessna umgeben waren und der SS-Film durch seinen Projektor flimmerte. War auch der Film eine Fälschung? Er sah überzeugend echt aus, und Sally klammerte sich an meinem Arm fest und war fasziniert von den kräftigen, blassen Männern, die während der Arbeit gutmütig ihre Lieder sangen. Dick lächelte bei sich in dem flackernden Licht, murmelte ins Telefon, als ein Produzent von der BBC anrief, und betrachtete Sally beifällig. Er schien sich zu freuen, daß ich der Liebhaber dieser verzückten und erregten jungen Frau geworden war, und er schien genau zu wissen, wie leidenschaftlich und heftig wir in dieser Nacht miteinander schlafen würden, wenn Sally den Film vor ihrem geistigen Auge noch einmal abrollen ließ. Als wir gingen, bekannte er: »Sie ist die Richtige für dich, Jim. Genau, was du brauchst.«

Obwohl Sally von mir abhängig war, war ich in fast jeder Hinsicht ihr Schüler, und die bedeutendste Lektion, die sie mir erteilte, bekam ich anläßlich einer Sylvesterparty, die sie in ihrer Wohnung in Bayswater gab. Aus unerfindlichen Gründen machte mich diese Unterkunft stets nervös, weil sie mit dem Schutt von Sallys Vergangenheit vollgestopft war, wie diese verlassenen Häuser im kriegsgebeutelten Schanghai, wo die Uhrzeit ein bißchen zu lange stehengeblieben war und man zurückkehrte, um sich mit dem unsichtbaren Fremden seiner jüngeren Persönlichkeit zu konfrontieren. Ich schlenderte zwischen den Perserteppichen mit den Wein- und Zigarettenascheflecken herum, zwischen den Sofas mit ihren ungewaschenen Kissen, die nach schalem Weihrauch rochen, und dachte an meine Kinder, die in Shepperton schliefen, während die Babysitterin mittleren Alters ihren Reiseführer von Britisch-Honduras las.

Aber am nächsten Tag würde Sally helfen, Alice das Haar zu waschen und Lucy ein Miniaturkleid für ihren Troll zu nähen. Jetzt wirbelte sie, ihre Amphetamine in der linken Hand, zwischen ihren Marat-Sade-Postern und den vergrößerten Fotografien der Zwerge von Diane Arbus herum und schrie Peter Lykiard an, als dieser in Begleitung einer flachgesichtigen japanischen Künstlerin eintraf, die erst kürzlich ihrer beider Pobacken gefilmt hatte.

Sally hielt stolz meinen Arm, hickste und hinterließ einen Fleck Erbrochenes auf meiner Schulter. Sie erholte sich prompt, spie in ein Weinglas und küßte mich auf den Mund.

»Jim, ich habe einen wunderbaren Crêpe de Chine gefunden, von dem Lucy entzückt sein wird…«

Sie wirbelte davon und schwang sich von Schulter zu Schulter wie eine Turnerin an den Ringen.

Kurz vor Mitternacht fiel mir die Babysitterin ein, und ich beschloß, nach Shepperton zurückzufahren. Auf der Suche nach Sally zwängte ich mich durch Rauch und Lärm. Pärchen umarmten einander zwischen dem ungespülten Geschirr in der Küche, und es gab eine Party auf der Party, denn sechs von Sallys Gästen drängten sich auf dem Doppelbett. Zwei Schülerinnen der japanischen Künstlerin duschten zusammen in Sallys Duschkabine. Ich durchsuchte die anderen Zimmer und das zweite Bad, das mit dem Plunder ihrer Freunde von der Kunstakademie vollgestopft war, bevor ich in ihrem kleinen Ankleidezimmer nachsehen wollte.

Als ich zur Tür kam, bat mich Peter Lykiard um eine Zigarette, womit er mich eindeutig ablenken wollte, als wäre ich ein Kind, das ins Schlafzimmer der Erwachsenen spazieren will.

»Sally ist beschäftigt, Jim – ehe ich's vergesse, ich wollte dich nach diesem Film von der Waffen-SS fragen. Dick Sutherland ist ganz versessen auf eine Vorführung…«

Ich drängte mich an ihm vorbei und stieß die Tür auf. Sally saß, den Rock bis zur Taille hochgeschoben, auf dem gesteppten Deckel des Wäschekorbs. Die nackten Beine hatte sie um die Hüften eines jungen spanischen Fotografen geschlungen, den wir flüchtig im Arts Laboratory kennengelernt hatten. Die aufgeknöpften Hosen waren ihm auf die Knöchel gerutscht, mit seinen kräftigen Händen hatte er das Oberteil von Sallys Kleid heruntergezogen und ihre Brüste entblößt. Mit ihren linkischen und beinahe abstrakten Bewegungen schienen er und Sally eine pornographische Zirkusnummer einzustudieren, bei der sie irgendwie im Verlauf eines heftigen Liebesakts die Kleider tauschten. Während er an ihrer rechten Brust saugte, küßte Sally seine Stirn und zog mit ihren kräftigen Beinen seinen Penis in sich hinein. Als sie mich sah, hielt sie den Spanier an den Schultern und lächelte mir offen und glücklich zu.

Auf der Rückfahrt nach Shepperton dachte ich an Sallys Zuneigung zu mir und ihre tausend liebevollen Gesten den Kindern gegenüber. Tiefempfundene Zuneigung und beiläufigste Untreue existierten nebeneinander und wurden nur von diesem toleranten Lächeln getrennt. Ich erinnerte mich, wie ich die Vincents einmal an einem Sonntag nachmittag in Lunghua auf ihre erschöpfte Weise miteinander schlafen gesehen hatte, und an Mrs. Vincents wissenden Blick, als sie bemerkte, daß ich sie durch meinen Vorhang hindurch beobachtete. Ich war fast überzeugt, daß Sally sich absichtlich vor mir zur Schau gestellt hatte, um mich zum nächsten Schritt meiner *éducation non-sentimentale* zu drängen. Ich hatte mich zu Sally hingezogen gefühlt, weil sie einen Schlüssel zu diesem seltsamen Jahrzehnt besaß, aber das einzig stabile Element in Sallys Welt war die Instabilität. Wenn ich meine Emotionen isolierte, wenn ich das Fühlen vom Handeln trennte, konnte ich vielleicht sogar lernen, Gefallen an Sallys Untreue zu finden.

Ich mußte daran denken, wie sie am Strand von Brighton beinahe ertrunken wäre und mir gestattet hatte, eine zweite Ehefrau aus den Wellen zurückzubringen. Ich konnte noch immer die große Kraft der schwarzen Brecher spüren, die an meine Schenkel und die Brust schlugen, als ich ins tiefere Wasser watete, wo der Tod wartete, und noch immer sah ich die schwarze Gischt, durch die ich sie an den Kiesstrand gezogen hatte.

Bilder von Schmerz und Wut schwebten frei wie die Plakate, die die endlosen Tode des ermordeten Präsidenten bekanntmachten, wie die Botschaften von Gewalt und Begierde, und sie allein vermochten den Schmerz der Hinterbliebenen zu lindern.

Ich fuhr weiter an den entgegenkommenden Scheinwerfern vorbei und überquerte die mondbeschienene Themse, wo Shepperton schlafend in den Träumen meiner Kinder lag.

Das Königreich des Lichts

»Stell dir LSD als Kaleidoskopsehweise des Auges vor.«

Als Dick das sagte, saß ich an der offenen Balkontür in meinem Arbeitszimmer und betrachtete das Glas Wasser in meiner Hand und den Zuckerwürfel, der neben dem Tonbandgerät der BBC lag. Die Folienverpackung glitzerte bedrohlich.

»Dick, sind wir bereit?« fragte ich über die Schulter. »Ich komme mir langsam vor wie bei einem Selbstmordversuch.«

»Laß mir noch einen Augenblick Zeit – du *kommst* in den Himmel...« Dick justierte das Stativ seiner Filmkamera, deren grausame kleine Linse er auf mein Gesicht richtete. Und schon mißfiel mir die Kamera, die mich wie ein mißgestalteter Roboter ansah. Sommerlicht überflutete den Garten und leuchtete zwischen den kaputten Spielsachen und der Wäscheleine mit ihren flatternden Pyjamas – das übliche bunte Durcheinander, das ich wegräumen wollte. Aber Dick hatte eisern darauf bestanden, daß ich nichts verändern durfte.

Ich trank das Wasser und bemerkte das eingestürzte Wigwam, das Alice und Henry aus einer alten Wolldecke mit Schottenkaro und dem Gurkengitter gebaut hatten. Lucy, die wegen irgendeines Regelverstoßes gegen ihren Kinderverhaltenskodex aus seinem dunklen Inneren verbannt worden war, hatte das Wigwam mit ihrem Dreirad demoliert. Die anderen hatten schreckliche Rache geschworen und einen Augenblick vergessen gehabt, daß Cleo Churchill mit ihrer Tochter Penny vor der Tür stand. Sie waren Freunde von Dick und würden die Kinder mit zum Fluß nehmen, während er und ich zu einem eigenen Trip aufbrachen, einer kurzen Safari durch meinen Kopf.

»Dick, der Garten ist ein einziges Durcheinander – ich sollte ihn wirklich aufräumen. Seien wir ehrlich, deine Fernsehzuschauer werden nicht auf einem Trip sein.«

»Das wäre genau das, was die Einschaltquoten brauchen. Ich werde den Vorschlag bei der BBC unterbreiten. Sie können ein rausreißbares Schnüffelpäckchen in *Radio Times* unterbringen.«

Die vier Kinder johlten in der Diele und schrien nach Eiscreme, Comics und Kaugummipapieren. Cleo Churchill steckte den Kopf zur Tür herein und verzog fröhlich das Gesicht.

»Da unten braut sich eine Verschwörung zusammen. Ich muß euch jetzt allein lassen.«

»Prima, Cleo. Jim kann es kaum erwarten. Laß uns zwei Stunden Zeit.«

»Zwei Stunden? Du solltest mich filmen.« Sie betrachtete stirnrunzelnd Kamera und Mikrofon, Blutdruckmeßgerät und meinen Stuhl mit der geraden Lehne. »Jim, es sieht echt unheimlich aus. Bist du sicher, daß du zurechtkommst?«

»Keine Bange. Dick hat eine Menge Trips mitgefilmt.«

»Trotzdem. Nie dem Fährmann vertrauen.«

Es war klar, daß sie die ganze Sache mißbilligte und auf dem Standpunkt stand, es gäbe genügend Unterhaltungsmöglichkeiten für Erwachsene auf der Welt; das Experiment, das Dick und ich mit meiner Gehirnchemie vorhatten, war ein Spiel für Jungs, das sich kaum von denen Henrys im Garten unterschied, wenn er im Wigwam eine Zigarettenkippe anzündete oder eine Packung Streichhölzer explodieren ließ. Cleo mit ihrem offenen Lächeln und der schüchternen Art war Kinderbuchlektorin, ich traf sie manchmal bei Dicks Partys. Ich nahm ihre Sorge etwas unbehaglich zur Kenntnis und dachte mir, daß ihr ein wenig mehr als Dicks guter Ruf am Herzen liegen mußte. Als sie ihre Hand widerwillig von meiner Schulter nahm, sah sie vom Schweiß auf meiner Stirn zu dem unordentlichen Arbeitszimmer und in den Garten. Jenseits irgendwelcher Zweifel, ob es klug war, mit LSD zu experimentieren, fand eine dreißigsekündige Mutmaßung über meinen Charakter statt, samt der Makel, die diese starke halluzinogene Droge zutage bringen könnte.

»Okay...« Dick justierte eine Skala an seiner Fliegeruhr und schaltete das Tonbandgerät ein. »Es ist 15.05 Uhr am 17. Juni 1967...«

Unter Cleos warnenden Blicken legte ich mir den Zuckerwürfel auf die Zunge und ließ ihn dort als kleine trotzige Geste. Als die Kinder die Eingangstür aufgerissen hatten und zum Tor stürmten, zögerte ich einen letzten Augenblick. Als Cleo gegangen war und die Tür hinter sich zugeschlagen hatte, schluckte ich ihn mit einem Mundvoll Wasser.

»Gut«, sagte Dick zu mir. »Du wirst in etwa einer halben Stunde etwas spüren, also lehn dich zurück und entspann dich. Wir könnten eine Partie Schach spielen.«

»Ich sehe mir den Garten an.« Normalerweise besiegte ich Dick beim Schach, aber dieses Spiel würde er gerne verlieren, wenn sich die Figuren in Drachen verwandelten. Ich hörte, wie die Rufe der Kinder leiser wurden, als sie, gefolgt von Cleos kräftiger fröhlicher Stimme, die Straße entlanggingen. Sie, eine alleinerziehende Mutter, hatte angedeutet, daß ich meinem Charakter zuwider handelte, ein verantwortungsbewußter Vater, der diese zweifelhafte Droge nahm, die in England immer noch legal käuflich war, obschon immer mehr Stimmen laut wurden, die ein Verbot forderten.

Ich betrachtete den mit Spielsachen übersäten Garten, eine Moräne glücklicher Erinnerungen, die die vergangenen vier Jahre auf diesem Vorstadtgrundstück hinterlassen hatte. Der Gletscher war weitergewandert, Miriam schlief friedlich in seinen Tiefen. Die Kinder hatten ihre Mutter fast vergessen, was ich fälschlicherweise zunächst hatte verhindern wollen. Wenn sie sich an sie erinnerten, dann auf anderen Ebenen, mit ihrer guten Laune, ihrer Widerstandsfähigkeit und ihrem unerschütterlichen Glauben an bedingungslose Zuneigung.

Seltsamerweise verblaßte Miriam selbst in meinen Gedanken, während sie gleichzeitig in meiner Erinnerung immer deutlicher wurde. Sie schien wie eine Madonnenstatue über dem Kirchenschiff einer Kathedrale zu sein und stieg immer höher in die Luft, je weiter ich mich von ihr entfernte. Die perspektivischen Linien meines Lebens führten immer noch zu Miriam, aber ich verdankte auch den Frauen viel, die ich seit ihrem Tod kennengelernt hatte, zuallererst Sally Mumford, die mir geholfen hatte, mich dem Druck von Schmerzen und zwanghafter Sexualität frontal zu stellen. Seltsamerweise hatte Sallys unverhohlene Untreue mit dazu beigetragen, daß meine Erinnerungen an Miriam weniger schmerzlich wurden, als wäre ihr Tod eine spezielle Art von Untreue gewesen.

Dick freilich war nicht erpicht darauf gewesen, Sally dabeizuhaben, als er sich erbot, mein LSD-Experiment zu überwachen. Ihre plötzlichen Stimmungsumschwünge und ihr lautstarker Enthusiasmus konnten die Lokomotive der Halluzination zum Entgleisen bringen. Da ich darauf brannte, das Experiment zu machen und die Räume hinter den verschlossenen Türen des Bewußtseins zu erforschen, hatte ich eingewilligt, daß sich Cleo Churchill um die Kinder kümmern sollte. Die Amphetamine und Drinamyle, die ich ab und zu genommen hatte, schienen kaum bewußtseinserweiternder zu sein als ein gewöhnlicher doppelter Scotch, aber Dick versicherte mir, daß LSD die Grenzen des Gehirns auslotete.

Ich erinnerte mich noch an seine Präsentation vor dem Leiter des Wissenschaftsprogramms der BBC, dem er die geplante Serie darlegte, an der ich teilnehmen sollte. Er hatte sich wie stets darauf verlassen, daß ihm das Publikum seine ungeteilte Aufmerksamkeit schenkte, und war zwischen seinen Schaubildern von Gehirnausschnitten und EKG-Kurven herumstolziert wie ein Vertreter, der das menschliche Gehirn an eine Gruppe faszinierter Besucher von einem anderen Planeten verkauft.

»Das zentrale Nervensystem ist die Sixtinische Kapelle der Natur, aber wir müssen bedenken, daß die Welt, die uns unsere Sinne präsentierten – dieses Büro, mein Labor, unser Zeitempfinden –, eine baufällige Konstruktion ist, die sich unsere Gehirne ausgedacht haben, damit wir uns selbst erhalten und unsere Art vermehren können. Wir sehen ein höchst konventionelles Bild, ein einfacher Touristenführer durch eine sehr seltsame Stadt. Wir müssen diese baufällige Konstruktion demontieren, wenn wir begreifen wollen, was wirklich los ist. Der visuelle Raum, in dem wir leben, deckt sich in Wirklichkeit nicht mit der externen Welt. Schatten sind viel tiefer, als sie uns scheinen; das Gehirn mildert die harten Kontraste, damit wir sie eingehender analysieren können – andernfalls würde die Welt nur aus Zebrastreifen bestehen...

Das Bewußtsein ist der tapfere Beweis des zentralen Nervensystems dafür, daß es existiert, ein Artefakt, der es ihm ermöglicht, sich einen Weg zwischen der externen und der internen Umwelt zu bahnen. Wir kommen allmählich sogar zu der Überzeugung, daß die Zeit selbst nichts weiter als eine primitive psychologische Struktur ist, die wir von der fernsten Vergangenheit geerbt haben, ebenso wie den Blinddarm und den kleinen Zeh. Und doch sind wir völlig von dieser archaischen Struktur beherrscht, deren Minuten und Stunden einander folgen wie eine Prozession von Blinden. Wenn wir einen fortschrittlicheren Begriff der Zeit akzeptiert haben – wenn wir, sagen wir einmal, die Zeit als Gleichzeitigkeit wahrnehmen –, stehen wir an der Schwelle eines weit größeren geistigen Universums...

Warum denken Sterbende, daß sie durch Tunnel schweben? Unter extremem Druck beginnen die verschiedenen

Gehirnzentren zusammenzubrechen, die ein zusammenhängendes Bild der Welt vermitteln. Das Gehirn nimmt das schrumpfende Gesichtsfeld wahr und konstruiert aus dem letzten Ring verzweifelter Zellen einen, wie es mit aller Verzweiflung hofft, Fluchttunnel. Bis zum Ende versucht das Gehirn um jeden Preis, die Wirklichkeit zu organisieren – ob es keinen Input mehr bekommt oder einer Reizüberflutung durch Sinneswahrnehmungen ausgesetzt ist, es baut künstliche Strukturen, die versuchen, der Welt einen Sinn beizumessen. Daraus entstehen nicht nur unsere Sterbeerlebnisse, sondern auch unsere Visionen von Himmel und Hölle.«

Alle waren fasziniert gewesen, aber die BBC hatte die Serie nicht gekauft.

»Dr. Sutherland«, hatte der Leiter des Wissenschaftsprogramms gesagt, »Ihre Beschreibung eines sterbenden Gehirns hat große Ähnlichkeit mit der BBC…«

»Dick, meine Uhr ist stehengeblieben.«

»Laß mal sehen. Nein, es ist drei Uhr fünfundvierzig.«

»Es muß später sein…«

Ich betrachtete den reglosen Sekundenzeiger und versuchte, die Uhr aufzuziehen. Meine Finger schienen so kühl und feinfühlig wie die eines Juweliers zu sein, aber ich hatte plötzlich den Eindruck, sie gehörten einem anderen. Der Sekundenzeiger rückte weiter, dann blieb er erneut einen unbestimmten Zeitraum lang stehen. Rubinrotes Licht erfüllte den Garten, als wäre die Sonne zu heiß geworden. Ich beugte mich vor, wobei ich beinahe vom Stuhl gefallen wäre, und studierte das leuchtende Zyanidblau des Himmels.

»Setz dich hin und entspann dich.« Dick stand hinter mir und hielt beruhigend meine Schultern. »Am Anfang kommt es zu einer kleinen Netzhautreizung.«

»Dick, ich bewege mich innerhalb und außerhalb der Zeit.«

»Das hat schon vor einer Weile angefangen. Sieh dir den Garten an, was du aus den Farben machen kannst – wahrscheinlich durchlaufen sie das ganze Spektrum.«

Ich stieß Dicks Hand weg und fragte mich, ob er wieder eines seiner hinterhältigen Spiele spielte. Er war stets von Konkurrenzdenken beherrscht gewesen und beneidete mich um Miriam und meine Vergangenheit in China. Auf seinem Gesicht lag ein verschlagener Ausdruck, wie ihn ihn in seinem Büro in Cambridge gesehen hatte, dem eines Anglers ähnlich, der einen unerwarteten Fang gemacht hat und nicht an sein Netz herankommt.

Die Spulen des Tonbandgeräts drehten sich, aber ich stellte fest, daß sie sich aufeinander zu drehten. Ich ging davon aus – da es sich um ein weiteres vorsintflutliches Gerät der BBC handelte – und wartete darauf, daß das abgewickelte Band hervorquellen würde. Das schwarze Plastikgehäuse hatte sich vom Rahmen gelöst, aber bevor ich Dick warnen konnte, war er von mir weg zu seiner Kamera gegangen.

Farben schwebten frei über den Oberflächen rings um mich herum. Die sommerliche Luft war zu einem Prisma geworden, über den Halmen des ungemähten Rasens schwebte eine Schicht smaragdenes Licht. Die riesigen russischen Sonnenblumen, die ich für Alice und Lucy gesät hatte, trugen goldene Kronen, welche sie himmelwärts zogen. Ein Dunstschleier dichter, rubinroter Luft erstickte das Laub der Kirschbäume. Die scharlachrote Bemalung von Lucys Dreirad löste sich vom schrammigen Metallrahmen, ein leuchtender Hornpanzer, den ein begabter Techniker in die Luft gemalt hatte und den ich wieder auf das rostige Gestänge hinunterdrücken wollte.

Der unordentliche Garten erstrahlte in chemischem Licht. Der Apfelbaum und das Baumhaus bildeten eine Kathedrale so groß wie ein Chalet, die Zweige waren ein Buntglasfenster, in dem kaputte Spielsachen in ihren eigenen Heiligenscheinen eingelassen waren. Das Drachenmuster des chinesischen Teppichs unter meinen Füßen, die rauhe Rinde des Birnbaums mit Henrys Initialen, die imprägnierten Zaunlatten, sie alle gaben das Licht frei, das in ihnen gefangen war. Der grüne Schleier eines jeden Blatts und Stengels und das Scharlachrot von Lucys Fahrrad waren abziehbare Häute, unter denen die wahren Blätter und Dreiräder ihrer Entdeckung harrten. Das Sonnenlicht und sein erweitertes Spektrum waren fröhliche Wimpel, die der einmaligen Identität des kleinsten Kieselsteins und Ästchens huldigten. Die durch das Prisma ihrer wahren Persönlichkeiten gebrochenen Blätter und Blumen waren leuchtende Fenster im Adventskalender der Natur.

»Jim, sieh in die Kamera ...«

Dick saß neben mir in einem Polstersessel und hatte das Tonbandgerät auf dem Schoß. Die Spulen drehten sich immer noch in entgegengesetzte Richtungen, aber der Bandsalat war ausgeblieben. Das Licht im Garten wurde immer intensiver, während mir auffiel, wie üppig Dicks Haar wirkte – eine übereifrige Maskenbildnerin im Studio hatte ihm ein schulterlanges Toupet aus Kupferwolle verpaßt. Licht strömte durch die Flechten, und ich wollte Dick warnen, daß seine Zuschauer jeden hektischen Fleck und jedes Mal auf seinen Wangen sehen würden. Blut floß durch die geweiteten Kapillaren und verwandelte sein Gesicht und die Hände in leuchtende Landkarten.

Das überschäumende Zimmer erstickte mich, daher stand ich auf und ging durch die Balkontür hinaus. Ich schritt durch den Garten, wo meine Füße in dem elektrischen Dunst versanken, der über dem Gras lag. Die Steine des Steingartens funkelten wie Juwelen auf der Samtunterlage eines Juweliers, im Boden der Blumenbeete herrschte der warme Glanz von Kompost, der sich selbst Leben spendete.

Meine Arme und Beine waren in Licht gehüllt, ein Krönungsgewand aus Perlmuttschichten. Ich betrachtete den schlichten Grabstein an der Stelle, wo Henrys Kaninchen begraben war, und wartete darauf, daß sich das Tier aus seinen Gebeinen neu erschaffen und durch das leuchtende Gras hoppeln würde. Im Tagtraum dieses erleuchteten Gartens waren die Zwänge von Zeit und Raum aufgehoben. Die zufällige Welt gestaltete sich neu, die lineare Zeit wich, wie Dick versprochen hatte, einer Gleichzeitigkeit, in der jedes Lebewesen unbekümmert mit den Toten zusammen existierte, das Belebte mit dem Unbelebten.

Ich wartete darauf, daß Miriam unter den Bäumen erscheinen würde. Sie würde wieder in diesem Garten wandeln, während Alice und Lucy mit ihren jüngeren Inkarnationen spielen und ich dem jugendlichen Ehemann begegnen würde, der ich einmal gewesen war. Ich sah zum Haus zurück, aber Dick war verschwunden, seine Kamera stand neben meinem verlassenen Stuhl auf ihrem dreibeinigen Stativ. Die Charlton Road verlief unter einem Kirchenschiff aus Licht bis zum Fluß; ich vermutete, daß Dick die Kinder holen gegangen war, um ihnen zu sagen, daß zu Hause ihre neuen Spielgefährten auf sie warteten.

Ich folgte dem Weg ums Haus herum. Die silberne Karosserie meines Autos schwebte wie ein angezurrter Ballon über der Einfahrt. Meine Nachbarin kam mit ihrem alten Retriever näher, dessen schäbiges Fell und weiße Schnauze wie die eines Löwen leuchteten. Shepperton breitete sich vor mir aus, eine Stadt der Matadore und ihrer Familien, die in Anzüge aus Licht gekleidet waren. Der Verkehr floß die Straße entlang, die Autos wechselten ihre leuchtenden Auren. Ein Helikopter flog über den Fluß und schleuderte mit den Rotoren silberne Speere auf die großen Ulmen.

Ich überquerte beim Kriegerdenkmal die Straße und betrat den Park am Fluß. In der Ferne spielten meine Kinder unter Weiden mit Ballons, die sie in einem Süßwarenladen gekauft hatten. Kugeln bemalter Luft schwebten zwischen ihren Händen. Hinter ihnen ging eine junge Frau durch den Wald. Ihr blondes Haar schwebte zwischen den Blättern und verströmte Heiligenscheine auf den Boden unter ihren Füßen. Ich verfolgte atemlos ihren anmutigen Gang, als sie die Bäume mit einer Geste beruhigte und die Stare mit einem Lächeln bannte. Mit ihrer beiläufigen Schönheit erinnerte sie mich an eine Prinzessin in den Juwelenhöhlen von Gustave Moreau. Ich winkte ihr und hoffte, sie würde mich mit derselben gelassenen Anmut streifen, aber sie folgte den Kindern zum Fluß.

Ich verirrte mich im überbelichteten Laub, setzte mich auf eine Bank und betrachtete die reglosen Zeiger meiner Uhr. Die Welt verharrte, während die Zeit den Atem anhielt. Das Licht war inzwischen so grell, daß es jegliche Farbe aus dem Laub der Ulmen bleichte. Das Gras um mich herum war zu einem Teppich aus Glassplittern geworden, an den Bäumen hingen aus der kristallenen Luft geschnitzte Eiszapfen. Das Weiß der Welt machte meine Augen müde. Alice und Lucy kamen auf mich zugelaufen, Figuren in einem überbelichteten Film, deren Mienen beim Spiel in ihrem Schneepalast von den Gesichtern getilgt worden waren.

Der Fluß war ein Gletscher aus Opal, der an pudergezuckerten Ufern dahinfloß. Wenn die Zeit stillstand, würde das Wasser sich nicht unter meinen Füßen auftun. Ich ging darauf zu und war bereit, auf die galvanisierte Oberfläche zu treten, merkte aber, wie mich Cleo Churchill mit ihrem Moreau-Lächeln warnen wollte. Sie zog mich am Arm, aber ich wußte, daß wir den Fluß zusammen überqueren und uns mit den Kindern auf der Wiese dem Park gegenüber ausruhen konnten.

Ich rief stumm nach Alice und Lucy, die mich verwirrt ansahen, als hätten sie vergessen, daß ich ihr Vater war. Dann kam Dick Sutherland zwischen den Bäumen auf mich zugelaufen, hielt mich an den Schultern und führte mich vom Wasser weg. Ich saß mit ihm im weißen Gras, während sich die Pforten der Sonne um mich herum schlossen.

Drei Stunden später lag ich mit einem Kissen unter dem Rücken in meinem Schlafzimmer, und mein Nacken tat vor Anstrengung weh, weil ich den Himmel so lange betrachtet hatte. Eine innere Dämmerung hatte sich über alles gesenkt. Der Garten war wieder nüchtern, die gedämpften Farben in den Bäumen und Blumen eingesperrt, als wären sie nach ihrer kurzen Freiheit deprimiert. Ich versuchte, die entzündeten Augen vor dem Sonnenlicht zu schützen, das von vorbeifahrenden Autos reflektiert wurde. Mein ganzes Nervensystem war gereizt und ausgelaugt, ich konnte weder schlafen noch ausruhen. Nachdem er mich am Fluß gerettet hatte, brachte Dick mich ins Haus zurück und überließ mich meiner Rekonvaleszenz, während Cleo den Kindern das Abendessen kochte.

Dick, der durch den Anruf eines Fernsehproduzenten abgelenkt worden war, hatte mich versehentlich in den Park entkommen lassen. Ich bedauerte schon, an dem Experiment teilgenommen zu haben. Dicks Unachtsamkeit, absichtlich oder nicht, hatte beinahe dazu geführt, daß ich mich ertränkt hätte. Und ärgerlicherweise interessierte ihn mein messianischer Versuch, auf dem Wasser zu wandeln, viel mehr als meine Vision von Shepperton als Sonnengarten, als schlafendes Paradies, das nur darauf wartete, mit jedem Stein und jedem Blatt erweckt zu werden.

Ich versuchte, meine Gedanken zu ordnen, und betrachtete die Schlafzimmerdecke. Jedesmal, wenn mein Blick länger als ein paar Sekunden verweilte, erschien eine schwärende Wunde in dem alten Verputz, als würden meine Augen eine ansteckende Krankheit übertragen, ein Gorgonenblick, der einen winzigen Insektenfleck in eine pochende Infektion verwandelte. Bald war der ganze Verputz mit einer Beulenpest geschlagen. Die optischen Zentren meines Gehirns, die ihre paradiesische Vision zurückholen wollten, mißdeuteten die kleinsten Veränderungen des Lichts in dem stillen Zimmer.

Ich machte die Augen zu und lauschte den Kindern, die sich bei einer Stegreifparty mit Cleo und deren Tochter amüsierten. Ihre Stimmen beruhigten mich, aber als ich die Hand wegnahm, konnte ich sehen, daß Fliegen jeden Zentimeter des Zimmers bedeckten. Ihre bebenden Flügel zuckten auf Laken und Kissen und überzogen meine Hände wie schwarze Handschuhe. Als ich versuchte, sie wegzuscheuchen, berührte ich meine Kopfhaut und stellte fest, daß ein Großteil des Kopfs verschwunden war. Meine Fingerspitzen drangen ins weiche Gewebe des Gehirns ein…

Als sie meinen Schrei hörte, ließ Cleo die Kinder unten zurück und rannte die Treppe herauf. Sie setzte sich auf mein Bett, legte meine Hände in ihren Schoß und schüttelte den Kopf über den nachmittäglichen Unfug. Als ich in ihr besorgtes Gesicht sah, konnte ich immer noch den Nimbus aus Licht erkennen, der ihr unter den Bäumen beim Fluß gefolgt war. Ich erinnerte mich an den Segen, den sie jedem Star und jedem Grashalm zuteil werden ließ.

»Jim… soll ich mit Richard telefonieren? Ich sollte deinen Hausarzt anrufen.«

»Nein – aber ruf Peggy Gardner an. Ich werde es bald überwunden haben.« Miriams ehemaligen Hausarzt, der immer noch unter der Fuchtel von Hebamme Bell stand und mit Sicherheit allzeit bereit war, an meiner Tauglichkeit als Kindererzieher zu zweifeln, wollte ich als allerletzten um mich haben. Abkürzungen zum Paradies und schamanische Visionen gehörten ins dubiose Reich von Hinterzimmerabtreibungen und Muskatnußabhängigkeit. Ich griff mit den Händen zaghaft nach meinem Kopf und stellte erleichtert fest, daß der Schädel unversehrt war. »Meine Finger sind so empfindlich – ich habe gedacht, ich hätte sie in mein Gehirn gestoßen. Geht es den Kindern gut?«

»Prima – ich habe ein neues Spiel für sie erfunden. Sie denken, du hast einen Sonnenstich.«

»Habe ich! Dieses grelle Licht – heute nachmittag habe ich ein paar Sekunden geglaubt, ich hätte … Himmel und Hölle gesehen.«

»Das *muß* eine von Richards Überdosen gewesen sein.« Mit einem Anflug von Kritik, als wüßte sie genau über Dicks doppeldeutige Experimente Bescheid. »Ich hoffe, es hat sich gelohnt.«

»Ja… ja, hat es.« Ich hielt ihre Hand und wartete, bis die Termiten wieder in den Wänden verschwunden waren. Irgendwo in meinem Kopf schritt Cleo immer noch durch den Wald beim Fluß und wartete darauf, daß ich mich in dem Palast aus Licht zu ihr gesellen würde. Dessen Pforten standen inmitten der vertrauten Ulmen weit offen. In dieser Vision vom Paradies war ihre Schüchternheit überwunden gewesen, und sie versteckte die Augen nicht mehr hinter langem Haar und freundlichem Lächeln. »Am Ende ging es bergab, aber ich habe etwas gesehen, das ich noch nie gesehen hatte, einen Traum von…«

»Der wirklichen Welt?«

»Allen wirklichen Welten. Alles war sein innerstes Selbst…« Ich versuchte es zu erklären und strich ihr über das Haar. »Ich habe Dick gesagt, daß du wie ein Erzengel ausgesehen hast.«

Sie entfernte meine Hand von ihrer Wange und runzelte die Stirn ob meiner Tollkühnheit. »Das sollte Wunder für meine Karriere wirken. Ich hoffe, du wiederholst das im Fernsehen.«

»Auf jeden Fall.« Ich richtete mich auf und saß unbehaglich neben ihr auf dem Bett. Ich wollte Cleos breite Hüften umarmen. Eines Tages würden sie und ich gemeinsam den Fluß überqueren. »Sag mir, Cleo – war überhaupt ein Film in der Kamera?«

»Das nehme ich doch an – warum?«

»Die Leute sind leichter zu kontrollieren, wenn sie denken, sie kommen im Fernsehen. Es ist so, daß Dick…«

»Vielleicht solltest du ihm mehr vertrauen – ich glaube, er versteht dich.«

Sie verweilte unter der Tür und sah mich an, als hätte sie eben erst meine Beweggründe verstanden, weshalb ich mich auf diese gefahrvolle Expedition durch meinen Kopf begeben hatte.

Cleo war bereit, ihre Zweifel zu vergessen, aber Peggy Gardner mißbilligte das Unternehmen mit Nachdruck. Im Verlauf der nächsten Tage schlenderte ich durch den Garten und betrachtete die Sonnenblumen und kaputten Spielsachen, als versuchte ich zu ergründen, weshalb das Licht aus ihnen gewichen war. Ganz Shepperton war grau und einförmig und ausgelaugt von der Anstrengung, daß es kurz zu seiner wahren Persönlichkeit erblüht war. Wenn die Kinder in der Schule waren, ging ich zum Fluß und suchte zwischen den Bäumen nach Spuren von Cleos Präsenz. Schien Sonnenlicht zwischen den Bäumen hindurch, gewahrte ich Andeutungen des magischen Sumpfs, wo sie, in Licht gekleidet, unter den Vögeln einhergeschritten war.

»Du hast ein trojanisches Pferd in deinen Verstand gelassen«, sagte Peggy zu mir und brachte sogar eine Anwandlung von Mitgefühl zustande. »Was hast du wirklich vorgehabt?«

Ich dirigierte mit den Händen die Luft, während ich mir eine Antwort überlegte. »›Die Logik des Sichtbaren in die Dienste des Unsichtbaren zu stellen.‹ Es war seltsamer, als ich erwartet hatte – ich konnte wahrhaftig in meinen eigenen Kopf hineinsehen.«

»Aber liebster Jamie – wir wissen schon, was dort ist. Das bekommt jeder mit, der ein paar Seiten von dir liest.«

»Schatten an der Wand. Dick hatte recht – ich habe das Gehirn in Aktion gesehen, habe miterlebt, wie es Bauteile von Raum und Zeit zu einem funktionierenden Traum vom Leben zusammensetzt.« Ich deutete auf die Wände meines Arbeitszimmers und den sonnigen Garten. »Das alles ist nichts weiter als Kulissen, wie in den Shepperton Studios.«

»Und was passiert, wenn man die Kulissen beiseite räumt?«

»Um ehrlich zu sein, ich weiß es noch nicht.«

»Wirst du es wieder versuchen?«

»In ein oder zwei Monaten. Dick brennt darauf, mich zu filmen.«

»Irrsinn ... das alles für eine Fernsehsendung?«

»Diesbezüglich tue ich ihm nur einen Gefallen. Es ist schwer, das grelle Licht zu beschreiben, das Gefühl, als würde man Zeuge einer gewaltigen Offenbarung werden.«

»Und was wird offenbart?«

»Das werde ich herausfinden. Dasselbe Licht hing an dem Tag, als der Krieg zu Ende war, über Lunghua.«

»Er war nie zu Ende – für dich nicht.«

Peggy stand, mit dem Rücken zum Garten, unter der offenen Tür und sah mich auf die gütige und tolerante Weise an, die ich noch von der Kinderbaracke her in Erinnerung hatte, wenn ich ihr einen irren Plan schilderte, wie wir zu zusätzlichen Essensrationen kommen konnten. Das Licht umspielte ihre kräftigen Schultern und ihre stattlichen Hüften, die ich nie umarmt hatte. Wir kannten einander im wahrhaftigen Sinne zu gut. Sex war für Fremde, und sobald man sich nicht mehr fremd war, ließ das Verlangen nach. Miriam war stets darauf bedacht gewesen, einen Teil ihrer Persönlichkeit vor mir verborgen zu halten. Vielleicht würden Peggy und ich eines Tages Fremde füreinander werden, wenn wir älter wurden und uns auseinanderlebten...

Das Licht veränderte sich, ein Umschwenken der Netzhaut. Einen Augenblick sah ich Peggy in der Luft über unserem Birnbaum schweben, der Engel unserer Vorstadt. Ich stellte mir die altjüngferliche Ärztin in ihrem dezenten Hosenanzug aus Wolle und den Pumps an verschiedenen

Positionen über den Dächern von Shepperton vor.

»Alles in Ordnung?« Peggy sah mir in die Augen. »Du warst meilenweit entfernt. Was ist mit den Kindern – wird sich Sally um sie kümmern?«

»Dick hat eine Bekannte von sich gebeten, Cleo Churchill. Sie hat ihre Tochter mitgebracht und auf dem Sofa geschlafen. Sie ist ausgeglichener – ich glaube, Dick hat Angst, Sally könnte...«

»Arme Sally. Ihr Leute benützt einander wie trotzige Kinder.«

Ich gab Peggy einen zärtlichen Kuß, sah ihr nach, wie sie davonfuhr, half den Kindern bei den Hausaufgaben und bereitete das Abendessen zu. Trotzige Kinder? Die Zurechtweisung tat weh, so sehr ich mir auch einredete, daß Peggys verantwortungsbewußter und vernünftiger Standpunkt sich weniger mit der Welt im Einklang befand, als ihr selber bewußt war. Sie kümmerte sich vielleicht um ihre ungeliebten und mißhandelten Kinder, hatte aber nie eigene Kinder geliebt, mit allem, was diese Liebe nach sich zog. Gespenster suchten den kleinen Garten ihres Hauses in Chelsea heim. Nicht nur in meiner Phantasie warteten die vier japanischen Soldaten auf ihrem entlegenen Landbahnhof immer noch auf einen Zug, der nie kommen würde, und waren ebenso von der Zeit gefangen wie wir selbst. Krieg war ein Mittel, mit dessen Hilfe ganze Nationen vor der Zeit flüchteten. Peggy und ich und diese japanischen Soldaten waren auf einem Bahnsteig gestrandet und warteten auf den nächsten Krieg, der uns befreite. Sie hatten den Chinesen in der Hoffnung zu Tode gefoltert, daß Grausamkeit allein die Sprungfeder des Krieges freisetzen würde.

Drei Wochen später saß ich an einem anderen warmen Sommernachmittag auf meinem Stuhl vor der offenen Balkontür. Dicks Kamera stand mit oder ohne Film auf ihrem

Stativ. Während Cleo die Kinder auf ein Picknick vorbereitete, sprach Dick am Telefon mit seinem Agenten und hoffte, daß er seine Serie über das Gehirn einem Regionalsender verkaufen konnte.

Auf Dicks Anraten hatten wir den überwucherten Garten in eine Kulisse bürgerlichen Familienlebens verwandelt. Die Spielsachen der Kinder standen im Gras wie Ausstellungsstücke bei einem Kirchenbasar. Eine ältere Generation Teddybären und Koalas waren aus den dunkelsten Schränken gerettet und im Kreis aufgestellt worden wie Insassen eines Altersheims, die ein bißchen Sonne tanken dürfen. Die gewaschenen und gebügelten buntesten Kleider der Mädchen hingen an der Wäscheleine, und Henrys Stierkampfplakat, auf dem sein Name mit denen von El Cordobés und Paco Camino genannt wurde, war an den Birnbaum geheftet worden.

Als ich die Kinder am Tor rufen hörte, stand ich von meinem Sessel auf und ging ums Haus herum. Cleo hob gerade einen Picknickkorb durch die Küchentür.

»Kommst du mit uns? Gut.« Sie begrüßte mich mit einem überraschten Lächeln. Sie mißbilligte Dicks Experiment und war eindeutig der Ansicht, daß ich von ihm manipuliert wurde.

»Nein.« Ich half ihr mit dem Korb. »Ich wünschte, ich könnte es. Wir fangen jeden Moment an.«

Sie strich sich das Haar aus dem Gesicht und wandte es mir offen zu. »Ich hoffe, du kommst zurecht. Beim letzten Mal…«

»… hat etwas mit der Dosis nicht gestimmt. Keine Bange. Ich werde dich wieder als Erzengel sehen.«

»Sieh mich so, wie ich bin.« Sie blieb beim Auto stehen und stellte den Picknickkorb auf die Haube. Vorher hatte sie Dick geholfen, die Spielsachen der Kinder im Gras aufzustellen und war dabei mit ihren kräftigen Beinen nervös im Garten herumspaziert wie ein widerwilliges Mitglied eines Abrißkommandos. »Warum kommst du nicht mit uns? Du bist der letzte Mensch auf der Welt, der es nötig hat, an sich herumzuexperimentieren.«

»Cleo, ich habe es Dick versprochen...«

Lucy kam zu mir gehüpft und zeigte mir ihren glänzenden Gürtel. »Daddy, kommst du mit?«

»Komm schon, Daddy«, stimmte Henry ein. »Wir gehen zur Wunderwelt.«

»Daddy, los doch.«

Cleo hob den Korb auf ihre breiten Hüften und überließ mir die Entscheidung. »Ich habe viel von der Wunderwelt gehört.«

»Ich hoffe, sie ist noch da. Alte Kulissen für Fernsehwerbespots.«

»Hört sich lustig an. Und viel wirklicher als Dicks Unfug.«

Ich hielt ihr das Tor auf und sah den Kindern nach, wie sie zur Wiese aufbrachen, gefolgt von dem alten Retriever. Versuchten sie, Cleo ihrer verlorenen Kindheit einzuverleiben und den idyllischen Traum wiederzufinden, den ich mit LSD suchte? Ich erinnerte mich an die blassen, geisterhaften Kinder, die mich am Flußufer angesehen hatten, als betrachteten sie mich von der anderen Seite des Todes.

Alice hielt den Retriever am Halsband und lächelte, während sie hoffnungsvoll darauf wartete, daß ich mich zu ihnen gesellen würde.

»Du hast recht.« Ich nahm Cleo den Korb aus der Hand. Der warme Geruch ihres Körpers war lebhafter als alles, was LSD herbeizaubern konnte. »Dick soll sich einen anderen suchen. Wir bringen ein paar Flaschen mit und treffen uns in ein paar Minuten am Wasserlauf...«

Halluzinationen sangen in der Sommerluft und schwebten zur Wiese mit dem Wasserlauf und zu der magischen Lichtung bei den Filmstudios.

Die Ausstellung

Der Gedanke, eine Ausstellung mit Unfallautos zu organisieren, kam mir 1969 nach einem Unfall in der Nähe von Fair Oaks, in den Sally und David Hunter verwickelt waren. Glücklicherweise wurde niemand verletzt, aber die seltsamen Umstände des Unfalls und das Verhalten der Zeugen schien unmittelbar der speziellen Logik der sechziger Jahre zu entspringen. Die Ausstellung im Arts Laboratory, die einige Besucher faszinierte und ungleich mehr vor den Kopf stieß, faßte so viele meiner Obsessionen zur damaligen Zeit zusammen, und darüber hinaus prophezeite sie eindeutig den Autounfall, bei dem ich drei Monate später fast ums Leben gekommen wäre. Bis zu seinem Ende entblößte das Jahrzehnt seine grellen Geheimnisse.

Sally, die immer noch entschlossen war, mich aus Shepperton herauszuholen, hatte Karten für die Flugschau in Fair Oaks gekauft, wo David an einem Formationsflug von Tiger Moths teilnahm. Alice und Lucy hatten solche Angst vor den explodierenden Abgasen, daß sie nicht mitkamen und den Tag bei Cleo Churchill und ihrer Tochter verbrachten. Sally bestand großzügig wie immer auf einer Extrawurst für Henry. Als sie eintraf, baute er im Kinderzimmer gerade ein Modellflugzeug zusammen und war von seiner eigenen Ausstellung von Kampfflugzeugen aus dem Zweiten Weltkrieg umgeben, vorzüglichen Nachbildungen, die mehr Details als die Originale zu enthalten schienen.

»Komm schon, Henry! Ich werde David bitten, daß er dich auf einen Rundflug über Shepperton mitnimmt.«

»Nun... David macht mir angst. Ist Neil Armstrong da?«

»Er hat sich entschuldigen lassen – er mußte wieder auf den Mond.« Sally quetschte Henrys weißen Footballhelm, ein Geschenk von Dick Sutherland, über ihr weißblondes Haar. »Henry, ich werde die erste Astronautin sein.«

»Mann...! Eine Frau?«

»Kaum zu glauben, was? Ein gewaltiger Schritt für die Frauen, das brauchen wir.« Als Henry sich umziehen gegangen war, strich Sally zwischen den Modellflugzeugen herum und blies den Rauch ihrer Moroccan Gold durch die silbernen Propeller. »Sie sind so perfekt, wie ausgebrütete Fabergé-Eier. Die Welt füllt sich langsam mit kaputtem Plastik, und der kleine Henry sitzt hier allein und setzt alles wieder zusammen. Darüber solltest du schreiben.«

»Das mache ich doch, Sally. Es ist praktisch mein einziges Thema.« Ich war froh, sie zu sehen, und hielt ihre rastlosen Hüften fest. »Sally... du bist fünf Meilen hoch, bevor die Räder vom Boden abheben.«

»Hier spricht der Kapitän.« Sie legte mir ihre narbigen Unterarme mit der Mischung von Duftproben auf die Schultern. »Das Flugzeug, das gerade auf Shepperton abstürzt, ist der Mumford Express...«

Den Footballhelm trug sie immer noch, als wir zum Flugplatz von Fair Oaks aufbrachen. Ihre Besuche in Shepperton, die nicht mehr so häufig erfolgten, beruhigten Sally immer. Sie landete wie eine exzentrische viktorianische Ballonreisende und wurde durch die Zuneigung der Kinder im Boden verankert. Aber kaum ließen wir diese geringe Schwerkraft hinter uns, rauschte sie davon. Sie hatte sich mit ihren Armen zum offenen Fenster hinausgelehnt, das blonde Haar flatterte durchs Schiebedach im Wind, und sie winkte den Statisten zu, die aus den Filmstudios kamen. Vom glühenden Ende ihrer locker gedrehten Zigarette stob ein Funkenschauer auf den Rücksitz und setzte das Ohr eines getreuen Koalas in Brand. Als Henry einen Erstickungsanfall bekam, beugte sich Sally über den Sitz und schlug auf die rauchende Glut. In Fair Oaks unterhielt sie sich laut rufend mit den jungen Polizisten, die den Verkehr regelten und staunend den Minirock über ihren Pobacken betrachteten.

Als wir auf dem Parkplatz angekommen waren, bemerkte sie ein Fernsehteam, das die Flugschau filmte. Sally nahm den Helm vom Kopf, bekam den starren Blick ihrer Lieblingsamphetaminumnachtung und betrachtete die abgestellten Flugzeuge und stattlichen Piloten auf eine gramzerfurchte Weise. Protestmärsche gegen den Vietnamkrieg und Handgemenge mit der Polizei, Drogenrazzien und Erholungsausflüge nach New York hatten ihr ein Manhattan-Zittern im Endstadium verschafft, teils ständige Zeitumstellung, teils Überdosis von Heroin. Wie viele andere am Ende der sechziger Jahre, diesem zehnjährigen pharmazeutischen Testlauf, betrachtete sie die Medienlandschaft als ein Lebenserhaltungssystem, das ihr betäubtes Gehirn mit einer Diät aus Gewalt und Sensationsgeilheit zwangsernährte.

Aber manchmal dachte ich mir, daß Sally und ein paar Tausende wie sie es waren, die das Jahrzehnt stützten, die unbarmherzig die letzten Schübe von Energie und Erregung aus ihren zerfransten Nervensystemen peitschten. Das Karussell, das von Sally auf ihrem erschöpften Einhorn angetrieben wurde, drehte sich immer schneller. Ich haßte die Nadeleinstiche an ihren Armen, sah sie aber gern mit Geschenken für die Kinder und endlosen Geschichten von der King's Road nach Shepperton rauschen. Sie war glücklich, wenn sie stundenlang mit Alice und Lucy in deren Zelt im Garten spielen und einen Geburtstagskuchen für einen langjährigen Teddy backen und glasieren durfte. Später, wenn die Kinder schliefen, legte sie sich auf das Sofa, drückte mir ihre Absätze ins Gesäß und strangulierte mich fast, während sie nach einer schwindenden Erinnerung an ihren Vater griff, die sie mit meiner Hilfe zurückholte.

Dann zog sie sich rasch an und vergaß mich, verschwand in die Nacht mit Ausflüchten von einer Party und war zu ungeduldig, um sich mit meinen Bedürfnissen zu belasten. Ich war stets ein wenig niedergeschlagen, aber meistens erleichtert, wenn sie wieder ging. Die leeren Spritzen, die ich im Mülleimer auf der Toilette fand, machten mich nervös. Besorgniserregend war außerdem, daß sie Geld von den Kindern stahl, als wollte sie einen Teil der Zuneigung, die sie an sie verschwendete, wieder zurückkaufen. Alice und Lucy waren so vernarrt in Sally, daß es ihnen einerlei war. Als ich anbot, ihr Geld zu leihen, fuchtelte sie mit ihren goldenen Kreditkarten vor meinem Gesicht, und mir wurde klar, daß sie es brauchte, die Münzen aus den Geldbeuteln der Mädchen zu stehlen. Das Karussell hatte sie zu dem Irrglauben verleitet, daß nichts außer seiner Geschwindigkeit zählte.

»Sally, Süße ... Jim, hat sie es doch geschafft, dich aus deinem kleinen Alcatraz herauszulocken.« David stand in einem weißen Fliegeranzug strahlend neben seiner Tiger Moth und brachte gerade den Feuerlöscher an. Er umarmte Sally, schenkte mir ein freundliches, aber kühles Lächeln und drückte mir den Feuerlöscher in die Hand, als wollte er andeuten, daß ich ihn bald brauchen würde. »Gehen wir, Henry – wir schleichen uns davon und bombardieren Shepperton.«

»Echt, können wir das, David? Dann bombardieren wir meine Schule.«

Ich hatte schon seit einer Weile vermutet, daß Sally sich mit ihm traf. Sie hatten nichts gemeinsam, was Temperament oder Interessen anging – David verabscheute Hippies und Motorradfahrer und würde versuchen, sie zu überfahren –, aber sie konnten ihre eigensinnigen Bedürfnisse aufeinander übertragen.

Henry und ich blieben vor einem Mignet Flying Flea stehen, kaum mehr als ein Luftskateboard, und Sally schlenderte zu der Tiger Moth, die David in einem Werbespot für

Wermut flog. Sally wickelte sich aus ihrem Seidenschal, als wollten sie unter den Tragflächen miteinander schlafen. Als David sie begrüßte, leuchtete derselbe Schalk in seinen Augen, den er schon für die Huren von Moose Jaw übrig gehabt hatte. Er hielt sie fest an seiner Schulter und drückte ihr blondes Haar an die Lippen, während er Henry fröhlich winkte. Innerhalb weniger Minuten trug Sally eine lederne Fliegerjacke, einen vorsintflutlichen Helm und eine Schutzbrille – der Traum eines Fetischisten von einer weißblonden Frau in Lederkluft. Als sie sich auf Zehenspitzen stellte und David küßte, beherrschte ihre Möse den Flugplatz.

Sally klammerte sich an seinem Arm fest, glücklich, diesen gefährlichen Mann auf die Probe stellen zu können. Als sie mit der Tiger Moth abgehoben hatten, drehte David eine formelle Runde um den Flugplatz, und ich spürte, daß er Sally der gesamten Fliegerschau vorführte, eine Najade der Lüfte, die er von den Wolken mit heruntergebracht hatte. Wieder zurück auf dem Boden, hob er sie aus dem Cockpit und stellte sie förmlich der sterblichen Erde vor. Sallys Gesicht war weiß vor Kälte, Lippen und Nase spitz wie bei einem arktischen Vogel, und der Wind wehte noch durch ihre flammenden Augen. Der Himmel hinter ihr war ein Herointraum. Ich wollte bei ihnen bleiben, weil ich fürchtete, Sally könnte David zu einem irren Fliegerkunststück herausfordern, aber er wich meinen Blicken aus.

David und ich hatten uns in den vergangenen Jahren nicht mehr so oft gesehen. Ich mochte ihn wegen seines zerrissenen Wesens, seines lässigen Charmes und weil er so vernarrt in die Kinder war – Henrys Leidenschaft für Flugzeuge hatte ganz allein David geschürt, der endlose Nachmittage damit verbracht hatte, mit ihm zu entlegenen Flugplätzen zu fahren. Aber David wurde nicht mit Miriams Tod fertig – er vergaß sie keineswegs, sondern schien den Verlust im Lauf der Zeit immer stärker zu empfinden.

Manchmal sah er mich an, als wäre ich für ihren Tod verantwortlich, und er allein hielte ihr Andenken wach. Eine Woche vor der Flugschau in Fair Oaks kam er in einem Restaurant in Soho auf mich zu, wo ich mit einer amerikanischen Journalistin zu Mittag aß, stand stumm an unserem Tisch und ging nicht auf meine Einladung ein, sich zu uns zu setzen. Die Kellner stürmten an ihm vorbei, aber er sah mir nur ins Gesicht und erkannte in mir endlich das, was ich war. Ich fragte mich, ob er mich schlagen würde, aber er berührte nur wortlos meine Schulter und ging dann zu seinen Freunden zurück.

Äußerlich war er immer noch der tolerante ältere Bruder, der meinen Charakter und meine Motive rückhaltlos verstand. Er hatte nie etwas von mir gelesen, weil er sagte, dafür bestehe keine Notwendigkeit – die wichtigste Geschichte in meinem Kopf hatten wir schon durchlebt. Sein Sinn für Humor war zunehmend exzentrischer geworden und ahmte fast die Surrealisten nach, die ich so sehr bewunderte. Die wachsende Zahl japanischer Touristen, die London besuchten, betrachtete er als bewußten Versuch, ihn zu provozieren. Als er mich von der Premiere von *2001 – Odyssee im Weltraum* nach Hause fuhr (»... ein Lehrfilm der Pan-Am für Weltraumstewardessen«, lautete sein Kommentar), hielt er mit seinem Jaguar im Belgrave Square und beobachtete lächelnd eines der hohen Stuckhäuser. Ich vermutete, daß er die Privatadresse eines berühmten Fernsehkomikers herausgefunden hatte, aber wie sich herausstellte, handelte es sich um die japanische Botschaft. Als ein unglücklicher Attaché herauskam, der wahrscheinlich auf dem Weg zu einem Seminar des British Council über die interkulturellen Beziehungen unserer Länder war, ließ David den Motor aufheulen, raste auf den schon älteren Japaner zu und schleuderte ihn fast über die Motorhaube. Für David war das ein guter Witz, der nichts von seiner Pointe eingebüßt hätte, wäre der Mann ums Leben gekommen. »Ich habe mich an Schanghai erinnert«, rief er, während wir mit überhöhter Geschwindigkeit durch Knightsbridge rasten. »Ich fange an, es zu vergessen... aber das Dumme ist, es gibt nichts anderes, woran ich mich erinnern könnte.«

Glücklicherweise verfügte er aufgrund seiner Dienstzeit bei der Royal Air Force über ausgezeichnete Kontakte zu ehemaligen Militärpiloten, den besten der Welt. Er handelte jetzt mit Flugzeugen und verkaufte zweisitzige französische Helikopter an Popstars und Geschäftsmagnaten, die auf Stil Wert legten. Aber seine wahre Leidenschaft galt Tourenwagenrennen in Brand's Hatch. Er war zweimal wegen gefährlicher Überholmanöver disqualifiziert worden – dieselben gefährlichen Manöver, die er auf jeder zweispurigen öffentlichen Straße unternahm. Er fuhr absichtlich riskant, als wollte er einen beiläufigen Nihilismus zum Ausdruck bringen. Er war abgeschnitten von seiner Vergangenheit in China, die wir beide allmählich vergaßen, besaß keinerlei Wurzeln in England und mußte mitansehen, wie ihm die wenigen realen Elemente seines Lebens verlorengingen, als seine Eltern starben und Kriegskameraden nach Australien oder Südafrika in den Ruhestand gingen.

Ich machte mir Sorgen um David und wollte ihm helfen, so wie ich Sally von der Nadel losbringen wollte, aber ich war zu sehr mit den Kindern beschäftigt. Als sie Arm in Arm zur Bar des Fliegerklubs gingen, folgte ich ihnen, spürte aber, wie Henry mich am Arm zog. Er besaß Verstand genug zu wissen, daß wir sie allein lassen sollten, und interessierte sich mehr für die Flugzeuge, die nebeneinander auf dem Rasen standen, jedes einzelne ein Zaubertrick, der dem Wind ein Schnippchen schlug. Wir waren froh, daß wir einander Gesellschaft leisten konnten, und streiften den ganzen Nachmittag durch die Flugschau.

Am Abend, als wir zum Parkplatz zurückkehrten, waren Davids Jaguar und Sally nicht mehr da. Ich vermutete, daß David sie zu ihrer Wohnung in Bayswater gefahren hatte. Der Geruch ihres Körpers hing immer noch im Inneren meines Wagens und war dem Sitz neben mir aufgedrückt, ein fast sichtbares Abbild der Zuneigung und der Begierde. Ich mußte an sie denken, als wir im dichten Verkehr nach London zurückfuhren. Rückstaus blockierten beide Fahrspuren, auf dem Dach eines Polizeiautos am Straßenrand leuchtete das Blaulicht.

Zwei Autos waren auf der Zufahrt zur Chertsey Bridge zusammengestoßen, Glassplitter der Windschutzscheiben funkelten auf der Straße. Wir bewegten uns langsam vorwärts, theatralisch von einem Verkehrspolizisten weitergewinkt, als wären wir Statisten, die zu spät zu den heutigen Dreharbeiten gekommen waren. Durch den entgegenkommenden Verkehr konnte ich das erste beschädigte Auto sehen, ein Londoner Taxi, das zwei japanische Stewardessen und deren Gepäck vom Flughafen Heathrow brachte. Unter den Blicken eines Polizeisergeanten begutachtete der Fahrer seine eingedrückten Scheinwerfer und den Kühler. Die jungen Japanerinnen standen neben ihm und blinzelten fast schuldbewußt ins englische Sonnenlicht.

Ich kannte das zweite Auto und das weiße Bein, das durch die offene Beifahrertür hinaus auf die Straße ragte. Davids silbergrauer Jaguar stand schräg auf der Straße, die verchromte Stoßstange war ins rechte Radgehäuse gedrückt worden. Sally und David saßen nebeneinander auf den Vordersitzen. Keiner war verletzt worden, aber die Windschutzscheibe des Jaguars war zersplittert und hatte das Wageninnere und die Straße mit winzigen Glassplittern übersät. Sally hatte sich zurückgelehnt, die Schenkel gespreizt und eine Hand auf Davids Arm gelegt. Sie sah auf das Glas hinab, das auf ihrem Schoß lag, aber keiner unternahm einen Versuch, es zu entfernen. Bei ihrem Anblick fiel mir ihre selbstbewußte Pose auf, wie Tänzer, die am Ende ihrer Darbietung in ihrer Geste erstarrt waren, die das Publikum von den Stühlen riß. Sie interessierten sich nicht für das Wohlergehen des anderen, lediglich für die Posen, die sie im Inneren des Jaguar einnahmen, als wollten sie sich für einen künftigen Zweck die Geometrie von Sallys entblößten Schenkeln, dem gerippten Leder der Sitzpolster sowie den präzisen Winkel zwischen Davids Schritt, der Lenksäule und der Neigung des Lenkrads genauestens einprägen.

Der Polizeisergeant sprach durch das Fenster mit ihnen, aber sie schenkten ihm keine Beachtung, sondern starrten gebannt auf ihre Hände. Sie schienen tatsächlich für eine künftige Darbietung zu üben, eine noch präziser inszenierte Kollision. Sallys Gesicht drückte keinen Schock aus, vielmehr lag ein dünnes Lächeln auf ihrem Gesicht, das in seiner Selbstgefälligkeit etwas vage Sexuelles an sich hatte.

Der Verkehr kroch weiter Richtung Brücke, aber ich hielt den Wagen an, machte die Tür auf und wollte meine Hilfe anbieten, bevor die Ambulanz eintraf.

»Daddy…!« warnte mich Henry. »Der Polizist schreit dich an!«

Eine Faust trommelte über meinem Kopf auf das Dach. Ich reagierte auf die Warnung des Verkehrspolizisten, winkte Sally und David ermutigend zu und fädelte mich wieder in die Schlange über die Brücke ein. Einige Fußgänger standen am Bordstein und betrachteten müßig die beschädigten Autos. Dann traten sie zurück und machten Platz für ein kundigeres Publikum, das mittlerweile eingetroffen war. Zuschauer, die von der Flugschau zurückkehrten, stellten ihre Autos in einer Seitenstraße und auf dem Parkplatz eines Pubs am Fluß ab. Sie scharten sich um den Jaguar und begutachteten die Schäden an der Karosserie und die Bremsspuren auf der Straße mit den geübten Augen von Enthusiasten, die eine akrobatische Darbietung bewerteten. Zwei Filmkameras filmten den Schauplatz, und die Polizei unternahm keinen Versuch, das zu unterbinden, so beeindruckt war sie vom Sachverstand dieses teilnahmsvollen Publikums. Aber niemand erweckte auch nur den Anschein, Sally und David helfen zu wollen, und ein Mann mit Fliegerjacke beschwerte sich sogar, als ein Ambulanzwagen auf der Bildfläche erschien und die Notärzte, die Sally aus dem Auto hoben, vor den Bildsucher seiner teuren Kamera traten. Vor meinen Augen war eine neue Form von Straßentheater geboren worden.

Wenn ich im Verlauf der nächsten Wochen durch London fuhr, bemerkte ich denselben nachdenklichen Blick bei Menschen, die sich an Unfallorten versammelt hatten, als hätten diese zufälligen Kollisionen geheime Formeln ihres Lebens entblößt. Büroangestellte auf dem Weg zur Mittagspause, Fahrer, die Lieferwagen ausluden, sie alle betrachteten die beschädigten Autos, die sich mitten aus dem vorbeifließenden Verkehr zu Fanfaren aus kreischendem Metall und tönenden Hupen formierten. Jedesmal bildete sich unweigerlich ein aufmerksames Publikum, das die ineinander verkeilten Fahrzeuge gelassen inspizierte.

Ich stellte das Auto häufig ab, schlenderte durch die Menge und staunte über die ruhige und beherrschte Reaktion der Schaulustigen. Nur zehn Jahre früher hätte jeder mit bloßen Händen an den zerschmetterten Karosserien und eingedrückten Dächern gezogen und versucht, die verletzten Insassen zu retten. Aber inzwischen beherrschten aus einer Ökologie der Gewalt geborene Akte abstumpfender Brutalität die Freiräume ihrer Phantasie und saugten sämtliche Gefühle und Emotionen ab. Vielleicht versuchten sie in ihrer nachdenklichen Gemeinschaft mit dem Unfallwagen, die im Fernsehen übertragenen Bilder von Katastrophen und Attentaten zu verarbeiten, die ihr Denken beherrschten, und taten, was sie konnten, um ein verlorenes Gefühlsleben wiederherzustellen.

Wohin diese irregeleitete Logik führen konnte, begriff ich zum ersten Mal, als mich Sally zur Eröffnung der neuen Räumlichkeiten des Arts Laboratory in Camden Town fuhr. Normalerweise hütete ich mich davor, Beifahrer in

Sallys feurigem, aber unzuverlässigem MG zu sein, und fand immer eine Ausrede, damit sie die Kinder nicht fuhr. An diesem Abend jedoch war sie erstaunlich ausgeglichen, hielt sich an die Geschwindigkeitsbegrenzungen und sah regelmäßig in den Rückspiegel. Ich machte mir Sorgen um sie und fragte mich, ob sie immer noch an den Folgen des Unfalls nach der Flugschau litt.

»Ich habe überhaupt nichts gespürt«, erwiderte sie, eindeutig enttäuscht. »Ich habe nicht einmal gesehen, wie es passiert ist. Plötzlich saßen wir mitten im Glas mit diesen riesigen Polizisten um uns herum. Nicht einmal ein Kratzer – ich fühle mich wirklich betrogen.«

»Du hättest durch die Windschutzscheibe geschleudert werden können.«

»Jim, es war nur ein Rumms! Es hätte dir gefallen. David hat einfach, ohne nachzudenken, das Steuer herumgerissen.«

»Das kann ich mir nicht vorstellen...« Die japanischen Stewardessen hatten am Fuß der Chertsey Bridge blinzelnd im Sonnenschein gestanden wie Geiseln, die an eine Zielscheibe gefesselt waren. »Ich wette, er hat genau gewußt, was er machte.«

»Nein, es war typisch David. Ihm war nach Überholen zumute. Ich weiß nicht, warum die Japanerinnen da waren.«

»Sally, er wird dich umbringen.«

»Toll! Vielleicht gefällt es mir...« Wir hatten auf der Überführung Westway angehalten, wo die Lichter des Verkehrs auf Sallys blassem Gesicht und ihrem wilden Lächeln spielten. Als sie sah, daß sie mich schockiert hatte, drückte sie meine Hand aufs Lenkrad. »Keine Sorge, David möchte selbst getötet werden, für mich interessiert er sich nicht. Er versucht dauernd, andere Autos zu rammen. Jedes gefährliche Manöver erinnert ihn an etwas – den Krieg, vermute ich. Du hast nie von eurem Lager gesprochen, Jim. Ist ihm dort etwas körperlich Schlimmes zugestoßen?«

»Körperlich ist ihm überhaupt nichts zugestoßen.«

»Und was ist mit dir – vielleicht seelisch?«

»Sally, das ist schon lange, lange her.«

»Für ihn nicht. Autounfälle rufen David alles wieder ins Gedächtnis. Für ihn sind sie das, was für andere Stierkämpfe sind – Sex und Tod... Jim, es macht dir doch nichts aus, daß ich mit ihm gegangen bin? Er ist dein ältester Freund, das ist anders, als wenn ich mir jemanden ausgesucht hätte, den du nicht kennst.«

»Ich denke, das stimmt...«

»Ich liebe die Kobolde. Sie haben mir geholfen, erwachsen zu werden. Und dich. Aber jetzt schreibst du ununterbrochen, und ich bin so mit anderen Dingen beschäftigt...« Sie sprach leise, wie zu sich selbst. »Alle verändern sich, und wir entfernen uns ständig voneinander.« Ich wünschte mir, wir könnten alle nur einmal still stehenbleiben und uns erinnern, wie es früher war. Es passiert so viel, und ich möchte an allem teilhaben. Ich möchte die Träume aller Menschen leben, möchte unmittelbar in ihnen sein...«

»Sally, das bist du. Aber...«

»Jim, ich werde mich immer von dir vögeln lassen.«

Sie strich sich durch das zerzauste Haar, weil ihr wohl bewußt war, daß ich das vielleicht nicht immer wollte. Ihre Finger spielten mit der narbigen Oberlippe, wo sie von einem flüchtigen Liebhaber, einem übellaunigen Undergroundfilmemacher, geschlagen worden war. Als ich sie ansah und merkte, wie tapfer sie bemüht war, sich zusammenzunehmen, wurde mir bewußt, wie sehr sie jeden Mittelpunkt ihres Lebens verloren hatte. Shepperton war die Achse ihres Karussells gewesen, wo sie sich an dem bunten Treiben gewärmt hatte, mit dem ich, wobei sie mir half, meine Kinder umgab; aber sie hatte sich zu den kreisenden Lichtern und dem Luftzug weit draußen am Rand entfernt. Ich war zu langweilig für sie, zu sehr mit den Spielen und Hausaufgaben der Kinder beschäftigt, zu abhängig von den Gläsern voll Whiskey und Soda, die mich aufmunterten und die Welt beruhigten, ein Szenario, das für Sally zu enge Grenzen aufwies. Sie brauchte es, daß die Welt um sie herum toste wie die Wellen, die am Strand von Brighton ihre Taille umwogt hatten.

Wir fuhren weiter, kreuzten die Marylebone Road und gerieten in den Irrgarten alter Handelsniederlassungen abseits der Camden High Street. Als Sally sich am Rückspiegel zu schaffen machte, wurde mir klar, daß sie absichtlich falsch gefahren war, als wollte sie, daß uns jemand aufspürte. Ich suchte die Silhouette der verfallenen Gebäude ab. Das Arts Laboratory war in ein einstiges pharmazeutisches Lagerhaus umgezogen; die offenen Betongeschosse waren die ideale Umgebung für die brutalen Happenings und Ausstellungen, die riesigen Luftschächte wie geschaffen, um im Fall einer Drogenrazzia den letzten Hauch Haschischqualm zu vertreiben.

Als wir in eine Einbahnstraße einbogen, sah ich die Scheinwerfer eines in einer Nebenstraße wartenden Autos aufleuchten. Das Auto kam auf uns zu gerast und beschleunigte. Der hochfrisierte Motor heulte auf. Ich riß das Lenkrad herum, und Sally trat auf die Bremse, aber das Auto war an uns vorbeigeschleudert und hatte mit dem seitlichen Windschutzscheibenholm den Außenspiegel eine parkenden Lastwagens abgerissen. Im Strudel von Geschwindigkeit und Gefahr erkannte ich den silbergrauen Jaguar mit dem deformierten Kühler. Er brauste, ohne innezuhalten, aus der Einbahnstraße und verschwand in der Nacht.

»Sally – fahr runter von der Straße. Er könnte zurückkommen.«

Sally hatte sich an die Kopfstütze gelehnt, das weiße Haar hing ihr wie ein Totenschleier ins Gesicht, und der Augenblick der Gewalt, der sich wie ein plötzlicher Feuersturm erhob, machte sie fassungslos und lähmte sie. In der Dunkelheit klirrte der abgerissene Spiegel ein letztes Mal auf dem Bordstein. Ich wechselte auf den Fahrersitz, trat die Kupplung, ließ den abgewürgten Motor an und steuerte den Wagen auf den Ladeplatz eines leerstehenden Lagerhauses.

Wir saßen schweigend da und lauschten dem fernen Stöhnen des Jaguars, der die Straßen heimsuchte, der Ruf eines Liebenden in der Nacht.

»War das David?« fragte ich. »Sally, hast du ihn gesehen?«

»Er kommt wieder.« Sally hielt meinen Arm. »Er hat versucht, dich zu warnen.«

»Wie lange verfolgt er dich schon?«

»Nur manchmal. Dann verfolge ich ihn.« Sie drückte meine Hand, mit der ich das Lenkrad umklammerte. »Es ist ein Versteckspiel. Wir tun so, als würden wir zusammenstoßen. Geh ihm aus dem Weg, Jim – einmal hat er gesagt, daß du in Wirklichkeit ein Japaner bist...«

Sie saß in der Dunkelheit und betrachtete das verblichene Schild hinter uns an der Wand, das edwardianische Schmelztiegel und Destillen anpries. Sie hatte die Schenkel gespreizt und wiederholte so die Pose in Davids Auto nach dem Zusammenstoß vor der Chertsey Bridge. Sie war gleichzeitig betäubt und erregt und schwebte in einem Traum von Gewalt und Begierde.

»Es ist gemütlich hier. Ständig Autounfälle... Jim, du mußt...«

Sie nahm meine Hand und drückte sie zwischen ihre Beine. Der Baumwollslip war durchtränkt, sogar ihr Rock war feucht, ein Effekt, den der rasende Jaguar ausgelöst hatte. Sie krümmte den Rücken, zog den Slip bis zu den Knien hinunter und kickte ihn dann unter den Sitz. Sie führte meine Hand zu ihrer Vulva, drückte meinen Ringfinger auf ihre Klitoris und breitete die Arme über der Sitzlehne aus, als würde sie sich nach einem aufsehenerregenden Unfall im Auto ausruhen. Als ich ihre Oberschenkel liebkoste und versuchte, ihre Einstichnarben zu glätten, folgte sie meinen Fingern mit ihren eigenen und suchte nach den Umrissen der stilisierten Wunden, die sie ihrer weißen Haut wie ein Siegel aufgeprägt hatte.

»Jim, eines Tages werden wir beide in einen Autounfall verwickelt sein. Das würde mir gefallen ... denk jetzt für mich daran.«

Sie rutschte diagonal über den Sitz, hob die Schenkel, um ihren Anus zu entblößen, und streichelte mit dem Zeigefinger ihre Vulva. Ich umarmte sie zärtlich und dachte an unsere gemeinsamen Jahre. Mir fiel ein, wie sie auf der Wiese in der Nähe des Popfestivals mit den Pferden gelaufen war, wo ihr weißblondes Haar zwischen den Schweifen der Tiere flatterte und Kindheitserinnerungen ihre Augen zum Leuchten gebracht hatten.

Ich kniete auf dem Boden und nahm das Armaturenbrett wahr, das an meiner Schulter leuchtete. Das stilisierte Innere des Autos umfing Sally so leidenschaftlich wie jeder Liebhaber. Als mein Penis in sie eindrang, hielt sie mich so an den Hüften fest, daß sich lediglich die Eichel in ihr befand. Sie zog die schwarzen Schulterträger ihres Kleids herunter, streifte das Oberteil nach unten und entblößte ihre Brüste.

Als ich diese liebkoste, betrachtete sie mich ausdruckslos, als wollte sie von einer Maschine vergewaltigt werden. Sie hielt meinen Kopf Zentimeter von der Brustwarze entfernt und zeichnete ein Muster auf ihre Brust, das Diagramm einer Verstümmelung, von der sie noch nicht zu träumen gewagt hatte. Sie entblößte sich nicht vor mir, sondern vor den Konstrukteuren des Autos, vor David Hunter, dessen Stellvertreter ich geworden war, und vor dem unbekannten Mann, der ihre Kindheit geformt hatte. Ihre Finger kratzten an meiner Brust und versuchten, das Pflaster über einer Verletzung abzureißen, während sie mit der anderen Hand ihre Brustwarze klopfte wie eine Krankenschwester die Armbeuge, um Blut abzunehmen. Als ich kam, drückte sie ihre Brust auf meinen Mund, als wollte sie mir alles Blut zurückgeben, das ich in dem Sextod, von dem sie träumte, verloren hatte.

Wir lagen nebeneinander, während Davids Jaguar in den Straßen jagte, ein Tier, das seine seltsame Brautwerbung betrieb. Als die Scheinwerfer über die Wand des Lagerhauses glitten, preßte Sally den Kopf an meine Schulter. Sie saugte an ihren entzündeten Armen und klammerte sich an meine Brust, als hätte sie Angst, sie könnte mich verlassen und den heranbrausenden Scheinwerfern entgegenlaufen.

Meine Ausstellung von Unfallautos gastierte vier Wochen lang im Arts Laboratory und wurde von Besuchern der Galerie unablässig angegriffen. Zu den wenigen, die sie billigten, gehörte Peter Lykiard. Als ich ihm auf Drängen Sallys meine Idee von der Ausstellung unterbreitet hatte, hieß er das Projekt auf der Stelle gut.

»Ausgezeichnet, Jim... auf seine Weise emotionaler Minimalismus in reinster Form. Das würde Warhol gefallen.«

Tatsächlich waren meine Absichten völlig konträr. Für mich war das Unfallauto eine Fundgrube der stärksten und heftigsten Emotionen, ein mächtiges Symbol der neuen Logik von Gewalt und Sensationen, die unser Leben beherrschte.

Im Begleittext zu dem Ausstellungskatalog schrieb ich: »Die Verbindung von Vernunft und Alptraum, die die sechziger Jahre beherrscht, hat eine in zunehmendem Maße unüberschaubare Welt hervorgerufen. Die Gespenster unheimlicher Technologien und käuflicher Träume huschen über die Kommunikationslandschaft. Thermonukleare Waffensysteme und Werbesendungen für alkoholfreie Getränke existieren nebeneinander in einem unbehaglichen Gelände, das von Werbung und Pseudoereignissen, Wissenschaft und Pornographie beherrscht wird. Der Tod von Gefühl und Emotion hat uns endlich die Freiheit geschenkt, unsere eigene Psychopathologie als Spiel auszuleben... ›Crashed Cars‹ illustriert die allgemein verbreitete Katastrophe, bei der jedes Jahr Hunderttausende Menschen getötet und Millionen verletzt werden, die aber dennoch eine Quelle endloser Unterhaltung auf unseren Fernsehschirmen und Kinoleinwänden ist.«

Entgegen meiner Erwartung war es kein Problem, die Ausstellung zu bestücken. Die Autofriedhöfe im Norden von London bargen einen Schatz an Ausstellungsstücken, waren gleichsam die Freiluftlagerhallen eines technologischen Louvre. Auf einem Schrottplatz in Hackney wählten wir einen frontal eingedrückten Peugeot und einen Mini aus, der eine bewachsene Böschung hinuntergerollt war, deren Gras noch in den Zierleisten am Dach wuchs.

Durch Zufall fanden wir einen Lincoln Continental, der große Ähnlichkeit mit jener offenen Limousine aufwies, in der Präsident Kennedy getötet worden war. Dieses riesige amerikanische Auto war in einen schweren Frontalzusammenstoß verwickelt gewesen, bei dem der Kühlergrill weit ins Motorgehäuse gedrückt wurde, wohingegen der Rest des Autos sich praktisch noch in neuwertigem Zustand befand.

Zweifellos war es dieser eingedrückte Lincoln, der die heftigsten Reaktionen auslöste. Das gewaltige schwarze Auto stand inmitten von kahlen weißen Wänden unter den kalten Lichtern der Galerie. Obwohl draußen auf der Straße geparkt, keines der Autos eine Spur von Betroffenheit ausgelöst haben würde oder auch nur einen Augenblick der Trauer über das tragische Schicksal der Insassen, wurden sie in der Galerie zum Brennpunkt nervösen Gelächters und wütender Kommentare. Besucher, die in die Galerie schlenderten und unerwartet auf die Autos stießen, kicherten vor sich hin oder verfluchten die Fahrzeuge.

Diese Reaktionen bestätigten meine sämtlichen Verdachtsmomente, wonach eine irregeleitete Technologie eine gefährliche Logik in unser Leben einwob. Um das Publikum weiter auf die Probe zu stellen, engagierte ich eine junge Frau, die die Gäste der Eröffnungsparty via Hausfernsehen oben-ohne befragen sollte. Ursprünglich hatte sie sich bereit erklärt, nackt mit den Mikrofonen aufzutreten, aber als sie die Autos sah, hatte sie nur noch die Brüste entblößen wollen – eine für sich interessante Reaktion.

Es erübrigt sich wohl zu sagen, daß dies alles die Gäste über das Maß des Erträglichen hinaus provozierte. Ich habe noch nie erlebt, daß eine Ausstellungseröffnung so schnell zu einem Zechgelage ausgeartet ist. Die Gäste, von Sally und David Hunter angestachelt, schütteten Wein über die Autos, rissen die Außenspiegel ab und schlugen die noch unversehrten Scheiben ein. David sprang in der Galerie herum und beobachtete das Tohuwabohu in allerbester Laune. Seine rastlosen Hände ließen kaum einmal von den Schrottautos ab, als hätte er endlich seinen natürlichen Wohnraum gefunden.

Als der Abend sich dem Ende näherte, nahm die Party eine häßlichere Wendung. Sally wurde auf dem Rücksitz des Continental beinahe von einem allzu stürmischen Bildhauer vergewaltigt, für den sie die Posen der Witwe des Präsidenten nachgeahmt hatte. David, der sich in der Aufregung vergaß, drängte das Oben-ohne-Mädchen, Sally auf dem Höhepunkt der Tätlichkeiten zu interviewen.

»Sally, das ist Fernsehen live! Sag den Zuschauern, was du empfindest!« David zerrte den Kameramann hinter sich her, packte das Mikrofon und rammte es durch das Beifahrerfenster vor Sallys wütendes Gesicht. »Ich übergebe an dich, Sally! Gib uns einen Kommentar in deinen eigenen Worten …«

Als Cleo Churchill und ich Sally schließlich gerettet hatten, löste sich die Party auf, und die Gäste ergossen sich auf die Straße, wo sie nach einer noch größeren Ausstellung Ausschau hielten. Sally, die ihr zerrissenes Kleid zurechtzog, schlug mit einem Schuh auf den betrunkenen Bildhauer ein und hinkte zwischen den verstreuten Weinflaschen auf einem abgebrochenen Absatz davon. Sie verzog das Gesicht, als sie sich selbst auf dem Fernsehschirm sah, und verschwand mit einem Aufschrei in der Nacht.

»Ist Sally in Sicherheit?« Cleo wich dem Wein aus, der vom Dach des Lincoln tropfte, und schlug die Beifahrertür erleichtert zu. »Du hast etwas bewiesen, Jim – auch wenn ich nicht weiß was. Hat es sich gelohnt?«

»Als Experiment? Ich denke doch.« Ich wußte, sie mißbilligte die Ausstellung und war gegen ihre Überzeugung mitgekommen, um mir beizustehen. »Zumindest haben sie die Objekte nie aus den Augen gelassen, was man nicht von allen Ausstellungseröffnungen sagen kann. Dick Sutherland will das alles für seine neue Serie filmen. Wenn er aus den Staaten zurückkehrt, werden sie die Party im Television Centre nachstellen, wobei Statisten die Rollen der Gäste übernehmen.«

»Das verhüte der Himmel... Laß dich doch nicht ständig von ihm benützen.« Cleo, die der brutale Abend aus der Fassung gebracht hatte, wischte sich Wein von den Händen. Sie deutete auf den Monitorschirm, der ein Bild der verlassenen Galerie übertrug. »Du bist doch jetzt im Fernsehen – genügt das nicht?«

»Eine Fernsehsendung, Cleo – Dick ist der Meinung, daß der Einfall ein Millionenpublikum verdient hat.«

»Ich dachte, das wäre ohnehin schon der Fall. Du weißt doch, draußen auf den Straßen, die echten Unfälle?«

»Cleo, dies hier ist echt... Aber ich bin froh, daß du gekommen bist. Kann ich dich nach Hause fahren?«

»Jim, Lieber, ich glaube nicht. Heute abend hätte ich kein Vertrauen in deine Fahrkünste...«

Cleo stand vor der Kamera und benützte den Bildschirm als Spiegel, um nach Weinflecken auf den Ärmeln ihres Kleides zu sehen. Die elektronischen Farben deckten sich nicht mehr hundertprozentig, was mich an meine LSD-Vision erinnerte, als ich Cleo in Licht gehüllt gesehen hatte, wie sie unter den Bäumen beim Fluß schlenderte. Meine moreausche Prinzessin, die die Stare in Pfauen verwandelt und die Luft mit ihren anmutigen Händen zu Juwelen gemacht hatte. Ich fühlte mich von ihrer Intelligenz und ihrer ehrlichen Art angezogen und wollte sie wieder nach Shepperton einladen.

Aber Cleo war mir gegenüber ängstlich und wußte, daß ich verbissen einer eigenen gefährlichen Logik folgte. Wenn der Tod das Leben mit Blicken bezwungen hatte, wie die Welt zu glauben schien, konnte ich meinen Fall ruhen lassen. In einem verzweifelten Sinne würde Miriam wieder am Leben sein, Kennedy würde triumphierend durch die Dealy Plaza fahren, die Opfer des Zweiten Weltkriegs würden in ihren Gräbern ruhen, und ein chinesischer Jugendlicher auf einem ländlichen Bahnhof würde mir endlich seine verzweifelte Botschaft übermittelt haben.

Die Ausstellung lief über die geplanten vier Wochen. Während der ganzen Zeit wurden die Autos unablässig von aufgebrachten Besuchern mißhandelt. Hare-Krischna-Anhänger stürmten in die Galerie und warfen eine Dose weiße Farbe auf den Lincoln. Unterdessen setzten Sally und David Hunter ihre Brautwerbung fort und jagten einander so durch die Stadt, wie David und ich einmal in den Straßen von Schanghai Verstecken gespielt hatten, ein Spiel, das zu wichtig war, um es zu Ende gehen zu lassen.

An dem Abend, an dem die Ausstellung ihre Pforten schloß, fuhr ich die Überführung Hammersmith entlang Richtung Shepperton, als ich Sallys Auto vor mir die Ausfahrt hinunterrasen sah. Ich hatte den Nachmittag in der Galerie verbracht und den Abtransport meiner leidgeprüften Ausstellungsstücke überwacht, deren erbarmungswürdiger Zustand – sie waren voller Farbe und Graffitis, die Sitze uringetränkt – die hartgesottenen Schrotthändler erschreckte, die mit ihren Kranwagen vorgefahren waren. Zunächst weigerten sie sich, die Fahrzeuge entgegenzunehmen, nachdem ihre Augen für die Barbarei der modernen Kunst geöffnet waren. Die Autos waren vielleicht für Schrottpresse und Schmelzofen bestimmt, aber als die Arbeiter sie auf die Straße hinaus schleppten, säuberten sie sie bereits fürsorglich.

Als ich auf der Überführung fuhr, wischte ich mir die letzte weiße Farbe von den Händen und behielt Sallys Sportwagen, dessen defektes Rücklicht in der Dämmerung funkelte, im Auge. Wenn ich sie früher westlich von London auf der Straße gesehen hatte, war ich stets überzeugt gewesen, daß sie auf dem Weg nach Shepperton war. Jetzt vermutete ich, sie war auf dem Weg zu David auf dem Flugplatz Fair Oaks, und für einen Moment verspürte ich einen Bruchteil des Verlusts, den ich nach Miriams Tod empfunden hatte. Sally zumindest würde jedoch wieder mit mir lachen; wir würden miteinander schlafen und so vernarrt ineinander wie eh und je bleiben. Aber Sympathie und Verständnis wollte sie als allerletztes. Sie brauchte Davids unentschlossene Aggression und seine plötzlichen Stimmungsumschwünge, wenn er ihr ins Gesicht schlug, weil sie das Problemkind spielte.

Hinter Twickenham wurde der Verkehr spärlicher. Als wir am Rugbystadion vorbeikamen, scherte Sally auf die Überholspur aus und zwang einen Wagen hinter ihr zu bremsen. Aufblendlicht gleißte auf dem Heck ihres MG, und Sally bohrte spöttisch einen Finger durch einen Riß des Verdecks und ließ einen Funkenschauer ihrer Zigarette in die Nacht entweichen. Sie wich widerwillig beiseite und ließ das schnellere Auto überholen, dann scherte sie wieder in den Verkehrsstrom, und ihre Scheinwerfer erstrahlten im Rückspiegel des Fahrers.

Ich blieb in einer Schlange langsamerer Autos zurück und wartete, bis wir zum nächsten Kreisverkehr gekommen waren, überholte einen langsamen Lastwagen und setzte zur Verfolgung Sallys an. Sie sah in den Rückspiegel, und ich fragte mich, ob sie mich gesehen hatte, aber sie frischte nur ihr Make-up auf und zog die Lippen nach.

Ich mußte daran denken, wie sie mit David auf dessen

Feldbett im stillen Hangar unter den Tragflächen seiner Cessna schlief, wie sie mir oft genug erzählt hatte. Träume von Eifersucht und Verlangen überkamen mich, Bedauern darüber, daß ich Sally an diesen fliegenden Mann verloren hatte, und Wut auf mich selbst, weil ich mich so prüde vor ihren entzündeten Nadeleinstichen und den kleinen Diebstählen fürchtete...

Ich verlor die Kontrolle über das Auto, das über die Straße schnellte und das Heck des MG berührte. Wir rasten mit ineinander verkeilten Stoßstangen die Straße entlang. Die erschrockene Sally duckte sich weg von den wilden Scheinwerfern und der beschleunigten Masse des Autos, das so unvermittelt aus der Nacht aufgetaucht war. Sie scherte, eine Zigarette im Mund, nach links aus, geriet auf den unbefestigten Seitenstreifen und schwenkte, als sie die Kontrolle über das kleine Lenkrad verlor, wieder vor mich.

Ich versuchte, einen Zusammenstoß zu vermeiden, bremste scharf und riß das Auto auf die Überholspur. Als das Auto nach rechts abschmierte, spürte ich, wie einer der Vorderreifen platzte und die Luft entwich. Ich verlor die Gewalt über das Steuer. Das Auto rutschte seitlich über zwei Fahrspuren, der platte Vorderreifen prallte gegen die mittlere Leitplanke und schleuderte das Fahrzeug auf die Seite. Es zertrümmerte ein beleuchtetes Verkehrsschild, kippte auf das Dach und schlitterte auf die Gegenfahrbahn.

Ich hing im Sicherheitsgurt und sah den Asphalt wenige Zentimeter über meinem Gesicht dahinsausen, eine Decke aus rasendem Rollsplit, die von meinen Scheinwerfern beleuchtet wurde. Die Windschutzscheibe explodierte zu einem Schauer von Glassplittern. Das Dach wurde eingedrückt, der Rückspiegel streifte mich an der Stirn.

Das Auto war zum Stillstand gekommen und lag hundert Meter hinter dem beschädigten Verkehrszeichen mitten auf der Gegenfahrbahn. Ich hörte, wie sich die Räder in der Nachtluft drehten. Rings um mich herum bremsten

Autos, Hupen ertönten um die Wette. Schon roch ich Benzin, das aus dem Motor auf die glasübersäte Straße tropfte. Fahrer rannten von ihren Autos auf mich zu. Ich machte den Motor aus und versuchte, mich zu befreien, aber das eingedrückte Dach hatte die Tür im Rahmen verkeilt. Benzin bildete eine Pfütze vor dem Fenster, während ein Dutzend Menschen das Auto hin und her schaukelten und versuchten, die Tür zu öffnen. Ein Mann schlug mit der Faust gegen den Fensterholm. Ich kurbelte das Fenster herunter, öffnete den Sicherheitsgurt und ließ mich auf die gekrümmte Decke fallen.

Hände packten mich an den Schultern und zogen mich raus. Ich lag, von dem Schlag auf den Kopf benommen, auf der grasbewachsenen Böschung, während sich eine Menschenmenge um mein Auto herum versammelte. Ich konnte immer noch den rasenden Asphalt im Licht der Scheinwerfer sehen, als würde der Tod auf mich zu- und wenige Zentimeter über meinem Kopf vorbeirasen.

Ein Notarzt kniete über mir und sah stirnrunzelnd in seinen Erste-Hilfe-Koffer. Er schien sich gar nicht für mich zu interessieren und beschwerte sich beim Fahrer über irgendein fehlendes Teil seiner Ausrüstung. Ein Polizeiauto hielt mit eingeschaltetem Blaulicht zehn Meter von meinem Auto entfernt, das eine Gruppe junger Männer noch immer hin und her schaukelte. Zwei Teenager in Ausgehkleidern sahen auf mich herab und traten in dem kalten nächtlichen Gras von einem Tanzschuh auf den anderen. Sie summten die Melodie eines aktuellen Popsongs und betrachteten mich, als wäre ich ein Betrunkener bei einer Party, der ihnen vor die Füße gefallen war.

Ein Feuerzeug flackerte in der Dunkelheit. Bevor ich etwas sagen konnte, drängte sich Sally Mumford zwischen die Mädchen. Sie zog schutzsuchend an ihrer Zigarette, sah über den Notarzt hinweg und hielt mir die Flamme des Feuerzeugs ins Gesicht, weil sie wissen wollte, wer das Auto fuhr, das ihr um ein Haar den Tod gebracht hatte.

Vier Monate später, es waren die letzten Tage der sechziger Jahre, stand ich in der johlenden Menge eines nicht mehr benutzten Fußballstadions im Osten von London und sah zu, wie die übel zugerichteten Limousinen eines Karambolagederbys auf der schlammigen Bahn herumfuhren. In der Mitte der Arena stand Sally in weißen Jeans und einer scharlachroten Rennfahrerjacke, einen Helm auf die Hüfte gestützt. Sie schrie wütend auf David Hunter ein, der aus dem Rennen ausgeschieden war und am Steuer seines demolierten Wagens ausruhte. Während Sally ihn anfeuerte und durch ihre abgebrochenen Zähne pfiff, lehnte er sich in seinem silbernen Overall zurück, streckte die Arme aus und betrachtete zufrieden die rostigen Schrottautos ringsum.

Als ich diese ziellosen Kollisionen sah, fielen mir mein eigener Unfall und die Ausstellung im Arts Laboratory ein. Ich ging immer noch davon aus, daß die Ausstellung entworfen worden war, um die Psychologie des Publikums zu testen, aber David bestand darauf, daß ihr einziger Zweck der gewesen war, mich anzustiften. War mein Unfall, bei dem ich wie durch ein Wunder nicht ums Leben gekommen war, der Versuch, in einem erotischen Todespakt mit Sally zu sterben?

David hatte so etwas angedeutet, als er mich mit Sally im Krankenhaus von Roehampton besuchte. Als ich von meinem Bett aus dieses heruntergekommene Paar betrachtete, an dem ich so sehr hing, wurde mir klar, daß ich sie so ausgebeutet hatte wie Dick Sutherland und Lykiard mich. Ich wollte ihnen helfen, aber die irrsinnige Achterbahn der sechziger Jahre hatte unser aller Leben erfaßt und kopfüber zwischen die quietschenden Gleise gerissen.

Die letzten Autos auf der Strecke warfen sich gegeneinander wie die gelangweilten Büffel, die sich im Schlammloch neben der Eisenbahnbrücke von Moose Jaw wälzten. Ich dachte an die Hell Drivers in Schanghai vor dem Krieg und an die spektakulären Kollisionen, die diese lakonischen Amerikaner inszeniert hatten. Ihr Geist schien während all dieser Jahre über dieser bescheidenen Rennstrecke und der größten aller motorisierten Tragödien zu schweben, Kennedys Tod in dem Autokonvoi. Ich konnte mich noch an einzelne Einstellungen von Zapruders Film erinnern, die endlos im Fernsehen und in tausend Zeitschriftenartikeln auseinandergenommen worden waren. Waren die Ereignisse auf der Dealy Plaza nichts weiter als der komplexeste einer ganzen Reihe inszenierter Unfälle, die auf der Rennstrecke meiner Kindheit in Schanghai vorweggenommen worden waren?

Die Zuschauer froren in der Winterluft und stapften mit den Füßen auf den Holztribünen. Nasenflügel bebten in Rauch und Autoabgasen. Der angekündigte Höhepunkt des Tages sollte die Rekonstruktion eines spektakulären Unfalls auf der Straße sein, einer Massenkarambolage auf einer Überführung in Manchester, in die ein Dutzend Fahrzeuge verwickelt gewesen waren.

Den Auftakt bildete eine Frauendarbietung, bei der die Menge der besseren Sicht wegen nach vorne drängte. Sally und eine Gruppe Fahrerinnen, die alle gestreifte Seidenjacken trugen und wie Straßendirnen geschminkt waren, hielten sich an den Dachholmen ihrer Autos fest und schlüpften mit den Beinen voraus durch die Fahrerfenster hinein. Die Zuschauer, kräftige Männer in Ledermänteln, drängten sich an mir vorbei zum Geländer. Sie steckten die Hände tief in die Taschen. Sie waren nur wegen der Frauendarbietung gekommen, einem Kollisionskurs in Form einer Acht mit einer Menge Zusammenstößen, bei denen jeder Penis in der Arena von einer Hand umklammert werden würde.

In der Kameralinse

»Ein Filmfestival«, bemerkte Dick Sutherland bei unserem dritten Rum Collins im Copacabana-Palace-Hotel, »vermittelt einem eine gute Vorstellung davon, wie die Zukunft sein wird.«

»Wunderschöne, aber unnahbare Frauen, ausgebrannte Männer und eine Million Träume, die von Trubel zusammengehalten werden.«

»So ungefähr. Langs *Metropolis* wird in Las Vegas neu verfilmt. Es ist nicht so, daß die Illusion die Stelle der Realität einnimmt, sondern daß regelrechte Halluzinationen an die Stelle der Illusion treten. Aktivitäten des menschlichen Gehirns, die zu kontrollieren die gesamte Evolution erfordert hat, werden plötzlich freigesetzt. Das gefällt mir.«

»Dick, das kann ich mir denken. Und was ist mit unserem Dokumentarfilmkongreß?«

»Darauf trifft genau dasselbe zu. In vieler Hinsicht noch mehr.« Dick lächelte wissend; er freute sich immer, wenn er mich provozieren konnte. »Früher oder später wird sich die Wissenschaft, wie alles andere auch, in ein Fernsehspektakel verwandeln.«

»Hört sich das bedrohlich an?«

»Sehr. Aber aufregend. Wie lautet doch deine Meinung, die du immer vertrittst?«

Es gefiel Dick, daß ich diese verwitterte Prophezeiung immer dann wiederholte, wenn ihn sein Selbstvertrauen im Stich ließ oder er sich an einem Ort befand, wo niemand ihn erkannte, der totale Entzug für eine Fernsehpersönlichkeit.

»Habe ich ganz vergessen... daß du für die erste bedeutende wissenschaftliche Entdeckung verantwortlich sein könntest, die im Fernsehen gemacht wird?«

»Genau. Es könnte hier geschehen. Rio ist die Medienstadt schlechthin.«

Aus der klimatisierten Bar sah er selbstgefällig zu der Prozession gigantischer Ü-Wagen auf der Avenida Atlantica hinaus, die für den Höhepunkt des Festivals warben, Stanley Kubricks *2001*. Durch den dichten Verkehr strömte eine Flotte silberner Raumfahrzeuge, die Ähnlichkeit mit Vorführmodellen eines interplanetaren Nachtklubs aufwiesen. Die Besatzung sich in den Hüften wiegender junger Frauen in gekürzten Raumanzügen aus Alufolie bedachten die Touristenmengen mit dem Lächeln von Cocktailkellnerinnen. Aus unerfindlichen Gründen machten sich nur die Bettler und Krüppel, welche vor den Strandhotels hockten, die Mühe, sie zu betrachten. Verstärkermusik hallte wie Wellen über den Lärm von Polizeisirenen und die Schreie von Lotterielosverkäufern. Zwei Kleinflugzeuge flogen am Himmel entlang und zogen Spruchbänder mit Werbung für konkurrierende Filmattraktionen. Wie um sie herauszufordern, brandeten gigantische Bruchstücke von *Also sprach Zarathustra* gegen die Fassaden der Hotels und rollten über das Meer hinaus, um Poseidon selbst zu wecken.

Der Zug verschwand in Getöse und Dunst und war augenblicklich vergessen. Außer Dick und den Bettlerfamilien hatte niemand die Ü-Wagen beachtet. Alles in Rio wurde vom Strand beherrscht. Bei diesem handelte es sich nicht um einen Sandstreifen nach Mittelmeervorbild, sondern um eine eigenständige, lineare Freiluftstadt mit Tausenden Sonnenbadenden, Drachen- und Uhrenhändlern, Eiscremeverkäufern und marodierenden Bettlergruppen sowie einer vollständigen Liga von Footballmannschaften, die auf Sandflächen, fast so groß wie Stadien, spielten. Niemand badete. Die mürrischen Atlantikbrecher warfen sich

Welle für Welle gegen die Crescendi von Richard Strauß und forderten die Filmemacher und Festivalorganisatoren heraus, ihrer epischen Breite etwas Vergleichbares entgegenzusetzen.

Dick und ich hatten unmittelbar nach unserer Ankunft von London festgestellt, daß Rio das Filmfestival einerseits fröhlich annahm und andererseits vollkommen ignorierte. Überall drängten sich Menschenmassen vor den Kinos, die Hotelterrassen waren voll von Filmteams, Starlets und Produzenten. Ganze Limousinen- und Busflotten beförderten die Delegierten von einer üppigen Botschaftsparty zur nächsten, während Prostituierte und deren Zuhälter die Straßen der Copacabana so verstopften, daß praktisch kaum eine Chance bestand, je einen Kunden zu finden.

Aber die Stadt absorbierte das alles, als wären die illusorischen Visionen des Festivals kaum den weitaus größeren Illusionen von Rio selbst ebenbürtig, einer Stadt, die mich in so vieler Hinsicht an das Schanghai von vor dem Krieg erinnerte, aber ein Schanghai mit schiefen Gehwegen, die von den selbstbewußtesten und schönsten Frauen der Welt beherrscht wurden. Ich sah den gelangweilten Polizisten zu, wie sie die Windschutzscheiben falsch geparkter Autos weiß tünchten, und hätte fast glauben mögen, daß sie die Fahrer vor einem Blick auf dieses außergewöhnliche Geschlecht schützen wollten, nach dem sie erblinden würden.

Und über alledem waren die Menschen der Favelas, der Elendsviertel, die sich auf den zahlreichen hohen Hügeln über den Straßen von Rio drängten. Andernorts bewohnten die Armen und Obdachlosen die Unterstädte, wogegen sie in Rio droben im Himmel wohnten und von den Wolken herabstiegen, um ihre unterernährten und verkrüppelten Kinder herzuzeigen und die Touristen an den Ärmeln zu zupfen. Hatten diese verarmten Menschen eines Tages die Tür zum Himmel offen vorgefunden, die wolkigen Höhen in Besitz genommen und zu spät festgestellt, daß sie von denen überlistet worden waren, die mit beiden Füßen auf dem festeren Boden weiter unten standen? »An Ihnen sieht das großartig aus«, hörte ich jemanden aus der Filmbranche zu einer Bettlerin sagen, die ein dürres, schlafendes Kind an ihrer trockenen Brust trug und es vor dem Copacabana Palace gewagt hatte, ihm den verkrüppelten Arm hinzustrecken.

Aber für Dick und mich war es leicht, unser Gewissen mit ein paar Cruzeiros reinzuwaschen, und wahrscheinlich gleichermaßen naiv. Die Scharen dreister Taschendiebe und die Krüppel, die ihr Revier erbittert gegen jedwede Rivalen verteidigten, erinnerten mich wieder an Schanghai mit seinen reichen Bettlern, die von Leibwächtern beschützt wurden. Auch Schanghai war eine Medienstadt gewesen, möglicherweise die erste von allen, und vom Westen ganz bewußt als eine Testmetropole für die Zukunft erbaut worden. London in den sechziger Jahren war die zweite gewesen, mit demselben Durcheinander von Schein und Wirklichkeit und demselben überhitzten Klima.

In Rio spielten Fiktion und Realität immer noch ihre Spiele. Bei einem Empfang in der amerikanischen Botschaft standen wir in der Schlange und schüttelten der Besatzung des *Raumschiff Enterprise* die Hände, einer Gruppe grauhaariger Schauspieler gleich ehrwürdigen Leichenbestattern. Berühmte Gesichter umgaben uns, ältere und erfolglose Verkörperungen ihrer selbst. Als ich mich gequält bemühte, Konversation mit der Frau eines Produzenten zu machen, kam auch ich mir wie ein Eindringling vor, der sich wenig überzeugend als ich selbst verkleidet hatte. Ich war dankbar für die Light-Show und die Verstärkermusik, die jegliche Konversation zu einem unverständlichen Brüllen werden ließ.

Dick drängte sich durch die Menge, ergriff meinen Arm und rettete mich. »Jim – komm mit, du mußt Fritz Lang kennenlernen...«

Er schob sich ins Walzwerk der Dinnerjackets auf eine Gruppe von etwa zwanzig Gästen zu, die scheinbar auf den

Schauplatz eines Unfalls hinunter sahen. Ein älterer Mann in zu großem Frack saß auf einem Lehnstuhl, der seitlich zur Wand gedreht war. Er hing zusammengesunken auf dem Sitz wie die unbeachtete Attrappe eines Bauchredners, wurde von Lärm und Musik durchgeschüttelt, und im Lichterglanz der Light-Show erschien sein graues Haar leuchtend grün und blau gesprenkelt. Er sah grenzenlos müde aus, und ich dachte, daß er vielleicht inmitten dieser schrillen Filmleute gestorben war. Als ich ihm die Hand schüttelte und kurz sagte, wie sehr ich seine Filme bewunderte, wurde mir die Andeutung einer Reaktion zuteil. Ein ironischer Glanz leuchtete in einem Auge auf, als wäre dem Regisseur von *Metropolis* klargeworden, daß die künstliche Welt, die er sich ausgedacht hatte, in einer von ihm am wenigsten erwarteten Weise Wirklichkeit geworden war.

Langs resignierter Humor fiel mir wieder ein, als wir unseren Rum Collins im Copacabana Palace leertranken und uns zum Kongreßsaal aufmachten, wo das Festival der Wissenschafts- und Dokumentarfilme abgehalten wurde, eine Begleitveranstaltung zum eigentlichen Festival, das auf Beschluß der Organisatoren als Huldigung für Kubricks Science-fiction-Epos gesponsert wurde. Eine Gruppe Filmfans drängte sich um uns, als wir ins Taxi einstiegen, worauf Dick kurzzeitig strahlte, bis wir feststellten, daß es sich fast ausnahmslos um Taschendiebe, Bordellschlepper und Voodoohexer handelte.

»He, Mister, wollen Sie Voodoo? Wirklich gutes Voodoo?«

»Mister, wollen Sie sehen, wie ein Typ ein Huhn fickt?«

»Nur zehn Jahre alt, Mister. Saubere Mädchen.«

Wir kurbelten die Fenster vor einem Wald von Armen hoch. »Nun, Dick«, fragte ich. »Was meinst du? Schließlich handelt es sich nicht gerade um den üblichen BBC-Wildlife-Film.«

»Abwarten – vielleicht bist selbst du überrascht, Jim.«

Ich bot Dick meine moralische Unterstützung an, wohnte seinem Vortrag und der Diskussionsrunde bei, über die er den Vorsitz hatte, und war wie immer fasziniert, weil er sein Publikum manipulierte wie ein abgebrühter Music-Hall-Künstler. Und doch wirkte seine Darstellung seltsam zurückhaltend, als versuchte er, das gesamte Repertoire von Fernsehmanierismen abzustreifen, das er seit der Zeit in Cambridge so sorgfältig kultiviert hatte. Ab und zu, wenn er Gelächter des Publikums zur Kenntnis nahm, sah er die Leute ebenso erschöpft an, wie Fritz Lang meinen Händedruck akzeptiert hatte. Rio war voll von alternden Schauspielermanagern, die in ihrem eigenen Image gefangen saßen.

Dicks Laboratorium im Institute of Psychology war inzwischen wenig mehr als ein Büro für Öffentlichkeitsarbeit, und Cleo hatte mir erzählt, daß er sich heimlich einen Schreibtischplatz im Labor eines Kollegen gemietet hatte, damit er sich wieder eigentlichen Forschungen widmen konnte. Manchmal saß er eine Stunde in diesem Schrein für seine jüngere Inkarnation, aber bisher war es ihm nicht gelungen, ein originelles Projekt zu entwickeln. Dann kehrte er in sein eigenes Labor zurück und wurde wieder zum widerwilligen Wortführer der populären Psychologie und verkaufte Nachrichten von jüngsten Durchbrüchen an seinen Klüngel von Fernsehproduzenten. Ich bewunderte Dick und bedauerte, daß ich ihn immer ermutigt hatte, die Medienwelt als sein wahres Laboratorium zu betrachten. Wenn ich ihn manchmal nach seinen eigenen Forschungen fragte, reagierte er fast gereizt.

Als wir später durch die weitläufigen Flure schritten, wo die Filme, die außer Konkurrenz gezeigt wurden, liefen, überraschte mich die Vielzahl von Dokumentarfilmen, die produziert wurde, aber nur zu einem Bruchteil das allgemeine Publikum erreichen würde. Zoos, Zahnarztschulen, landwirtschaftliche Forschungszentren, internationale Hotelketten, Friseurschulen und ein Konsortium von Bestattungsunternehmern und Einbalsamierern, sie alle verfügten über aktive Filmteams.

Die hemdsärmligen Delegierten standen im leuchtenden Halblicht hinter den Reihen der Monitorschirme und studierten das Bugfahrgestellgehäuse der Boeing 707, die Knochenbrüche aufgrund von Erschöpfung bei Eishockeyspielern, den Lebenszyklus einer seltenen Krötenart, die Architektur von Bordellen. Als ich mich von der Nahaufnahme eines freigelegten Nasenbeins einer anderen vom Gerben von Zobelfellen zuwandte, schienen die beiden in meinem Denken zu verschmelzen. Liefen alle diese Filme in ihrer vereinfachten Art und Weise auf dasselbe undifferenzierte Ende hinaus? Die Linse der wissenschaftlichen Kamera, bar von Emotionen und Werturteilen, zerlegte die Welt um sich herum wie ein geduldiger und nachdenklicher Voyeur.

Die medizinischen und psychologischen Filme veranschaulichten diesen Prozeß am deutlichsten. Im Wettbewerbsteil des Festivals war ich dabei, als Dick das Nachmittagsprogramm zum Thema »Aversionstherapie – Desensitivierung der Wahrnehmung sexueller Stimuli« ansagte. Die drei Filme zeigten in Schweden, Japan und den Vereinigten Staaten durchgeführte Untersuchungen mit gewohnheitsmäßigen Sexualtätern, bei denen diese kranken, depressiven Männer mit endlosen Fotos ihrer bevorzugten Opfer konfrontiert wurden – mit Kleinkindern, schwachen Frauen, ethnischen Minderheiten und Triebtätern wie sie selbst. Brechreizerregende Drogen, Elektroschocks, Lärm und andere quälende Maßnahmen sollten die Versuchskaninchen angeblich von den Objekten ihrer Begierde abbringen.

Während die Abfolge der quälenden Bilder ihren Lauf nahm, sah ich von der Leinwand weg zum Publikum. Es handelte sich zum überwiegenden Teil um Dokumentarfilmer und professionelle Psychologen, die mit den starren

Blicken und versteinerten Mienen von Männern in den Pornokinos von Soho oder Anhängern bestimmter apokalyptischer Science-fiction-Filme zur Leinwand sahen. Jedesmal, wenn die kriminellen Subjekte vor Schmerz zusammenzuckten oder sich in ihre Spucknäpfe erbrachen, lief angesichts einer besonders auffälligen Kameraeinstellung oder vielsagenden Nahaufnahme ein Schauer der Begeisterung durch das Publikum, so wie die Stammgäste in Soho wahrscheinlich einer Nahaufnahme des weiblichen Geschlechts oder einer eleganten Analpenetration Beifall zollen würden.

Als wir später in unser Hotel an der Copacabana Beach zurückkehrten und den ersten eisgekühlten Daiquiri des Abends zu uns nahmen, sagte ich zu Dick: »Den brauche ich jetzt aber auch. Wir hätten zum Voodoozauber gehen sollen. Das war vielleicht ein Nachmittag.«

»Schlimm?«

»Ich habe das Publikum beobachtet. Die Zukunft mag wie ein Filmfestival sein, aber welches? Deines oder das am Ende des Strands? – Die Zuschauer hatten die Mienen von Touristen in einem Konzentrationslager, Touristen, die immer wieder dorthin zurückkehren.«

»Wir haben dich schockiert, Jim – allein dafür hat es sich gelohnt, nach Rio zu kommen.« Dick freute sich, daß er mich aus der Fassung gebracht hatte, und sah mich schlau über sein Glas hinweg an. Die Rivalität zwischen uns, die er aus ureigenen Gründen stets gefördert hatte, war in Rio offener zutage getreten. »Interessant, daß wissenschaftliche Filme dich mehr beunruhigen als Hard-Core-Pornos.«

»Im Grunde genommen ist Pornographie ziemlich keusch – sie ist der unerotische Traum des Körpers von sich selbst. Deine Filme dagegen kommen direkt aus der Psychiatrieabteilung. Stell dir deine Reaktion vor, wenn du sie im Filmarchiv eines Sexualverbrechers finden würdest.«

»Na und …? Nimm einen Satz chirurgische Instrumente – unschuldig in einem Operationssaal, aber in Myra Hindleys Handtasche? Du siehst sie außerhalb des gewöhnlichen Zusammenhangs.«

»Heutzutage wird nichts mehr im Zusammenhang gesehen. Schalt dein Fernsehgerät ein, und du findest einen ermordeten Premierminister, ein Kind, das einen Schokoriegel ißt, und Marilyn, die den Rock hebt – was für ein Szenario bildet sich da insgeheim in unserem Denken?«

»Wäre interessant zu wissen. Sag es mir.«

»In einem Modemagazin von Cleo haben Models vor einer Vergrößerung des Zapruder-Films posiert – die Ermordung Kennedys als Modeaccessoire?«

»Natürlich. In Zukunft muß jeder ein Filmkritiker sein, wenn er etwas begreifen will.«

»Kein Psychologe?« Seine Bemerkung überraschte mich. »Du denkst doch sicher...?«

»Nein, ich glaube, die Tage des Psychologen sind gezählt...«

Dick sah gelassen über die brechend volle Terrasse des Luxor zu den Delegierten hinüber, die sich entspannten, und zu den Fotografen, die in der Halle warteten und auf eine Berühmtheit hofften. Er schien trotz seines Erfolgs am heutigen Nachmittag unzufrieden zu sein, als hätte er akzeptiert, daß die Epoche jenes Fernsehens, auf dessen sicherem Spielplatz es ihm gut ergangen war, bald einer schrofferen und offeneren Welt weichen würde, einer sich unablässig verändernden Medienlandschaft, in der Ruhm so vergänglich war wie eine Eintagsfliege. Er sehnte sich wie ein Astronaut, dem es nicht möglich war, auf der Oberfläche des Mondes zu bleiben, nach Schwerkraft. Sein Aufmerksamkeitsbedürfnis hatte ihn zu immer höheren Sprüngen durch den luftfreien Staub des Ruhms verleitet, und jetzt konnte ihn nichts mehr nach unten ziehen. Er fragte mich oft nach den schulischen Leistungen der Kinder, freute sich über ihren Erfolg und beneidete mich eindeutig um meine Familienbindungen. Er hatte nie geheiratet, und seine Freundinnen gingen durch sein Leben wie

Hostessen eines Fernsehquiz, fröhlich, optimistisch und schnell vergessen. Selbst daß sie von Dick fasziniert waren, reichte nie aus.

»Dr. Sutherland – wir haben Ihr Interview gesehen. Zweifellos der attraktivste Psychologe in Rio.«

Eine onkelhafte Stimme sprach Dick über die Terrasse hinweg an. Señor Marcial Pereira, führender Filmkritiker einer Zeitung in Rio, kam in Gesellschaft zweier flanierender Schönheiten der Copacabana an unseren Tisch. Er erkannte Dick aus dem Interview, das dieser am Abend zuvor einem lokalen Fernsehsender gegeben hatte. Er trat mit seinen Gefährtinnen, die uns mit den Blicken von Kaiserinnen musterten, an unseren Tisch. Wie allen Frauen in Rio war ihnen ein solches Ausmaß an Charakter, Eleganz und strahlender Schönheit eigen, es konnte nur an einem unerklärlichen Versehen liegen, daß sie nicht Karriere in Hollywood gemacht hatten.

»Wir feiern heute abend eine Party in meinem Apartment in Ipanema«, sagte Pereira zu uns. »Eine Festivallimousine wird Sie um zehn abholen. Wir müssen uns jeden Tag etwas mehr entspannen. Ich überlasse Sie jetzt meinen Schauspielerfreundinnen – Carmen und Fortunata. Sie brennen förmlich darauf, Gäste aus England kennenzulernen.«

Als er gegangen war, ließen sich die beiden Frauen an unserem Tisch nieder und warfen sich Blicke zu, während sie kurz die überfüllte Terrasse in Augenschein nahmen. Beide trugen die gleichen weiten Seidenkleider, die Schenkel und Schultern entblößten. Sie waren kaum älter als meine Töchter und dominierten ihre nähere Umgebung in gleichem Maße. Carmens dunkles Haar umrahmte ein scharfgeschnittenes, schräges Profil, das teils portugiesisch, teils indianisch wirkte. Fortunata, ihre Freundin, eine passive Blondine mit vollen Brüsten, wartete nur auf das Signal zum Aufbruch, aber Dick, den der berauschende Körpergeruch der beiden Frauen erregte, bestellte bereits Drinks und praktizierte sein Pidgin-Englisch.

»Ihr lebt in Rio? Hier?«

»Am Strand? Nein.« Carmen hakte Dicks Fernsehlächeln, sein goldenes Medaillon und die Kreditkarten ab. »São Paulo. Wir sind zum Festival hergekommen.«

»Wie wir. Wir kommen aus London – in England.«

»London, oh… Carmen und ich gehen nach London.« Fortunata sah im Geiste das Panorama der Carnaby Street, an dessen Ende die Beatles und die Rolling Stones standen. Sie sagte es sehnsüchtig, als sei sie nicht sicher, ob Carmen zustimmen würde.

»Rio ist viel besser«, versicherte Dick ihr. »Viele schöne Frauen. Wie ihr zwei.«

»Ja… viele Frauen in Rio.« Carmen hörte sich an wie eine Händlerin bei Marktflaute. »Sie mögen schöne Frauen?«

»Selbstverständlich. Besonders in Rio.«

»Sie sind Schauspielerin?« fragte ich. »Haben Sie schon in Filmen mitgewirkt?«

»Ja. Ich spiele in Filmen. Mit Fortunata.«

Sie sagte es nüchtern und sachlich. Ich vermutete, daß wir es mit zwei Prostituierten aus São Paulo zu tun hatten, die auf Verdacht nach Rio gereist waren. Ich wartete, bis Dick dahinterkommen würde, daß es nur eine Möglichkeit gab, sie zu beeindrucken. Carmen trommelte mit einer Hand auf der Tischplatte und zupfte mit der anderen am Träger ihres Kleids. Sie entblößte ihre Brust vor mir und ließ gleichzeitig den Saum des Seidenrocks am Schenkel hinaufrutschen.

Ich erinnerte mich an Marilyn Monroes frühe Jahre im Dunstkreis der Prostitution. Ich hatte dem großen Fritz Lang und der Besatzung des *Raumschiff Enterprise* die Hände geschüttelt, aber diese Strandhure mit dem gleichgültigen Gesichtsausdruck würde mein erster wirklicher Kontakt mit der internationalen Filmindustrie werden.

Vielleicht hatte sie in Fernsehwerbespots für Hundefutter oder einen Pagen-Parkservice mitgewirkt.

Ich wandte meinen Blick von ihrer Brust. Dick wartete darauf, daß ich den ersten Schritt unternahm. Seit unserer Ankunft auf dem Flughafen von Rio hatte er die Frauen auf den Trottoirs dieser extravaganten Stadt kaum aus den Augen gelassen, aber ich wußte, daß ihn die Vorstellung von Sex stets mehr erregte als der Akt selbst. Er brauchte mich, um den Kreislauf von Verlangen und Erfüllung zu vollenden. Ich hatte jahrelang vermutet, daß er und Miriam in Cambridge ein Liebespaar gewesen waren, was sie stets bestritten und er stets unterschwellig angedeutet hatte.

Carmen zupfte an ihrem Träger wie ein gelangweilter Gitarrist, der versucht, eine Melodie zu improvisieren. Fortunata strich mit den breiten Händen eines fügsamen Kindes geziert ihren Rock glatt.

»Wo wohnt ihr?« fragte ich. »Hier an der Copacabana?«

»Wir gehen in unser Apartment.« Carmen deutete auf eine nahegelegene Seitenstraße. »Habt ihr amerikanische Dollars? Eine Stunde, zwei Stunden...«

»Dick? Geld für Zeit? Sollen wir mitgehen?«

»Selbstverständlich. Geld ist die ursprüngliche Digitaluhr...«

Wir verließen das Luxor und drängten uns an Bettlern, Schmuckverkäufern und den Nachtklubschleppern mit ihren wartenden Taxis vorbei durch die Menschenmenge auf der Avenida Atlantica. Carmen mit ihren langen Beinen ging voraus. Als wir die Seitenstraße erreicht hatten, trat sie in den Verkehrsstrom auf der Straße, um den Hunderten Zuhältern aus dem Weg zu gehen, die sich mit ihren Frauen auf dem Gehweg drängten. Die Prostitution trieb Rio an, war sein Motor. Als ich am Abend unserer Ankunft zum erstenmal diese Nebenstraße entlanggegangen war, rührte mich der Charme dieser zahllosen Paare, die sich liebenswürdig auf dem Gehweg unterhielten, ein Kompliment an die ehelichen Wonnen dieser gütigen Stadt. Aber die Ehemänner priesen ihre Frauen als Ware an wie Stoffballen. Einzelgängerinnen und Festivalbesucherinnen wie Fortunata und Carmen mußten sich der Gefahr der dichtbefahrenen Straße aussetzen.

Wir huschten zwischen den vorbeifahrenden Limousinen hindurch und betraten die Halle eines riesigen Wohnblocks mit billigen Apartments. Neben den Klingeln erstreckten sich Hunderte Briefkästen wie sämtliche Adressen in der Hölle. Ein winziger Fahrstuhl brachte uns in eines der oberen Stockwerke, wo ein Korridor mit niederer Decke an Dutzenden Türen vorbei endlos ins Halbdunkel zu führen schien. Schwitzende Mieter lungerten vor ihren engen Apartments herum. Kinder spielten unter dem kärglichen Licht, feuchtes Korridorleben gedieh wie Pilze in einer Höhle. Männer in Unterwäsche lehnten an den Wänden, Mütter kämmten ihren Töchtern das Haar, alte Frauen arbeiteten an Tischen auf Holzböcken.

Vor der Tür ihres Apartments hielt Carmen, den Schlüssel in der Hand, inne und sah mich an. Auf dem kurzen Weg vom Hotel hierher hatte sie mein Gesicht vergessen. Sie wartete, bis sich ein neugieriger alter Mann verzogen hatte.

»Okay, jetzt werden wir sehen. Fünfzig Dollar.«

»Das ist viel.«

»Für zwei. So lange ihr wollt. Hinterher gehen wir zu Señor Pereiras Party in Ipanema.«

»Einverstanden, Dick?« Er hatte schon den Arm um Fortunata gelegt, während ich nach meiner Brieftasche suchte. Er tollte verspielt mit ihr herum, wie mit meinen Töchtern.

Carmen verstaute die Banknoten in ihrer Geldbörse und machte die Tür zu einem brechend vollen Zimmer auf. Drei Frauen in mittleren Jahren und ein kleines Kind arbeiteten an einem Holztisch inmitten von Plastiksäcken. Sie fertigten billige Souvenirs für das Filmfestival an, indem sie auf Pappe geklebte Fotos von Filmstars in vergoldete Pappmachérahmen nähten und Festivaldrachen aus vorgefertigten Bauteilen zusammensetzten, die sie aus den Säcken holten. Hunderte Gürtelschnallen mit Motiven aus Filmen, *2001*-Anstecknadeln und anderer Tand lagen in offenen Kartons auf dem schäbigen Sofa, wo das ordnungsliebende Kind sie in Reihen angeordnet hatte. Tüten voll Ersatzteilen verstopften die winzige Küche und waren um das Waschbecken im Bad herumgestapelt.

»Einen Augenblick…« Ich drehte mich zu Dick um. »Gehen wir wieder ins Hotel.«

»Nein.« Carmen zog mit überraschender Kraft an meinem Arm. Sie deutete auf das Schlafzimmer des Apartments. »Wir gehen da rein. Es ist nur für uns.«

Eine Frau mit einer Klammermaschine sah uns desinteressiert an und schoß eine Klammer durch die Stirn von Elvis Presley. Als Carmen die Tür aufschloß, überlegte ich mir, daß sie und Fortunata das Zimmer tagsüber gemietet hatten. Hinter dem Doppelbett hatte man durch schmutzige Fenster Ausblick auf die hinteren Balkone eines riesigen Mietshauses mit noch mehr billigen Wohnungen in dieser Stadt, wo die Armen in den Himmel abgeschoben wurden. Auf jedem Balkon drängten sich Vogelkäfige und Pappkartons, Wäscheleinen und unbenutzte Möbelstücke.

»Okay – viel Spaß jetzt.«

Carmen wollte die Tür zumachen, aber Dick und ich sahen uns unbehaglich in dem Zimmer um. Die zerknüllten Laken verunzierten Schweiß- und Lippenstiftflecken, auf den Kissen befand sich eine blaue Glasur aus Mascara und Spermizidgel. Unterwäsche hing über einem Frisiertisch aus Kiefernholz, und auf dem Boden neben dem Bett lagen ein Dutzend Papiertücher, jedes zusammengeknüllt um einen Klumpen Schleim. Eine kleine Filmkamera auf einem dreibeinigen Stativ betrachtete die Szene gleichgültig. Daneben auf dem Schrank stapelten sich Kodakfilmdosen.

»Jim, du wirst dir etwas holen...« Dick sah mich stirnrunzelnd an und wandte sich zur Tür. Er hielt Fortunata um die Taille, aber sein Interesse an der Eskapade hatte nachgelassen. Die Augen lagen eingefallen in seinem hübschen Gesicht, und er schien gealtert zu sein, seit wir das Hotel verlassen hatten. Die billige Filmkamera bedrohte ihn auf eine Weise, die er im Television Centre der BBC mit ihren weichen verstellbaren Linsen nie kennengelernt hatte. Ich war überrascht, ihn so eindeutig nicht in seinem Element zu sehen, und fragte mich, warum er mich in die Arme dieser beiden Prostituierten gedrängt hatte. Vielleicht hatte er gehofft, mich gedemütigt zu sehen, nur ein bißchen, so daß es unserer Freundschaft keinen Abbruch tun, ihn aber in eine überlegenere Position bringen würde.

Hinter uns stieß die Klammermaschine durch die Gesichter von Filmstars. Die Frauen ließen sich durch unsere Anwesenheit nicht stören, hockten über die Tische gebeugt und fuhren ab und zu das Kind an. Ein alter Mann im Unterhemd schlenderte in die Wohnung, versuchte sich an etwas zu erinnern und verschwand wieder im Korridor.

»Jim, wir brauchen ein anderes Zimmer, wir können nicht alle...«

»Ja...« Fortunata strahlte und zog Dick in Richtung Bett. »Schön ... alle zusammen.«

Ich deutete auf die Frauen im Arbeitszimmer und sagte zu Carmen: »Frag die Frauen, ob wir ihr Zimmer haben können – nur für eine Stunde.«

»Sie müssen arbeiten. Es gibt viel zu tun.«

»Ich gebe ihnen zehn Dollar. Sie haben eine Pause verdient. Sag ihnen, sie sollen ins Kino gehen.«

»Gut. Ich sage es ihnen.«

Carmen redete mit den Frauen, die ob dieser Zurschaustellung von Schamhaftigkeit fassungslos waren und mich alle ansahen. Sie legten die Werkzeuge hin, verstauten das Geld in einer gemeinsamen Handtasche und gingen auf den Korridor hinaus. Als Carmen die Tür zumachte, konnte ich sehen, wie sie an der schimmligen Wand vor dem Apartment lehnten, Zigaretten anzündeten und warteten, bis wir fertig sein würden.

Dick hatte ein Tablett mit Filmansteckern auf den Boden gestellt und lehnte sich mit Fortunata, die die Träger ihres Kleids heruntergestreift hatte, auf den Sofakissen zurück. Er tat das mit einem dünnen Lächeln, so, als würde er Gewicht und Rundungen ihrer schweren weißen Brüste bewundern wie ein Obsthändler, der eine neue Züchtung von Albinomelonen begutachtet. Als Fortunata leise stöhnend an ihren Brustwarzen zu zupfen anfing, machte ich die Schlafzimmertür zu.

Carmen zog ihre hochhackigen Schuhe aus und hängte ihr Kleid am Schrank auf, wobei sie sorgsam wie eine Hausfrau über die Seide strich. Ihre freie Hand streckte sie aus und öffnete gekonnt meinen Gürtel.

»Okay. Es ist sehr schön.«

Ich zog mich neben ihr aus und merkte, wie sie mich zur Eile antrieb. Zeit, nicht Geld beherrschte das Leben einer Prostituierten. Wenn man Spaß an Sex mit ihnen haben wollte, erforderte das einen ganz speziellen Kniff. Ein junges Mädchen mit einer Katze auf dem Arm beobachtete mich von einem etwa zehn Meter entfernten Balkon. Während ich die Vorhänge zuzog, holte Carmen einen Spermizidspender aus der Schublade des Frisiertischs. Sie schraubte ihn auf die offene Tube und drückte fünf Zentimeter Gel in den Spender. Dann hob sie ein Bein aufs Bett, spreizte die Schamlippen mit den Fingern und führte den Schaft in ihre Vagina ein. Sie drückte den Kolben, zog den Spender heraus und wischte sich die Finger am Laken ab.

Ich wartete auf sie und drehte derweil die Kamera, so daß die Linse auf das Bett gerichtet war.

»Möchtest du, daß ich einen Film mache?« fragte Carmen.

»Filmst du uns hier?«

»Geht vier Minuten. Nur hundert Dollar. Vielleicht führst du ihn deiner Freundin vor. Oder deiner Frau.«

»Meiner Frau?«

»Ja! Das ist sehr beliebt, wirklich gut.«

Ich setzte mich aufs Bett und betrachtete mein Spiegelbild in der Kameralinse. Hinter der Tür konnte ich Dick lachen hören, als er Fortunata durch den Arbeitsraum jagte, und die Frauen im Korridor, die das herumstromernde Kind anschrien. Im Vergleich dazu war das Schlafzimmer eine Bühnenkulisse. Diese gewissenhafte junge Prostituierte, die fleckigen Bettlaken und die Papiertücher, mit denen sie sich den Samen ihrer Kunden abgewischt hatte, eine verführerische Fährte für zukünftige Kunden, wirkten alle zusammen wie die Ausstattung eines Films. Die Gegenwart der Kamera verwandelte dieses schäbige Schlafzimmer und verlieh ihm sogar einen Anstrich von Würde.

Als wir nebeneinander auf den wächsernen Laken lagen, fragte ich: »Hast du schon in anderen Filmen mitgemacht?«

»Klar! Viele Filme...« Sie verzog das Gesicht und tat die Kamera neben dem Bett mit einem verächtlichen Wink ab. Sie hielt meinen schlaffen Penis zwischen ihren beiden Händen und zupfte leicht an meinen Hoden. »Ich mache viele Filme – ich arbeite für einen richtigen Regisseur.«

»Das ist gut.« Ich konnte mir das Studio vorstellen. »Vielleicht für Señor Pereira?«

»Señor Pereira ... bäh!« Sie verzog das Gesicht, als ich ihn erwähnte. »Seine Filme... nicht sauber.«

Ich strich eine Haarsträhne aus ihrer markanten Stirn und bewunderte ihre Entschlossenheit. »Du arbeitest für andere Regisseure. Eines Tages wirst du ein Star sein.«

»Ja...« Sie schenkte meiner zweifelnden Stimme keine Beachtung, leckte sich die Finger, strich damit die Augenbrauen glatt und sah verbissen in die Zukunft, die jenseits der Mauern dieses gemieteten Schlafzimmers lag. Als sie ihre Lippen nach einer kleinen wunden Stelle abtastete, lag ein rührend selbstbewußter Ausdruck auf ihrem angespannten pfeilförmigen Gesicht.

Sie gewahrte wieder, daß ich neben ihr lag, machte sich abermals an die Arbeit und schüttelte den Kopf angesichts meiner zögerlichen Erektion. Sie nahm ihre linke Brust, reizte die Brustwarze, indem sie mit ihren spitzen Fingernägeln daran zupfte, bis diese sich aufgerichtet hatte. Dann drückte sie sie mir in den Mund, preßte die warme Rundung der Brust gegen meine Nase und das Kinn, legte meine Hände auf ihre Pobacken und tastete sich zur Wurzel meines Penis vor. Als er sich rührte, nickte sie ermutigend und sah zu, daß mein Blick auf ihren Brüsten und meine Finger an ihrem Anus blieben. Sie drehte mich mit ihren kräftigen Armen auf den Rücken, kauerte, auf den Fersen hockend, über meinen Hüften, so daß der einzige Körperteil, der Kontakt mit mir hatte, ihr Geschlecht war.

Sie nahm die Spitze meines Penis zwischen ihre Schamlippen und bewegte sich auf den Fersen hin und her wie eine Fischerin vor einem Eisloch, die geduldig darauf wartet, daß ein Fisch anbeißt. Schließlich senkte sie sich und ließ mich in sie eindringen. Sie bewegte sich drahtig auf und ab, betrachtete sich kurz im Spiegel über dem Frisiertisch und blies sich ab und zu Haarsträhnen aus dem Gesicht.

Ich hielt ihre kräftigen Schenkel und war mir bewußt, daß sie ebenso hart arbeitete wie diese älteren Frauen, die ihren Tand zusammenbauten. Wir alle, ich selbst eingeschlossen, leisteten unseren Beitrag, damit das Filmfestival ein Erfolg wurde. Selbst die leere Kamera, in deren Linse wir uns spiegelten, trug ihren Teil dazu bei, unseren Geschlechtsakt zu formen. Als sie sich abermals die Brauen glattstrich, wandte Carmen ihr Profil der Linse zu und bereitete sich auf die noch kunstvolleren Sexfilme vor, in denen sie mitwirken würde. Ich lag zwischen ihren Schenkeln und war wenig mehr als ein Statist, den sie auf den Hotelterrassen der Copacabana rekrutiert hatte. Als sie sich erhob und die Spitze meines Penis aufreizend zwischen ihre Brüste drückte, hatte ich fast das Gefühl, als würden wir eine kleine Abweichung von der starren Routine improvisieren.

Die Kamera mit ihrer passiven und heimlichen Tyrannei beherrschte den winzigsten Freiraum unseres Lebens. Selbst in der Abgeschiedenheit unserer eigenen vier Wände hatte man uns aufgespürt, um Nebenrollen in Werbespots des wirklichen Lebens zu spielen. Wenn wir in unserer Küche kochten, achteten wir sorgfältig darauf, stets den Gebrauchsanweisungen der Hersteller zu folgen, wenn wir in unseren Schlafzimmern miteinander schliefen, umarmten wir einander innerhalb eines vertrauten Repertoires von Gesten und Zuwendungen. Das Medium Film hatte uns alle in unbedeutende Schauspieler einer endlos laufenden Rund-um-die-Uhr-Serie verwandelt. Künftig würden Flugzeuge abstürzen und Präsidenten innerhalb anerkannter Konventionen ermordet werden, die so formalisiert wie die Krönungszeremonie eines Zaren sein würden.

Als ich kam und die Wangen in das spermabefleckte Kissen drückte, nickte Carmen sachlich. Sie nahm die Brüste von meinem Gesicht und löste sich von mir, eine Technikerin, die ein Lebenserhaltungssystem abschaltet. Mein Schweiß glänzte auf ihrem Körper, als sie aus dem Bett stieg und die Tür zum Nebenzimmer aufriß, wo Dick und Fortunata sich gegenseitig spielerisch mit Plastikandenken bewarfen. Dick, stellte ich fest, hatte sich nicht ausgezogen.

Carmen betrachtete sie mit ausdrucksloser Miene und machte die Tür wieder zu. Sie holte ein Papiertaschentuch aus der Schachtel auf dem Frisiertisch. Mit einer ruckartigen Bewegung des Daumens weihte sie mich ein: »Er keinen Fick.«

Derb wischte sie meinen Samen ab, entfernte eine Spur von der Innenseite ihres Schenkels, knüllte das Taschentuch zusammen und warf es vor der Kamera auf den Boden, ein kleines Opfer für diesen einäugigen Inquisitor.

Später an diesem Abend sah ich Carmen unter der Linse einer völlig andersartigen Kamera. Die Festivallimousine fand sich wie versprochen vor dem Luxor ein und holte uns zu Pereiras Party in Ipanema ab. Ein weiterer Gast, ein holländischer Filmverleiher, teilte sich den Wagen mit uns. Er und Dick ergingen sich in eifrigen Kommentaren, während wir die Copacabana Avenue entlangfuhren, und deuteten auf die Kinos, die von gespannten Menschenmassen belagert wurden, auf die Scharen von Huren und Zuhältern, die Arm in Arm unter den überall aufblitzenden Leuchtreklamen dahinschritten, und auf die vorübergehenden Touristen, die fassungslos beobachteten, wie die Polizisten von Rio den sechsspurigen Verkehr aufhielten, nur um einen Taschendieb oder Parksünder dingfest zu machen.

Beim Abendessen war Dick bester Laune gewesen, wogegen ich mich leicht deprimiert fühlte. Mir fehlten die Kinder, daher telefonierte ich mit Cleo Churchill, die bereit gewesen war, sich während unserer Abwesenheit um sie zu kümmern. Ich redete nacheinander mit allen und freute mich, ihre Stimmen zu hören, als sie mir von den Triumphen und Aufregungen des Tages erzählten, einem Modellflugzeug, das in den Fluß gestürzt war, und einem zahmen Eichhörnchen im Garten. Als ich sie hörte, wollte ich den Hörer auflegen und direkt zum Flughafen fahren. Cleo redete zuletzt mit mir und versicherte, daß alles bestens war und die Kinder sich kaum noch an mich erinnerten.

»Komm nicht so schnell zurück – es geht ihnen so gut wie noch nie. Ich hoffe, daß du und Dick euch gründlich danebenbenehmt.«

»Ich schon, aber Dick ist zu sehr damit beschäftigt, Fernsehinterviews zu geben. Alle sind sich einig, daß er so sexy wie kein anderer Psychologe in Rio ist.«

»Und in London – bring ihn heil wieder zurück.«

Ich mußte daran denken, wie Dick in dem Arbeitsraum der Frauen herumgesprungen war, und wie Fortunata Medaillons mit Jane Fonda und der Bardot auf den Brustwarzen trug und ihre Scham mit dem Porträt von Robert Redford bedeckte. Dick sah sich das alles an, berührte aber nichts. Und doch war ich deprimiert und er bester Laune. Sein Verhalten mir gegenüber war jetzt von einer gewissen Zurückhaltung geprägt, als hätte ich bei einem wichtigen Test versagt. Ich hatte stets gezögert, im Fernsehen aufzutreten, eine Schüchternheit, die ihn amüsierte und die er auf einen altmodischen Zug meines Charakters zurückführte. Ich war eindeutig zu sehr dem Weltlichen verhaftet, den ungewissen Realitäten von Frau, Kindern und Begierde, der Angst vor dem Tod und der Qual von Raum und Zeit. Das alles hatte Dick hinter sich gelassen und akzeptiert, daß das elektronische Abbild seiner selbst echt war, seine Persönlichkeit jenseits des Bildschirms dagegen nur ein ambitionierter, aber mittelmäßiger Schauspieler, der sich erfolgreich um eine weitaus bessere Rolle beworben hatte. Er interviewte Carmen und Fortunata vielleicht, aber er würde den Bann niemals brechen, indem er sie berührte oder gar brauchte.

Als ich sah, wie er den Auftritt in der Limousine genoß, überlegte ich mir, daß er der Vorläufer eines weiterentwickelten Menschentyps war. Wenn die Welt eines Tages zu einem Filmfestival wurde, dann würden alle Bewohner Dick Sutherland gleichen. Das Fernsehen hatte ihn impotent gemacht, aber vielleicht lag seine wahre Rolle im Hinblick auf die Evolution ja darin, die Bevölkerung einer übervölkerten Welt zu dezimieren. Die Kameralinse war eine Möglichkeit, uns voneinander zu lösen, uns von den Emotionen des anderen freizumachen. Als ich aus der Limousine auf die überfüllten, überschäumenden Straßen hinaus sah, kam mir der Gedanke, daß es nicht echtes Vergnügen, sondern das Abbild von Vergnügen war, was die Leute in Rio genossen.

Ausgenommen, versteht sich, auf Señor Pereiras Party. Terrasse und Empfangssäle der Maisonettewohnung schienen wie ein Nachtklubsatellit im Orbit über Rio zu kreisen, zum Bersten vollgestellt mit üppigen Buffet- und Roulettetischen und dazu eine Light-Show. Hunderte Gäste tanzten zu den Klängen einer Maracakapelle und feierten den Neujahrstag des Jahres 2000. Ältere Bankiers, die distinguierte Statisten zu spielen schienen, schlanke Gangster aus Rio, stattlicher als jeder Filmstar, und modisch gekleidete Immobilienmagnaten mischten sich unter die rangniedere Staffel von Filmagenten, Journalisten und Fernsehleuten, die das Proletariat der Superreichen bildeten.

Über die Kokainstimmen und das Feuerwerk auf der Terrasse hinweg rief ich dem Holländer zu: »Diese Party scheint schon seit dem Festival im letzten Jahr zu laufen. Die Filmkritiker in Rio leben wirklich stilvoll.«

»Pereira ist viel mehr als nur ein Filmkritiker. Er ist Mitinhaber eines lokalen Fernsehsenders, hat alle möglichen Geschäfte und besitzt sogar eine eigene Produktionsfirma.«

Was Pereiras Filmgesellschaft nun genau produzierte, sah ich später am Abend. Dick tanzte mit der atemberaubendsten Frau der Party, die zwischen sechzehn und sechzig sein mochte und für ihr Kostüm ein Kasino in Las Vegas geplündert zu haben schien. Der Holländer und ich waren an eine amerikanische Casterin und deren Mann geraten, die sich die unmögliche Aufgabe gestellt hatten, die Rollen der Partygäste mit den Schauspielern dieser Welt zu besetzen. Nach einem gemeinsamen Imbiß machten wir uns auf die Suche nach Dick.

Vor der Disco im Eßzimmer erblickte ich eine mir bekannte kräftige Blondine, die die Treppe zum Obergeschoß hinaufging.

»Kennen Sie Fortunata?« fragte der Holländer. »Sie versucht, bei Pereiras Filmen mitzuwirken.«

»Kann sie nicht schauspielern? Wo liegt das Problem?«

»Nein, sie ist dumm, aber schauspielern kann sie – das ist das Problem. Er braucht für seine Filme offensichtliche Amateure. Die sorgen für eine neue Art von Realismus.«

Eine verglaste Veranda bildete die Front im oberen Stock der Maisonettewohnung. Gäste drängten sich am Geländer und sahen über das Meer zu den Lichtern der Copacabana, dem Zuckerhut und dem gigantischen beleuchteten Christus von Corcovado. Aber Fortunata war in einem schmalen Flur verschwunden, der an einem Bad und einer Kochnische vorbei in die hinteren Zimmer der Wohnung führte. Ein uniformierter Wachtposten stand vor einer verschlossenen Tür und unterhielt sich mit einem von Pereiras Gangsterfreunden. Er ließ Fortunata durch und deutete auf einen Makel ihres Make-ups. Als sie die Handtasche zuklappte und mir zulächelte, ging er davon aus, daß wir zusammengehörten, und winkte uns weiter.

Wir betraten eine Privatsuite der Maisonettewohnung. Ein Büro mit Schreibtischen und Aktenschränken diente vorübergehend als Lager für Möbel, die aus den Zimmern entfernt worden waren, wo die Party stattfand. Filmausrüstung, Scheinwerfer und silberne Schirme standen in einer Ecke neben Kulissen – zwei Plastiksofas, ein zusammengerollter türkisfarbener Synthetikteppich und ein greller Bettüberwurf wie aus einem billigen Motel.

Fortunata machte die hintere Tür auf und betrat den angrenzenden Flur, wo gleißend weißes Licht aus einem Torbogen strömte. Zwei Männer im Frack und eine Frau im Ballkleid mit einem Drink in der Hand sahen in dieses Licht. Fortunata gesellte sich zu ihnen und runzelte die

Stirn, als ein Hund vor Schmerz bellte und sein Besitzer wütend aufschrie.

Als der Hund sich beruhigt hatte und flehentlich winselte, betrat Fortunata das Zimmer. Über die Schulter des Holländers hinweg konnte ich die undeutlichen Gesichter eines Filmteams im Scheinwerferlicht erkennen. Gäste in Abendkleidern lehnten an den Wänden und beobachteten Pereira, der dem Kameramann ein Zeichen gab. Ungehalten deutete er auf den Tontechniker, der sich mit einem Mikrofonarm nach vorne beugte und versuchte, das mitleiderregende Bellen des Hundes aufzunehmen. Der nervöse Schäferhund wurde von seinem Herrn, einem kleinen hemdsärmligen Mann Mitte sechzig mit dünnem Oberlippenbärtchen, abwechselnd getröstet und mißhandelt. Die hellen Scheinwerfer, die hektischen Bewegungen des Tontechnikers und die Finger des Hundebesitzers, die seine Hoden kraulten, hatten den großen Hund verstört. Er wollte nach Hause, zerrte an der Leine und rutschte mit den Pfoten auf dem Fliesenboden aus.

Vor dem Hund hatte das Team eine kleine Filmkulisse aufgebaut, ein geschmacklos buntes Doppelbett mit gestepptem Kopfteil, einen billigen Frisiertisch und eine rote Plastiklampe. Auf dem Boden neben dem Bett kniete eine nackte Frau, die vor sich hin murmelte und das Gewicht von einer müden Hand auf die andere verlagerte. Das grelle Licht hatte ihrer Haut jede Farbe genommen, sie sah aus wie eine aufblasbare Gummipuppe. Als sie das lange Haar schüttelte und Pereira wütend ansah, erkannte ich Carmens scharfes Profil. Der Hund drängte sich an seinen Besitzer, worauf sie mit der Hand auf den Boden schlug und eine Verwünschung auf Portugiesisch hervorstieß. Pereira versuchte, sie zu beruhigen, aber sie sah ihn voll unverhohlenem Mißfallen an, als bedaure sie es, sich wider besseres Wissen unüberlegt mit diesem unfähigen Produzenten auf diese Sprosse der Karriereleiter begeben zu haben.

Der Hund legte die Ohren an, als er Carmens entblößte Pobacken beschnupperte. Der Besitzer trällerte ihm ins Ohr, massierte mit einer Hand den Penis des Hundes und entfernte mit der anderen dessen Schwanz aus seinem Gesicht. Carmen warf den Zuschauern an den Wänden einen Blick gespielter Resignation zu. Es wurde mitfühlend genickt und Köpfe geschüttelt wegen der Unfähigkeit des Tierhalters und der Potenzschwäche des Tieres.

Der Tontechniker beugte sich mit dem Mikrofon nach vorne, der Kameramann justierte das Okular. Das Licht wurde noch heller und ließ die Gesichter der Zuschauer fahl erscheinen. Der Hund, dessen Pfoten nach wie vor auf dem Boden rutschten, kam näher, wobei der Besitzer ihn an den Hoden zog. Carmen hob eine Hand und wischte sich ein schmerzendes Staubkörnchen aus dem Auge, dann betrachtete sie selbstkritisch den schwarzen Umriß ihres Schattens.

Drei Tage später stand ich auf der Treppe des Konferenzzentrums und wartete darauf, mich von Dick Sutherland zu verabschieden, bevor ich nach London zurückflog. Ich hatte ihn verpaßt, als sich das Publikum nach der im Fernsehen übertragenen von ihm geleiteten Podiumsdiskussion aufgelöst hatte. Schon wollte ich aufgeben und zum Taxi gehen, als ich sah, wie er mit Señor Pereira aus dem Gebäude kam. Der Filmkritiker redete überschwenglich auf Dick ein, dankte ihm für seine Darbietung vor der Kamera und die wenigen Worte Portugiesisch, die er auswendig gelernt hatte.

Unter der Tür hinter Pereira übte Carmen, das Seidenkleid von den Fernsehmonitoren mit ihren wissenschaftlichen Filmen angestrahlt, ihr Englisch mit einer der Simultandolmetscherinnen. Pereira winkte Dick zum Abschied, und sie kam heran und ergriff lächelnd den Arm des Filmkritikers. Gemeinsam stiegen sie in ein wartendes Auto.

»Dick, wir sehen uns in Shepperton. Carmen scheint glücklich zu sein – ich dachte, sie verabscheut Pereira.«

»Hat sie. Aber sie glaubt, daß ihre Karriere in die Gänge kommt – offenbar hat sie einen Film mit einem Hund gedreht. Pereira wollte mir den Rohschnitt zeigen. Scheint ein großer Hit unter den Verleihern zu sein.«

»Lassie, komm nach Hause, es ist alles verziehen ... «

»Ist das der Titel? Den werde ich mir nicht ansehen.«

»Würde ich aber, Dick.«

Dick betrachtete die Christusstatue auf Corcovado. Er hob die Schultern, nicht ohne Zuversicht, und wappnete sich gegen die Einschaltquoten der ultimaten Medienpersönlichkeit. An der Copacabana Beach ließen die Händler ihre Festivaldrachen über den Köpfen der Footballspieler steigen und priesen ihre Filmstaranstecker und Gürtelschnallen an. Die Bettlerin von den Favelas und ihr verkrüppeltes Kind versteckten sich zwischen den Limousinen vor dem Copacabana-Palace-Hotel und waren bereit, einen unachtsamen Filmboß zu erschrecken. In den vollklimatisierten Räumen des Konferenzzentrums flimmerten die wissenschaftlichen Filme mit ihren Nahaufnahmen von Bugradgehäusen, Nasenbeinen und Schmerzskalen über die Bildschirme, eine unermeßliche schlafende Pornographie, die nur darauf wartete, vom Zauber des Ruhms geweckt zu werden.

Die Heilanstalt

Nervenheilanstalten tragen wie Gefängnisse, mit denen sie Ähnlichkeit haben, häufig die Last unangemessenster Namen. Als ich durch das Tor des Summerfield Hospital fuhr, fragte ich mich, wer diesen düsteren viktorianischen Koloß getauft hatte. Gewaltige rote Backsteinmauern stiegen wie permanente Kopfschmerzen zu den verfallenen Giebeln empor, lediglich von vernagelten Fenstern unterbrochen, die niemals geputzt worden waren, als sollten sie die Patienten vor dem düsteren Mikroklima schützen, das über dieser vergessenen Ecke von Südlondon schwebte. Verdörrte Rasenflächen kämpften im Schatten hoher Fichten, aber wann immer ich David Hunter besuchte, nie hatte ich gesehen, daß auch nur einmal einer der zweitausend Patienten Luft schnappte.

Jeder, hatte ich herausgefunden, konnte am Torhaus vorbeifahren, ohne angehalten zu werden, und die endlosen internen Straßen, die zwischen den großen Gebäuden verliefen, vermittelten den Eindruck, als stünde Summerfield für alle Welt offen. Tatsächlich gehörte das Torhaus wie die toten Rasenflächen und der Besucherparkplatz zu einer Scheinanlage. Die zentrale Enklave der Heilanstalt, die Zitadelle der Geisteskranken, war uneinnehmbar in sich abgeriegelt. Aus dem Fenster von Davids Station, wo das Milchglas durch eine einfache Glasscheibe ersetzt worden war, konnte ich die Innenhöfe sehen, die mit dem Hochsicherheitstrakt verbunden waren. Ab und zu wurden die geistig völlig Umnachteten in diese kahlen Steingruben mit den von Stahlklauen gekrönten Mauern hinausgelassen, damit sie auf ihre gequälte Weise das Mysterium des »Draußen« anstarren konnten. Verwirrenderweise wiesen sämtliche Exerzierplätze eine andere Form auf, manche waren dreieckig, andere rechteckig oder rautenförmig mit Nischen, die keinem ersichtlichen Zweck dienten, als bildeten sie alle zusammen das Puzzle eines entzweiten Verstandes, das zusammengefügt werden mußte, bevor ein Patient entlassen werden konnte.

Zwei Fahrzeuge parkten in gegenüberliegenden Ecken des Parkplatzes, die Ausnahme von der Regel, nach der Fahrer, die auf einem verlassenen Parkplatz eintreffen, nebeneinander parken. Die meisten Patienten, stellte ich fest, wurden ausschließlich von ihren ärmeren Freunden und Verwandten besucht, die den langen Weg vom Torhaus zu Fuß zurücklegen mußten und hinterher so müde waren, daß sie nur noch dasitzen und zuhören konnten. Ein Wegweiser deutete zu den Stationen für temporäre Insassen – »Narcissus«, »Rosemary« und »Hyacinth«. Ich trug mein Schachbrett, eine Tüte voll Obst, Luftfahrtmagazine und Zeitungen und machte mich auf den Weg zum Haupthaus. So sehr ich mich bemühte, das Gefühl zu unterdrücken, ich hatte wie immer den Eindruck, als würde ich mit meinem Gepäck eintreffen und meinen eigenen Aufenthalt in Summerfield antreten. Die gleichgültigen Gebäude besaßen eine moralische Autorität, die weitaus einschüchternder war als die erschöpften Psychiater, die auf den Stationen arbeiteten.

Während der Pförtner meinen Namen mit einem Blick auf den Dienstplan registrierte, klapperte ich mit dem Schachspiel und vermutete, daß es bald um eine Figur leichter sein würde. Die abgenutzten Schachspiele in Summerfield hatten schon die Hälfte ihrer Figuren verloren. David hatte mir in seiner nüchternen Art erklärt, daß diese mittellosen Patienten, die überwiegend von ihren Familien verstoßen worden waren und denen absolut nichts gehörte, ein gestohlenes Stück wie eine kostbare Puppe hüteten. Wenn ich mich mit David im Aufenthaltsraum befand, saß einer der alten Männer, mit denen er sich angefreundet hatte, meist vor einem Schachbrett und starrte seinen privaten Bauern an. Er war ehemaliger Buchhalter der Kirchenkommission und hatte versucht, seine invalide Frau zu erwürgen. Nach einer Stunde oder so wagte er dann den ersten vorsichtigen Zug. Wenn ich am Ende meiner Besuche das Spielbrett zusammenklappte, steckte David immer eine der Figuren ein, für gewöhnlich den schwarzen Läufer, den er mit mir identifizierte. Teils, um mich zu reizen, teils um sicherzustellen, daß ich mit keinem anderen spielen würde.

Als ich nach David suchte, konnte ich seine sanfte Stimme vor der Frauenstation hören, wo er galant eine der alten Frauen zu den Toiletten führte. Er begrüßte mich fröhlich und machte die Toilettentür zu.

»Ich hoffe, sie weiß, was sie tun muß«, vertraute er mir an. »Meistens steht sie nur da drinnen und versucht, sich an ihre Tochter zu erinnern. Sie nennt es ihre Gedächtniskabine…«

Er war umgänglich und humorvoll wie immer und ließ den Blick durch den Aufenthaltsraum schweifen, um zu sehen, ob es etwas Neues zu erzählen gab. Patienten in Morgenmänteln saßen auf den Ledersesseln und sprachen mit ihren befangenen Verwandten. Auf dem Sofa neben uns lag eine junge Frau mit bis zum Kinn hochgezogenen Knien und schlief ihren Largactilschlaf. Die offenen Augen zeigten nur das Weiße, als wollte sie etwas in ihrem Kopf betrachten. Am Ausgabeschalter hatte sich eine ganze Reihe Patienten angestellt, um ihre Beruhigungsmittel zu holen.

»Sie werden jeden Moment Tee bringen.« David blätterte die Luftfahrtmagazine durch, hielt meinen Arm und freute sich, mich zu sehen. Seine Inhaftierung hatte uns einander nähergebracht. »Es ist schön, daß du kommst – wie geht es den Kindern?«

»Sie wachsen und gedeihen und bestehen sämtliche Prüfungen. Henry hat ein Flugzeug für dich gebaut – den Wright Flyer. Alice und Lucy wollten mit mir kommen.«

»Keine gute Idee.« David zupfte an einer Orange und bedachte mich mit einem wissenden Lächeln. »Sie können dich besuchen, Jim, wenn du dran bist.«

Ich sagte nichts dazu und sah einer alten Frau zu, die nur ein verblichenes Nachthemd anhatte und eine Vase mit Narzissen zum Fenstersims trug. Sie hielt die Blumen ins Licht und machte sie mit der Sonne bekannt.

»Es ist friedlich hier«, sagte ich. »Sonnenschein und diese schlafenden Frauen. Du könntest in einem Familienhotel an der Südküste sein.«

»Von ganz besonderer Art, Sportsfreund.«

»Ich weiß – erstaunlich, daß sie Männer und Frauen nicht voneinander trennen.«

»Bis jetzt ist noch keine schwanger geworden.« David betrachtete die junge Frau, die neben ihm auf dem Sofa schlief, der Saum ihres Nachthemds spannte über ihren plumpen Waden. Als er die Schachfiguren aufstellte, bemerkte ich, daß der schwarze König fehlte, eine bescheidene Strafe, die ich auf mich gezogen hatte. »Im übrigen, das medizinische Personal vertraut uns blind. Für die sind wir die Normalen. Sie kennen unsere Namen und Gesichter und unsere kleinen Eigenheiten. Echt verschroben kommt ihr Besucher ihnen vor.«

»Wahrscheinlich sind wir es.«

David kauerte über dem Schachbrett und beobachtete mich zwischen den Figuren hindurch. Er wartete darauf, daß ich mit meiner wahren Persönlichkeit Schritt hielt. Er betrachtete meine Besuche in Summerfield als Lernprozeß; allmählich würde ich schon einsehen, daß ich für die Ereignisse verantwortlich war, die ihn hierher in diese trostlose Institution gebracht hatten. Und am Ende meiner Besuche, wenn er mich zur Treppe begleitete, rechnete er eindeutig damit, daß ich mich entschließen würde zu bleiben. Ich würde ein freies Zimmer der Station Hyacinth beziehen, und dann konnten wir unsere Schachspiele fortsetzen, bis sämtliche Figuren vom Brett gestohlen worden waren.

»Hast du Sally in der Zwischenzeit gesehen?« fragte er beiläufig. »Ich glaube, sie würde gern von dir hören.«

»Wir haben telefoniert – sie ist in Schottland bei einer reichen Freundin ihres Vaters, wo sie diese neue Methadonbehandlung ausprobiert. Sie hört sich schon viel ruhiger an.«

»Sie sollte in die Staaten zurückkehren. Ich kann mir vorstellen, wie sie in Haight-Ashbury umherschlendert...« Seine Hand zitterte über dem Schachbrett, während er den Blick auf einen eigensinnigen Traum von der Vergangenheit gerichtet hatte. Als ich ihn trösten wollte und sein Handgelenk berührte, rückte er von mir ab, und ich sah, daß er den schwarzen König wieder hingestellt hatte.

»David, das ist alles vorbei – die GIs sind aus Vietnam zurückgekehrt, und Nixon war in China.«

»Ich weiß. Gott sei Dank, daß ich hier bin, es ist alles so ernst. Dir wird Vietnam fehlen.«

»Mir? Warum?«

»Die Nachrichtensendungen jede Nacht? Ich habe mich gefragt, warum du nie mit mir nach Schanghai zurückgekehrt bist. Du hast es nicht nötig gehabt – statt dessen haben sie den Krieg in Vietnam für dich angefangen.«

»Ich war nicht bereit zurückzukehren.« Ich beobachtete den alten Buchhalter, der über seinem einsamen Bauern wachte. »Ich hätte zu sehr das Gefühl gehabt, an den Schauplatz eines Kriegsverbrechens zurückzukehren.«

»Ich weiß, was du meinst, Jim. Ich habe nach deinem kleinen Bahnhof gesucht.«

»An der Strecke Hangtschau-Nantau?« Ich versuchte skeptisch zu klingen. »Merkwürdig, daß du mir das nie gesagt hast.«

»Nun... Miriam war gestorben. Du hattest den Kopf mit genügend anderen Dingen voll. Wie dem auch sei, der verdammte Taxifahrer konnte ihn nicht finden. Diese Touristenführer geben sich die größte Mühe, aus Schanghai ein Rätsel zu machen.«

»Wahrscheinlich existiert er gar nicht mehr, ich würde mir keine Sorgen machen. Spielen wir Schach – schwarz oder weiß?«

»Nein, er ist noch da.« David achtete nicht auf meine erhobenen Hände und sah mir starr in die Augen. »Er ist auf der Karte der Greater Shanghai Transit Company eingezeichnet. Und in deinem Kopf.«

»Nicht mehr.«

»Nicht? Deine Ausstellung mit Unfallwagen – niemand hat es gewußt, aber dort hast du dieses Ereignis doch nachgestellt.«

»Mit einigen Abstrichen.«

»Ohne Abstriche. Jim, mir ist klar...«

Nicht zum ersten Mal stellte er eine Verbindung zwischen meiner Ausstellung und seinem letzten Unfall her und deutete an, daß ich der Katalysator für seinen tollkühnen Fahrstil gewesen war. Aber wenn überhaupt, war David die Inspiration für die Ausstellung gewesen. Ich erinnerte mich, wie er durch die Straßen von London jagte und dabei auf jene gefährliche Weise fuhr, die er zum erstenmal auf der langen, geraden Straße von Moose Jaw zum Luftwaffenstützpunkt praktiziert hatte. Bei den Karambolagederbys in den schäbigen Stadien im Osten von London hatten er und Sally den Tod förmlich gesucht.

Einbahnstraßen regten sie zu einem verzweifelten Roulette an. Eines späten Abends, zwei Jahre nach der Ausstellung, war David in falscher Richtung auf der westlichen Fahrspur der Schnellstraße Richtung Hammersmith gefahren und hatte mit der Lichthupe entgegenkommende Fahrzeuge gegen die Leitplanke gedrängt. Eine Cellistin in mittleren Jahren und ihr Mann hatten, durch eine Polizeisirene auf der Gegenfahrbahn verwirrt, nicht rechtzeitig bremsen können. Die Frau war hinter dem Lenkrad gestorben, und lediglich Davids zerknirschtes Verhalten nach seiner Festnahme und seine Dienstzeit bei der RAF in Malaya hatten ihn vor einer Anklage wegen Totschlags gerettet.

Er war aufgrund geistiger Unzurechnungsfähigkeit erst in ein spezielles Sanatorium in Rampton und dann zur Beobachtung nach Summerfield gebracht worden. Sechs Monate später kauerte er mit Largactilkrämpfen in dem sonnigen Zimmer voll verzückter und brummelnder Frauen, und der Tod der Cellistin klopfte immer noch an die Pforten seiner Erinnerung. Ich empfand nur Mitleid für ihn und seine jüngere Inkarnation, so alt wie Henry heute, die aus dem japanischen Kriegsgefangenenlager in die Nachkriegswelt entlassen worden war. David hatte meine Bedürfnisse verstanden, aber seine eigenen nicht deuten können. Er hatte anfangs zögernd versucht, die Grausamkeit nachzuahmen, die er im Krieg in China erlebt hatte, aber nicht gemerkt, daß die Welt nach dem Krieg geradezu erpicht darauf war, das für ihn zu erledigen. Der Psychopath galt als Heiliger.

Als ich ihn das erste Mal in Summerfield besuchte, hatte er die Spielregeln unserer Beziehung abgesteckt und gesagt: »Vergiß nicht, Jim – ich habe auf der Schnellstraße nur dasselbe gemacht wie du mit deiner Ausstellung…«

Inzwischen kehrten die Opfer der sechziger Jahre heim in die Veteranenhospitäler, die Nervenheilanstalten und Privatkliniken. In einem Salon über einem kalten schottischen See zählte Sally Mumford ihre Tage mit Methadon. Wenn ich mit ihr telefonierte, hörte sie sich tonlos, aber ausgeruht an, anders als die verwirrte und überreizte Frau, die eines Abends zwei Monate zuvor in Shepperton aufgetaucht war und meine Hilfe brauchte, sich aber weigerte, mit mir zu reden. Glücklicherweise waren die Kinder bei ihrer Tante gewesen. Ich versuchte, auf dem Sofa zu schlafen, während Sally die ganze Nacht weinend durch die verlassenen Zimmer schritt und in den Schränken nach alten Spielsachen suchte, die sie in ihre Handtasche stopfte.

Am nächsten Tag ließ sie zu, daß ich sie zu unserem Hausarzt brachte, der sie zu einem amerikanischen Arzt in der London Clinic überwies. Danach übersiedelte sie in ein spezielles Pflegeheim an der Themse bei Marlow, eines dieser privaten Gefängnisse, in denen die Reichen mit Unterstützung des Ärztestandes ihre betagten oder peinlichen Verwandten einsperren. Als ich sie dort besuchte, war sie gleichgültig, stand unter Beruhigungsmitteln und lächelte verträumt, während sie mir von unserer ersten Begegnung auf der Sandbank bei Rosas vor zehn Jahren erzählte. Sie schien wieder ein Kind zu sein, die freundliche und großzügige junge Frau, die meinen eigenen Kindern zu Hilfe gekommen war, als diese sie am dringendsten gebraucht hatten. Erst als ich Dick Sutherland erwähnte, runzelte sie die Stirn und wandte sich von mir ab.

Dick hatte als einziger die sechziger Jahre triumphal hinter sich gebracht. Wie ich vermutet hatte, bewerkstelligten Wissenschaft und Pornographie schließlich ihr lange erwartetes Rendezvous unter der Linse seiner Laboratoriumskamera. Seine erfolgreiche Fernsehserie über das Übersinnliche – ASW, Astrologie und Telekinese – wurde an einen amerikanischen Sender verkauft und machte einen progressiven New Yorker Zeitschriftenmagnaten auf ihn aufmerksam, der erst jüngst ein Institut für Sexualforschung gegründet hatte. In dessen Aufsichtsrat saßen zahlreiche Gurus der Gegenkultur – Evangelisten für LSD, Neurologen auf der Jagd nach dem neuesten Trend, Zenphilosophen und Marxisten. Unter kräftigen Fanfarenstößen verkündete der Magnat, daß das Institut die Pionierarbeit von Masters und Johnson, Kinsey und Havelock Ellis fortführen würde.

Zu Anfang widmeten die Forscher sich wissenschaftlichen Filmen von heterosexuellem Geschlechtsverkehr und benützten die allerneueste Fiberoptiktechnologie und Miniaturkameras auf der Suche nach dem weißen Wal der modernen Sexualwissenschaft, dem Orgasmus der Frau. Bald darauf jedoch, nachdem Standfotos aus diesen Forschungsfilmen in den Zeitschriften der Muttergesellschaft veröffentlicht wurden und die Auflagen in Rekordhöhe trieben, wurden die Forschungsgebiete auf abseitigere Formen sexueller Aktivitäten ausgeweitet. Das Institut wurde diskret nach London verlegt, wo man weit entfernt von den kritischen Blicken der US-Justizbehörde und möglichen Bedrohungen für die Professorenämter der akademischen Aufsichtsratsmitglieder war.

Dick wurde wissenschaftlicher Direktor des Instituts in seinem neuen Hauptquartier, einem ehemaligen Hotel mit Blick auf die Moschee im Regent's Park. Hier ergingen sich eine rekrutierte Streitmacht von Freiwilligen unter dem neutralen Blick der Kamera in jeder legalen Permutation von lesbischem, homosexuellem und heterosexuellem Verkehr. Die unbelichteten Filmdosen wurden per Luftfracht zu den Zeitschriftenredaktionen in New York geschickt, ausgewählte Standfotos erschienen mit Dicks wissenschaftlichen Kommentaren neben den Aktmodellen der Faltblätter.

Als ich Dick behutsam darauf hinwies, daß er etwas produzierte, was von Pornographie ununterscheidbar war, stimmte er bereitwillig zu.

»Abgesehen von folgendem – unser Ziel ist, zu analysieren, nicht zu erregen. Stell dir diese weitverbreitete menschliche Aktivität vor, die im gesamten biologischen Königreich bekannt ist, und du wirst einsehen, wie wenig man darüber weiß. Was genau passiert, wenn dich eine Frau fellationiert? Weißt du das, Jim?«

»Dick, wenn ich dir zuhöre, kommen mir Zweifel...«

»Na also, was gibt es also mehr dazu zu sagen?«

»Aber warum muß ich es wissen?«

»Weil Sexualität die letzte große Grenze ist.« Dick hatte auf den Horizont des Regent's Park gedeutet wie Cortez, dem die ungeheure Größe des Pazifik klargeworden ist. »Eines können wir mit Sicherheit über die Zukunft der Sexualität sagen – sie wird eine viel bedeutendere Rolle spielen. Es zeichnet sich bereits ab, daß neue Formen gesellschaftlicher Strukturen entstehen, die der sexuellen Phantasie Rechnung tragen. Was du und alle anderen als pornographische Denkweise betrachtet, könnte uns durchaus ermöglichen, uns selbst und in gewissem Sinne sogar die Grenzen der Sexualität zu überwinden.«

»Deine neue Serie muß faszinierend werden, Dick.«

»Hast du schon davon gehört? Gut.«

Hatte ich nicht, aber ich zollte ihm dennoch ohne Groll Bewunderung. Ich dachte an unsere Reise nach Rio, und da wurde mir klar, daß der Abend mit Carmen und Fortunata sein tapferer Versuch gewesen war, vom Fernsehschirm in die verlorene Welt von Emotionen und Begierden hinabzusteigen. Er hatte das Image des schurkischen Wissenschaftlers abgelegt, das ihn seit den Tagen in Cambridge über die Runden gebracht hatte – teils Rockstar und teils Robert Oppenheimer. Lederjacken und Goldmedaillons verschwanden, an ihre Stelle traten Tweedanzüge und Wollkrawatten. Sein Umgang mit mir war jetzt entspannter, er wirkte glücklicher und selbstbewußter und konnte sich endlich den originellen Forschungen widmen, die er stets gesucht hatte, ohne zu bemerken, daß er selbst das Opfer eines vorgeblichen Experiments war.

Aber Sally hatte gelitten. Sie hatte sich wie die anderen Freiwilligen, die für das Institut arbeiteten, von Dicks missionarischem Eifer anstecken lassen. Sie sagte mir, wie erstaunt sie war und wie sehr die unzensierten Filme, die den Freiwilligen im Vorführraum des Instituts gezeigt wurden, sie beeindruckt hatten – das kathedralenähnliche Innere ihrer eigenen Vagina, wo Feuchtigkeit an den Höhlenwänden perlte wie Juwelen, die in eine Grotte tropften. Wenn sie ihrem Laborpartner beiwohnte, zeichnete eine ferngesteuerte Kamera die unwillkürlichen Zuckungen ihrer Gesichtsmuskeln auf, die Rötung von Brüsten und Unterleib und das Zittern der Haut an den Innenseiten der Schenkel.

Daß sie diese abstrakten Ausschnitte ihrer selbst sah, hatte zu einer wachsenden Empfindungslosigkeit geführt, einer zunehmenden Unempfindlichkeit der Haut gegenüber Schmerz und Gefühlen, als wäre ihr Nervensystem nicht mit den vertrauten Nervenenden von Händen und Lippen verbunden, sondern mit dem Bildschirm in Dicks Vorführraum. Sie blätterte vor den Laborsitzungen die Seiten der Herrenmagazine im Wartezimmer durch und fand zusammenhanglose Teile ihrer Anatomie zwischen den Umschlägen, die feuchte Böschung ihrer Scham, die einem fernen Bergmassiv glich, wie man sie aus dem Fenster eines Flugzeugs sah.

Eine zunehmende Verstümmelung ihrer selbst fand statt, bis sie den Punkt erreichte, wo sie damit rechnete, daß die Haut ihrer Brüste oder Schenkel auf einer Reklamewand abgebildet sein oder als Polsterbezug in einem modischen Nachtklub dienen würde. Als sie wie die meisten von Dicks Freiwilligen aus dem Programm ausschied, fand sie nie wieder richtig zu sich selbst zurück, wanderte in ihrer Heroinbetäubung durch die Straßen und suchte nach den verlorenen Teilen von Gesicht und Lippen.

Wenig später interessierte sich das Home Office für das Institut, und dessen Tätigkeit wurde unterbunden. Auf der anderen Seite des Atlantik verkündete der Zeitschriftenmagnat, daß die sexuelle Revolution vorbei war und er die kilometerlangen Filmspulen der Kinsey Foundation gestiftet hatte. Die Freizeitindustrie war das zukunftsträchtige Geschäft, künftige Investitionen würden in neuen Feriensiedlungen auf Hawaii und in der Karibik gemacht werden. Sex mußte sich, was bedauerlich war, künftig um sich selbst kümmern.

Dieser Rückschlag traf Dick schwer. Er gestand in einem Augenblick überraschender Offenheit ein, daß er gehofft hatte, die Forschungen des Instituts würden als das akzeptiert werden, was sie waren. Er wußte, sein Ruf in der wissenschaftlichen Gemeinde hatte Schaden genommen, und die meisten Laboratorien würden ihm künftig verschlossen bleiben. Ich versuchte, ihm zu helfen, stellte ihn einem interessierten Verleger vor, und Dick schrieb auf meinen Vorschlag hin rasch den Text zu einem Pop-up-Führer durch die menschliche Psychologie. Als ich später diesen schillernden Bestseller las, der direkt der Rückseite einer Cornflakespackung entsprungen zu sein schien, überraschten mich wie immer Dicks Common sense, seine Cleverness und Intelligenz. Da die Verkaufszahlen weit über denen meiner eigenen Bücher lagen, konnte sich Dick mir gegenüber weiter auf seine freundliche Art väterlich geben. Ich war immer noch der tolpatschige Student, der im Labor Kaffee kochen durfte und die Erlaubnis hatte, mit der Sekretärin zu flirten.

Aber hatte die Ratte in der Skinner-Box immer den Versuchsleiter kontrolliert? Wenn ich an David Hunter dachte, an Dick und Sally, fragte ich mich häufig, welchen Anteil ich am schicksalhaften Verlauf ihres Lebens gehabt und ob ich sie nicht auf Ziele zusteuern ließ, die ich schon viele Jahre zuvor festgelegt hatte. Ich hatte sie nie bewußt manipuliert, aber sie hatten ihre vorbestimmten Rollen akzeptiert wie Schauspieler, die angeheuert waren, Rollen in einem Stück zu spielen, dessen Text sie nie zu sehen bekommen hatten.

Peggy Gardner hatte keinen Zweifel an meiner Verantwortung. Ich besuchte sie in ihrem kleinen Haus in Chelsea, nachdem David durch Gerichtsbeschluß der ersten Instanz in Gewahrsam genommen worden war, und hoffte, sie könne später als Charakterzeugin aussagen. Sie saß entfernt von mir auf einem Lehnstuhl und sah mich an, als hätte ich am Steuer des Jaguar gesessen, und sie wäre eine Polizeipsychiaterin, die wegen eines Gutachtens hinzugezogen worden war.

»Armer David. Der letzte deiner Clique. Erst Sally, dann Dick…«

»Dick? Mit dem habe ich nichts zu tun.« Ich stellte das Whiskeyglas so heftig ab, daß der Firnis ihres Ebenholztischs einen Riß bekam. »Peggy…?«

»Dieses geschmacklose Institut und die ganzen Fernsehsendungen.«

»Er ist im Grunde seines Herzens ein Schauspieler, der sich nur zufällig in die Psychologie verirrt hat. Dick ist… ein Schamane für das Fernsehzeitalter.«

»Du hast ihn jahrelang ermutigt, diese amerikanischen Autos zu kaufen, hast ihm eingeredet – was war es für ein Unsinn? –, daß er die erste wissenschaftliche Entdeckung im Fernsehen machen würde. Wie hätte er da widerstehen können?«

»Er wollte nie widerstehen. Weißt du nicht mehr, wie er in Cambridge war?«

»Ich habe versucht, ihm aus dem Weg zu gehen. Er war immer so aufdringlich und schmeichlerisch.«

»Er hat nur darauf gewartet, im Fernsehen Karriere machen zu können.«

»Er hat nur auf dich gewartet.« Peggy ging zum Kamin und betrachtete mich im Spiegel, als könne das seitenverkehrte Ebenbild einen Hinweis auf meine finsteren Träume geben. »Manchmal glaube ich, er hat dieses vorgebliche Experiment nur angefangen, um dich kennenzulernen.«

»Er wußte nicht einmal, daß ich existiere.«

»Jemanden wie dich. Besessen vom Dritten Weltkrieg, den Kopf voll amerikanischer Bomber und Lunghua…«

»Davon habe ich nie gesprochen.«

»Das mußtest du auch nicht! Du hast verzweifelt nach Gewalt gedürstet! Sie hat allem einen Sinn gegeben, aber du hast das Fernsehen gebraucht, damit es alles durchdringt und Schrecken und Schmerzen immer und immer wieder nachspielt. Das hat Dick wirklich aufgeregt.

Er hat dir Miriam gegeben, weil er dich nur so halten konnte.«

»Ist das nicht ein bißchen gefühllos? Er wäre auch zum Fernsehen gekommen, wenn er mich nie kennengelernt hätte.«

»Der Vietnamkrieg, die Ermordung Kennedys, der Kongo, diese gräßlichen *rattisages*... die hätten für dich erfunden worden sein können.«

»Peggy, das hört sich an, als wäre ich ein Kriegsverbrecher.«

»Miriam hat gesagt, daß du einer warst. Und dabei liebst du deine Kinder.« Peggy drückte die Hände auf den Spiegel und berührte nur das sichere Glas. »Bevor wir mit der Arrawa aufgebrochen sind, hast du mich in Schanghai mit ins Kino genommen, einen Film über amerikanische Flugzeugträger...« – »*The Fighting Lady* – eine Zusammenstellung von Dokumentaraufnahmen.«

»Ich hatte Angst, du könntest dich im Dunkeln vergessen, aber deshalb hätte ich mir keine Sorgen machen müssen. Deine Gedanken waren einzig und allein auf der Leinwand. Ich war so verblüfft, daß ich den Blick nicht von dir wenden konnte.«

»Es war der einzige Film in Schanghai. Außerdem hat mich das Fliegen fasziniert.«

»Du hast mir gesagt, du hast ihn zehnmal gesehen!«

»Die Amerikaner haben ihn mitgebracht und uns allen Freikarten gegeben. Ich hatte sonst nichts zu tun.«

»Nichts? In ganz Schanghai? Du warst drei Jahre eingesperrt und wolltest nichts anderes, als im Dunkeln sitzen und zusehen, wie diese Selbstmordpiloten gegen amerikanische Schiffe flogen?« Peggy, die endlich bereit war, mich direkt anzusehen, drehte sich vom Spiegel um. »Sag mir eines, weißt du, ob Dick eine Kopie dieses Films besitzt?«

»Ich glaube ja.«

»Du weißt es. Miriam hat mir gesagt, daß ihr ihn gemeinsam in seiner Garage in Cambridge angesehen habt.«

»Ein- oder zweimal. Dick hatte einen Pilotenschein und ich war in Kanada geflogen. Außerdem ist es ein bemerkenswerter Film – diese amerikanischen Piloten waren tapfere Männer. Und die Japaner.«

»Selbstverständlich waren sie das. Aber nicht tapferer als die russischen Piloten oder die britischen Piloten. Was die amerikanischen Piloten gemacht haben, besaß nur mehr Stil und mehr Pomp.«

»Wie alles Amerikanische. Und?«

»Und genau das hast du immer gebraucht – verherrlichte Gewalt. Dieser schreckliche Nachmittag auf dem Bahnsteig bei Siccawei – da hattest du schon Dutzende Grausamkeiten gesehen.«

»Wir alle. Das war Schanghai.«

»Aber du warst dieses eine Mal zu dicht dabei. Ein Teil davon ist tatsächlich dir passiert. Diese ganzen Autounfälle und pornographischen Filme, Kennedys Tod, das alles ist deine Art, alles in einen Film zu verwandeln, etwas Brutales und Verherrlichendes. Du möchtest den Tod amerikanisieren.«

»Peggy…« Sie hatte das alles mit überraschendem Nachdruck gesagt. Ich folgte ihr geduldig, als sie das Tablett mit den Drinks in die Küche trug. »Auch wenn's dich nicht interessiert, Dicks Institut hat ein paar entscheidende Forschungsergebnisse erzielt. Ich sehe mir nie pornographische Filme an und hatte einen einzigen Autounfall in meinem ganzen Leben. Du hast jedes Jahr einen.«

»Ich weiß. Du lebst in Shepperton und hast drei wunderbare und glückliche Kinder großgezogen. Wie, das wird mir immer ein Rätsel bleiben.«

Ich lehnte mich an den Kühlschrank und sah mich in der kleinen Küche mit den eleganten Gewürzdosen und teuren französischen Kochtöpfen um, die sich so sehr von meiner eigenen unterschied, wo kaum ein Geschirrteil zum anderen paßte und die Hälfte aller Gläser von Tankstellen spendiert waren. Peggys Haus war ein Boudoir mit dem einzigen

Zweck, Männer zu bezaubern und zu erregen. Sie hatte viele Affären gehabt, aber von keiner war sie wirklich berührt worden. Keine Urlaubsfotos erinnerten sie an die Männer, die sie mit nach Florenz und San Franzisko genommen oder im Lauf der Jahre Villen in Vence oder dem Lot mit ihr geteilt hatten. Kein Geschenk eines Mannes stand auf dem makellosen Schreibtisch in ihrem Büro.

Sie hatte nie geheiratet, als hätte sie Angst gehabt, sie könnte eine Tochter bekommen, die eines Tages zwölf werden und sie an die Jahre der Trennung von ihren Eltern erinnern würde. Seltsamerweise war dem einzigen Menschen, der ihr half, nie gestattet worden, das Bett mit ihr zu teilen, und er wurde auch andauernd gemaßregelt und zurechtgewiesen wie damals, wenn ich in der Kinderbaracke Streiche gespielt hatte.

»Und was ist mit dir, Peggy?«

»Mit mir?« Sie stellte die Gläser in die Geschirrspülmaschine. »Versuchst du jetzt, mich ins Repertoire deiner Komparsen aufzunehmen?«

»Ich denke an eine hingebungsvolle Kinderärztin, die selbst nie gewagt hat, ein Kind zu bekommen.«

»Ich habe ein bißchen zu lange gewartet.« Sie trocknete ihre Hände ab und legte sie mir nachsichtig auf die Schultern. »Außerdem hatte ich ja dich. Ich glaube, um dich habe ich mich ganz gut gekümmert.«

»Das tust du immer noch – bist du deshalb Kinderärztin geworden?«

»Herrgott, sag das nicht!« Sie schlug mir, ohne nachzudenken, auf den Mund, dann nahm sie sich zusammen und betrachtete gequält meine aufgesprungene Lippe. »Oh, verdammt... du hast Blut auf den Zähnen. Jim, ich wollte dich wegen Miriam nicht aufregen...«

Ich küßte sie zum ersten Mal, seit wir zusammen allein in dem geschwungenen Zuschauerraum des Grand Theatre in der Nanking Road gesessen hatten. Ich konnte spüren, wie sie mit der Zunge das Blut in meinem Mund kostete.

Der Geruch ihres Körpers hatte sich verändert, ihr ergrauendes Haar erinnerte mich an das ihrer Mutter, als sie nach der Reise von Tsingtau aus dem amerikanischen Landungsboot stieg. Ich umfaßte sie mit den Händen und tastete nach den schmalen Knochen des Mädchens, das ich in Lunghua gekannt hatte. Die weichen Arme an meiner Brust gehörten einer anderen Frau.

Dann spürte ich ihre Schulterblätter und die kräftigen Rippen der hungrigen Zwölfjährigen, die mich vom Krankenbett gehoben hatte. Ich umfing ihre Taille und berührte die vertraute breite Wölbung ihrer Hüften. Ich küßte sie wieder und strich mit den Fingern über das fliehende Kinn, das im Verlauf des Krieges länger geworden und immer schon etwas verschoben gewirkt hatte, wenn sie über meinen neuesten Plan nachdachte, wie man an zusätzliche Essensrationen kommen konnte. Sie lächelte mir im Küchenspiegel zu und versuchte, sich für die geschwollene Lippe zu entschuldigen. Behutsam schob ich mit dem Zeigefinger ihre Oberlippe nach oben und verspürte eine Aufwallung von Erinnerungen und Zärtlichkeit für ihre abgenutzten, aber immer noch ebenmäßigen Zähne, die jetzt von meinem Blut gezeichnet waren.

»Es hat aufgehört zu bluten.« Sie drehte sich zwischen meinen Händen. »Jim – du führst nicht einem Erstsemester das menschliche Skelett vor – gehen wir nach oben.«

Sie zog die Vorhänge vor, schlug die Tagesdecke zurück und entkleidete sich gemächlich, wobei sie die Kleidungsstücke ordentlich über einen Sessel neben dem Schrank hängte. Ich rechnete damit, daß sie schamhaft sein würde, aber sie betrachtete ihren ansehnlichen Körper stolz im Spiegel. Sie stand vor mir, lächelte in sich hinein und massierte Druckstellen unter ihren Brüsten weg, während ich mich mit meinen Manschettenknöpfen abmühte. Sie drückte auf ihren Bauch, ihren plumpen Unterleib verbergend, und neckte mich mit der Erinnerung an einen völlig anderen Körper, der einst diese Knochen umgeben hatte.

Ich setzte mich vor ihr aufs Bett, legte meine Hände auf ihre Hüften und küßte die kleinen Sommersprossen auf ihrem Unterleib und die gebogene Narbe, die sich perlmuttfarben und silbern um ihre Hüfte krümmte und unterhalb des Blinddarms endete. Das war die Spur ihrer Anderson-Hinds-Schienbeinoperation vor zehn Jahren, bei der man ihr Knochenspäne aus dem Beckenkamm entnommen hatte. Als ich sie aus dem Krankenhaus in Middlesex abgeholt hatte, war sie unsicheren Schrittes mit mir die Charing Cross Road entlanggegangen, und ich hatte in der medizinischen Abteilung bei Foyles die Monographie des Chirurgen für sie gekauft, das Buch zu ihrer Operation. Ich spürte die erodierte Oberfläche der Narbe und versuchte, die tausend winzigen Schwellungen und Blutergüsse noch einmal zu ertasten, die ihr Körper hatte hinnehmen müssen. Ich sah sie vor mir, wie sie die Monographie umklammert hielt, als wir die Buchhandlung verlassen hatten, und mich mit all ihrem heißblütigen Temperament und ihrer Verzweiflung anblickte.

Ich hielt sie fest, saugte das Blut aus meinem Mund zurück und war verstört, als hielte ich eine Schwester im Arm. Ihre Hand beruhigte mich, und sie liebkoste meine Brust, als wir uns hinlegten, und beschwichtigte so das Beben meines Zwerchfells. Jahrzehnte des Verlangens und der Abhängigkeit entströmten mir auf ihre Brust, die ich mit meinem Mund umschloß. Ich zog ihr Knie auf meine Hüfte, zwängt mich zwischen ihre Beine und wünschte mir, wir hätten damals ein Kind miteinander gezeugt.

Sie strich mein Blut von ihrer Brust und leckte daran. »Ruhiges Blut... das ist gut, Jim. Jetzt kann ich mich erinnern...«

Ich bewegte mich in ihr, in dieser tiefen innerlichen Umarmung, und war froh, daß ich ihre Knochen nicht mehr spüren konnte.

»Peggy... das wollte ich schon vor dreißig Jahren.«

»Armer Junge, damals hättest du es noch gar nicht fertiggebracht. Sie küßte meine Stirn, wischte sich über die Lippen und hinterließ einen feuchten Blutfleck, den ich auf meiner Haut spüren konnte. »Das ist das letzte Mal – du mußt wieder dreißig Jahre warten.«

»Ich warte...«

Ich verweilte in ihr, während sie mit einem ureigenen Liebesakt begann. Sie betrachtete ihre Brüste, die sich hoben und senkten, strich über die Brustwarzen, um sich zu erregen, und führte meine Finger zu ihrer Scham, worauf sie in einen Taumel der Lust stürzte, der so intim war wie ein Traum. Ihre Gedanken waren weit entfernt, jenseits dieses kleinen Hauses und der Dächer der King's Road. Sie betrachtete ihre kräftigen Rippen an meiner Brust. Das brüske Verhör im Wohnzimmer war ihre abseitige Werbung um mich gewesen, und das Blut in meinem Mund machte es mir möglich, wieder das kranke Kind zu spielen. Ein paar Augenblicke lagen wir auf meiner Pritsche in der Kinderbaracke. Sie kehrte auf ihren verschlungenen Pfaden selbst zum Krieg und ihrem ersten Verlangen nach mir zurück. Jetzt, wo ihre Eltern gestorben waren, hatten sie und ich deren Plätze eingenommen, und es stand uns frei, nach Schanghai zurückzukehren. Wir waren wieder Zwölfjährige, die eine kurze, aus der Not geborene Ehe zwischen Lumpen und malariainfiziertem Stroh eingegangen waren.

Als wir uns angezogen hatten, rückte sie mir Krawatte und Jackett zurecht und klopfte wie eine Ehefrau ein paar Schuppen von meinen Schultern. Auf der Schwelle sagte sie mir auf Wiedersehen, küßte mich herzhaft und schickte mich in die Welt hinaus.

»Sprich mit Davids Anwalt«, erinnerte sie mich. »Er wird dich anrufen.«

»Ich werde sehen, was ich tun kann – zum Beispiel dem

Gericht erzählen, daß er von den Japanern mißbraucht worden ist.«

Sie umarmte mich ein letztes Mal vor den Augen der Passanten. Ein Fenster in unsere Kindheit hatte sich aufgetan und wieder geschlossen.

»Teestunde – Gott sei Dank.« David, der unser Schachspiel vergessen hatte, richtete sich auf. »Die Kekse sind gut hier, die besten in Summerfield.«

Eine hochgewachsene jamaikanische Krankenschwester schob den Servierwagen mit dem Teekessel auf den polierten Tisch zu, wo etwa vierzig Tassen und Untertassen in Reih und Glied aufgestellt waren. Fünf Minuten vorher hatte eine kaum wahrnehmbare Bewegung unter den Patienten eingesetzt. Morgenmäntel wurden zugezogen, geisterhafte Gestalten tauchten aus Wasch- und Schlafräumen auf. Andere Patienten standen wortlos auf, entfernten sich von ihren Verwandten und verharrten bei den in ihren Sesseln schlafenden betäubten Männern und Frauen, um sie an den Schultern zu rütteln. Niemand wagte es, sich dem Tisch zu nähern, alle warteten, bis die Krankenschwester unter geschäftigem Scheppern des Teekessels die Teller mit Keksen bereitgestellt hatte.

»Es ist nett, daß du vorbeischaust, Jim.« David hielt mich am Arm, aber der schwarze König hatte das Spielbrett vorübergehend verlassen. »Um ehrlich zu sein, ich habe nicht viele Besucher.«

»David, ich komme gern. Peggy und ich tun, was wir können. Wir versuchen, dich als ambulanten Patienten freizubekommen.«

»Die alte Krankenstation in Schanghai – von da gibt es kein Entkommen. Aber es ist interessant hier – ich dachte, es könnte dir ein paar Einfälle verschaffen.«

»So ist es...«

Neben uns schlief die junge Frau mit den plumpen Waden und verdrehten Augen in ihrer tiefen Largactilbenommenheit und merkte nichts von den geisterhaften Gestalten, die an ihr vorüberzogen. Jedesmal, wenn die Krankenschwester strafend über die Schulter sah, erstarrten sie, als hätten alle Prüfungen ihres Lebens sie dazu verpflichtet, wieder ein Kinderspiel zu spielen. Die alte Frau im Nachthemd, die den Teekessel noch nicht bemerkt hatte, legte eine Reihe Narzissen auf den Teppichstreifen, der den Erker mit seinem Fenster vom Rest des Aufenthaltsraums trennte. Ich beobachtete sie und versuchte, den Sinn dieser Blumenschwelle zu erraten – möglicherweise war es eine Pforte, durch die eines Tages ihre verlorene Tochter treten würde.

»Doreen! Hören Sie auf, mit den Narzissen herumzuspielen!« Die Schwester klopfte gegen den Teekessel und betrachtete die tropfenden Blumen, die aus der Vase genommen worden waren. »Helfen Sie mir mit dem Tee.«

Doreen, die ihre Arbeit nur widerwillig im Stich ließ, reihte die Tassen neben dem Teekessel auf. David lehnte sich in seinem Sessel zurück und streckte sich in Richtung Teewagen, als wollte er dieser eindrucksvollen Jamaikanerin die Hand unter den Rock schieben. Er betrachtete das Tablett mit den Keksen, seine Hand bewegte sich wie der Kopf einer Kobra hin und her. Sämtliche Blicke in der Station waren auf ihn gerichtet, und selbst die dösende junge Frau hatte die Augäpfel gedreht und beobachtete ihn.

»Doreen, du hinkst hinterher.« Die Schwester machte einen Schritt nach vorne und beendete Davids Traum mit ihren feisten Schenkeln. Doreen hielt eine Tasse voll Tee und ließ keinen Blick von der kochendheißen Flüssigkeit. Sie betrachtete die bebende Oberfläche und war eindeutig betroffen vom unerträglichen Kontrast zwischen der unendlich beweglichen Flüssigkeit und der polierten Härte des Tischs. Sie hielt die Tasse auf Armeslänge von sich, als wäre sie außerstande, den Kontrast zwischen diesen beiden entgegengesetzten geometrischen Zuständen zu ertragen. Schließlich drehte sie die Tasse mit einer trotzigen Geste herum, als wollte sie eine verzweifelte Hypothese beweisen.

»Doreen…!« Tee spritzte überall hin, tränkte die Kekse, floß über den Tisch und ergoß sich als dampfender Sturzbach auf den Teppich. Die Schwester drehte beleidigt den Hahn zu; ihr Rock und die gestärkte Schürze waren feucht von Teespritzern. »Doreen, warum haben Sie das gemacht?«

»Jesus hat es mir gesagt.« Doreen sprach nüchtern und sachlich. Sie betrachtete glücklich die Schweinerei vor sich und freute sich, daß es ihr gelungen war, diese unversöhnlichen Stadien miteinander zu vereinen. Der Augenblick der Einsicht schien eine göttliche Inspiration gewesen zu sein.

»Gehen Sie auf Ihr Zimmer!« Die Schwester stapfte auf sie zu. Sie ergriff Doreens Handgelenk und Ellbogen, führte sie durch das Zimmer und schüttelte die alte Frau so brutal, daß ich befürchtete, sie würde ihr den Arm brechen. Es wurden keine Hiebe ausgeteilt, dennoch fand körperliche Züchtigung statt. Doreen stolperte und fiel auf den Teppich, worauf ich aufstand und ihr half, ohne auf die erboste Schwester und die erschrockenen Blicke der Verwandten zu achten. Doreens Körper war so leicht wie der eines Kindes. Sie hielt sich den verletzten Arm und schluchzte vor sich hin. Als ich sie an der Tür des Schlafsaals alleinließ, betrachtete sie die Reihen der verlassenen Betten und sagte flehentlich zu ihnen: »Jesus hat es mir *gesagt*…«

Als ich mich von David verabschiedet hatte, machte ich mich auf den Weg zum Torhaus und war froh, die verlassenen Rasenflächen und den Parkplatz zu sehen. »Neunundzwanzig, dreißig, einunddreißig«, hatte David gezählt, als er die Schachfiguren in das Kästchen zurückräumte. Er schloß die Lasche und fügte hinzu: »Zweiunddreißig.« Er lächelte mich an und war sich unseres Spiels voll und ganz bewußt. Finde den Schlüssel, das war Davids Spiel, aber er hatte ihn nie gefunden, und die Suche hatte ihn nach Summerfield geführt, wo Doreen den ihren in einem Augenblick des Glaubens und der Phantasie gefunden hatte. Ich dachte an diese einfache Frau, die sich mit einem Kordon aus Blumen vor der Welt schützte und ein drängendes Rätsel von Raum und Zeit mit einer tapferen Geste gelöst hatte.

Ich nannte dem Aufseher meinen Namen und trat ins Sonnenlicht hinaus. Mir war seltsam zumute, als würde ich aus Summerfield entlassen werden. David und alle Patienten dieser viktorianischen Heilanstalt hatten die Köpfe zusammengesteckt und das Rätsel zu lösen versucht, von wessen Spielbrett eine wichtige Figur gestohlen worden war.

Ich ging auf dem feuchten Asphalt, der nach nächtlichem Regen nie trocknete, zum Auto. Bevor ich den Motor anließ, nahm ich mir vor, David in den nächsten vierzehn Tagen wieder zu besuchen und Narzissen für Doreen mitzubringen. Summerfield blieb hinter mir zurück, ein verlassenes Labyrinth, das seine Aus- und Eingänge hütete.

Teil III
Nach dem Krieg

Ins Tageslicht

Der Anruf von Sally Mumford überraschte mich. Vier Jahre, nachdem sie für immer nach Amerika zurückgekehrt war – sie hatte Postkarten aus Berkeley, Kalifornien und von einer Zuflucht irgendwo in Idaho geschickt –, war sie mit einem jungen Ehemann und einer kleinen Tochter wieder in England und besaß ein Haus auf dem Land bei Norfolk. In einer fröhlichen, beinahe matronenhaften Art erzählte sie mir, daß sie seit sechs Monaten wieder da und an einem Ort untergekommen war, der sich verdächtig nach einer aus den sechziger Jahren übriggebliebenen Hippiekommune anhörte. Sie hatte David auf einen Besuch eingeladen und, als sie von seinem lebenslänglichen Fahrverbot hörte, den Vorschlag gemacht, ich solle auch kommen und ihn mitnehmen.

»Wir haben eine Ziege, ich züchte Bohnen und Blumenkohl und backe das Brot selbst. Du wirst staunen!«

Ich konnte mich nicht entscheiden, ob ich jauchzen oder resignieren sollte.

Die Fahrt, drei Wochenenden später, fing mit einem Chaos an. David war nicht, wie abgesprochen, in der Halle des Heathrow-Penta-Hotel, da er wegen eines verspäteten Fluges von Brüssel aufgehalten worden war. Nachdem ich eine Stunde auf ihn gewartet hatte, fuhr ich zur North Circular und überlegte, ob David meine Bedenken wohl teilte. Ich freute mich darauf, Sally wiederzusehen, zumal sie jetzt ein eigenes Kind hatte und ein zweites erwartete – das jedenfalls hatte sie angedeutet, gleich dem vagen, nachträglichen Einfall einer Erdenmutter, deren fester Entschluß es war, für den Rest ihres Lebens schwanger zu sein.

Aber der Gedanke, einem unversehrten Überbleibsel der sechziger Jahre zu begegnen, war etwa so verlockend wie der Versuch, den Kater des vergangenen Wochenendes noch einmal zu durchleben. Acht Jahre nach Ende dieses Jahrzehnts waren immer noch zu viele Opfer der sechziger Jahre gegenwärtig, wandelnde Verwundete, die Veteranen eines unpopulären Krieges glichen und keinerlei Bedauern empfanden, am öffentlichen Gewissen zu nagen. Sie klammerten sich an den Rand des gesellschaftlichen Lebens provinzieller Universitäten, gaben Bücher über das Okkulte oder alternative Lebensstile heraus oder saßen eingekerkert in entlegenen Büros der BBC, stets bereit, eine einstündige Mittagspause mit Gesprächen von Sendungen über einen Kräuterdoktor des neunzehnten Jahrhunderts oder einen vergessenen Freund der Präraffaeliten zu verplempern.

Der Traum der sechziger Jahre stand ihnen tot in den Augen geschrieben, wahrscheinlich ebenso wie in meinen, zusammen mit den Hoffnungen auf eine Welt des tausendjährigen Friedens und der Harmonie – Hoffnungen, die eigentümlicherweise von den grausamen Vergnügungen der Ära nach Kennedy und einer Million Drogenüberdosen zunichte gemacht worden waren. Meine Kinder waren zu ihren Universitäten aufgebrochen und hatten eine Leere in meinem Leben hinterlassen, die nie mehr gefüllt werden konnte. Das Haus in Shepperton glich einer Kulisse, die von den Filmstudios vergessen worden ist, ebenso wie die Sperrholzschokoriegel und Toilettenpapierrollen der Wunderwelt. Die alten Spielsachen und Modellflugzeuge, die die Schränke verstopften, waren die Ausstattung einer Familienserie mit langer Laufzeit, die die Sponsoren trotz hoher Einschaltquoten und treuem Publikum abgesetzt hatten.

Das Gefühl, aufs Abstellgleis abgeschoben worden zu sein, machte mir schwer zu schaffen, wenn ich durch die verlassenen Zimmer schlenderte und alte Ferienschnappschüsse betrachtete, die im Durcheinander lagen. Ich wischte den Staub weg und sah die Bilder von den Mädchen, die eine Schneise durch griechische und spanische Kellner schlugen; von Henry, der mit einem Tretbootkapitän Armdrücken machte und Wasserski fahren lernte. Ich vermißte unsere gemeinsame Kindheit, die einmal schien, als würde sie ewig währen. Wenn sie zu kurzen Besuchen nach Hause kamen – was auf unheimliche Weise einem Klassentreffen von Schauspielern glich –, wußte ich, daß ich als letzter von uns allen erwachsen werden würde. Sie akzeptierten das Leben als Erwachsene, wogegen ich noch immer an unsere glücklichen Tage dachte, als wir die Mondlandung und Miss-World-Wahlen im Fernsehen angesehen hatten, Anachronismen, die einem verschwundenen Jahrzehnt angehörten.

Als ich London verließ, geriet ich tiefer in die Vergangenheit als Sallys Kommune bei Norwich. Ich hätte eine östlichere Route wählen und Cambridge, das ich seit zwanzig Jahren nicht mehr besucht hatte, ganz umfahren können. Aber die alte Universitätsstadt, wo ich Miriam und Dick Sutherland kennengelernt hatte, lohnte den Umweg, wenn auch nur um festzustellen, ob die gemischten Gefühle, die ich dem Ort entgegenbrachte, noch da waren.

Glücklicherweise vergaß ich alle unangenehmen Erinnerungen in dem dichten Verkehr, der die Zufahrten zur Stadt verstopfte. Cambridge hatte sich zu einem Komplex von Industrieanlagen und Forschungszentren ausgeweitet, die von einförmigen Reihenhäusern und Einkaufspassagen umgeben waren. Im Mittelpunkt befand sich ähnlich der Kasbah in Tanger das alte Herz der Universität, ein Anlaufpunkt für disziplinierte japanische Touristen mit ihren mit Fernsehern ausgestatteten deutschen Bussen. Als Student hatte ich gebetet, daß ein neuer Thomas Cromwell kommen und die Auflösung der Universitäten einleiten würde, aber das hatte schließlich der Massentourismus bewerkstelligt, der die alten europäischen Universitäten überrannte, wie er bald Rom, Florenz und Venedig vernichten würde.

Ich parkte den Wagen an der Rückseite, überquerte den Fluß Cam und schloß mich einer Schlange von Japanern an, die sich durch King's College wand. Studenten lungerten in ihren Punts herum wie gelangweilte Filmstatisten, die die Aufmerksamkeit eines Produzenten zu erregen hofften. Dekane mit ihrem aufgesetzt-exzentrischen Gebaren posierten mit dem Selbstbewußtsein zweitrangiger Charakterdarsteller vor der Kapelle und warteten, bis ein spanisches Fernsehteam die Scheinwerfer aufgestellt hatte. Der Geist der Disney Corporation und das Ethos des Themenparks schwebten über den gotischen Steinmauern. Während ich den Erläuterungen des Reiseleiters zuhörte, wartete ich ständig darauf, daß er sagen würde, bei der gesamten Kapelle handle es sich um eine touristenresistente Reproduktion aus Fiberglas, da sich das ursprüngliche Gebäude mittlerweile der umsichtigeren Obhut der Ford Foundation in einem Lagerhaus in Long Beach erfreue.

Das alte Cambridge von Rutherford, Keynes, Ryle und Crick war längst den amerikanischen Universitäten gewichen, die es überflügelt und nur eine Fernsehakademie zurückgelassen hatten, deren einziges Augenmerk ihren Drehbuchkonsultationshonoraren galt. Aber die wirklichere Welt, die ich bei meinen Motorradausflügen zuerst gesehen hatte, existierte noch. Abseits der Touristenkameras und der posierenden Dekane herrschte die anhaltende Wirklichkeit amerikanischer Macht. Hinter Hecken und Maschendrahtzäunen standen die Atombomber am Ende der Startbahnen, Garanten der zivilisierten Ordnung, deren sich die Universität so sehr brüstete.

Als ich den Lärm amerikanischer Motoren hörte, bog ich in der Nähe von Mildenhall von der Straße ab, und ein riesiger Bomber rauschte über den Baumkronen vorbei. Ein Auto mit einem dienstfreien amerikanischen Flieger und dessen Familie überholte mich. Sie trugen Zivilkleidung, wenn sie ihre Stützpunkte verließen, wie die Wildhüter eines Naturschutzgebiets, die unauffällig über ihre unberechenbaren Schützlinge wachen. Ich parkte auf einer kleinen Seitenstraße und betrachtete durch den Grenzzaun die abgenutzten Betonflächen neben den Atomwaffensilos. Der unbesungene und vergessene Beton war majestätischer als der herausgeputzte und polierte Stein der Universität. Die Startbahnen waren Korridore, die in eine bedeutsamere Welt führten, Pforten der Erinnerung und des Versprechens.

»Jim! Du hast dich überhaupt nicht verändert... du hättest mich warnen sollen!«

»Sally...? Liebe, du hast...«

»Ich *habe* mich verändert. Mein Gott, ja!«

Sie nahm mich heftig in die Arme, die durch den Umgang mit Ziege, Kind und Ehemann kräftiger geworden waren. Das Haar hatte sie kurzgeschnitten und zurückgekämmt, so daß man das plumpe, fröhliche Gesicht sehen konnte, welches Sallys vernünftiger jüngerer Schwester hätte gehören können, die mit einem Chirurgen aus Philadelphia verheiratet war. Ihre Haut verströmte einen Regenbogen von Gerüchen, bei denen meine Gedanken zu den ersten Jahren meiner Ehe zurückwirbelten – Babylotion, Desinfektionsmittel, Küchenkräuter, gerade umgetopfte Geranien, warme Brüste und Achselhöhlen, alles abgerundet durch einen Hauch des besten Parfums, das eigens für gewisse Anlässe aufgetragen worden war.

Ich stellte meine Geschenke ab und betrachtete sie überschwenglich, so sehr erstaunte mich der Anblick dieser robusten angloamerikanischen Hausfrau. Sie war erst im dritten Monat schwanger, aber schätzungsweise doppelt so schwer wie früher, eine hübsche Frau mit kräftigen Beinen und einem warmen, rosigen Teint.

In der Umgebung dieses friedlichen Bauernhauses mit

Blick auf die schlammigen Gezeitenbecken des Flusses hatte ich das Gefühl, als wäre ich in eine andere Filmkulisse geraten. Ein paar Minuten zuvor war ich den ausgefahrenen Reifenspuren eines Feldwegs zu einer Wellblechscheune gefolgt und hatte erwartet, ein Zeltlager mit Tipis vorzufinden, wo eine Bande ehemaliger Buchhalter und Aussteiger der Schallplattenbranche Flöhe von ihren Kaftanen klaubten und dabei Mantras murmelten und ihr Haschisch rauchten. Aber das Bauernhaus mit seinen chinesischen Teppichen und Polstersofas schien mehr wie ein Traum von den achtziger Jahren zu sein. Selbst auf dem Kaffeetisch lagen aufwendige Bildbände und nicht etwa hochgestochene Biographien. Die gemütliche, anheimelnde Atmosphäre und der Berg Kinderspielzeug in der Ecke hätten als Hintergrund eines Werbespots für Vollkornbrot dienen können.

»Na, was meinst du?« Sally sah mich mit einer Spur ihrer alten Schalkhaftigkeit an.

»Sally, ein Segen – ich freue mich so für dich. Damit hatte ich ganz bestimmt nicht gerechnet.«

»Selbstverständlich nicht. Aber erkennst du es?«

»In gewisser Weise. Sag mir nicht, daß es schon im Fernsehen war.«

»Ich hoffe nicht. Denk nach.« Als ich aufgab, rief sie triumphierend: »Es ist genau wie in Shepperton!«

»Wo? Meine alte Bude?«

»Ja! Schau nicht so fassungslos drein! Ich habe an dich und die Kobolde gedacht, als wir es eingerichtet haben.«

»Sally … das kann ich nicht glauben. Demnach war ich die ganze Zeit ein richtiger Vorstädter, ohne es zu merken?«

»Natürlich warst du das. Wenn man Kinder großziehen will, gibt es nur eine Möglichkeit.«

»Ja … die Kinder entscheiden, das stimmt. Ich kann es gar nicht erwarten, die kleine Jackie zu sehen.«

»Sie ist ein Schatz. Ohne sie könnte ich nicht mehr leben. Edward bringt sie von einer Kinderparty mit.«

»Auf Edward bin ich auch gespannt.«

»Du wirst beeindruckt sein. Er ist Jahre jünger als ich, aber so reif. Manchmal denke ich, er ist mein Vater.«

»Das freut mich...« Sie hatte es ohne einen Gedanken an die Vergangenheit gesagt, als wären sämtliche Erinnerungen an ihre Wohnung in Bayswater und die Stockcar-Rennbahnen im Osten von London für immer vergessen. »Sally, es ist wunderschön hier.«

»Ich habe die ganze Kiste gekauft – Kombi, große Hunde, Schaffelljacken, Kirchenfeten. Ich hätte schon vor Jahren mit dir zusammenziehen sollen. Und jetzt erzähl mir von den Kobolden.«

Sie schenkte Tee ein und führte dabei freudestrahlend das silberne Teeservice ihrer Mutter vor. Wir lehnten uns ins Sofa zurück und brachten einander auf den neuesten Stand. Sie hatte Edward, einen Dozenten für Physik, an der Universität von East Anglia kennengelernt, als er zwei Forschungssemester in Berkeley hatte. Ich stellte mir Sally als einen dieser mürrischen, kettenrauchenden Ex-Hippies vor, die am Telegraph Hill auf dem Bordstein saßen, aber in Wirklichkeit war sie Geschäftsführerin einer kleinen Buchhandlung gewesen und schon lange, bevor sie ihren Mann kennengelernt hatte, seßhaft geworden. Ich beobachtete sie und hatte den Eindruck, als wären die vergangenen Jahre in einem Abgrund ihres Denkens verschwunden. Sie war wieder jung, vertraute auf sich und die Welt, das Sonnenlicht und dieses fröhliche, unordentliche Zimmer. Sie war Mitte dreißig und hatte das Rendezvous mit ihrer achtzehnjährigen Persönlichkeit bewerkstelligt, die sie zuletzt 1962 auf dem Flughafen Idlewild gesehen hatte, wo sie ein Flugzeug nach Europa bestieg.

Eine andere Sally Mumford hatte sich in die sechziger Jahre gestürzt, zu viele Drogen genommen und war in die zweifelhafte Gesellschaft von Kunstverwaltern, Fernsehpsychologen und Veranstaltern von Ausstellungen mit Unfallwagen geraten. Ich freute mich für sie, während ich mir

Schilderungen von Jackies jüngsten Streichen anhörte. Gleichzeitig fragte ich mich, wie lange das alles andauern würde, ob es sich wieder um ein flüchtiges Hirngespinst handelte, einen Traum, der unter der ersten schweren Welle zerschellte...

Ein ramponierter Volvo Kombi war in die Einfahrt eingebogen und rollte in den ausgefahrenen Spuren auf das Haus zu. Ein jungenhafter Mann mit blondem Haarschopf und den breiten Schultern eines Footballspielers stieg aus dem Auto aus. Er machte die hintere Tür auf, öffnete einen Gurt und schwang ein kleines Mädchen in festlichem Kleid heraus.

»Da sind sie. Sieh doch nur...«

Sally winkte mich mit vor Stolz leuchtenden Augen zur Tür. Sie drückte Jackie an die Schulter, rieb die Nase an ihrer und erkundigte sich nach der Party. Sie küßte ihren Mann, der mich freundlich, aber argwöhnisch begrüßte. Als wir Sally und ihrer Tochter ins Wohnzimmer folgten, erzählte er mir, daß David Hunter in einer Stunde am Bahnhof von Norwich ankommen würde.

»Ich hole ihn vom Bahnhof an, dann treffen wir uns am Fundort – wir graben eine Spitfire aus dem Krieg aus. Sally dachte, das würde Sie interessieren.«

»Unbedingt – mein Sohn hätte mitkommen sollen.«

Sally hatte erwähnt, daß Edward einer hiesigen Gruppe von Flugzeugfanatikern angehörte, die Überreste alter in der Bucht abgestürzter Flugzeuge ausgruben. Fotografien solcher Flugzeuge standen auf dem Kaminsims – eine uralte Heinkel und eine algenverkrustete Messerschmitt ohne Tragflächen, die gerade mit einem Kran aus dem Schlamm gezogen wurde. Eine so gut wie unbeschädigte Hurricane war das Prachtstück. Edward und sein Team posierten mit dem Kurator eines britischen Luftfahrtmuseums daneben, dem sie diesen Kampfflieger aus der Schlacht um England gestiftet hatten.

Aber im Augenblick gab es wichtigere Dinge als diese vergessenen Flugzeuge. Ich holte Jackies Geschenk aus der Tasche und gab den in buntes Geschenkpapier eingewickelten und mit einer Schleife verschnürten Karton dem ernst dreinblickenden Mädchen. Ich mußte voll Zuneigung an die vielen hundert Stunden denken, die Sally glücklich meinen eigenen Kindern geschenkt hatte. Jackie stand neben ihrer Mutter, hob ab und zu steif die Arme, damit sie das Tüllkleidchen nicht vergaß, und betrachtete mich mit ihrem niedlichen, aber leeren Lächeln. Die vorstehenden Knie und Ellbogen, die so stark angewinkelten Hände, daß die Handflächen die Gelenke berührten, und das ausdruckslose Gesicht machten mir klar, daß der umwölkte Verstand dieses behinderten Kindes nie das liebevolle Heim begreifen würde, das Sally für sie geschaffen hatte.

Ich bedauerte schon, daß ich ein so kompliziertes Spielzeug ausgesucht hatte, eine Modellküche mit batteriebetriebenen Lichtern und einem Herd, die Jackies Verständnis bei weitem überforderte. Das schien sie selbst fast zu begreifen, als Edward das Spielzeug auf dem Kaffeetisch aufbaute und die Batterien einsetzte. Sie beobachtete ihren Vater mit ihrem vertrauensvollen, starren Lächeln, als würde sie die Welt aus einem etwas anderen Blickwinkel als wir betrachten. Hin und wieder streckte sie zaghaft die Hände aus, zog sie aber ernst zurück, wenn Sally sie festhielt, ein Kind der Natur, das für alle Zeiten allein in einem dämmerigen Garten inmitten von Schattenwänden spielen würde, die sie nie berühren konnte.

Das ganze fröhliche Essen über warf Sally ihrer Tochter zärtliche Blicke zu. Edward, der Wein einschenkte, erging sich in Reminiszenzen an sein Jahr in Berkeley und ihre zufällige Begegnung, als Sallys Auto auf der Bay Area Bridge stehengeblieben war. Ich war überzeugt, daß dieser anständige und verantwortungsbewußte Mann gar nicht auf den Gedanken kam, daß sein Leben eine völlig andere

Wendung hätte nehmen können, wäre er an jenem Vormittag nicht nach San Franzisko gefahren. Ich beobachtete sie beide und war überzeugt, daß dieses liebevolle Haus keine Fassade war. Wenn irgendwas, dann hatte die Tochter den Zusammenhalt der Familie gestärkt, und Sallys Traum würde weiterbestehen.

Die Ebbe begann in der Flußmündung, Wasser floß zwischen den Schlammflächen dahin. Segelboote, die im zurückgehenden Wasser strandeten, lagen über uns auf austrocknenden Podesten aus Schlick. Ein Kabinenkreuzer knirschte am Ankertau und erwachte aus seinem Traum im Meer auf dem Trockenen. Als wir mit dem Ruderboot aufbrachen, floß das letzte Wasser der Gezeiten in den Kanal ab und trug die Spiegelung des Hauses mit sich fort.

Ich lehnte mich gemütlich in die Kissen zurück, während Sally ruderte, kaum einmal über die Schulter sah und geübt durch den Irrgarten der Wasserwege navigierte. Zweihundert Meter vom Haus entfernt, verließen wir den Hauptkanal des Flusses und drangen in ein paralleles Reich kleiner Inseln und Nebenflüsse ein. Edward und Jackie waren zum Bahnhof von Norwich gefahren und würden sich am Ausgrabungsort mit uns treffen, den wir mit dem Boot einfacher erreichen konnten.

»Wo sind wir?« Sally ruhte an den Rudern aus und schirmte die Augen gegen den gleißenden Schlamm ab. »Sie graben nur bei Ebbe. Wenn du aufstehen kannst, ohne umzufallen, such mal nach einem Kirchturm. Er müßte sich nach links neigen.«

»Ich sehe ihn.« Ich blickte über einen See aus Gras. Eine vollständige Luftwaffenflotte hätte in dieser Welt vergessener Bäche verschwinden können. »Da ist eine Art Kran auf einer Barke.«

»Norfolk Lighterage. Einer der Direktoren ist ein Flugzeugfanatiker.« Sally, die die Knie unter dem runden

Bauch gespreizt hatte, ruderte mit kräftigen Armen. Das Umstandskleid wurde von der leichten Brise hochgeweht und entblößte ihre langen, braunen Beine. Winzige Perlen Narbengewebe erinnerten als einziges an die alten entzündeten Nadeleinstichstellen.

»Um was für ein Flugzeug handelt es sich denn? Sind sie sicher, daß es eine Spitfire ist?«

»Edward ist überzeugt davon – wegen des Motors. Normalerweise ist sonst nichts übrig. Du wirst beeindruckt sein, Jim.«

»Es könnte eine Mustang sein ... die besaß einen britischen Motor.«

Ich betrachtete die vorübergleitenden Schlammflächen, hörte das Plätschern von Sallys Rudern und fragte mich, warum Sally so erpicht darauf war, daß David und ich den Ausgrabungsort besuchten. Ich dachte an die Mustangs, die den Flugplatz neben dem Lager Lunghua im Tiefflug angegriffen hatten, und die notgelandeten Piloten, die von den Japanern mit ihren schrottreifen Lastwagen gejagt wurden. In gewisser Weise erinnerten die Schlammflächen mich an den Whangpu und das abgestürzte Flugzeug, das bei den Bewässerungsgräben lag.

»Ich bin kaputt.« Sally zog die Ruder ein und ließ das Boot im Wasser treiben. »Zeit für eine Pause.«

»Ich übernehme.«

»Nein. Zu riskant. Außerdem ist es gut für mich.«

Sie ergriff meine Hand, stand vom Sitz auf und sank neben mir auf die Kissen. Dann wischte sie sich den Schweiß fort, der ihr das blonde Haar an die Stirn klebte. Wir trieben auf dem seichten Wasser der Ebbe, wo wildes Gras und Hänge samtenen Schlamms uns von der Welt abriegelten.

»Das hört sich wie Jackie an.« Sally hob den Kopf, als ein Wasservogel seinen Warnruf erschallen ließ. »Nein, zu weit entfernt.«

»Sie ist ein Prachtstück, Sally ... du kannst dich sehr glücklich schätzen.«

Sie lehnte sich an meine Schulter, hielt meine Hand und strich mit einem abgebrochenen Fingernagel meine Handlinien nach, als wolle sie sich an mein seltsames Leben erinnern. »Sie ist toll. Edward vergöttert sie. Sie macht gute Fortschritte in der Sonderschule und hat eine Menge Freunde gefunden.«

»Und sie wird bald Gesellschaft haben. Ist es ein Junge oder ein Mädchen? Heutzutage kann man sich das aussuchen.«

»Nein, danke! Ich will es nicht wissen. Ob Junge oder Mädchen, das soll das Kind entscheiden.« Sie drückte meine Hand auf ihren Bauch und kicherte, als ich das Kind zu spüren meinte. »Hüte dich vor schwangeren Frauen, Jim. Du hast eine Menge Zeit mit ihnen verbracht.«

»Und jede Minute genossen – laß mich wissen, wenn Edward dir je langweilig werden sollte.«

»Er wird mir nicht langweilig werden.« Sie schloß meine Hand über der Lebenslinie. »Erinnerst du dich noch, als Miriam schwanger war?«

»Ich habe sie kaum gekannt, wenn sie es nicht war. Glaub mir, sie war doppelt so dick wie du.«

»Freut mich zu hören. Ich werde dreimal so dick sein. Findest du, daß ich mich verändert habe?«

»Vollkommen. David wird staunen.«

»Es war Zeit, daß sich etwas geändert hat. Für dich auch, Jim. Es waren wunderbare Jahre, aber... Wenn ich Edward und die kleine Jackie ansehe, bin ich so glücklich. Wir müssen sehr, sehr normal gewesen sein, daß wir uns so verrückt benehmen konnten und damit durchgekommen sind.«

»Das sind nicht alle.«

»Wie David zum Beispiel? Ich weiß.«

»Du wirst überrascht sein. David geht es viel besser – er leitet sein Luftfrachtunternehmen in Brüssel. Er und seine Freundin versuchen, ein asiatisches Kind zu adoptieren...«

»David ist tot.« Sally ließ die Hand ins Wasser fallen. »Das habe ich seiner Stimme angehört. Er ist schon vor Jahren gestorben.«

»Das ist unfair. Und es ist nicht wahr – das könntest du von mir auch sagen. Peggy Gardner sagt es manchmal auch...«

»Nein – alle haben gewußt, wonach du suchtest. Aber David? Trotzdem freut es mich, daß es ihm gutgeht.« Sie lächelte in sich hinein, wich aber meinem Blick aus. »Ich habe versucht, Dick Sutherland anzurufen – wir sehen ihn immer in einer Kindersendung. Er ist Jackies Lieblingsdoktor.«

»Er ist immer noch dasselbe Matinee-Idol wie eh und je. Leute, die im Fernsehen auftreten, werden nie älter – oder sie werden anders älter. Aber er muß wegen irgendwelcher Nierenprobleme kürzertreten; er will das Fernsehen aufgeben und wieder ein ernsthafter Psychologe werden.«

»He, du hast doch immer gesagt, daß das Fernsehen etwas Ernsthaftes ist! Sag mir nicht, Dick hat angefangen, selbst zu denken. Ich hatte immer den Eindruck, daß er vollkommen unter deinem Pantoffel steht... Und jetzt erzähl mir von dir. Von den Büchern.«

»Es gibt nichts zu erzählen – das ist das Problem. Ich habe mein ganzes Leben als Erwachsener mit Kindern verbracht. Und jetzt bin ich fünfzig und habe plötzlich dieses gigantische Vakuum. Mütter empfinden ebenso. Die Natur hat keinen Eventualitätenplan geliefert – oder wie Dick sagen würde, der Eventualitätenplan der Natur ist der Tod.«

»Unsinn. Du wirst nicht sterben. Jedenfalls nicht heute nachmittag. Außerdem hast du Kinder, auch wenn sie nicht zu Hause sind. Das muß eine gewisse Erleichterung sein – aber mir wird immer unbegreiflich bleiben, wie du mit den halbwüchsigen Mädchen fertig geworden bist.«

»Ich habe immer genau das gemacht, was sie mir gesagt haben. Väter können im Grunde genommen bessere Mütter sein, als du denkst. Mütter machen zuviel Aufhebens um ihre Teenagertöchter – ein paar Freundinnen von Alice und Lucy sind durch die Hölle gegangen.«

»Denk doch nur – ständig junge Männer, die an der Tür läuten, Töchter, die die Pille nehmen, die arme Mutter hat den Eindruck, daß sie praktisch ein Bordell führt. Kein Wunder, daß Peggy dich mißbilligt hat. Außerdem wollte sie dich für alle Zeiten in dieser gräßlichen Baracke behalten ... aber Miriam wäre stolz auf Henry und die Mädchen gewesen. Denkst du manchmal noch an sie?«

Ich schrieb meinen Namen auf die Wasseroberfläche. »Ab und zu – das Schlimme ist, ich fange an zu vergessen, wie sie ausgesehen hat. Manchmal versuche ich mich an sie zu erinnern, und das ist, als würde ich selbstgedrehte Filme anderer Leute ansehen. Ich weiß, ich sollte das nicht sagen. Angeblich sollen Erinnerungen an Menschen, die man liebt, ewig währen, aber sie verschwinden meistens als erste ... «

Sally schob meine Hand auf ihre Brust. Dort hielt sie sie einen Moment, dann legte sie sie auf ihren Schoß. Die Frauen, die ich geliebt hatte, sagten Lebewohl. Wir lagen nebeneinander in der Sonne, während das Wasser uns durch das klickende Schilfgras trug.

Der Dieselmotor klopfte gegen das Deck des Leichters und ließ qualmende Abgase in die reine Luft der Flußmündung entweichen. Taue wurden von der Winde gerollt, der Haken sank aus dem Himmel herab. Sally und ich saßen auf einem Sattel trockenen Sands zwischen zwei kleinen grasbewachsenen Hügeln; der Picknickkorb zwischen uns war offen. Jackie, die noch immer ihr Festtagskleid trug, kauerte zwischen den Beinen ihrer Mutter und betrachtete mit ihrem starren Lächeln den schwenkenden Kranarm.

Unter uns gruben Edward und sein Team in dem leeren Flußbett und entfernten den letzten Schlamm vom Rumpf des begrabenen Flugzeugs. Flache Stahlträger waren ins

Flußbett getrieben worden und bildeten die Wände einer Kammer aus Metall. Die verzahnten Kanten hielten den Grundschlamm von den zwei Meter unter der Oberfläche gelegenen Überresten der Maschine ab. Wenn die Flut kam, füllte sich die Ausgrabungsstätte in der Flußmündung mit Wasser, das bei Ebbe wieder abfloß und dem Team zwei kurze Stunden für seine diffizile Arbeit gewährte.

Ich stand auf und suchte nach David, den die langsamen Arbeiten mittlerweile langweilten. Er war entzückt gewesen, Sally nach so vielen Jahren wiederzusehen, staunte ob ihrer Verwandlung vom Hippie der sechziger Jahre zur Berufshausfrau und spielte glücklich mit Jackie zwischen den Dünen Verstecken. Der Ausgrabungsstätte schenkte er nicht die geringste Beachtung und mißbilligte das morbide Interesse an alten Wracks aus dem Krieg eindeutig.

»Wie deine verfluchte Ausstellung von Unfallwagen – Jim, da hast du wirklich etwas angefangen...«

»David, hör auf. Sie haben solche Flugzeuge schon während des Krieges ausgegraben.«

»Vielleicht – als nächstes stellen sie Olympia ein und legen die Überreste einer 747 aus, damit jeder darin herumwühlen kann... Du könntest mithelfen, einen Zuschuß des Arts Council dafür zu bekommen.«

Er schlenderte verdrossen zu einem etwa vierhundert Meter jenseits der Schlammfläche gelegenen Gasthaus, wo die Autos parkten. Seit er aus Summerfield entlassen worden war, hatte er eine fast puritanische Strenge sich selbst und der Welt gegenüber entwickelt, die er mit dem ganzen Eifer des soeben Bekehrten verfocht. Ich spürte, daß er sein gesamtes früheres Leben mißbilligte und dachte, er trüge die alleinige Verantwortung nicht nur dafür, daß er seine ganze Kindheit in Schanghai verbracht hatte, sondern auch, daß ich dort zur Welt gekommen war. Keine Buße konnte dieses historische Verbrechen sühnen; eine in jener grausamen Stadt ausgelöste Logik hatte unausweichlich zum Tod der Cellistin auf der Schnellstraße nach Hammersmith geführt.

Ich ließ Sally zurück, ging zum Rand der Sandklippe und sah in die Grube hinab. Schlamm wurde eimerweise aus dem Flußbett entfernt, Edward stand knietief im schwarzen Schlick und war im Begriff, den letzten Schmutz vom Motor und der Überdachung abzuspritzen. Tragflächen und Heckflosse fehlten größtenteils, sie waren beim Absturz in den Fluß abgerissen worden, aber ich konnte den typischen buglastigen Rumpf eines einmotorigen Kampffliegers aus dem Zweiten Weltkrieg erkennen.

Als er dann ans Tageslicht kam, verstummten alle. Edward spritzte das unversehrte Kabinendach vor den Augen der kleinen Gruppe ortsansässiger Arbeiter und der zweiköpfigen Besatzung des Leichters mit dem Schlauch ab. Selbst nach fast vierzig Jahren konnte man sich noch gut die Wucht vorstellen, mit der diese unglückselige Maschine in den Fluß gestürzt war. Der freigelegte Motorblock, ein schwarzer Stierkopf unkenntlichen Metalls, war ein Fossil des Schmerzes. Wir warteten darauf, daß er einen letzten Schmerzensschrei ausstoßen würde, als Edward Schlick von Ventilgehäuse und Propellerschraube spritzte. Sein jungenhaftes Gesicht strahlte einen klarblickenden Ernst aus, der Sallys Herz im Sturm erobert haben mußte, als Edward auf der Bay Area Bridge hinter ihr angehalten und den platten Reifen ihres VW gewechselt hatte.

Ein verbogenes, fast anmutig gekrümmtes Propellerblatt wurde sichtbar. Edward wischte sich Schlamm von Armen und Brust. Er lehnte sich an eine der in die Grube hinuntergelassenen Leitern, strich mit den Händen über den Motor und suchte nach Vergaser und Abgasklappen. David, dessen Aufmerksamkeit von einem Kind mit großem Hund abgelenkt wurde, war mit einem Tablett voller Biergläser aus dem Gasthaus gekommen und wanderte über die Schlammfläche auf uns zu.

»Es ist eine Spitfire«, sagte jemand. Einer vom Ausgrabungsteam, ein Chirurg aus Norwich, drehte sich um, wandte sich Sally zu, signalisierte mit den Daumen »o. k.« und nickte mir ermutigend zu. Ich winkte David, der durch das Gras näherkam und den Schaum auf den Gläsern betrachtete. Edward spritzte jetzt den Schlamm vom oberen Teil des Rumpfs und brachte das Kabinendach und, wo das Heck abgerissen worden war, die unebenen Metallplatten zum Vorschein. Er runzelte die Stirn, drehte den Schlauch zu und schüttelte bei sich den Kopf.

Ein Ausruf ertönte, gefolgt von neuerlichem Schweigen, während alle in die Grube sahen. Der Chirurg aus Norwich gab den Männern auf dem Leichter ein Zeichen, worauf das Klopfen des Dieselmotors aufhörte. Die Arbeiter traten näher an den Rand der Grube.

»Was ist denn?« fragte Sally. »Ist mit Edward alles in Ordnung?«

»Bestens. Die Kabine ist noch zu.«

»Na und? Ist das wichtig?«

»Der Pilot ist wahrscheinlich noch drinnen.« Ich senkte die Stimme. »Wenn er abgesprungen wäre, hätte er das Kabinendach sprengen müssen.«

»Großer Gott.« Sally verzog das Gesicht und drückte ihre Tochter fest an sich, als David mit den Biergläsern eintraf. »Jim, es tut mir leid, wir hätten nicht herkommen sollen. Ich dachte, du und David würdet...«

»Nein...« Ich berührte sie an der Schulter und versuchte sie zu beruhigen. »Ich bin froh, daß wir gekommen sind.«

»Was ist los?« David ging an uns vorbei zur Ausgrabungsstätte. »Ist jemand verletzt worden?«

»Nein, aber...«

Ich folgte ihm zum Rand der Grube. Biergläser wurden herumgereicht, aber niemand trank. Edward und der Chirurg erklommen mit Schraubenschlüsseln in den Händen den Rumpf wie Matrosen, die ein Leichentuch ausbreiten. Das Kabinendach, dessen dunkle Glasscheiben unversehrt waren, hob sich ohne Probleme und offenbarte eine solide Masse alten Schlicks, die den Umrissen von Glas und Windschutzscheibe angepaßt war.

Ich wartete, während Wassereimer hinabgelassen wurden und der Schlauch verflüssigten Schlick absaugte. David stand mit angespanntem Gesicht neben mir und trank von seinem Bier. Das helle Haar flatterte ihm im Wind über die Stirn, ein hektischer Wimpel. Ich sah, wie seine Lippen den malzigen Schaum kosteten. Weiße Perlen blieben an den winzigen Narben haften, Miniaturballons, die die Spuren seines Unfalls feierten.

Skalen wurden in der Kabine sichtbar, deren letzter Stand noch jetzt, nach Jahrzehnten, zu lesen war. Die Trimräder und der Steuerknüppel wurden sichtbar, einige Bruchstücke schwarzen Leders und die Sicherheitsgurte des Piloten.

»Die Kabine ist leer – er muß ausgestiegen sein«, sagte ich zu David, aber der schüttelte den Kopf und drückte mir sein Glas in die Hand. Edward betrachtete ein Lederbündel in verfaulten Gurten, das unter dem Sitz auf dem Boden lag, möglicherweise ein Ersatzfallschirm, den der Pilot zurückgelassen hatte.

Er griff in die Kabine, zog das Bündel auf den Sitz und machte sich mit Wasser und Absaugschlauch darüber her. David rief nach ihm und drängte zwischen den aufmerksamen Arbeitern durch. Er kletterte in seinem grauen Straßenanzug über die Stahlplatten und stieg die Leiter hinunter. Einer der Arbeiter deutete auf den Schlamm, der bereits seine Hose verschmierte, aber David achtete nicht darauf und sank im feuchten Schlamm der Grube auf die Knie. Er streckte die Arme in die Kabine und half Edward, den Inhalt des Lederbündels freizulegen. Mir wurde klar, daß sie die Überreste eines Fliegeranzugs, einer Jacke und eines Helms hielten. Schon konnte ich die Zähne und Nasenknochen eines kleinen Schädels erkennen. Ohne zu überlegen, trank ich von Davids Bier und stellte überrascht fest, wie kalt es war.

Sie begruben Pilot Officer Pierce zwei Wochen später auf dem Friedhof unter dem schiefen Kirchturm in Sichtweite des Flusses, in den er eines Junimorgens vor achtunddreißig Jahren abgestürzt war. Sein Grab lag zwischen den verwitterten Grabsteinen der Ortsansässigen und von sechs Piloten der Royal Air Force, die während des Kriegs beerdigt worden waren. Keiner von Pierce' Verwandten war anwesend; das einzige noch lebende Mitglied seiner Familie war eine ältere Cousine, die in Neuseeland wohnte; aber die RAF schickte die Ehrengarde, die an den Begräbnissen in jüngster Zeit entdeckter Kriegsopfer teilnahm, und zwei ehemalige Piloten seiner Schwadron nahmen die Reise auf sich und kamen.

Als ich hinter diesen alten Männern mit ihren stumpfen und polierten Orden an den Aufschlägen stand, fiel es mir schwer zu glauben, daß P. O. Pierce, wäre es ihm gelungen, sicher mit dem Fallschirm aus seiner Spitfire abzuspringen, heute über sechzig wäre. Das winzige Skelett im Lederbündel seiner Fliegerkluft schien einem Teenager zu gehören, einem kindlichen Piloten, der sich im Krieg Zutritt zu einem Fliegerstützpunkt erschwindelt hatte.

Ich erinnerte mich, wie Edward und der Chirurg aus Norwich das plattgedrückte Bündel auf den Grund der Ausgrabungsstätte neben die freigeschaufelte Masse des Merlin-Antriebs gelegt hatten. Als sie das mumifizierte Leder vorsichtig abgeschält hatten, fanden sie ein paar kleine Knochen, ein Schulterblatt und mehrere Rippen, nicht genug, um daraus einen erwachsenen Mann zusammenzusetzen. David war mit seinem schlammverschmierten Anzug in die Kabine geklettert, hatte sich auf den Pilotensitz gesetzt und mit den Händen im Schlick auf dem Boden des Rumpfs gewühlt.

Als er unter dem Armaturenbrett und zwischen den Bremspedalen tastete, stellte ich ihn mir an den Instrumenten dieser Spitfire vor, wie er irgendwo im südlichen England des Jahres 1940 auf der Rasenfläche eines Flugplatzes stand. Wären er oder ich ein paar Jahre älter gewesen, dann wären wir nach England zurückgekehrt, um im Krieg zu kämpfen, und diese Freizeitarchäologen hätten heute unsere Gebeine ans Licht bringen können. Ich mußte an die abgestürzten japanischen und chinesischen Flugzeuge im Aerodrom von Hungjao denken, und wie ich als Zehnjähriger oft in die Kabine eines vergessenen Kampfflugzeugs im hohen Gras geklettert war. Ich hatte etwa zur selben Zeit mit den rostigen Instrumenten gespielt wie Pilot Officer Pierce auf dem Grund dieses Flusses in Norfolk in seiner Spitfire gesessen hatte.

Mit etwas Glück hatte die Bestattung seiner sterblichen Überreste mehr als einen jungen Piloten zur letzten Ruhe gebettet. David hatte die Grube nur widerwillig verlassen. Er saß mit vor Schlamm schwarzen Armen in der Kabine und sah zum Himmel, als wäre er aus den tiefen Erinnerungen von Jahrzehnten in der frischen Luft der Flußmündung von Norfolk neu geboren worden. Er stand während der Trauerfeier neben mir und trug zum ersten Mal seit zwanzig Jahren wieder seine Uniform der Royal Air Force. Er hatte den Kopf in der leichten Brise zurückgebeugt, sah stattlich aus, lächelte wieder und bewegte den Mund in jener ironischen Weise, die ich von den Streichen unserer Kindheit in Erinnerung hatte. Den Lagerkommandanten von Lunghua, Mr. Hyashi, hatte er auf die gleiche unverschämte Art angegrinst.

Ich fürchtete, er könnte eine Szene machen, aber später wurde mir klar, daß seine wahre Genesung in dem zufälligen Augenblick begann, als er mit dem Tablett voll Bier über die Schlammebene gekommen war. David hatte einen Freund aus der Fliegerbranche zur Beerdigung mitgebracht, einen untersetzten Südkoreaner, der einmal Pilot der JAL gewesen war und heute auf dem Flughafen von London arbeitete. Mich verwirrte, daß David diesen gleichgültigen Angestellten mittleren Alters zu einem bescheidenen Friedhof in Norfolk mitschleppen wollte, aber dann kam mir der Gedanke, daß ein koreanischer Pilot im Ruhestand, den David als Zeugen dafür mitbrachte, wie seine Vorurteile der vergangenen vierzig Jahre zu Grabe getragen wurden, für ihn fast so gut wie ein Japaner war.

Das letzte Projekt

Von Anfang an war keinem meiner Bekannten wohl zumute beim Gedanken an Dick Sutherlands letztes Fernsehprojekt. Cleo Churchill flehte mich an, nicht daran teilzunehmen – sie fand die Dokumentation, die Dick plante, in höchstem Maße leichenfledderisch und glaubte, daß sie die exhibitionistischen Neigungen seines Charakters ansprach. Ich stand Dick toleranter gegenüber und bewunderte seinen Mut, hatte aber dennoch aus anderen Gründen versucht, mich um die Einladung zu drücken. In späteren Jahren sollten zahllose ähnliche Sendungen im Fernsehen gezeigt werden, und die Dreharbeiten zu diesen Filmen wurden Bestandteil des therapeutischen Prozesses, durch den die Sterbenden sich auf den Tod vorbereiteten. Aber 1979 schien die Vorstellung einer rückhaltlosen filmischen Dokumentation der letzten Wochen bis zum Tod eines Menschen buchstäblich obszön.

Ich wies Cleo jedoch darauf hin, daß der Film der Logik von Dicks Leben entsprach. Er hatte sich nur im Fernsehen je richtig lebendig gefühlt und würde auf eine makabre Weise erst richtig tot sein, wenn seine letzten Wochen und selbst der Augenblick seines Todes sich vor der Linse einer Kamera abspielten. Ein Produzent der BBC hatte schon Interesse an dem Projekt erkennen lassen und ein Arrangement entworfen, das vorsah, Dicks Film im Rahmen einer Dokumentarserie über die Tabus dieses unaussprechlichsten aller Themen zu zeigen.

»Tabus?« spöttelte Cleo, als wir uns im Büro ihres Verlegers darüber unterhielten, wo sie äußerst bedacht darauf war, sich hinter einer Barrikade netter Kinderbücher vor mir zu verschanzen. »Er hat tatsächlich vor, einen Snuff-Film zu drehen. Jim, er inszeniert einen Sex-Tod, bei dem er zur besten Sendezeit von den aufgepeitschten Emotionen der Zuschauer gewaltsam aus seiner Existenz gerissen wird. Und du willst daran teilnehmen?«

»Cleo … das ist unfair. Denk über den Film hinaus. Aldous Huxley hat LSD genommen, als er gestorben ist – vielleicht ist dies Dicks Methode, mit einer Herausforderung fertig zu werden, der er nicht gewachsen ist. Der Film wird wahrscheinlich nie gezeigt werden, und ich wage zu sagen, daß er das auch weiß.«

»Aber bist du ganz sicher? Quatsch.«

Drei Wochen zuvor hatte sich Dick nach einem kräftezehrenden Kampf gegen seinen Schilddrüsenkrebs aus dem Krankenhaus abgemeldet. Einer Maskenbildnerin, die uns für eine spätabendliche Diskussionsrunde geschminkt hatte, war sein Kropf zuerst aufgefallen. Ich weiß noch, wie ich darauf wartete, Dicks Platz auf dem Sessel vor dem Spiegel einzunehmen, und wie er mit pochendem Hals inmitten der Scheinwerfer und Kosmetiktöpfe saß, während die Maskenbildnerin auf seinen geschwollenen Adamsapfel hinwies. Er sah mir im Spiegel in die Augen, als wäre ihm gerade aufgegangen, daß das Drehbuch eine Wendung genommen hatte, auf die ihn all seine Jahre beim Fernsehen nicht vorbereitet hatten.

Er war im Verlauf der Aufzeichnung bedrückt, aber äußerlich die selbstbewußte und charmante Fernsehpersönlichkeit. Ungnädig dachte ich, daß es nur dieser Schwellung bedurfte, wahrscheinlich eine Zyste oder minimaler Jodmangel, und schon wurde seine einzige verwundbare Stelle getroffen – sein eigener Körper. Er lächelte und sprach in die Kamera, aber mit einem Mal wirkte sein vertrautes Repertoire an Gesten und Manierismen wie ein dekorativer Panzer, der von einem strauchelnden Krieger abfiel. Als ich ihn in Richmond absetzte, bevor ich nach Shepperton weiterfuhr, klagte er bereits über Halsschmerzen, als brauche er es fast, seinen Körper zu bestrafen. Ich wußte, er hatte das ganze zurückliegende Jahr gekränkelt, und beschwor ihn, seinen Arzt aufzusuchen.

Kurz danach kam Dick zur Beobachtung ins Krankenhaus und geriet in die paradoxe Welt der modernen Medizin mit ihren professionellen Expertisen, ultrafortschrittlichen Technologien und völliger Unsicherheit. Dick wies schon bei meinem ersten Besuch im Kingston Hospital darauf hin, daß die Eigenschaften, die traditionell Patienten zugeschrieben wurden – Selbsttäuschung, die Weigerung, der Wahrheit ins Auge zu sehen, irrationale Hoffnung und eine aus Pessimismus geborene Verzweiflung –, in Wirklichkeit die der Ärzte waren.

»Dir muß klar sein«, flüsterte er mir zu, als eine Schwester sich geweigert hatte, eine direkte Frage nach seinem eventuellen Krebs zu beantworten, »daß es die erste und wichtigste Aufgabe der medizinischen Wissenschaft ist, den Beruf vor den Patienten zu schützen. Wir beunruhigen sie und erzeugen vage Schuldgefühle in ihnen. Wir stellen Fragen, die sie, wie sie selbst genau wissen, nicht beantworten können – in Wirklichkeit wollen sie alle, daß wir weggehen oder so tun, als wäre alles in Ordnung mit uns. Am liebsten weisen sie uns in ein Krankenhaus ein und hören uns dann sagen, daß es uns gutgeht, selbst wenn wir an der Schwelle des Todes stehen.«

Trotz der Aussicht auf einen sondierenden chirurgischen Eingriff war Dicks gute Laune schon wiederhergestellt. Er flirtete mit den Schwestern und zähmte die bärbeißigen Oberschwestern, indem er ihnen Rollen in seiner nächsten Fernsehserie versprach. Aber die beengende und niederschmetternde Logik des Krankenhauslebens forderte ihren Tribut, und er war scharfsinnig genug, um hinter die Fassade des Zweckoptimismus auf der Station zu blicken.

»Die Schwestern sind erstaunlich nett«, bemerkte ich. »Ich würde mich am liebsten ins Bett nebenan legen.«

»Im großen und ganzen keine gute Idee. Vergiß nicht, sie sind wie Hostessen in einem Nachtklub, die genau wissen, daß das Publikum keinen wirklichen Spaß an der Vorstellung hat.« Dick lehnte sich an die großen Kissen und ließ den Blick seiner klaren Augen über den Wachraum schweifen. »Es ist interessant, je höher sie auf der beruflichen Erfolgsleiter steigen, desto deprimierter werden die Ärzte. Hausärzte und junge Assistenzärzte sind immer am fröhlichsten – sie können gravierende Entscheidungen abwälzen. Aber schon bei den Oberärzten findet man zunehmende Niedergeschlagenheit, weil ihnen klar ist, daß sie fast nichts tun können, um einem zu helfen. Krebs ist das Schlimmste, das ihnen unterkommen kann – es erinnert sie daran, wie hilflos die Medizin in Wirklichkeit ist.«

Aber als ich ihn das nächste Mal sah, war Dicks gute Laune dahin. Er war nach dem chirurgischen Eingriff mit Schmerzen erwacht, konnte nicht schlucken und war überzeugt, daß sie ihm einen anderen Hals in seinen eigenen implantiert hatten. Er zog den weiten Baumwollkittel herunter und zeigte mir die blutüberkrustete Wunde, die, von zwanzig Metallklammern zusammengehalten, von einem Ohr zum anderen reichte. Drei Tage später wurde er entlassen und binnen einer Woche wieder zu den Spezialisten einbestellt, die ihm die Ergebnisse der Biopsie eröffneten.

Die Operation hatte die wahre Natur seines Zustands keineswegs geklärt, sondern im Gegenteil für weitere Verwirrung gesorgt. Schließlich war Dick von einem Spezialisten empfangen worden, der eine enthusiastische Lobeshymne auf den Bildungsvorteil medizinischer Fernsehprogramme anstimmte. Dick schilderte voll Galgenhumor die stumme Mißbilligung, die ihm wegen des Wortes »Krebs« entgegenschlug, gefolgt von einem Exkurs über die Sinnlosigkeit dieses Ausdrucks im Kontext der modernen Medizin. Zum Schluß, als habe er noch einen Nachgedanken, schlug der Spezialist vor, die Schilddrüse vollständig herauszuoperieren, wobei er Dick aber versicherte, er werde die alte Narbe wieder öffnen und so den Hals für die Fernsehkameras erhalten.

»Das Bemerkenswerteste ist«, weihte Dick Cleo und mich ein, »niemand will mir frei heraus sagen, daß ich Krebs habe. Es ist, als wollten sie die Neuigkeit vor sich selbst verheimlichen, nachdem ich gerade soweit bin, daß ich sie akzeptieren kann. Jetzt habe ich fast Schuldgefühle. Ein Gehirntumor mit jeder Menge Metastasen in Lunge und Leber wäre etwas Anständiges gewesen...«

Cleo und ich bewunderten Dicks Mut und Humor, die ihn nach der zweiten Operation traurigerweise verließen. Die vollständige Entfernung der Schilddrüse dämpfte den Stoffwechsel, Dick wurde lethargisch und niedergeschlagen, trotz großer Dosen Calcium. Sein Äußeres veränderte sich rapide. Ein langer, spitzer Kiefer ragte über dem eingefallenen Hals hervor, und wir stellten beide fest, daß er sich nicht mehr in dem Taschenspiegel betrachtete, den ihm eine Schwester gegeben hatte.

Wenn wir ihn besuchten, sah er uns an, als wären wir Angehörige einer fremden Spezies und die anderen Patienten auf der Station seine wahren Gefährten. Ich spürte, daß er seine Selbsttäuschungen bedauerte, vor allem die größte, sein aufrichtiger Versuch, die Wahrheit über den Krebs zu erfahren. Das war ein Bluff, der jetzt aufgeflogen war. Auch sein Verhalten gegenüber dem Pflegepersonal hatte sich geändert. Ironie und Humor waren verschwunden, er war weit friedlicher und kooperativer, wie ein einst rebellischer Gefangener, der endlich die ungeschriebenen Gesetze einer Anstalt akzeptiert hat.

Von Bestrahlungen erschöpft, lag Dick auf seinen Kissen, den nahezu kahlen Kopf mit einer Baseballmütze der NASA bedeckt, die Cleo in seinem Computerzimmer in Richmond gefunden hatte. Er hatte das Interesse an sich selbst verloren, und weder die Schwestern noch der Stationsarzt, mit denen wir sprachen, schienen eine Ahnung von seinem wahren Zustand zu haben. Das Krankenhaus, das mit seinen eigenen Bedürfnissen beschäftigt war, existierte in einer Welt parallel zu der seiner Patienten.

Nach drei Wochen Bestrahlungen erfuhr Dick, daß die letzten bösartigen Geschwülste noch nicht entfernt waren. Er war jetzt vollkommen kahl und machte sich nicht mehr die Mühe, die NASA-Mütze zu tragen oder den verwüsteten Hals zu verbergen. Er ging, auf meinen Arm gestützt, unter Mühen zum Krankenwagen, der ihn zum Royal Marsden Hospital im Süden von London bringen würde, das er in einem Anflug von tapferem, aber resigniertem Humor als »Cäsars Krebstherapie-Palast« bezeichnete.

Zufälligerweise hätte diese ultramoderne Krankenhaus tatsächlich ein Hotel-Casino auf dem Las-Vegas-Strip sein können. In den geräumigen Fluren hingen Pop-art-Poster, Dick selbst bekam ein eigenes Zimmer mit Telefon, Fernseher und chemischer Toilette. In Wirklichkeit erwies sich sein Zimmer als Isolationszelle, in die er neun Tage unter dem Geigerzähler über dem Bett eingesperrt wurde, bis der letzte Rest des radioaktiven Jods aus seinem Körper gespült worden war. Wenn er mit uns telefonierte – Cleo und ich standen außerhalb der Bleiglasfenster unter dem neonbeleuchteten Warnschild –, schien seine Stimme von einem Tonband zu stammen, mit dessen Bandgeschwindigkeit etwas nicht stimmte. Die Schwestern, die sein Zimmer betraten, um Blut- und Urinproben zu nehmen, trugen dicke Handschuhe und schützende Overalls und verließen ihn wieder, so schnell sie konnten, wie Verschwörer, die eine tödliche Bombe mit kürzestmöglicher Zündschnur legten.

Der Tumor konnte zwar mit einigem Erfolg behandelt werden, aber bösartige Metastasen hatten sich in Rückenmark und Leber gebildet. Dick war so erschöpft, daß er keine weiteren Behandlungen im Marsden ertrug, daher wurde er als letzte Hoffnung mit dem Krankenwagen ins Kingston Hospital auf die Chemotherapiestation zurückgebracht.

Hier, wo er sich ohne Medikamente erholen konnte, ging es ihm allmählich besser. Ich verspürte Zuneigung zu ihm, wenn er sich hochzog, im Bett aufsetzte, die neue Perücke aufprobierte, mit uns die Gänge entlangschlurfte, wo er seinen Kopf zum Fenster hinaushielt, einen Blick auf den fernen Fluß und sein Haus in Richmond warf und sich sogar bei Cleo nach ihrer Karriere in der Verlagsbranche erkundigte. Wenn er kräftig genug für die Chemotherapie war, würde er in ein steriles Zimmer verlegt werden, wo sein angegriffenes Immunsystem mögliche Infektionen am besten bekämpfen konnte.

Als er sich vergewissert hatte, daß die Schwestern anderweitig beschäftigt waren, zeigte er mir kurz die kleine, sterilisierte Zelle, die für ihn vorbereitet wurde, eine Kabine bar jeglicher Möbel und Einrichtungsgegenstände, die Bakterien beherbergen konnten, mit luftdichten Türen und Fenstern und einem Belüftungssystem, das wie das Unterseeboot eines Zwerges aussah. Unheimlicherweise war ein Fernsehgerät hinter einer dicken Glasplatte in die Wand eingelassen, als würde sich sogar das Fernsehen von Dick zurückziehen.

»Gemütlich, was?« Dick, der in seinen Morgenmantel gehüllt war, rückte die Perücke zurecht und zog mich fort. »Genau die richtige Umgebung für den letzten Blick auf die Welt. Ist dir der Fernsehschirm aufgefallen? Wie eine Netzhaut, die man von hinten sieht.«

»Dick, komm mit…« Ich hielt seinen Arm, als er davonstolperte, und stellte fest, daß er viel kräftiger war, wie ein drahtiger und entschlossener alter Mann. »Es geht dir viel besser – vielleicht mußt du nie da rein. Ich spüre es.«

»Ich spüre es auch, durchaus…« Mit meiner Hilfe setzte er sich auf ein Sofa im Aufenthaltsraum der Patienten, ich zog mir einen Holzstuhl heran. Er sah sich in dem Raum um, und mit einemmal bemerkte ich, wie sehr er sich verändert hatte. Er machte sich keinerlei Illusionen mehr über sich selbst – es hatte ihm stets gefallen, wenn er in der Öffentlichkeit erkannt worden war, aber inzwischen erinnerte sich niemand mehr, weder Patienten noch Pflegepersonal, an den attraktiven Psychologen, der so viele populärwissenschaftliche Sendungen moderiert hatte. Dick schien es einerlei zu sein. Um diese Gleichgültigkeit gegenüber seinem einstigen Aussehen zu demonstrieren, hatte er sich eine übergroße goldene Perücke zugelegt, die fast wie eine Parodie seines sandfarbenen Haars wirkte.

»Du hast Zeit zum Lesen«, bemerkte ich. »Cleo hat die Schlüssel zu deinem Haus, sie kann dir holen, was du willst.«

»Nein, ich bin zu sehr damit beschäftigt, alle hier zu beobachten.« Er zog mich am Arm und flüsterte: »Man muß die Menschen bewundern. Die meisten sind viel schlimmer dran als ich – meterweise Eingeweide herausgeschnitten, halbe Kiefer entfernt, Rippen und Gott weiß was. Und doch sehen sie aus wie Statisten, die bereit sind, eine Partyszene zu spielen.«

»Vielleicht solltest du eine Kamera herbringen?«

»Keine schlechte Idee. Tatsächlich...« Dick sah mich an, als würde er mich zum ersten Mal erkennen. »Sie sagen, daß die Produktion einer Firma nach dem Besuch eines Filmteams immer zurückgeht. Hier würde ich mit dem entgegengesetzten Effekt rechnen. Vielleicht sind zu viele Bildschirme und zu wenig Kameras in Krankenhäusern. Jim, erzähl mir von Cleo und den Kindern. Es ist übrigens schön, dich zu sehen.«

Mein Vorschlag war auf fruchtbaren Boden gefallen. Dick rappelte sich auf und versuchte, sich für unsere unbedeutende Welt zu interessieren. Ich betrachtete sein vorstehendes Kinn und spürte den neu erwachten Willen, wenn schon nicht zu überleben, dann doch immerhin, etwas Nützliches mit der Zeit anzufangen, die ihm noch blieb.

Als ich am darauffolgenden Sonntag wieder ins Krankenhaus kam, erfuhr ich dort, daß er sich abgemeldet hatte und nach Hause gegangen war.

»Sieht so aus, als blieben mir noch drei oder vier Monate, möglicherweise sechs«, erklärte mir Dick, als wir in seinem Computerzimmer saßen. »*Omnibus* und *Horizon* sind beide sehr interessiert...«

»Dick, bist du sicher?«

»Sie richten Scheinwerfer und Ausrüstung für mich ein, dazu eine Art statische Videokamera, in die wir sprechen können. Wir wollen zeigen, was wirklich passiert, wenn wir unserem Ende entgegengehen, und sämtliche Tabus und Vorbehalte durchbrechen. Keine hochgestochenen Ausführungen über Leben und Tod, sondern normaler Plauderton, so ungezwungen wie möglich. Wir fangen mit etwas Einfachem an, um den Ball ins Rollen zu bringen, den zehn besten Filmen, die je gedreht wurden, unsere letzte Reise nach New York, Chomsky versus Skinner. Das meiste wird hier unten aufgezeichnet, aber gegen Ende hin gehen wir nach oben...«

Er sprach auf eine selbstbewußte, sachliche Art und Weise und saß an seinem Schreibtisch, als wäre er wieder in seinem alten Büro des Institute of Psychology. Mich beeindruckte, wie gelassen er die Situation im Griff hatte – er hatte eine Rolle für sich selbst gefunden, die ich fast als heldenhaft betrachtete, er dagegen nur als interessantesten Weg, sich die Zeit zu vertreiben, die ihm noch blieb. Er hatte noch mehr abgenommen und trug ein Hemd mit hohem Kragen und einen Seidenschal, um den Hals zu verbergen. Mit einer kleineren, besser passenden Perücke sah er bei richtiger Beleuchtung fast wie früher aus, aber ich spürte wieder, daß er begonnen hatte, die leutselige und gutgelaunte Persönlichkeit, die ich so viele Jahre gekannt hatte, zu verachten.

Alles in allem wandte sich sein Zustand nach der monatelangen medizinischen Behandlung erstaunlich zum Guten. Erfreute er sich einer Remissionsperiode, die Kranken manchmal falsche Hoffnungen machen können, oder war er, wie ich immer noch hoffte, wirklich auf dem Weg der Besserung? Was nun diese makabre Dokumentation anbetraf, schlimmstenfalls war sie eine letzte Hoffnung, daß sein Überleben das Projekt zunichte machen würde. Vielleicht machte er sich aber seit der Behandlung mit radioaktivem Jod im Marsden keine Illusionen mehr und konnte jeder beliebigen Beschäftigung nachgehen, die er brauchte, um seine letzten Tage zu gestalten.

Wir sollten bald erfahren, daß die Besserung von Dicks Zustand lediglich das letzte Aufbäumen auf dem unbarmherzigen Weg bergab war. Die Spezialisten des Marsden hatten mit Dicks Hausarzt in Richmond vereinbart, daß er die Medikamente bekam, die metastasenbildende Tumore unterdrückten. Jetzt würde ihn das Heilmittel umbringen, nicht die Krankheit. Der Krebs würde sich nicht weiter ausbreiten, aber die zunehmenden Dosen der Zytostatika würden das Immunsystem zerstören, so daß sich die kleinste Infektion der Atemwege zu einer tödlichen Lungenentzündung ausweiten würde.

Aber Dick stand über derlei Ironien. Er nutzte die verbliebene Kraft und leitete ein bedeutendes psychologisches Experiment in die Wege, das für sein Publikum ebenso eine Prüfung werden würde wie für ihn. Bei unserer ersten aufgezeichneten Unterhaltung, ein Testlauf für die technische Ausrüstung, hatte ich Schwierigkeiten zu sprechen, als ob mein Hals versuchte, Dicks malträtierten Kehlkopf nachzuahmen. Unser zweiter Termin wurde abgesagt, da ich eine schwere Erkältung bekam. Aber Dick blieb beharrlich; aus ureigenen Gründen hatte er entschieden, daß ich der Moderator sein sollte, zum einen, weil ich ihm den Vorschlag für diese Dokumentation gemacht hatte, zum anderen aber auch, weil er wollte, daß ich direkt in seinen Tod mit eingebunden wurde.

Als wir in seinem Arbeitszimmer saßen und uns auf die erste Episode vorbereiteten, bedauerte ich, den Vorschlag gemacht zu haben. Als Dick endlich hinter seinem Schreibtisch Platz genommen hatte, war ihm anzusehen, wie sehr ihn allein die Anstrengung erschöpfte, sich für das Interview zu fassen. Aus dem jugendlichen Schauspieler-Psychologen war ein eingefallener, verletzter alter Mann geworden, der unter der gepuderten Perücke sichtlich dahinwelkte, und ich hoffte, das Team der BBC würde Abstand von dem ganzen Spektakel nehmen. Aber mittlerweile wurde fürs Fernsehen alles ausgeschlachtet, so wie in Schlachthäusern von den Knochen eines Kadavers mit rasiermesserbesetzten Rädern die letzten Knorpelfetzen abgelöst werden.

Während wir darauf warteten, daß der Tontechniker seinen Soundcheck durchführte, fiel mir auf, daß Dick das Nummernschild aus Kalifornien, die Bierdeckel von Cocoa Beach und die Presseanstecker von Cape Kennedy von der Wand seines Arbeitszimmers genommen hatte. Im Verlauf unseres Interviews sollten immer mehr dieser Schnappschüsse aus seiner Vergangenheit verschwinden, als würde er bewußt einen sorgfältig errichteten Mythos seiner selbst abtragen.

Aber als er in die Kamera sprach, fing er bald an zu dozieren.

»... Viele Menschen haben detaillierte Schilderungen hinterlassen, wie sie ihr Leben beendeten, von den griechischen Stoikern bis hin zu den jüdischen Ärzten im Warschauer Ghetto, die sorgfältig aufgezeichnet haben, wie sie langsam verhungert sind. Früher wußte selbstverständlich jeder, was passierte, wenn ein menschliches Wesen starb – Verwandte saßen um das Sterbebett herum und gaben sich größte Mühe, den Sterbenden zu trösten, und die meisten Menschen starben zu Hause. Heutzutage ist der Tod jedoch etwas, was wir zum ersten Mal aus erster Hand erleben, wenn wir selbst sterben ... der überwiegende Teil aller Menschen stirbt, von Maschinen umgeben, im Krankenhaus, und jemanden sterben zu sehen, besonders wenn er uns nahe steht, ist mehr, als wir ertragen können. Warum? Was ist am Tod, das uns so aus der Fassung bringt? In dieser Serie werden wir den Tod durch die Augen eines einzelnen sterbenden Menschen betrachten – durch meine. Ich bin Dr. Dick Sutherland. Vor drei Monaten hat mir mein Arzt gesagt, daß ...«

Als Dick von seiner Einleitung ausruhte, fiel mir die Digitaluhr auf dem Schreibtisch auf, die den 23. September 1979 anzeigte. Die grünen Leuchtziffern zählten Minuten und Stunden und ließen sich weder von der Kamera noch von Dicks Kommentar beeindrucken. Er saß im Bad auf einem Liegestuhl, während sich der Regisseur und der Produzent der Serie über die wenigen Versprecher und Fehler unterhielten. Sie kamen überein, daß diese angesichts der Natur der Dokumentation nur die Glaubwürdigkeit erhöhen konnten, auch wenn sie Synchronisationsprobleme schufen, falls die Serie an ausländische Sender verkauft werden sollte. Meine Rolle beschränkte sich gnädigerweise darauf, Dick einige generelle Fragen nach seiner geistigen Verfassung zu stellen.

»... Wie ich mich wirklich fühle? Stürzt mich der Gedanke, daß in zwei Monaten alles vorbei sein wird – übrigens vor der letzten Episode meiner Lieblingsfernsehserie –, in völlige Panik? Laufe ich den ganzen Tag mit einem Gefühl des Grauens herum wie das Opfer in einem Horrorfilm? Die Antwort lautet überraschenderweise nein. Wenn überhaupt, fühle ich mich gelassen und unbeteiligt, als würde dies alles einem anderen zustoßen. Das Gehirn scheint einen Weg gefunden zu haben, sich von sich selbst abzukoppeln wie eine Lokomotive, die die Waggons zurückläßt. Um die Wahrheit zu sagen, das größte Problem beim Sterben ist, was andere Menschen empfinden, speziell

Freunde. Sterbende müssen im durchaus realen Sinne zweimal sterben, einmal für sich selbst und einmal für ihre Freunde...«

Glaubte Dick das wirklich? Seine Schwester und ihr Mann, ein pensionierter Buchhalter aus Dundee, waren zu ihm gezogen, um sich um ihn zu kümmern, aber sie waren unaufdringlich, rücksichtsvoll und einfühlsam. Auf der Heimfahrt mußte ich daran denken, daß Dick eine Menge Bekannte hatte, aber praktisch keine engen Freunde, abgesehen von mir. Mißfielen ihm meine Besorgtheit und meine Besuche am Krankenbett? Oder waren die Freunde, für die er sterben mußte, das unsichtbare Fernsehpublikum, das ihm so viele Jahre lang Bewunderung gezollt hatte und jetzt beschwichtigt werden mußte?

Aber bei unserem zweiten Interview schienen alle Gedanken an ein Publikum verflogen zu sein. Nach dem ersten hatte ich mich desorientiert gefühlt. Ich war außerstande zu arbeiten und ging von Zimmer zu Zimmer. Die Zeit schien verzerrt zu sein wie bei einem endlosen Nachmittag in einer fremden Stadt. Als ich eine Stunde zu früh in Richmond eintraf, schien Dick mich kaum zu erkennen und zog seinen Kalender zu Rate, als müßte er sich erinnern. Während der Aufzeichnung saß er mit einem tapferen, wenn auch trostlosen Lächeln steif da und beschrieb seine Aktivitäten im Verlauf der letzten Woche, die auf unheimliche Weise meinen eigenen ähnlich schienen.

Mir fiel auf, daß weitere Erinnerungsstücke von den Wänden verschwunden waren, die Eintrittskarten für die Premiere von *2001* in Rio und das Foto, das ihn zusammen mit den Astronauten auf dem Gelände des Raumfahrtzentrums in Houston zeigte. Ich vermutete, daß er diese Andenken an die vergangenen zwanzig Jahre entfernte, damit er wieder in seine Jugend zurückkehren konnte. Unterstützt von der Kamera, schilderte er seine Kindheit in Schottland und die Schulzeit während des Krieges in Australien, wohin er mit seiner Schwester evakuiert worden war.

»... Wenn man in den ersten Kriegsjahren an die Japaner dachte, dann war das fast, als dächte man an den Tod. Alle in Australien fürchteten sich auf unbestimmte Weise vor den japanischen Soldaten und wußten, daß sie im Anrücken waren, aber niemand hatte je einen gesehen. Selbstverständlich war unsere Vorstellung von den Japanern eine völlige Karikatur – ganz anders als in deinem Fall, Jim, als Junge in Schanghai während des Krieges. Du wußtest genau, wie die Japaner waren, und du hast vielfachen Tod gesehen. Wenn du zurückblickst, was meinst du, inwiefern hat dich das beeinflußt?«

Ich beobachtete die sich drehenden Bandspulen des Toningenieurs, sah auf und stellte fest, daß Dick mich mit überraschend klarem Blick betrachtete und den spitzen Kiefer gehoben hatte, damit man seinen geschundenen Hals sehen konnte.

Ich antwortete linkisch: »Ich habe viele Tote gesehen – wie in einem Krieg nicht anders zu erwarten. In gewisser Weise war das sehr verderblich...«

»Nur weiter – du sagst verderblich, aber inwiefern genau?«

»Nun ... nicht die Toten wurden herabgewürdigt, sondern die Lebenden. Unsere Erwartungen an das Leben sanken.«

»Liegt das daran, daß sie von vornherein zu hochgeschraubt waren?« Ehe ich antworten konnte, fuhr Dick mit letzter Anstrengung fort: »Möglicherweise haben wir übertriebene Vorstellungen vom Leben und Erwartungen, die wir erst als unrealistisch erkennen, wenn es zu Ende geht? Vielleicht haben wir zugelassen, daß Leben und Tod polarisiert werden, obwohl sie einander viel näher sind, als wir glauben. Je mehr ich mich meinem eigenen Tod nähere, desto geringer scheint die Distanz zu werden...«

Nach der Aufzeichnung hielt Dick freundschaftlich, aber zerstreut meine Hand. Steif ging er ins Eßzimmer, von wo aus man in seinen hoch ummauerten Garten blickte. Vergaß er mich allmählich schon, zusammen mit den Bierdeckeln und amerikanischen Nummernschildern? Seine scheinbar improvisierte Frage hatte einen Kernpunkt gestreift und war mehr für mich als für das Fernsehpublikum bestimmt gewesen, eine kurze Erkundigung nach meinen eigenen Motiven und meinem Charakter.

Die Tage zwischen den Aufzeichnungen schienen länger zu werden, als erbäte ich von der Zeit eine unbewußte Pause, um das näherrückende Ende hinauszuschieben. Ein anderer Mann nahm hinter Dicks verbrauchten Zügen Gestalt an, mit wesentlich mehr Selbstvertrauen als der Fernsehschauspieler, zu dessen Existenz er sich selbst verführt hatte. Bei unserem dritten und vierten Interview sprach er kurzatmig und fast ungeduldig in die Kamera und beschrieb seine Freude an der alltäglichen Welt ringsum, am Garten und dem Fischteich, sowie sein Triumphgefühl, weil es ihm gelungen war, die Zuneigung der Nachbarskatze zu erringen. Aber diese Freuden schienen so abstrakt wie die Züge eines Schachspiels zu sein. Ich vermutete, daß er ein Reich betrat, wo er alles mit vollkommener Klarheit sah und ihm nichts mehr daran lag, sich von Freuden jedweder Art ablenken zu lassen.

Unser fünftes Interview wurde abgesagt, und ich ging davon aus, daß Dick beschlossen hatte, die Serie abzubrechen. Aber seine Schwester erzählte mir, daß er kurze Zeit ins Marsden zurückgekehrt war, wo man ihm eine neue Medikation verabreichte, die einen Sekundärtumor im Knie zum Stillstand bringen sollte. Inzwischen, zwei Monate nach Verlassen der Klinik, atmete er mit sichtlicher Anstrengung, da die Wucherungen an der Leber das Zwerchfell in den Brustkasten drückten. Am Tag unseres Gesprächs klopften seine Schwester und ich an seine Schlafzimmertür, bekamen aber keine Antwort. Wir traten ein und stellten fest, daß die Verandatür trotz der kalten Novemberluft offenstand. Dick saß in seinem wollenen Morgenmantel unten im Garten und sah zum Haus, ohne uns wahrzunehmen. Denselben starren Blick hatte ich in den Augen des Golden Retrievers meiner Nachbarn gesehen, als dieser in den Garten geschlichen war, um zu sterben. Erst als Dick vom Liegestuhl aufstand und langsam auf uns zukam, lief die Zeit weiter.

Er führte mich ohne Begrüßung in sein Computerzimmer, wo ein kleiner Schneidetisch eingerichtet worden war. Bevor das Team der BBC eintraf, nahm sich Dick die Filme unserer vorangegangenen Gespräche vor. Er schob die Filmschnipsel mit ungeduldigen Fingern hin und her und betrachtete sich selbst, wie er in die Kamera sah. Bis dahin war ich froh gewesen, daß der Bildschirm mit dazu beitrug, ihm die letzten Tage zu erleichtern. Das Medium, das seine wissenschaftliche Laufbahn ins Triviale gezogen hatte, schien offenbar zu seinem Rettungsanker zu werden, aber nun war der Zauber gebrochen.

Das Team der BBC traf ein, wir konnten die gedämpften Stimmen in der Diele hören. Normalerweise lebte Dick bei ihrer Ankunft etwas auf, und sein Gesicht gewann wieder Kontur wie ein Eimer, den man aus einem dunklen Brunnen heraufzieht. Aber er schenkte ihnen keine Beachtung, sondern betrachtete den dunklen Bildschirm der Schneidemaschine. Ich berührte ihn am Arm, weil ich befürchtete, er habe das Bewußtsein verloren, aber seine Augen waren wach.

»Dick, sie sind da…«

»Sag ihnen, sie sollen warten.« Er machte eine wegwerfende Geste zum Bildschirm hin. »Der Produzent hat die Nerven verloren – er möchte die ›Richtung‹ der Serie ändern. Kannst du dir das vorstellen? Ein bißchen spät, würde ich sagen. Andere Themen mit ins Spiel bringen, wie stehe ich jetzt zur Abtreibung? Abtreibung – Do-it-yourself-Völkermord… Das hat ihm nicht gefallen.«

Er lachte dünn und massierte sich das Knie durch den Pyjama.

»Dick, kannst du gehen? Ich hole den Rollstuhl.«

»Nein – es geht nur den Flur entlang. Der Chirurg im Marsden hat von einer Beinprothese gesprochen. Die Wunder der modernen Orthopädie, Herrgott – der Kastrationskomplex zur Kunstform erhoben. Er hat gesagt, sie seien kurz davor, die Krankheit zu ›verstehen‹ – ihnen ist nicht klar, daß sie bald von einer Epidemie *eingebildeter* Krankheiten überschwemmt werden. Am meisten schätzen wir doch Zerrbilder von uns selbst.« Er hielt mein Handgelenk, weil er merkte, daß ich zitterte. »Was dieses Experiment betrifft... Ein anderer muß übernehmen. Eines Tages vielleicht, wer weiß...«

Das waren die letzten Worte, die Dick mit mir wechselte. Er stand auf und ging mit einem Winken der Hand langsam in sein Schlafzimmer. Er schloß die Tür und überließ es mir, ihn bei dem Filmteam zu entschuldigen. Er hatte sachlich von unserem »Experiment« gesprochen, und nun wurde mir klar, daß er mit einer ganz bestimmten Absicht an der Dokumentation teilgenommen hatte. Die Serie war eine verzweifelte Strategie gewesen, die ihn als einziges hätte retten können. Er hatte buchstäblich sein ganzes Vertrauen in meine ironische Prophezeiung gesetzt, wonach er die erste bedeutende wissenschaftliche Entdeckung im Fernsehen machen würde, und er hatte wider jede Logik gehofft, diese wissenschaftliche Entdeckung wäre seine Genesung von unheilbarem Krebs.

Unser letztes Interview kam nie zustande. Als ich ihn vierzehn Tage später wieder besuchte, parkte ein Krankenwagen vor dem Haus. In der Diele standen Dicks Hausarzt, die Bezirksschwester, Dicks Schwester und deren Mann, die alle ins Licht der Fernsehscheinwerfer aus Dicks Zimmer getaucht waren. Seine letzten Gedanken zum Leben sollten aufgezeichnet werden, bevor er ins Krankenhaus eingeliefert wurde, aber es wurde deutlich, daß er zu erschöpft zum Sprechen war. Der Produzent hatte den zögernden Arzt überredet, eine letzte Aufnahme von Dick zu erlauben, wie dieser in seinem Bett im Eßzimmer neben dem dunklen Mahagonitisch und den Stühlen mit den geraden hohen Rückenlehnen lag, eine Szene wie für ein Tribunal.

Ich stand hinter dem Kameramann in der Tür und winkte Dick zu, der dalag, eine Sauerstoffmaske auf dem Gesicht, einen Glukosetropf am Arm und einen Katheter, der in eine Glasflasche unter dem Bett entleert wurde. Er trug keine Perücke mehr, und das Gesicht schien in die Maske gesogen worden zu sein, als würde sein verbrauchter Körper durch dieses Gewirr von Röhren abfließen, deren Schlingen so große Ähnlichkeit mit dem Telefonkabel hatten, das um die Brust des jungen Chinesen auf dem Bahnsteig gewunden war.

Der unmögliche Palast

Ein Jahrmarkt war nach Shepperton gekommen. Als ich am Fluß entlangging, konnte ich die verchromten Wohnwagen durch die Bäume sehen, wo sie neben dem Kriegerdenkmal in den Park fuhren. Lastwagen voller Autoskooter und Teile von Karussells waren dabei, ein zerlegter Traum, den diese wortkargen Zirkusleute jedes Wochenende in einer anderen kleinen Stadt im Themsetal zusammenbauten, um die Einwohner an eine vergessene Ecke ihrer Phantasie zu erinnern. Die Kinder, die am Ufer spielten, waren schon aus dem Wasser gekommen. Sie riefen nach ihren Müttern und liefen gleichzeitig Richtung Park, wo das Dutzend Fahrzeuge einen Kreis bildete, eine verzauberte Festung, die nur von Kindern erstürmt werden konnte.

Ich mußte daran denken, wie Alice und Lucy nebeneinander auf Einhörnern geritten waren, eine Fahrt für einen Sixpence, die ein Vermögen an Spaß brachte, wenn die Mädchen auf und ab schaukelten, Borten flatterten, sie die Arme um die Hälse der Einhörner schlangen und sich mit großen Augen umsahen. Henry saß steif in seinem silbernen Flugzeug und schämte sich, weil er zu groß für das Cockpit war, dann stand er wie ein Stuntman auf und hielt sich an der Kante der Tragfläche fest, ein weltmännischer, dreijähriger Lindbergh.

Ich schlenderte unter den Bäumen dahin und rechnete fast damit, daß sie mich am Eingang zum Jahrmarkt erwarten würden. Sie waren fort, weil das Sommersemester angefangen hatte, aber in meinen Gedanken spielten sie immer im Park. Alices strahlende Augen, Lucys wirbelndes weißes Kleid, Henrys aufgeregte Rufe, weil ihm etwas eingefallen war, das alles wurde aus den Strudeln von Luft und Licht heraufbeschworen. Der Park gab seine angehäuften Schätze großzügig frei. Die großen Ulmen warfen im kräftigen Sommerwind ihre Erinnerungen ab. Ich schirmte die Augen vor der Sonne ab, sah zu den schwankenden Schichten der Blätter hinauf und spähte nach einer Gruppe von Kindern, die auf den Ästen saßen, jüngere Inkarnationen der Hausfrauen und Büroangestellten von Shepperton. Vielleicht würde ich meine eigene jüngere Persönlichkeit sehen, knochige Wangen unter einem seltsamen Haarschnitt, die ich in den Fotoalben kaum wiedererkannte.

Ein junger Mann mit Nadelstreifenanzug und Krawatte stand neben seinem Triumph-Sportwagen auf dem Parkplatz, als wären die Erinnerungen sein Stichwort gewesen, und beobachtete mich, während er das Segeltuchverdeck zurückklappte. Ich folgte den Kindern zu den Wagen in der Mitte des Parks und konnte den Gesichtsausdruck des Mannes nicht sehen, obwohl er mich zu kennen schien. Am Nummernschild erkannte ich, daß dieser Triumph zwanzig Jahre alt war, dasselbe Alter und Modell wie das Auto, das Dick Sutherland mich einst hatte fahren lassen.

Die Tochter eines Nachbarn, die Selbstgespräche führte, überholte mich. Als sie meine Hand ergriff und mich zum Jahrmarkt ziehen wollte, ließ der junge Mann seinen Triumph stehen und kam mit langsamen Schritten auf mich zu. War er ein Freund von Alice und Lucy? Etwas an seinem Kiefer erinnerte mich wieder an Fotos von mir selbst vor meiner Heirat. Als der Wind in den Ulmen über unseren Köpfen rauschte und das Haar des Kindes, das meine Hand zog, mit Lichtflecken übersäte, hatte ich den absurden Eindruck, daß dieser junge Mann ich selbst war. Er rief mir etwas zu und hatte warnend die Hand erhoben.

»Ich sage – sind Sie der Vater…?«

Ich drehte mich um, damit ich ihn begrüßen konnte, und stieß mit der älteren Schwester des Mädchens zusammen, die uns vom Fluß her gefolgt war. Ich half ihr, Eimer und Schaufel aufzuheben, die ich ins Gras gestoßen hatte, aber als wir uns gegenseitig entschuldigt hatten, war der junge Mann zu seinem Auto zurückgekehrt. Er betrachtete das Segeltuchverdeck und wich meinem Blick aus, als er auf dem Fahrersitz Platz nahm. Ich vermutete, er hatte gesehen, wie ich den Kindern gefolgt war – zu alt für einen Vater und zu jung für einen Großvater –, und geglaubt, ich hätte irgendein kriminelles Interesse an ihnen.

Ich sah ihm nach, wie er mit röhrendem Auspuff am Kriegerdenkmal und den mittäglich überfüllten Pubs vorbei davonfuhr. Als er fort war, schien es mir, als hätte ich knapp eine Begegnung mit mir selbst verpaßt.

Das Gefühl einer bevorstehenden Begegnung irgendwo in Shepperton war in den sechs Monaten seit Dick Sutherlands Tod immer stärker in mir geworden. Ich wachte jeden Morgen auf, freute mich auf mein Tagwerk und genoß den Auftrieb, den mir die milde Frühlingsluft und ein geheimnisvolles Hochgefühl verschafften, das mich überkommen hatte. Ich hatte damit gerechnet, daß mich Dicks Tod deprimieren würde, eine Prüfung, die aufgrund der unvollendeten Dokumentation um so schlimmer wurde, aber ich verspürte ein grenzenloses Gefühl der Freiheit. Die Luft vor dem Krematorium war so beißend klar, daß ich Cleo Churchill vor den Kopf stieß, als ich die Kamine nach irgendwelchen Zeichen brennenden Fleisches absuchte.

Der konfessionslose Gottesdienst mit seiner Orgelmusik vom Band und dem gespielt feierlichen Drum und Dran hatte den Zeremonien einer neuen, noch im Entwicklungsstadium befindlichen Religion geglichen, ein Eindruck, der durch die große Anzahl Fernsehproduzenten, die anwesend waren, noch verstärkt wurde. Sie, die sich hinter dunklen Brillen versteckten und ewig von zwölfteiligen Serien träumten, betrachteten Dick möglicherweise als eine Mana-Persönlichkeit für das Zeitalter des globalen Fernsehens. Wir nahmen an der Beerdigung von jemandem teil, der sich selbst schon in weiser Voraussicht in den Filmarchiven der BBC bestattet hatte.

Ich hatte darauf geachtet, um Dick zu trauern, als er noch lebte, weil ich genau wußte, daß bald Wiederholungen seiner alten Sendungen über unsere Bildschirme flimmern würden. So sehr mir der Dokumentarfilm mißfiel, den wir zusammen gemacht hatten, war ich doch dankbar, daß Dick mich als Gesprächspartner ausgesucht hatte. Indem er seinen Tod entmystifiziert hatte, hatte er mich von Ängsten vor meinem eigenen befreit. Zum ersten Mal seit der Geburt meiner Kinder hatte ich den Eindruck, endgültig fertig mit der Vergangenheit zu sein und nun aus den Baustoffen von Gegenwart und Zukunft eine neue Welt erschaffen zu können.

Die Zeit selbst, die uns Kopf voraus auf Ziele ihrer Wahl zu bugsierte, hatte ihren Griff verloren. Ein Tag dauerte so lange wie ich es wollte. Ich konnte meine Schreibmaschine eine Stunde unbeachtet lassen und einer Spinne zusehen, wie sie ihr Netz baute. Wenn ich am Fluß spazierenging, stand ich unter den Ulmen, wartete darauf, daß die Zeit sich beruhigen würde, und lauschte ihrem gemessenen Atem, mit dem sie sich über den Wald senkte. Ich gewahrte Mysterium und Schönheit eines Blatts, die Großzügigkeit der Bäume, die Weisheit des Lichts. Mein kleines Haus, die vertrauten Gärten und Straßen erstrahlten im selben leuchtenden Glanz, den ich bei meinen Experimenten mit LSD und in jenem endlosen Sommer, als Henry, Alice und Lucy geboren wurden, gesehen hatte.

Am Eingang zum Jahrmarkt, wo Mütter sich unterhielten und in ihren Handtaschen kramten, warteten die Kinder ungeduldig vor dem Kartenschalter. Sie strömten kreischend zum Karussell und ließen den einsamen kupferäugigen Sohn des pakistanischen Zeitungsverkäufers zurück. Er sah mich schüchtern an, als ich unsere Karten kaufte, dann lief er davon und gesellte sich zu den anderen.

Das Karussell drehte sich, und die Kinder kreischten, während die uralte Dampfpfeifenorgel ihre blecherne Melodie herausquetschte. Pferde und Einhörner stiegen und sanken. Winzige Hände zogen an den Mähnen der Pferde, Zöpfe flatterten in der Luft, auf mahnende Rufe folgte stirnrunzelnder Ernst.

Ich beobachtete, wie sie vorbeischwebten, und ging näher an den kreisenden Baldachin heran. Lichter wirbelten vorüber und wurden von der scheppernden Musik davongetragen, die dem Wind Erinnerungen entrang, einen Traum von meinen eigenen Kindern, als sie auf den schäbigen Einhörnern geritten waren. Ein zweijähriger Junge steuerte ernst das Flugzeug, er war zu ängstlich zum Weinen, und seine Augen waren von dem dampfenden Tuten der Pfeifenorgel gefangengenommen.

Als ich diese verzauberte Szene betrachtete, schien das Karussell beinahe statisch zu sein, für alle Zeiten in einem einzigen Augenblick festgehalten. Zum ersten Mal konnte ich hinter die kleinen Fahrgäste sehen, durch den silbernen Wald der Spiralsäulen und die kreisenden Spiegel über der Dampforgel. Alle, die ich gekannt hatte, ritten auf Einhörnern, Miriam und Dick Sutherland, eine Sally Mumford als Teenager, ein jungenhafter David Hunter. Ich ging einen Schritt nach vorne und wartete auf ein freies Reittier…

»Jim! Paß auf! Was machst du denn da?«

Eine Holzstange schlug mir gegen die Hand. Das Karussell drehte sich in einem Wirbel aus Licht und Lärm, ein heiserer Schinderkarren mit rissiger Farbe und abblätternder Goldbronze. Ich kippte nach vorne und wurde von zwei Männern aufgefangen, die auf ihre Söhne aufpaßten. Die festen Arme einer Frau hielten mich, als ich durch die kreisende Luft stolperte.

»Jim – du wärst fast ohnmächtig geworden!« Cleo Churchill kniff mir in die Wangen und sah mir besorgt ins Gesicht. »Ich dachte mir, daß ich dich hier finden würde. Es hat ausgesehen, als wolltest du an Bord gehen...«

Durch die Fenster meines Arbeitszimmers sah ich den Sonnenschein, der in Brombeerhecken und Holunder am Rand des Rasens leuchtete.

»Ich bin froh, daß du so nicht fährst...« Cleo brachte zwei Gläser Gin mit Eis aus der Küche. »Jim, sag mir – hast du versucht, zu den Kindern hinaufzusteigen?«

»Eigentlich nicht...« Ich brachte es fertig, über mich selbst zu lachen, und massierte meine geschwollene Hand. Die rosige Farbe von Angostura durchdrang den Gin wie Blut, das man durch den Flügel eines Schmetterlings sieht. Der Besitzer des Karussells und seine muskelbepackten Söhne hatten mich in der Annahme weggescheucht, daß von mir nichts Gutes zu erwarten war. »Ich hatte vergessen, daß sich das Ding bewegt – eine Täuschung der Sonne. Sie hat das Karussell in eine Art Stroboskop verwandelt...«

»Nun, das will ich dir glauben... aber versuch nicht, fahrende Autos anzuhalten – es wäre schrecklich, wenn ich das Lucy und Alice erklären müßte.«

Der Ventilator auf dem Kaminsims drehte sich, das reflektierte Sonnenlicht in ihrem blonden Haar wiederholte den seltsamen Effekt. Über Cleos entblößten Schultern hing dieselbe Aura wie über jedem Blatt im Garten. Es tat mir leid, daß ich sie beunruhigt hatte – sie erzählte mir seit Monaten, daß ich in Shepperton gestrandet war, und der Unfall auf dem Jahrmarkt mußte ihr wie einer meiner inneren Fluchtversuche vorgekommen sein.

Wir waren mittlerweile alte Freunde, aber nie ein Liebespaar geworden – einmal, als ich betrunken und sentimental war, hatte ich das ihr gegenüber als technische Unterlassung bezeichnet, worauf sie mit einer hochgezogenen Augenbraue, einem wissenden Lächeln und Schweigen geantwortet hatte. Unsere gemeinsame Freundschaft mit Dick trennte uns. Unsere grundverschiedenen Ansichten über diesen bemerkenswerten, aber zweifelhaften Mann hielten uns voneinander fern, ebenso ein gewisser Argwohn, den Cleo mir entgegenbrachte. Jetzt war Dick tot, und wir hatten nur noch uns, ein Erkenntnisschock, den man bei so vielen Beerdigungen spüren und der Auslöser so vieler Neugruppierungen sein kann.

Ich wollte sie umarmen, aber es fiel mir schwer, mit so vielem um mich herum fertig zu werden, mit meiner Begierde und sogar mit der Welt alltäglicher Gegenstände. Cleos zarte Hände und schüchterne Lippen, die Blätter in der Einfahrt, die Regenbogen auf der Windschutzscheibe meines Autos, das alles war zu verklärten Versionen seiner selbst geworden. Die Frauen, die auf der Shepperton High Street einkaufen gingen, die Statisten, welche die Filmstudios verließen, die Kinder auf dem Karussell waren von Dicks Tod verwandelt worden. Sie waren losgelöst von ihren alltäglichen Persönlichkeiten und schienen jenseits der möglichen Welt von Raum und Zeit zu schweben und aus dem Paradies des Gewöhnlichen vertrieben worden zu sein.

Ich stand an meinem Schreibtisch, auf den Cleo zwei schwere Umschläge gelegt hatte. Sie enthielten Andenken an Dick, die seine Schwester uns angeboten hatte. Cleo beobachtete hinter dem Schutzwall ihre Ginglases, wie ich das Nummernschild aus Kalifornien, die verblichenen Fotos von Dick im Cockpit seiner Wochenend-Cessna und in Gesellschaft von Astronauten und Weltraumforschern im Jahr 1960 in Cape Kennedy. Glasuntersetzer aus dem Tropicana Hotel in Hollywood, Chips aus einem Spielkasino in Las Vegas und Namenschilder vergessener Psychologiekongresse.

Ich brachte sie, soweit ich es konnte, in chronologische Ordnung. Die Fotografien und Andenken waren Ausschnitte aus dem Film seines Lebens, bei dem er Star und Regisseur in einem gewesen war. Die ungekünstelte Eitelkeit des jungen Richard Sutherland vertiefte meine Zuneigung für ihn noch. Ich war froh, daß er still und ohne Schmerzen im tiefen Frieden seines Komas gestorben war.

Cleo wischte sich über die Augen und nahm meinen Arm. »Wie ein Schrein. Die Gebeine eines Heiligen. Wirst du alles behalten?«

»Ich glaube, das brauchen wir nicht. Laß uns jeder nur ein Stück nehmen.«

Ich betrachtete den sonnigen Himmel über Shepperton und erinnerte mich, wie Dick über unsere Wahrnehmung von Zeit gesprochen hatte. Wenn unser Zeitsinn eine archaische geistige Struktur war, die wir von unseren primitiven Vorfahren geerbt hatten, hatte Dick dann möglicherweise einen ersten Schritt unternommen, ihn abzubauen?

Cleo beugte sich über den Schreibtisch, Sonnenlicht auf der blassen Krone ihres Scheitels. Sie war eins mit den Kindern auf dem Karussell, war reglos und bewegte sich doch für immer an mir vorbei. Ich hatte sie kaum je berührt, weil mir die Distanz bewußt war, die sie zwischen uns geschaffen hatte, aber nun legte ich ihr die Hände auf die Schultern und umarmte sie im Licht.

Später sah Cleo mich an, als ich sie im Schlafzimmer auszog, während sie die Hände auf meiner Stirn liegen hatte, als wollte sie meine Temperatur messen.

»Wir wollen nicht, daß du explodierst. Ich bin froh, daß wir nach oben gekommen sind – diese Bierdeckel sind ein bißchen nervtötend. Wie der gräßliche Film, den ihr beiden gemacht habt.«

»Armer Mann. Er hat versucht, ein Wunder zu vollbringen. Ich habe gesehen, wie er das Ding geschnitten und Stücke von sich selbst hin- und hergeschoben hat, als wollte er ein Puzzle zusammenfügen. Er hat buchstäblich sein eigenes Leben geschnitten.«

»Wirst du mich schneiden?«

Ich küßte ihre kräftigen Handgelenke, als sie sie mir entziehen wollte. »Auf jeden Fall. Sämtliche Streits und Unstimmigkeiten werden herausgeschnitten. Nur das linke Profil wird gezeigt…«

»Aber ich mag mein rechtes Profil – es besitzt mehr intellektuelle Integrität…«

»… schmeichelnde Blicke werden in die Länge gezogen, mit respektvollen Pausen…«

»Herrgott, ich *höre* nie *auf*, respektvoll zu sein…!« Sie half mir mit dem Reißverschluß. »Gehört das auch zum Schneiden?«

»Unbedingt.« Ich zog den Reißverschluß bis zum Ansatz ihrer Wirbelsäule hinunter und ließ das Kleid vorn über ihre Schultern zu Boden fallen. »Stell es dir so vor – in Wirklichkeit ziehe ich dich an, aber du siehst den Film rückwärts.«

»Demnach ist alles die Schuld des Vorführers? Wenn ich das bloß meiner Mutter gesagt hätte…«

Sie streckte die Hand aus, stellte die Klappspiegel des Frisiertischs ein, dann öffnete sie die Schranktür, so daß deren großflächiger Spiegel unsere Abbilder vervielfachte. Damit war sie zufrieden und sah mich spitzbübisch an, ob ich einverstanden war.

»Ich fühle mich zu Hause«, sagte ich. »Das ist wie *The Lady from Schanghai.*«

»Was habe ich nur getan? Sie ist erschossen worden.«

Wir standen nackt nebeneinander, umgeben von Ebenbildern unserer selbst, Liebende, die einander im Verlauf einer Orgie in einem Glashaus gefunden hatten. Nackte, selbstvergessene Pärchen standen, halb hinter Türen verborgen, rings um uns herum. Linsen von einem Dutzend Kameras beobachteten uns, gleichzeitig vervielfachten und zerlegten sie uns. Ich hielt Cleos Brüste in meinen Händen, berührte die blauen Venen, die an ihren großen

Brustwarzen vorbei liefen, und streichelte die rosa Vertiefungen fort, die der Metallverschluß ihres Büstenhalters hinterlassen hatte. Ich küßte eine winzige Narbe in ihrer Achselhöhle, Relikt einer Kindheit, die ich nie gekannt hatte, und strich mit den Lippen über den Wirrwarr silberner Schwangerschaftsstreifen. Sie wirkten wie Samen der Zeit selbst, die Ceres, als sie ihre Felder säte, auf ihrem Unterleib verteilt hatte. Als ich Cleos Brüste küßte, neigte ein Bataillon Liebhaber den Kopf. Ich saß auf dem Bett, während sie zwischen meinen Beinen auf dem Teppich kniete und die Unterarme auf meine Schenkel gelegt hatte. Sie nahm meine Eichel in den Mund, strich mit der Zunge darüber und sank dann tiefer, damit sie den Schaft zwischen die Zähne nehmen und zärtlich auf den geschwollenen Muskel beißen konnte.

Ich zog sie neben mich und küßte ihre Schenkel und Hüften. Sie drückte meine Schultern mit festen Händen auf das Kissen, kniete sich über mich und ließ mir ihr langes Haar auf die Brust fallen. Ich legte mich zurück und hätte Cleo gerne mit den Spiegeln geteilt, aber sie streckte sich und kickte die Schranktür mit der Ferse zu. Das Glashaus verschwand im Schrank, eine Konzertina aus Licht, die zusammengedrückt wurde.

»Nur du und ich, Jim … ich glaube, mehr können wir im Augenblick nicht …«

Sie legte sich wieder neben mich auf die Kissen, strich das Haar aus den Augen und zog die Knie an, während ich sie liebkoste. Unter den Blicken eines einzigen Spiegels liebten wir uns den ganzen Nachmittag. Ich lag tief in ihr und war überzeugt, daß dieser Geschlechtsakt weit über diese Sommerstunden hinaus Bestand haben würde. Die Zeit hatte sich geweigert, Dick Sutherland gefügig zu sein, einem in seiner eigenen unbarmherzigen Selbstbetrachtung gefangenen Janus. Cleo hatte recht gehabt, die silbernen Schirme wegzuklappen. Mit jedem Blick in den Spiegel starb ein kleiner Teil von uns. Abbilder von uns selbst bildeten die wahren Mauern unseres Lebens. Die Tyrannei der Linse spülte uns ihre Bruchstücke entgegen, eine Unendlichkeit festgehaltener Selbsts, die die Welt dahinter versperrten. Ich drückte Cleo fest an mich und versuchte, den Geruch ihres Körpers mit meiner Haut zu verschmelzen. Eines Tages würden wir den Schlüssel zum Spiegel finden und ihn gemeinsam betreten.

Ende September rief mich Cleo aus ihrem Büro an und teilte mir mit, daß die Dokumentation über Dicks Tod im Fernsehen gezeigt werden würde.

»Ich dachte, sie hätten sie gestrichen«, sagte ich beunruhigt. »Wirst du sie dir ansehen?«

»Nein.« Ich wußte, sie hatte den Film immer mißbilligt und vermutet, Dick habe mich nur zur Teilnahme aufgefordert, um mich ewig an sich zu binden.

»Wir erinnern uns an Dick, als er noch am Leben war.«

»Gut. Jetzt geht es mir viel besser. Laß uns übers Wochenende ein Boot mieten und nach Henley segeln. Du bist seit Monaten nicht aus Shepperton herausgekommen.«

Was fast stimmte. Cleo hatte London an den Wochenenden gerne verlassen, in meiner Dritte-Welt-Küche gekocht und in den Gärten der Pubs beim Fluß doppelte Gins mit mir getrunken. Wenn ich mit ihr am Ufer saß, wo sie Sandwiches zerbröckelte und den dreisten Schwänen hinwarf, fühlte ich mich so zufrieden wie seit zwanzig Jahren nicht mehr. Sally hatte ihr zweites Kind bekommen, eine gesunde Tochter, und bombardierte uns mit Einladungen. Peggy Gardners überraschende Heirat mit einem Architekten, der ihr Sohn hätte sein können (ein Altersunterschied von vierzehn Jahren, stellte Cleo fest, Peggys Alter, als ich die Kinderbaracke in Lunghua verlassen mußte), und der malakkanische Waisenjunge, den David und seine belgische Frau adoptiert hatten, überzeugten mich, daß die Vergangenheit endgültig zur Ruhe gebettet war.

Bevor wir das gemietete Kajütenboot in Empfang nahmen, bat Cleo den Inhaber des Jachthafens, den kleinen Fernseher im Salon zu entfernen. Wir würden mit Gin abgefüllt sein und fest schlafen, wenn die Dokumentation spät in der Nacht ausgestrahlt wurde. Als wir die Schleuse von Shepperton passierten, Cleo am Ruder, stand ich neben ihr und hatte ihr einen Arm um die Taille gelegt.

»Cleo, das haben wir noch nie gemacht. Warum nicht?«

»Wahrhaftig, warum nicht? Du warst ein Gefangener in Shepperton.«

»Wir legen in Cookham an und sehen nach, ob es sich verändert hat.«

»Nicht Cookham – außerdem hat es sich nicht verändert.«

»Warum nicht?« Ich war überrascht, weil ich wußte, daß sie Spencers visionäre Bilder bewunderte. »Cookham hat dir doch immer gefallen.«

»Zu viele tanzende Engel auf den Bäumen. Sei ehrlich, möchtest du wirklich hören, wie Christus wieder bei der Regatta predigt?«

»Wir essen in Runnymede zu Mittag. Dort können wir das Kennedy-Denkmal besuchen.«

»Ob mir *das* gefällt? Ich denke darüber nach...«

Diese talismanischen Zonen beunruhigten Cleo. Sie mißtraute mit gutem Grund dem Bann, den sie auf mich ausübten. Meine Entscheidung, Dicks Dokumentarfilm nicht anzusehen, wertete sie als vielversprechenden ersten Schritt in Richtung meiner Genesung, eine Rückkehr in die mögliche Welt. Ich sah zurück nach Shepperton, die hohen Ulmen beim Kriegerdenkmal im Park, die Filmstudios und Hotels am Flußufer, die sich von mir entfernten wie der Bund in Schanghai.

»Jim!« Ich spürte, wie Cleo meinen Arm ergriff. »Beruhige dich, es wird noch da sein, wenn wir zurückkehren.«

»Ich weiß. Ich hol uns was zu trinken.«

»Wir brauchen nichts zu trinken. Du benimmst dich immer, als würde Shepperton nur durch eine Anstrengung deiner Willenskraft existieren.«

Ich lachte und nahm sie in den Arm, weshalb das Boot beinahe am Ufer aufgelaufen wäre. »Cleo, ich träume Shepperton nur…«

»Und das ist ein wunderbarer Traum. Alice und Henry und Lucy. Aber wach ab und zu einmal auf.«

»Mach ich …«

Zwei Stunden später legten wir in Runnymede an und gingen über die Wiese zu den Hügeln jenseits der Bäume. Ein britischer Premierminister hatte als sentimentale Geste der amerikanischen Nation vier Hektar Land überlassen, weshalb nun der Kalksteinmonolith des Denkmals von John F. Kennedy die Stätte der Magna Carta überragte. Während des Vietnamkriegs war das Denkmal ununterbrochen beschmiert und verunstaltet und einmal sogar von einer Bombe beschädigt worden.

Arm in Arm schlenderten wir den Weg zum Denkmal hinauf. Der Riß im Kalkstein war mit Zement zugespachtelt worden. Uralte Graffiti hatten verblaßte Spuren auf der Oberfläche hinterlassen, darüber Schlagwörter und mit Leuchtfarbe gesprühte Hakenkreuze. Abfall und Bierdosen lagen ringsum verstreut, jemand hatte die Reste einer Mahlzeit in Alufolie unter den Gedenkstein geschoben. Fünfzig Schritte entfernt und zum Teil hinter einem Magnolienstrauch verborgen, kopulierte ein grauhaariger Mann mittleren Alters mit einer etwa zwanzigjährigen Frau. Er hatte die Hosen lose um die Hüften gestreift, lag zwischen ihren hochgestreckten Beinen und bewegte sich mit hektischen Stößen, als würde ihn die Allgegenwart dieses morbiden Gedenksteins zur Eile antreiben.

Cleo wandte den Blick ab und betrachtete stirnrunzelnd den Abfall. »Macht hier nie jemand sauber? Man könnte meinen, Kennedy wäre vollkommen vergessen.«

»Ist er wahrscheinlich auch – was in gewisser Hinsicht nicht schlecht ist.«

Ich dachte an die Rolle, die Kennedy und seine Ermordung in meinem Leben gespielt hatten und wie sein Fernsehabbild die Vorstellungswelt der sechziger Jahre prägte. Standfotos aus Zapruders Film schienen vielsagender zu sein als eine Kreuzigung von Grunewald. Heute waren nur noch die Graffiti erhalten, wie Vogeldreck auf den Statuen viktorianischer Generäle und Staatsmänner auf den Plätzen von London.

Wir gingen zum Tor hinunter und überquerten die Wiese zum Parkplatz neben der Mole. Leute lehnten in Gruppen an ihren Autos und sahen einer Familie zu, die ihr Motorboot vom Fluß holte. Ein Vater manövrierte mit Hilfe seiner Tochter einen zweirädrigen Bootswagen eine Steinrampe hinab. Als sie den Wagen im flachen Wasser hatten, löste der Vater ein Schnellboot vom Tau an der Mole und steuerte es auf die Metallhalterungen. Über ihnen saß seine Frau am Steuer des Autos und wartete darauf, daß sie den Wagen aus dem Wasser ziehen konnte. Eine jüngere Tochter saß hinter ihr, aß ein Eis und war völlig in einen Comic vertieft.

Die Strömung zog an dem Schnellboot und versuchte es zur Flußmitte zu ziehen. Der Vater mühte sich mit den Metallverankerungen ab, während seine Frau den Motor aufheulen ließ und ihn im Rückspiegel beobachtete. Als er ihr ein Signal gab, ließ sie die Kupplung kommen und fuhr im Schrittempo mit Qualm und Lärm die Rampe hinauf. Das Zugseil straffte sich, der Wagen setzte sich in Bewegung, die Reifen kamen aus dem Wasser. Aber das Schnellboot war abgetrieben, der Mann rief seiner Frau etwas zu, worauf diese den Motor ausmachte. Das Mädchen auf dem Rücksitz bekam von alledem nichts mit, es las seinen Comic und dachte ab und zu daran, einmal an seinem Eis zu lecken.

Ein Jugendlicher in Badehose kam jetzt mit langen Schritten die Rampe herunter und half dem Mann, das Schnellboot auf den Wagen zu schieben. Die Frau ließ das Auto ein paar Meter zurückrollen, bis das Seil schlaff wurde. Als Cleo und ich unser Schiff bestiegen, befestigten sie das Boot gerade in seinen Halterungen. Die Frau ließ den Motor wieder an, löste die Handbremse, bevor sie einen Gang eingelegt hatte, und fummelte hektisch an der Schaltung, als das Auto rückwärts die Rampe hinunterrollte. Alle ließen Warnrufe ertönen, und der Parkwächter kam aus seiner Kabine und zeterte mit der entnervten Fahrerin.

»Was ist denn los?« fragte Cleo, während ich darauf wartete, daß wir ablegten. »Fahren sie in den Fluß?«

»Sieht ganz so aus...«

Die Hinterräder des Autos verschwanden im Wasser. Die Frau hatte wegen des Aufsehers und der Rufe der Zuschauer die Kontrolle über das Auto verloren. Das Mädchen auf dem Rücksitz schrie auf und zog die Füße hoch. Das Wasser im Wagen stieg immer höher. Ihre Mutter öffnete die Fahrertür und überließ ihrem erbosten Ehemann das Steuer. Aber als sie in das seichte Wasser trat, stieß der Junge in der Badehose einen Schrei aus.

Das Schnellboot war in die tieferen Strömungen geraten und trieb in den Fluß hinaus, wobei es den Anhänger mit sich riß und das Auto die Rampe hinunterzog. Die Leute kamen von ihren parkenden Autos, ihre Teetassen selbstvergessen in den Händen. Zwei Männer wateten in den Fluß, ergriffen die Türstreben des Autos und versuchten es gegen die Strömung zu halten.

»Cleo, warte hier!«

Als ich ins Wasser watete, konnte ich das blasse Gesicht des auf dem Rücksitz schreienden Mädchens sehen, dem das Wasser schon bis zu den Achselhöhlen reichte. Seine Mutter versuchte, zu ihm zu gelangen, und warf sich in den Fluß, wo ihr Baumwollkleid ihr ins Gesicht bauschte. Ihr

Mann ergriff ihre Arme und zog sie auf die Rampe. Bereits erschöpft, stürzte er sich ins Wasser, tauchte den Kopf unter die Oberfläche und versuchte, das Seil zu kappen.

Ich hielt mich an der linken Türsäule fest und versuchte, das Mädchen zu erreichen, das sein Eis über den Kopf hielt. Seine Schultern waren vom Wasser bedeckt, es schrie zwischen treibenden Papiertüchern, Sprühdosen, Straßenkarten und Zigarettenkippen, die aus Aschenbechern und dem Handschuhfach gespült worden waren, nach seiner Mutter.

Bevor ich das Kind zu fassen bekam, kippte das Auto unter der Zugkraft des Schnellboots auf eine Seite. Alle schrien auf, als das Wasser über dem Dach zusammenschlug und eine weiße Eiscremespirale zur Oberfläche trieb. Ich wurde fortgerissen und schwamm plötzlich neben dem Vater, der zum Schnellboot gelangen wollte. Er löste die Metallverankerungen auf der Ladefläche, worauf das Boot über den Fluß trieb und mit dem Rumpf einer vorüberfahrenden Jacht zusammenstieß, deren Besatzung uns mit Weingläsern in den Händen vom Sonnendeck aus ansah.

Wir fanden Halt und schoben das Auto auf die Steinrampe. Der Vater riß die Tür auf, ließ das Wasser herauslaufen und mußte feststellen, daß der Rücksitz leer war. Er stürzte sich ins seichte Wasser und schlug mit den Händen nach den Wellen, um seine Tochter aufzuspüren, aber der Parkplatzaufseher hatte sie schon gefunden, sie lag unter dem Lenkrad auf dem Boden.

Cleo kam zu mir, als sie sie in das nasse Gras legten.

»Großer Gott – kennst du dich mit erster Hilfe aus?«

»Nein, aber ich glaube ...« Kaltes Flußwasser strömte mir von der Brust. Als der Aufseher das Kind hochhob, hing ihr Körper mit blicklosen Augen wie ein totes Kaninchen in seinen Händen, die blauen Ärmchen schleiften über das Gras. Die schluchzende Mutter strich dem Kind das Haar glatt, der Aufseher bewegte rhythmisch die Arme des Mädchens auf und ab. Er wurde schnell müde, senkte das

Gesicht über die blassen Wangen und versuchte, Atem wahrzunehmen, dann setzte er seine Auf- und Abbewegungen fort, als würde er mit einer Puppe trainieren.

Cleo schluchzte, von der plötzlichen Tragödie überwältigt, in die Hände. Ich drückte sie an meine Schulter. Ich versuchte, das Mädchen nicht anzusehen, sondern blickte, in der Hoffnung, einen vorbeifahrenden Krankenwagen zu sehen, zur Straße nach Windsor. Ein Bus mit Touristen aus dem Nahen Osten fuhr vorüber, aber mir fiel zu spät ein, daß sie mindestens einen Arzt an Bord haben mußten.

Fünfzig Schritte entfernt ging ein großer Mann in Wanderstiefeln mit langen Schritten den Fußweg entlang und näherte sich uns schnell. Er trug einen klobigen Rucksack auf den Schultern, seine bloßen Knie stießen das hohe Gras beiseite. Zwischen dem dichten Bart und dem Haar, das sich über der Stirn kräuselte, lag ein schmales Gesicht mit rotumränderten Augen, als hätte er den Großteil seiner Ferien in einem unbeleuchteten Zelt gelesen. Ein Taschenbuchführer von Eton und Windsor ragte aus der Brusttasche seines karierten Hemds, und er schien sich mehr für die historischen Stätten von Runnymede als für diese Tragödie am Flußufer zu interessieren.

Als er sich uns näherte, erblickte er das kleine Mädchen. Bevor jemand etwas sagen konnte, ließ er den Rucksack zu Boden fallen, bat ein Paar mittleren Alters, ihn im Auge zu behalten, und trat durch den Kreis der Schaulustigen. Er beachtete die schluchzende Mutter gar nicht, kniete ins Gras und nahm dem erschöpften Aufseher die Arme des Mädchens ab.

Seine knochigen Finger glitten wie die eines Zauberkünstlers über das Kind. Er hob seine Schultern, so daß der Kopf zurückkippte, drückte die Kiefer mit dem Daumen auseinander und befreite mit einer ruckartigen Bewegung des Zeigefingers ein Hindernis im Hals. Mit einer Hand hielt er die Hüften des Mädchens, mit der anderen drückte er auf das Zwerchfell. Sofort schoß ein Schwall Wasser aus dem Mund des Kindes. Er strich sich sorgfältig den Bart glatt, bückte sich und drückte die Lippen über Mund und Nase. Dann atmete er langsam und kräftig und hörte auf, das Brustbein des Mädchens zu drücken. Die Menge der etwa dreißig Schaulustigen um ihn herum sah ihm schweigend zu.

»Sie atmet … o mein Gott.« Cleos Fingernägel hatten den Stoff meines Hemds zerrissen. Das Mädchen hustete. Es würgte und spuckte das Wasser in Lunge und Luftröhre aus. Der bärtige Mann sah es mit seinen blutunterlaufenen Augen gelassen an, dann zog er es mit seinen kräftigen Händen in die Höhe und beruhigte seinen Atem. Das Mädchen holte keuchend Luft und richtete den Blick auf den Kreis der Umstehenden. Es lehnte sich an seine aufgelöste Mutter, hustete abermals, rieb sich die Nase und saugte große Züge Luft über die geschwollene Zunge.

Zwei Autos waren an den Rand der Steinrampe gefahren, die Fahrer berieten sich über den schnellsten Weg zum Krankenhaus in Windsor. Die Mutter trug das Mädchen, von dessen Kleid Wasser tropfte, zum nächsten der beiden Wagen. Cleo lächelte mich durch die Tränen an, die ihre Wimperntusche verschmiert hatten. Alle folgten dem Kind, aber ich betrachtete den bärtigen Mann, der es gerettet hatte. Er vergewisserte sich, daß das Mädchen im Auto regelmäßig atmete, dann schlüpfte er durch die Menge und holte seinen Rucksack wieder, wobei er dem Paar dankte, das ihn auf seinen Tisch gelegt hatte. Noch ehe der Konvoi den Parkplatz verließ, war er schon weiter am Ufer entlanggegangen.

Eine Stunde später, auf seinem Weg nach Windsor, kamen wir an ihm vorbei. Ich wollte ihm danken, woran keiner gedacht hatte, aber die richtigen Worte wollten mir nicht einfallen. Ich steuerte das Boot nahe ans Ufer und drosselte die Geschwindigkeit, bis wir neben ihm herfuhren. Er machte große Schritte mit seinen Wanderstiefeln und war vertieft in seine Karte. Auf dem karierten Hemd konnte ich den getrockneten Fleck der Eiscreme sehen, die er dem Kind aus dem Magen gedrückt hatte. Ich vermutete, daß er Lehrer oder Beamter im öffentlichen Dienst war, aber er hätte ebensogut Heuermatrose oder Insasse einer psychiatrischen Klinik mit Ausgang sein können. Der schwere Rucksack schnitt auf seinen schmalen Schultern ein, aber das Gewicht schien ihm nichts auszumachen. Ein Paar nasse Socken, die ich vorher nicht gesehen hatte, waren an dem Rucksack festgebunden, und ich vermutete, er hatte sie, gleich nachdem er das Kind gerettet hatte, im Fluß gewaschen.

Cleo winkte ihm zu, worauf er freundlich, aber knapp lächelte, schneller ausschritt und sich von uns entfernte. Er genoß seine Ferien und wollte für sich bleiben. Cleos mögliche Welt, bloße Knie, Eiscremefleck, nasse Socken, bewegten sich am Boot und den dösenden Schwänen vorbei. Ich überlegte, ob ich ihn fragen sollte, wer er war, aber dann wurde mir klar, daß ich das in jeder relevanten Hinsicht bereits wußte.

Die Erlösung der Träume

Gäste in extravaganter Kleidung fanden sich zu einer Party ganz spezieller Art ein. Hunderte Fahrzeuge säumten die ruhige Straße in Buckinghamshire, und während ich nach einem Parkplatz suchte, wurde ich von einem Studiolastwagen überholt, der zwei Marie Antoinettes, einen Piratenkapitän und ein Trio römischer Senatoren beförderte. Mit ihren rougegeschminkten Wangen und bemalten Lippen sahen sie wie Opfer der Pest auf dem Weg in ein Infektionskrankenhaus aus.

Mein Traum von Schanghai hatte, wie alle Träume, dort Gestalt angenommen, wo ich es am wenigsten erwartet hätte, zwischen den imposanten Häusern rings um den Golfplatz von Sunningdale, etwas mehr als fünfzehn Minuten Fahrt von Shepperton entfernt. Ich hatte dreißig Jahre in Sichtweite der Studios gewohnt, die gewaltigen Hallen aber nie betreten, und daher war ich nicht auf den Maßstab einer gigantischen Hollywoodproduktion vorbereitet. Ein Dschinn war aus den Seiten meines Romans gesprungen und emsig damit beschäftigt, die Vergangenheit mit seiner Zauberkraft zum Leben zu erwecken, was er mit einer Extravaganz betrieb, die dem originalen Schanghai mehr als gerecht wurde.

Die Stadt der Erinnerung, deren Straßen ich innerhalb der Grenzen bedruckter Seiten nachgezeichnet hatte, war in einer Fusion des Wirklichen mit dem Überwirklichen entstanden. Die Erinnerung war von einer neuen Technologie historischer Rekonstruktion überflügelt worden, mit der Vergangenheit, Gegenwart und Zukunft je nach Laune des Produzenten zerlegt und neu zusammengebaut werden konnten.

Ich war heute morgen um sieben von Shepperton aufgebrochen und hatte erwartet, ein kleines Filmteam vor Ort in der Villa in Sunningdale zu finden. Das von der Filmgesellschaft gemietete Haus sollte die Rolle meines Elternhauses in der Amherst Avenue spielen. Der größte Teil des Films war bereits in Schanghai abgedreht worden, wo die Banken und Hotels am Bund unverändert standen, seit die Kommunisten 1949 die Macht übernommen hatten. Aber die Häuser der Amherst Avenue waren halb verfallen und in Mietshäuser voll von chinesischen Familien sowie behelfsmäßige Büros umgewandelt worden. Im Haus Amherst Avenue Nr. 31 war heute die New China Electronic Import and Export Agency untergebracht. Die Einfahrt war zugewuchert, die verfaulenden Fensterrahmen wurden von Bambusstreben verstärkt, und der Schwimmingpool war überdacht worden und fungierte als wasserdichtes Warenlager.

Glücklicherweise stand auf der anderen Seite der Welt, wenige Meilen von den Studios in Shepperton entfernt, ein hinreichender Ersatz für die Amherst Avenue zur Verfügung. Diese hübschen, halb holzverkleideten Häuser, die in den dreißiger Jahren beim Golfplatz gebaut worden waren, dienten als Modelle für die Villen, wie sie die britischen Emigranten, darunter meine Eltern, in den Vororten von Schanghai errichtet hatten – Häuser, deren Tudor-Ambiente nur Fassade war, hinter der sich amerikanische Badezimmer, Küchen und Klimaanlagen versteckten.

Es war etwas Seltsames an der Vorstellung, daß ein Haus in der näheren Umgebung so überzeugend als das Heim meiner Kindheit dienen konnte, als würden diese Städtchen im Themsetal einen Teil der Außenbezirke von Schanghai bilden. Ich folgte dem Lastwagen der Studios, der die Gruppe kostümierter Komparsen beförderte, sah zu den typischen spitzbogigen Doppelfenstern hinauf und überlegte mir, was für ein ausgezeichnetes Auge für seinen Job der Produzent bewies. Seine überzeugende stoffliche Nachbildung der exotischen Stadt der Erinnerung war mir näher, als ich zugeben mochte.

Anstelle des kleinen Filmteams, das ich erwartet hatte, war diese stille Ecke von Sunningdale von einer Fahrzeugflotte überrannt worden. Auf den ersten Blick glich die Szene der Evakuierung von London – Dutzende Wohnwagen standen auf den umliegenden Feldern, Markisen spannten ihr Segeltuch über meilenlange Laufstege, Doppeldeckerbusse, Verpflegungswagen und Latrinenkarren waren in Reihen geparkt, Generatoren summten in der kalten Morgenluft und jagten ihren Strom durch ein Labyrinth von Kabeln zum dreihundert Meter entfernten Drehort. Eine private Polizeitruppe regelte den Verkehr, ein Busservice beförderte Schauspieler und den Stab von den Wohnwagen und Schminkcaravans.

Ich stellte fest, daß das Filmteam nicht ein Haus gemietet hatte, sondern vier, und jedes trug seinen Teil zum Haus meiner Kindheit bei – eines lieferte den leeren Swimmingpool, eines Empfangsräume und Rasenfläche, wo das Kostümfest am Vorabend von Pearl Harbour stattfinden sollte, während im dritten und vierten Küche, Eßzimmer und mein eigenes Zimmer nachgebaut wurden. Als ich später am Tag über das Gelände schlenderte, sah ich durch die Fenster der Villen rings um den Golfplatz und fragte mich, welche anderen Bruchstücke meiner Kindheit zwischen den Bridgetischen und Billardzimmern verborgen sein mochten.

Ich parkte den Wagen am Rand eines mit Beschlag belegten Tennisplatzes und sah einem Team von Kulissenbauern zu, die das Zubehör der dreißiger Jahre ausluden – chinesische Raumteiler, Art-deco-Lampen, Tigerfellteppiche und weiße Telefone. Sämtliche Fachkräfte, wurde mir klar, vom Friseur, der mir vorübergehend lange Koteletten verpaßt hatte, bis zu den Zimmermännern, Beleuchtungstechnikern und Kostümbildnern, arbeiteten daran, eine überzeugendere Wirklichkeit zu schaffen als die ursprüngliche, die ich als Kind gekannt hatte.

Die Uhr meines Lebens hatte sich in vielerlei unerwarteter Weise einmal ganz gedreht. Als freundliche Geste hatte mich der Regisseur gebeten, die Rolle eines Gasts beim Kostümfest zu übernehmen. Ich war ihm dankbar und akzeptierte so nervös wie ein Passagier, der sich freiwillig gemeldet hat, mit dem Fallschirm aus einem Flugzeug abzuspringen. Schon jetzt fand eine Art freundschaftliche Verschwörung statt. Viele meiner Nachbarn arbeiteten seit Jahren als Statisten und waren angeheuert worden, Häftlinge im Lager Lunghua zu spielen. Erst gestern nachmittag war ich, als ich die Weinhandlung in der Shepperton High Street verließ, von der Mutter eines Mädchens angesprochen worden, das dieselbe Schule wie Lucy und Alice besucht hatte.

»Jim, ich habe es gerade gehört. Wir sind zusammen im Lager! Tim Bolton und die Staceys werden auch da sein …«

Nicht nur die Mutter, auch die inzwischen fünfundzwanzigjährige Tochter sollten Gefangene von Lunghua spielen. Ich glaubte fast, daß ich träumte und mein schlafender Verstand die Nachbarn von Shepperton in den Traum miteinbezog. Auf dem Nachhauseweg fragte ich mich, weshalb ich überhaupt erst nach Shepperton gezogen war. Vor dreißig Jahren hatten Miriam und ich das Städtchen wahllos ausgesucht, aber vielleicht hatte ich damals schon gewußt, daß ich eines Tages einen Roman über Schanghai schreiben und dieser möglicherweise in den Studios hier verfilmt werden würde, wo meine eigenen Nachbarn Statistenrollen übernahmen und die Häuser der Umgegend als Häuser der Amherst Avenue dienen konnten. Tiefe Schicksalslinien zogen sich durch unser Leben; es gab keine Zufälle.

»Jim, Sie haben es geschafft!« Eine der amerikanischen Produzentinnen winkte mir über die Elektriker und Beleuchter hinweg zu, die im Haus aus und ein gingen. Sie hielt meinen Arm fest, als rechne sie damit, daß ich die Nerven verlieren und fliehen könnte. »Wir waren nicht sicher, ob Sie herkommen würden.«

»Wie könnte ich mir das entgehen lassen? Ich muß gestehen, Kathy, es kommt mir ausgesprochen seltsam vor…«

»Das kann ich mir denken. Nur gut, daß Sie sich entschieden haben, nicht mit uns nach Schanghai zu kommen. Wie sieht das Haus aus?«

»Unheimlich.« Weiße Tauben, die beim Abdrehen der Kinderparty gestern freigelassen worden waren, liefen immer noch auf dem Rasen herum, ein Aufseher scheuchte die flatternde Schar aufs Dach. »Ich hätte es vor dreißig Jahren kaufen sollen.«

»Dann hätten Sie kein Thema, über das Sie schreiben können. Und wir wären nicht hier… Wir drehen die Party in etwa einer Stunde, Sie müssen sich also umziehen. Die Garderobiere wartet oben auf Sie…«

»Ich brauche eine Verkleidung…«

Im Verlauf der Unterhaltung fiel mir auf, daß ein dreiköpfiges Filmteam unsere Unterhaltung insgeheim für einen Dokumentarfilm mitdrehte, einen Film im Film, der seinen Platz im Spiegelkabinett einnahm. Dieser Eindruck von Illusionen innerhalb von Illusionen blieb erhalten, als ich das große Schlafzimmer im ersten Stock betrat. Hier zogen die Hauptdarsteller ihre Kostüme an, eine fröhliche Gruppe, die ich aus Dutzenden Filmen und Fernsehsendungen kannte. Ihre Gesichter sahen seltsam anders aus, aber als sie ihr Make-up auftrugen, wirkten sie realer. Im Gegensatz dazu kam ich mir in meinem John-Bull-Kostüm, roter Frack, Zylinder und Union-Jack-Kummerbund, wie ein Hochstapler vor.

Später stand ich mit den Partygästen in einer Nachbildung des Hauses in der Amherst Avenue im Salon mit Blick auf den Garten. Auf dem Tisch neben mir lagen Ausgaben von *Time* und *Life* vom Dezember 1941, eine Woche vor dem Angriff der Japaner auf Pearl Harbour, und ich rechnete fast damit, daß das weiße Telefon läuten und wir aufgefordert werden würden, mit dem nächsten Passagierdampfer nach Singapur aufzubrechen.

Ich stand mit einem Whiskeyglas in der Hand da und kam mir auf seltsame Weise als Eindringling vor, wie sie manchmal die Partys meiner Eltern besucht hatten – Agenten der Achsenmächte, die sich als Grundstücksmakler tarnten, professionelle Bridgespieler mit einem Nebenverdienst aus Morphiumschmuggel, ehemalige Nachtklubhostessen, die es auf das Schmuckkästchen meiner Mutter abgesehen hatten – und von Boy und Boy Nummer 2 nachdrücklich zur Tür hinauskomplimentiert wurden. Ich wartete darauf, daß meine Eltern hereinkommen würden, um mir zu sagen, daß ich aufbrechen mußte, ohne mich in diesem grotesken Kostüm zu erkennen.

»Hallo…« Ein reizender Zwölfjähriger mit schmalem Gesicht und reifen Augen stand in türkischen Schuhen, Spangenweste und Pumphosen vor mir. Er stellte sich verschwörerisch vor: »Ich bin du…«

Als er die Hand ausstreckte, konnte ich ihm deutlich die Zweifel ansehen, ob diese übergewichtige Gestalt jemals Ähnlichkeit mit ihm gehabt haben konnte.

»… und wir sind Ihre Eltern!«

Ein attraktives Paar Anfang dreißig, er im Piratenkostüm, sie als Milchmädchen verkleidet, begrüßte mich lachend. Bei unserem Gespräch verbreiteten die Scheinwerfer ein grelles Gleißen in dem Zimmer. Der Traum stand im Begriff, sich selbst zu träumen. Das Kamerateam war bereit für den Schwenk über die ganze Party. Nachdem die Gäste die Kriegsgefahr diskutiert hatten, sollten sie sich verabschieden und durch die Diele auf die Einfahrt hinausgehen, wo eine zweite Kamera den Aufbruch festhalten würde.

Der Regisseur kam zu mir, um ein paar freundliche Worte mit mir zu wechseln.

»Alles in Ordnung, Jim?« Er nickte mir ermutigend zu. »Entspannen Sie sich – stützen Sie eine Hand auf die Hüfte. Sie sehen aus, als wüßten Sie, wie man ein Glas Whiskey hält.«

»Ich habe ein bißchen Übung – das ist aber auch schon alles.«

»Wie wäre es mit einer Dialogzeile? Sie können sich sofort eine geben, wenn Sie wollen.«

Ich sah ihn an und war so befangen, daß ich nicht einmal meinen Namen aussprechen konnte. Er klopfte mir beruhigend auf die Schulter und ging zu seinem Monitor zurück. Alle verstummten, die Kameras fingen an zu surren. Ich spürte, wie ich in eine Art Trance verfiel und versuchte, mir diese Dialogzeile vorzustellen, die in meinem früheren Leben fehlte und auf der ich meine gesamte schriftstellerische Laufbahn aufgebaut hatte.

Wir gingen, gefolgt von der Kamera, in die Diele. Lichter, von den polierten Dächern der Autos, in die wir einsteigen sollten, reflektiert, schienen in der Einfahrt. Auf dem gerechten Kies parkten ein Buick Roadster der dreißiger Jahre, ein Packard mit hohem Dach wie der meiner Eltern, der schwarze Chrysler eines Gangsters mit Zierleisten und weißrandigen Reifen sowie ein 1940er Lincoln Zephyr Kabrio. Daneben standen chinesische Chauffeure in Livreen aus dem Vorkriegsschanghai, die Mützen unter den Arm geklemmt, während sie den aufbrechenden Gästen die Türen aufhielten.

Ich betrachtete die Szene und versuchte, den Blick auf die Kamera und die Zuschauermenge jenseits des Tors zu richten. Ich stieg auf den Rücksitz des Packard und dachte gerade noch rechtzeitig daran, den Zylinder abzunehmen. Der Schauspieler, der meinen Chauffeur mimte, schlug die

Tür zu und nahm hinter dem Lenkrad Platz. Als das Auto zwischen den aufbrechenden Gästen die Einfahrt entlangfuhr, war mir zumute, als würde ich von dieser ruhigen Straße in Buckinghamshire fortgetragen werden, durch eine andere Welt und eine andere Zeit ins Schanghai vor einem halben Jahrhundert, zu den Lichtern des Bund und den Warenhäusern der Nanking Road, durch das Franzosenviertel zur Straßenbahnhaltestelle am Ende der Avenue Joffre, zu den stacheldrahtgeschützten Kontrollpunkten, die zu den westlichen Vororten führten, und den Häusern mit ihren hohen Giebeln, wo ein kleiner englischer Junge mit seinen deutschen Spielsachen spielte und überrascht war, daß weiße Tauben auf seinem Dach Zuflucht gesucht hatten.

Die Stewards, die sich erschöpft durch den Müll des zwölfstündigen Flugs von London bewegten, räumten vor der Landung die letzten Drinks ab. Ich saß neben Cleo in der ersten Reihe, über uns das Cockpit der 747, und betrachtete über ihre Schulter hinweg die nordöstlichen Vororte von Los Angeles. Breite, dicht befahrene Highways durchzogen die sonnige Landschaft, die unter gelbem Sand lag, als würde der Sand allmählich von der Wüste eindringen.

»Swimmingpools...« Cleo deutete nach unten. »Tausende. Wenn der Regen ausbleibt, können diese Leute überleben. Wie fühlst du dich?«

»Prima. Ich werde mich erholen. Als hätte ich zu viele Amphetamine genommen.«

»Hast du. Keine Bange, du wirst in etwa drei Tagen landen, wenn alles vorbei ist.«

»Das hoffe ich. Ein weiter Weg, um einen Film zu sehen.«

»Aber was für einen Film.« Tatsächlich hatte noch keiner von uns den Film gesehen. »Jammerschade, daß du kostümiert bist. Niemand wird dich erkennen.«

»Es war kaum eine Hauptrolle.«

»Papperlapapp – sie ist bescheiden, aber entscheidend.«

»Cleo, möglicherweise ist die Szene ganz herausgeschnitten worden.«

»Auf keinen Fall! Wie könnten sie das tun?« grollte sie, von der bloßen Vorstellung indigniert. »Du bist der einzige, der wirklich dort gewesen ist.«

»Ich bin nicht sicher, ob das stimmt – ich glaube, die Schauspieler waren der Meinung, daß ich der Außenseiter war, der einzige Unwirkliche. Die meisten sind selbst in Schanghai gewesen.«

»Du hättest mit ihnen gehen können.«

»Ich weiß, aber ich hatte nicht den Mut. Ich war nicht bereit, alles noch einmal zu sehen – ich habe mein ganzes Leben lang versucht, es zu verarbeiten. Dies ist der richtige Weg, nach Schanghai zurückzukehren, in einem Film. In gewisser Weise haben sie schon vor fünfzig Jahren mit den Dreharbeiten angefangen.«

Die Weltpremiere sollte in drei Tagen in einem Kino in Westwood stattfinden. Ich wartete mit angelegtem Sicherheitsgurt, als das Flugzeug über dem Meer kreiste und über den trägen Wellen zur Landung ansetzte. Trotz des langen Fluges von London und allem, was ich zu Cleo gesagt hatte, fühlte ich mich bemerkenswert wohl. Ich betrachtete die verlassenen Strände mit ihren vereinzelten Palmen am Ufer des Pazifik, den ich zum letzten Mal 1946 gesehen hatte. Ich hatte Los Angeles nie besucht, aber es schien angemessen zu sein, daß meine Kindheit in dieser Wüstenstadt zu Ende gehen sollte, deren grenzenlose Phantasie die Vergangenheit remythologisiert und die Zukunft erfunden hatte.

Eine Stunde später fuhren wir im Auto des Studios den San Diego Freeway entlang und betrachteten die Landschaft rings um Los Angeles, die wir beide noch nie gesehen hatten, die uns aber dennoch vertraut vorkam. Tausende Filme und Fernsehserien hatten eine intakte Nachbildung der Stadt in unserem Denken konstruiert, die bei weitem akkurater war als das groteske Beefeater und Bilderbuchwunschbild, das uns die britische Touristikindustrie vorgaukelte. Vage aufdringliche Bungalows und Geschäftsfassaden erstreckten sich meilenweit unter einem Wirrwarr von Oberleitungen, ein Terrain genagelter Bretter und in der Sonne verblassender Farbe, als wäre die ganze Stadt eine staubige Filmkulisse, die auf ihre neuerliche Verwendung in einer noch nicht finanzierten Produktion wartete. Ich liebte jeden Zentimeter und fühlte mich sofort wie daheim.

Als wir dann den Freeway verließen und auf den Santa Monica Boulevard abbogen, sah ich die erste Anomalie, einen disharmonischen Eindringling aus einer anderen Realitätsebene. Eine Werbetafel, so groß wie ein Tennisplatz, stand am Straßenrand und kündigte den Film an, dessenthalben wir hergekommen waren; mein eigener Name stand unter denen von Produzenten und Regisseur. Einen Augenblick war der Traum erwacht und hatte seinen Schlafenden gerufen.

Identische Schilder ragten über den Dächern von Los Angeles auf, und sogar über dem Sunset Boulevard, wo ein anderer Schriftsteller, Joe Gillis, in den Traum von Hollywood verstrickt worden war. In unserem Hotel schaltete ich den Fernseher ein und sah Werbespots für den Film, die tieffliegende Mustangs auf den Bildschirm zauberten, und dazu ein echtes Schanghai, das wieder brannte, während japanische Soldaten den Bund entlangmarschierten und mein jugendliches Ich von panischen Kulis und Büroangestellten mitgerissen wurde. Arm in Arm sahen Cleo und ich vom Balkon aus zu der Werbetafel über dem Wilshire Boulevard hinüber. Meine Vergangenheit war aus meinem Kopf entkommen und kletterte über den Dächern wie ein todgeweihtes Ungeheuer aus einem Monsterfilm der vierziger Jahre.

Glücklicherweise entging Cleo die Ironie von alldem nicht.

»Wie hat Sindbad den Dschinn wieder in die Flasche bekommen? Denk nach.«

»Weiß der Himmel – ich vermute mit List und Tücke.«

»Du hast jahrelang über die Medienlandschaft geschrieben, und jetzt ist sie entkommen und hat dich auf ihre Handfläche gestellt.«

»Morgen miete ich ein Auto. Wir werden das wahre Los Angeles finden.«

»Mein Bester, wach auf. Dies *ist* das wahre Los Angeles.«

Am nächsten Morgen brachen wir zu einer Rundfahrt durch diese geheimnisvolle Stadt auf. Ganze Stadtteile standen im dunstigen Sonnenlicht wie unversehrte Fragmente aus Fernsehserien, die so seltsam vertraut waren wie die Straßen der eigenen Kindheit, die man wieder besuchte. Los Angeles war keineswegs die jüngste, sondern die älteste Stadt des zwanzigsten Jahrhunderts, das Troja seiner kollektiven Phantasie. Die Grundlagen unserer geheimsten Träume schichteten sich in deren Vergangenheit zwischen Tankstellen und Freeways.

Am Tag vor der Premiere, als Cleo englische Freunde in Santa Barbara besuchte, rief die Rezeption an und teilte mir mit, daß mich eine Mrs. Weinstock sprechen wollte. Ich nahm an, es handle sich um eine hiesige Journalistin, und bat den Empfang, sie in unsere Suite zu schicken. Augenblicke später öffnete ich die Tür und sah mich einer attraktiven Amerikanerin Mitte Sechzig gegenüber, die sehr auffallend mit einem Persianermantel und Seidenhut bekleidet war. Ihre herrischen Augen stellten sich der Herausforderung sofort, als ich sie nicht gleich erkannte.

»James, bist du so beschäftigt, daß du dich nicht an mich erinnerst?« Sie trat mit ihrer durchdringenden Aura von Parfum und teuren Stoffen nach vorne. Sie ergriff meine Schultern und drückte mein Gesicht an ihre glatten Wangen. »Olga! Olga Ulianowa aus Schanghai!«

»Olga…?« Die Gouvernante meiner Kindheit, die vom Himmel über Hollywood herabgestiegen war wie die Reklametafeln und Werbespots, drückte mich gegen den Fernsehschirm. »Olga… ich kann es nicht glauben…«

»Das solltest du aber.« Sie sah sich in der Suite um und nahm jede Einzelheit in sich auf, die Bücher auf dem Tisch, Cleos Kleidungsstücke, die im offenen Schrank hingen, die offenen Koffer und Präsentationsfotos. Während sie mich betrachtete und entschied, daß ein paar Sekunden Inspektion ausreichten, versuchte ich mich an die nervöse junge Frau zu erinnern, die ich zum letztenmal im Del-Monte-Kasino gesehen hatte. Trotz der Jahre waren ihre Gesichtszüge fast unverändert, die Lippen schmal wie immer, die hektischen Augen begutachteten mich abschätzig, meine Kleidung, mein Selbstvertrauen und meine Integration in die wirkliche Welt. Aber ihr Gesicht trug eine eigentümliche Maske – als wären Wangen, Nase und Kinn eines Kindes an den Schläfen aufgehängt worden –, durch die die stechenden Augen und spitzen Zähne einer alten Frau böse aufblitzten.

»Du hast dich nicht verändert, James. Kein bißchen. Du fährst immer noch mit deinem Fahrrad herum.« Sie lächelte verschmitzt und warf den Mantel über einen Stuhl. »Aber jetzt erinnerst du dich an mich?«

»Olga, ja… ich bin immer noch fassungslos, daß ich dich sehe. Hat das Studio das arrangiert?«

»Das Studio? Nicht alles ist ein Film, James. Meine Tochter und ich sind zu Besuch bei Freunden in Van Nuys, da habe ich mir gedacht, ich will einmal sehen, wie es James geht.«

»Das freut mich. Du bist also aus Schanghai herausgekommen?«

»Selbstverständlich! Nachdem die Amerikaner abgezogen waren. Glaub mir, James, ich bin nicht für den Kommunismus geschaffen. Ich lebe jetzt seit vielen Jahren in San Franzisko…«

»Mrs. Edward R. Weinstock – mein Mann ist Hals-Nasen-Ohren-Spezialist, sehr einflußreich. Sie nickte düster und studierte mit bestenfalls marginaler Zustimmung ein Foto von Cleo und mir. »Aber bist du nicht selbst fast Arzt geworden? Ich habe ein Interview gelesen – ich konnte nicht verstehen ... «

»Ich habe es nach zwei Jahren aufgegeben – ich wollte Schriftsteller werden.«

»Schriftsteller?« Ihre Nasenflügel bebten zweifelnd, als würde nur diese plüschüberladene Suite des Hotels in Beverly Hills sie davon abhalten, eine katastrophale berufliche Fehlentscheidung zu kritisieren. Sie trug ein teures Kleid mit einem glänzenden Laméfaden, das für die Eröffnung eines Kasinos in Las Vegas gepaßt hätte, aber als sie auf den Pfennigabsätzen hin und her ging, mußte ich immer wieder unter ihren Armen nach dem verräterischen Riß suchen. Ich erinnerte mich an den flüchtigen Blick auf ihre Brust, der meinen pubertären Geisteszustand so entflammt hatte. Trotz teurer Frisur und Juwelen hatte Olga immer noch etwas Schlampiges an sich, als wäre ihr Körper ein Wegwerfwerkzeug, das sie je nach Notwendigkeit benutzen konnte. Ich stellte sie mir im Schanghai nach dem Krieg vor, eine Panzerfalle voll Wodka, die auf der Lauer nach jungen amerikanischen Soldaten lag.

»Dieser Film, James. Ist er gut?«

»Ich bin ganz sicher. Sie sagen, es wäre sein bester. Ich habe ihn noch nicht gesehen.«

»Nicht?« Das war eindeutig eine ernste Unterlassung, die ich hätte korrigieren müssen, ehe ich den Filmvertrag unterschrieb, oder noch besser, bevor ich eine Zeile des Buchs zu Papier gebracht hatte. Sie schüttelte den Kopf, als wäre ich immer noch der seltsame kleine Junge, der auf der Suche nach dem Krieg mit dem Fahrrad durch ganz Schanghai gefahren war. »Wie dem auch sei, er ist eine große Hilfe für deine Karriere. Du hast immer Geschichten erzählt. Deine arme Mutter hat nie gewußt, was als nächstes kommen würde...«

»Das ist das einzige Buch, das ich über Schanghai geschrieben habe – aus einem unerfindlichen Grund hat es lange gedauert.«

»Zuviel zu vergessen, die Leute wissen ja gar nicht... was ich alles über Schanghai erzählen könnte. Wir beide sollten ein Buch schreiben, James, einen richtigen Bestseller. Meine Einfälle und dein...«

»Eines ist genug, Olga. Vielleicht schreibe ich eine Fortsetzung über mein Leben in England.«

»England?« Olga schnupperte zweifelnd an ihrem Scotch. »Ist das so interessant? Ich habe von deiner Frau gelesen – wie traurig für dich.«

»Das ist lange her. Ich lade dich zum Essen ein, Olga, dann kannst du mich auf den neuesten Stand bringen.«

»Hör zu, es ist nie genügend Zeit. Als meine Mutter verschied...« Nebenbei fügte sie hinzu: »Mein zweiter Mann ist gestorben. Ein englischer Zahnarzt in Hongkong, soweit ich weiß.«

Auf dem Weg zum Dachrestaurant hielt sie meinen Arm zum echten Beweis ihrer Sympathie, die fast ausschließlich aus ihrem Selbstmitleid resultierte. Angeregt durch die Aufmerksamkeiten des Restaurants, war sie bald wie ein Teenager animiert und führte ihre glatten Wangen und ihre wohlgeformte Nase vor. Die junge Olga, an die ich mich erinnerte, auf deren Körper ich einen Blick erhaschen wollte, wenn sie sich im Badezimmer ausgezogen hatte, schien mir über die Jahre hinweg aus dieser gealterten, aber immer noch prachtvollen Frau zu winken. Sie erzählte, ohne je richtig Luft zu holen, von ihren Jahren in Hongkong und Manila, wo sie sich den Weg zu den obersten Gesellschaftsetagen erkämpft hatte, während die Ehemänner unter ihr wegstarben wie Pferde unter einem Kavalleristen in Austerlitz.

Als wir in die Suite zurückkamen, sagte sie: »James, dein

Buch hat in San Franzisko für großes Aufsehen gesorgt – viele Menschen aus Schanghai leben hier. Vielleicht könntest du eine Rede für uns halten. Du könntest sagen, daß ich eine Freundin eurer Familie war. Vielleicht im diplomatischen Dienst...«

»Olga, das würde ich gern, aber schon über Schanghai zu schreiben war schwierig genug.«

»Gewiß. Ich kenne deine Gefühle. Wir haben einander immer nahegestanden, James. Du hast deiner Mutter nie erzählt, was ich alles mitgenommen habe – Silber und die Jadepferde... dafür wollte ich dir immer danken.«

»Olga, das habe ich nicht gewußt.«

»Vielleicht hast du es vergessen. Sie hatten so viel, wogegen meine Eltern jeden Tag hungrig waren. Mein Vater hat, als er in diesem kleinen Zimmer saß, jede Hoffnung verloren. Glücklicherweise ist er gestorben, bevor der Krieg ausbrach. Meine Mutter hat mir verziehen – Frauen verstehen das, aber ein Vater? Niemals...«

Olga hielt meinen Arm, der Geruch ihres Haars, ihres Halses und ihrer Brüste überwältigte meine Sinne. Sie stand neben mir und betrachtete die Villen von Beverly Hills, als sähe sie die verschwundenen Fassaden der Amherst Avenue. Ich erinnerte mich, wie ich vierzig Jahre früher ihre kräftigen Hüften an meinen gespürt hatte, als wir im glasübersäten Ballsaal des Del-Monte-Kasinos gestanden hatten. In den finsteren Zeiten der Schule in England hatte ich oft an Olga gedacht. Wir hätten auf einem der Roulettetische miteinander geschlafen, wenn ich nicht so von ihr eingeschüchtert gewesen wäre, und besonders, wenn ich ihr eine Abkürzung ins Büro meines Vaters versprochen hätte.

Ich umarmte diese exotische weibliche Schimäre mit ihrem Gesichtslifting – eine Erlösung der Träume. Ihr Körper war noch älter als meiner, aber ihr Gesicht war das des weißrussischen Teenagers, der auf mich aufgepaßt hatte.

Sie lächelte in sich hinein – vielleicht weil die Erinnerung an einen Kinderstreich im Garten der Amherst Avenue sie erheiterte.

»Und deine Freundin, James?« Sie löste meine Krawatte und öffnete das Hemd. Dann strich sie mit den Nägeln über meine Brustwarzen, als wolle sie sich vergewissern, daß sie noch da waren. »Kommt sie bald zurück?«

»Erst morgen – sie ist Bekannte aus der Verlagsbranche in Santa Barbara besuchen gegangen. Olga, dies hat nichts mit ihr zu tun.«

»Verlagsbranche? Dann ist es gut...« Sie hob das Gesicht vor mir, ein winziger Bildschirm, auf den das Bild einer jungen Frau projiziert wurde.

Ich fragte mich, warum sie sich die Mühe gemacht und mich besucht hatte – vielleicht aus Stolz und um mich daran zu erinnern, daß sie immer noch mein Leben beherrschen konnte. Ganz sicher verspürte sie keine Schuldgefühle, weil sie vor dem Krieg meine Eltern bestohlen hatte. Aber sie wußte, auf unterschiedliche Weise waren wir beide Opfer der westlichen Herrschaft in Schanghai gewesen, die meine Eltern für sie repräsentiert hatten. Einst waren wir von Schanghai verletzt und verdorben worden, soweit Kinder verdorben werden konnten, und wenn wir in diesem Hotel in Kalifornien miteinander schliefen, würden wir uns gegenseitig beweisen, daß die Wunden geheilt waren.

»Gut ... weißt du, James, ich habe nie lange auf einen Mann gewartet. Dies könnte ein schlechtes Beispiel für mich sein...«

Sie hielt meine Handgelenke mit demselben kräftigen Griff, mit dem sie mich vor einem halben Jahrhundert ins Badezimmer befördert hatte. Sie stellte sich neben das Bett und machte die Schranktür zu, damit ich kein Spiegelbild ihres Rückens zu sehen bekommen würde. Dann begann sie mich auszuziehen, als würde sie mich für eine Party vorbereiten, und löste die Finger nicht einen Augenblick von meiner Haut, während sie über meinen Körper glitten.

Sie zögerte es absichtlich hinaus, stand vor mir und spielte die launische Gouvernante, die nicht sicher war, ob sie ein triviales Privileg ihrer Verantwortung ausüben sollte. Ich küßte sie leidenschaftlich und freute mich, daß sie durchgekommen und glücklich mit ihrem einflußreichen Chirurgen verheiratet war.

Der Film unseres Lebens sauste rückwärts durch den Projektor und verzehrte sich selbst auf der Suche nach einem vergessenen Augenblick, der den Schlüssel zu unserem früheren Selbst barg.

An unserem letzten Tag in Los Angeles, eine Woche nach der Filmpremiere, beschlossen Cleo und ich, dem Ozean einen letzten Besuch abzustatten. Als wir auf unser Auto warteten, standen wir vor dem Eingang des Hotels und sahen an den schwarzen Wolkenkratzern der wenige hundert Meter entfernten Century City hinauf. Diese Gruppe blinder Türme ragte über den niederen Wohnblocks der City empor wie ein schroffes Manhattan aus dunklem Granit. Cleo betrachtete die rasiermesserscharfen Simse und erschauerte. »Wird alles so aussehen, wenn wir zurückkommen? Bitte, lieber Gott ... was für ein Himmel kreist über diesen Türmen?«

»Keiner, in dem ich erwachen möchte. Aber sehen wir es ein, Cleo – Modernismus ist die Gotik des Informationszeitalters. Träume, die so scharfkantig sind, daß man bluten kann, und kein Zweifel an der geringen Rolle des Menschen im Lauf der Dinge. Auf, zum Strand ...«

Im Gegensatz dazu war Venice baufällig und gemütlich. Ein intaktes Stück der sechziger Jahre hatte auf den Promenaden überlebt. Hinter Rollerskatern und Bodybuildern, Break-Tänzern und Bettlern, die sich als Vietnampsychopathen ausgaben, erstreckte sich der breite Sandstrand, an den bescheidenden Ständen hingen Flower-Power-T-Shirts und Mystik-Schmuck. Lagerfeuer aus Treibholz brannten auf dem Sand neben Zelten, die von Hippies aufgeschlagen worden waren. Das Meer schien weit entfernt zu sein, ein Funkeln von Wellen am Horizont, als hätte der Pazifik beschlossen, sich für heute zurückzuziehen. Man hätte fast glauben können, daß wir auf dem Grund eines fossilen Meeres spazierengingen, in dessen narbigen Boden uralte Zigarettenkippen, Kugelschreiber und Bierdosen eingegraben waren, die einzigen Spuren einer früheren Rasse.

Ich legte einen Arm um Cleos Taille und freute mich, daß sie bei mir war und wir gemeinsam nach New York fahren würden. Die Premiere war ein großer Erfolg gewesen; sie wurde mit müheloser Hollywood-Professionalität inszeniert, wie eine gewaltige, gutmütige Halluzination – Hunderte Limousinen, kreisende Suchscheinwerfer und abgeriegelte Straßen mit roten Teppichen und Sicherheitsbeamten. Das Publikum der Filmschauspieler schien sich für diesen Abend aus der Wirklichkeit verabschiedet zu haben, alle schlenderten mit ihren Zobelmänteln und Popcornbechern die Gänge des Kinos entlang.

Zufällig war meine winzige Rolle aus dem fertigen Film geschnitten worden, sehr zu meiner Erleichterung, obwohl ich als unkenntliche Schliere erhalten blieb, als die Kamera meiner jüngeren Inkarnation folgte, die mit einem Modellflugzeug spielte. Das schien gerecht, wie die schwache Schliere, die jeder von uns in Raum und Zeit hinterläßt. Außerdem hatte der Film eine wichtigere Rolle für mich gespielt – daß ich die meisterhafte Nachbildung von Schanghai sah, war der letzte Akt einer gründlichen Katharsis gewesen, die Jahrzehnte gedauert hatte. Die geballten Möglichkeiten des modernen Films hatten sich zu dieser therapeutischen Übung eingefunden. Das Rätsel hatte sich selbst gelöst; der Spiegel war, wie ich es vorausgesagt hatte, von innen zerbrochen worden. In meinem Inneren war das Abbild mit dem Original verschmolzen und hatte es in seine schützenden Schwingen eingeschlossen. Als ich die großen Hotels am Bund sah, die seit fünfzig Jahren unverändert wirkten, hätte ich fast glauben mögen, daß meine Erinnerungen an Schanghai immer ein Film gewesen waren, der während meiner Jahre in England nach dem Krieg endlos in meinem Kopf abgespielt worden war.

»Sie lassen eine Art Schiff vom Stapel.«

Cleo deutete auf eine Menschenmenge am Ufer. Ein Traktor mit Ketten rollte rückwärts über den Sand und schob einen Wagen, auf dem sich ein bizarres Segelschiff befand. Ein einziger Mast ragte über einer Kabine auf, die Ähnlichkeit mit einer Strohhütte hatte. Als wir auf dem Sand näher hingingen, sahen wir, daß der Rumpf fast ausschließlich aus Papyrushalmen bestand, die an Bug und Heck wie der Griff eines Weidenkorbs zusammengeflochten waren.

Ein Rahsegel mit einem halb vertrauten roten Emblem flatterte vor dem Mast.

Cleo blieb stehen und schielte durch ihre Hände, die sie wie ein Fernrohr vor die Augen hielt.

»Das ist Heyerdahls Papyrusschiff – Ra. Wir haben das Buch veröffentlicht.«

»Ich dachte, es wäre im Atlantik gesunken...«

»Offenbar will er versuchen, den Pazifik zu überqueren. Jim, du solltest dich freiwillig melden. Es ist das originale langsame Boot nach China.«

»Ich glaube nicht, daß es das Original von irgendwas ist...«

Besatzungsmitglieder knieten im seichten Wasser und untersuchten die Unterseite des Schiffs. Wir gingen zwischen Kindern und Hunden hindurch, die um den Traktor herum im Wasser spielten. Die nachgeahmte Papyrushülle aus Gußplastik und Fiberglas war auf einen kräftigen Stahlrumpf geschraubt.

»Die Nachbildung einer Nachbildung.« Cleo lachte über

sich selbst, weil sie darauf hereingefallen war. »Sie scheinen es in einem Film zu verwenden.«

»Sieht aber wie ein richtiges Schiff aus. Wenn sie einen Werbespot drehen, brauchen sie etwas Seetüchtigeres als Heyerdahls Original. Dieses hier taugt was.«

»Jim, noch hast du die Möglichkeit, an Bord zu gehen.«

Ein schwarzer Labrador kam aus dem Wasser, leckte uns die Hände und war bereit, sein Fell vor uns auszuschütteln. Ich tätschelte seinen Kopf und bewunderte das routinierte Geschick der amerikanischen Mannschaft. Ein Mann mit Badehose und Strohhut hatte den Stapellauf mit einer tragbaren Videokamera aufgenommen. Zumindest dieses Schiff würde nicht sinken, und eine Probefahrt zwischen den Wochenendjachten von Marina Del Rey würde womöglich mehr Erkenntnisse über die Tauglichkeit von Besatzung und Schiff zutage fördern als die ursprüngliche fehlgeschlagene Überquerung des Atlantik.

Ich mußte an Olga denken, wie sie ernst durch die Halle des Beverly Hilton gesegelt war, nachdem wir uns verabschiedet hatten. Als sie ihre Wangen an meine preßte, küßte ich zum letzten Mal das Gesicht meiner Gouvernante aus Kindertagen. Die jugendliche, zeitlose Maske war ihr wahres Ich, das die Zeit ihr gestohlen hatte, das unschuldige und faltenlose Gesicht, das sie als junges Mädchen nie hatte kennenlernen dürfen.

Der Krieg hatte meine eigene Kindheit verschoben, die ich Jahre später mit Henry, Alice und Lucy neu entdeckte. Die Zeit verzweifelter Kriegslisten war vorbei, die der Autounfälle und der Halluzinogene, des trotzigen Sex – alles wie eine Bibliothek extremer Metaphern geplündert. Miriam und alle ermordeten Toten eines Weltkriegs hatten ihren Frieden gefunden. Das Glück, das mir zuteil geworden war, hatte innerhalb der bescheidenen Reichweite meiner Arme auf mich gewartet, in meinen Kindern und den Frauen, die ich geliebt habe, und in meinen Freunden, die ihren eigenen Weg durch die verrückten Jahre gefunden hatten.

Die Wellen schlugen heftig gegen unsere Knöchel. Ein starker Wind wehte, das Papyrusboot war der Mannschaft entkommen. Lediglich der Kameramann war an Bord und duckte sich unter der schwingenden Spiere, während das Schiff selbstbewußt durch die Wellen glitt. Die Mannschaft watete ins tiefere Wasser und zerrte an den Tauen, vermochte das ungestüme Boot aber nicht zu halten. Es mochte die Nachbildung einer Nachbildung sein, aber es war seetüchtig und schwimmfähig und mehr als geeignet, das Meer zu bezwingen und lediglich mit dem Schanghai-Kameramann an Bord seinen eigenen Kurs über den Pazifik zu bestimmen, bis es möglicherweise mit einer letzten triumphierenden Anstrengung am Strand von Wusung landete.

»Morgen New York. Dann nach Hause zu den Kindern.« Cleo hielt meinen Arm fest, als wir an den Hippies und duftenden Lagerfeuern, deren Glut in der frischen Luft leuchtete, vorbei zum Auto zurückgingen. »Sag mal – wenn sie den Film in London zeigen, werden sie dann deinen kurzen Gastauftritt wieder einfügen?«

»Ich hoffe nicht.« Ich betrachtete das Papyrusboot, das mit gen China gerichtetem Bug auf den Brechern ritt, die vom Pazifik hereinrollten. »Cleo, überleg doch, wo das hinführen könnte …«

Inhalt

Teil I Eine Zeit für Attentäter

Teil II Verrückte Jahre

Teil III Nach dem Krieg